톰 소여의 모험

The Adventures of Tom Sawyer

세계문학전집 203

톰 소여의 모험

The Adventures of Tom Sawyer

마크 트웨인
김욱동 옮김

민음사

차례

머리말 11

제1장 13
"톰, 요 녀석" - 폴리 이모가 의무를 다할 것을 결심하다 -
톰이 음악을 연습하다 - 도전 - 몰래 집에 들어오다

제2장 37
물리치기 힘든 유혹 - 전략적 행동 - 순진한 아이들을
놀려 먹다

제3장 38
대장이 된 톰 - 승리와 보상 - 우울한 행복감 - 직무와
직무 태만

제4장 50
정신적 곡예 - 주일 학교에 가다 - 주일 학교의
교장 선생 - '뽐내기' - 유명 인사가 된 톰

제5장 68
쓸모 있는 목사님 - 예배를 보며 - 클라이맥스

제6장 78
자기 성찰 - 이를 뽑다 - 자정의 마술 - 마녀와 마귀 -
조심스러운 접근 - 행복한 시간

제7장 99
협정을 체결하다 - 조숙한 실습 - 실수를 저지르다

제8장　109
톰, 진로를 결정하다 – 옛 장면들을 재현하다

제9장　119
음울한 상황 – 심각한 문제가 소개되다 –
인전 조가 설명하다

제10장　132
엄숙한 맹세 – 공포가 후회를 낳다 – 정신적 형벌

제11장　144
머프 포터가 나타나다 – 톰이 양심의 가책을 느끼다

제12장　153
톰이 관용을 베풀다 – 폴리 이모의 마음이 약해지다

제13장　163
젊은 해적들 – 약속 장소로 가다 – 캠프파이어를 하며
나누는 잡담

제14장　176
야영 생활 – 신나는 기분 – 톰이 야영지를 몰래 떠나다

제15장　188
톰이 정찰하다 – 상황을 알게 되다 – 야영지로 돌아와
보고하다

제16장　197
즐거운 하루 – 톰이 비밀을 털어놓다 – 해적들이 교훈을

얻다 – 한밤중에 몰아치는 폭풍우 – 인디언 전쟁

제17장　213
행방불명된 영웅들에 대한 기억 – 톰이 밝힌 비밀의 요점

제18장　220
톰이 자신의 감정을 점검하다 – 놀라운 꿈 – 베키 새처가 빛을 잃다 – 톰이 질투를 느끼다 – 철저한 복수

제19장　235
톰이 진실을 밝히다

제20장　240
궁지에 빠진 베키 – 톰이 신사처럼 행동하다

제21장　250
젊은이들의 웅변 – 젊은 여성이 쓴 작문 – 기나긴 몽상 – 아이들이 복수를 하다

제22장　264
배반당한 톰의 신뢰 – 철저한 처벌을 기대하다

제23장　271
머프 영감의 친구들 – 법정에 선 머프 포터 – 머프 포터가 구출되다

제24장　283
마을의 영웅이 된 톰 – 영광의 낮, 공포의 밤 – 인전 조의 추적

제25장　286
왕들과 다이아몬드에 대하여 - 보물을 찾아서 -
죽은 사람들과 유령

제26장　298
유령이 출몰하는 집 - 졸린 유령들 - 보물 상자 -
운수 없는 일

제27장　313
의심이 풀리다 - 젊은 탐정들

제28장　319
2호실에 진입하다 - 헉이 망을 보다

제29장　326
소풍 - 헉이 인전 조의 뒤를 쫓다 - '복수' -
과부댁을 구하다

제30장　339
존스 노인이 사건에 대해 보고하다 - 공격받는 헉 편 -
이야기가 돌다 - 또 다른 반향 - 희망이 절망으로 바뀌다

제31장　355
수색에 나서다 - 문제가 시작되다 - 동굴에 갇히다 -
칠흑 같은 동굴 속 - 찾아냈지만 구원받지는 못하다

제32장　371
톰이 탈출에 대해 이야기하다 - 차단된 구역에 갇힌 톰의 적

제33장 377

인전 조의 운명 – 헉과 톰이 정보를 교환하다 – 동굴 탐색에
나서다 – 유령에 대한 방어 – '정말로 아늑한 장소' –
더글러스 과부댁에서 열린 파티

제34장 394

갑자기 밝혀진 비밀 – 존스 노인의 기습 작전이 실패로
돌아가다

제35장 399

새로운 질서 – 불쌍한 헉 – 새로운 모험을 계획하다

맺는말 409

작품 해설 411
작가 연보 443

일러두기

1. 이 책에 실린 삽화는 1876년 미국 초판본에 수록된 것으로 트루 W. 윌리엄스의 작품이다.
2. 따로 표시를 하지 않은 각주는 모두 옮긴이의 것이다.
3. 외국어 고유 명사의 한글 표기는 개정된 외래어 표기법에 따르는 것을 원칙으로 하되, 일부 예외를 두었다.

머리말

이 책에 기록한 모험담은 대부분 실제로 일어난 것들이다. 한두 가지는 내가 직접 겪은 경험이요, 나머지는 내 학교 친구들이 겪은 경험이다. 허클베리 핀은 실존 인물에서 취해 왔다. 톰 소여도 마찬가지이다. 그러나 톰은 한 개인이 아니라 내가 알고 있는 세 친구의 특징을 결합하여 만든 인물이다. 말하자면 조립식 건물에 속한다고 할 수 있다.

이 책에서 다루는 이상야릇한 미신들은 하나같이 이 이야기의 배경이 되는 시기, 즉 지금으로부터 삼십 년이나 사십 년 전 서부의 어린이들과 노예들 사이에서 크게 유행했던 것들이다.

나는 주로 소년 소녀들을 즐겁게 해 주기 위해 이 책을 썼지만 그런 이유 때문에 어른들한테서 외면당하지 않았으면 한다. 한때 자신들의 모습이 어떠했는지, 어떻게 느끼고 생각하고 이야기했는지, 그리고 때때로 어떤 이상한 짓에 몰두했는지 어른들이 즐거운 마음으로 회상하도록 하는 것이 내 계획이었기 때문이다.

1876년, 하트퍼드에서
저자

제1장

"톰!"

아무 대답이 없었다.

"톰!"

그래도 아무런 대답이 없었다.

"이 녀석이 도대체 어떻게 된 거야? 얘, 톰!"

그러나 여전히 아무런 대답이 없었다.

노부인은 코끝에 안경을 걸치고는 안경 위쪽 너머로 방 안을 둘러보았다. 그러고 나서 이번에는 이마 위로 안경을 추켜올리고 안경 아래로 방 안을 둘러보았다. 부인이 안경을 통해 사내 녀석처럼 그렇게 작은 것을 찾는 일이란 거의, 아니 한 번도 없었다. 그녀한테 안경은 위엄을 갖추고 자부심을 과시하기 위한 것, 멋을 부리기 위한 것일 뿐 사물을 잘 보기 위한 것은 아니었다. 그러니까 난로 뚜껑을 통해서 보더라도 역시 마찬가지였을 것이다. 부인은 잠깐 동안 난처한 표정을 짓고 나서 성난 목소리는 아니지만 여전히 가구가 울릴 정도로 크게 소리를 질렀다.
"요 녀석, 어디 붙잡히기만 해 봐라, 그냥……."
노부인은 여기서 말을 끊었다. 이때쯤 허리를 구부리고 빗자루로 침대 밑을 여기저기 들쑤시다 보니 잠시 동작을 중단하고 숨을 돌려야 했기 때문이다. 침대 밑에서 튀어나온 것은 고양이뿐이었다.
"요 녀석을 도저히 당해 낼 수가 없단 말이야!"
노부인은 열려 있는 문 쪽으로 나가 그곳에 서서 정원을 메우고 있는 토마토 덩굴과 흰꽃독말풀 사이를 쳐다보았다. 톰은 그곳에도 없었다. 그래서 멀리서도 들리도록 아까보다 더 큰 소리로 외쳤다.
"야-아-아, 톰!"
바로 그때 등 뒤에서 부스럭거리는 소리가 작게 들리자 노부인은 때마침 휙 뒤로 돌아서서 막 도망치려는 작은 사내아이의 느슨한 윗도리 자락을 붙잡았다.
"그럼 그렇지! 왜 내가 벽장 생각을 못했을까. 너 그 안에서 뭘 하고 있었던 거지?"
"아무 짓도 안 했어요."
"아무 짓도 안 했다고! 네 손 좀 봐라. 네 주둥이하고. 도대체 그 쓰레기 같은 게 뭐냐?"
"난 몰라요, 이모."
"그래, 난 다 아는데. 잼이지……. 잼 아니고 뭐겠어. 내가 입이 닳도록 아마 수십 번은 말했을 거다. 그 잼에 손을 대면 혼쭐내 주겠다고. 어서 회초리 집어 와."

 회초리가 공중을 맴돌고 있었다. 바야흐로 위험이 다가오고 있는 순간이었다.
 "아, 저런! 이모, 뒤 좀 돌아보세요!"
 노부인이 획 하고 뒤를 돌아보며 동시에 위험을 피하려는 듯 치맛자락을 움켜쥐었다. 바로 그 순간 사내아이는 쏜살같이 도망쳐 높다란 판자벽을 뛰어넘더니 그 뒤로 모습을 감추고 말았다.

폴리 이모는 잠시 어안이 벙벙하여 서 있다가 갑자기 부드러운 웃음을 터뜨렸다.

"이런 고얀 놈이 있나. 도대체 난 아무 것도 배울 수가 없단 말인가. 녀석한테 여태껏 속고도 정신을 못 차리다니 말이야. 바보 중에 가장 바보가 늙은 바보라더니. 속담에도 늙은 개한테는 새로운 재주를 가르쳐 줄 수 없다지 않나. 하지만 맙소사, 녀석이 이틀도 똑같은 꾀를 써먹질 않으니 그 다음에 무슨 꾀를 쓸지 어떻게 알 수가 있담. 저 녀석은 나를 얼마쯤 괴롭히면 내가 진짜로 화를 내는지 알고 있는 것 같아. 또 잠깐 동안 나를 피하거나 나를 웃게 하면 화가 누그러져 내가 매를 들 수 없다는 것도 알고 있지. 그래서 난 녀석한테 내가 해야 할 책임을 다하지 못하고 있는 거야. 누가 뭐래도 그건 사실이지. 성경에도 매를 아끼면 아이를 망친다고 씌어 있잖아.* 우리 두 사람 모두의 죄와 고통을 자초하고 있는 거라고. 마귀가 들린 것처럼 지독한 장난꾸러기지만 오, 어쨌든 내 죽은 여동생의 자식, 가엾은 혈육이 아닌가! 그러니 매질을 할 마음이 생기지 않는 거지. 그냥 내버려 두자니 양심에 거리끼고, 또 때리자니 이 늙은이 가슴이 미어지듯 괴롭고. 성경 말씀에도 여자에게서 태어난 사람은 사는 날이 짧고 괴로움으로 가득 차 있다고 하더니.** 그 말이 정말 맞는 것 같군. 녀석은 오늘 오후에도 틀림없이 학교를 빼먹을 거야. 어디 그러기만 해 봐라, 내일은 그

---

* "매를 아끼는 것은 자식을 사랑하지 않는 것이다." 구약성서 「잠언」 13장 24절.
** "여인에게서 태어난 사람은 사는 날이 짧고, 그 생애마저 괴로움으로 가득 차 있다." 구약성서 「욥기」 14장 1절.

벌로 일을 시켜 혼내 줄 테니까. 다른 애들이 모두 쉬고 있는 토요일에 그 녀석에게 일을 시킨다는 건 여간 힘드는 일이 아니지. 일하는 걸 죽기보다도 싫어하니까. 어쨌든 난 저 애를 위해 몇 가지 책임을 다해야 돼. 그렇게 하지 않으면 내가 저 녀석을 버려 놓게 되거든."

 아닌 게 아니라 그날 오후 톰은 학교를 빼먹었고 신바람 나게 놀았다. 집에 늦게 돌아오는 바람에 흑인 소년 짐이 저녁 식사 전에 나무토막을 톱으로 잘라 다음 날 쓸 불쏘시개를 만드는 일을 별로 도와주지 못했다. 그러나 적어도 톰에겐 이미 4분의 3 정도 일을 끝마친 짐한테 그날 있었던 신나는 모험을 들려줄 시간은 충분히 있었다. 톰의 동생(친동생이라기보다는 배다른 동생이었다.) 시드는 자기가 맡은 일(나뭇조각 줍는 일)을 벌써 모두 끝마쳐 놓았다. 그 아이는 천성이 조용한 데다가 모험심이 별로 없고 말썽을 부리는 일도 없었다.

 톰이 저녁을 먹으면서 기회 있을 때마다 설탕을 슬쩍하는 동안 폴리 이모는 그에게 음흉하고 아주 의미심장한 질문을 던지기 시작했다. 톰을 궁지에 몰아넣어 스스로 불리하게 자백하도록 만들고 싶었기 때문이다. 생각이 단순한 뭇 사람들처럼 그 여자도 자신이 음흉하고 은밀한 외교술의 재능을 갖고 이 세상에 태어났다고 허황되게 믿고 있었다. 그래서 속이 훤히 드러나 보이는 뻔한 술수를 자못 놀랍고 비열한 잔꾀라고 생각하고 있었던 것이다. 그녀가 이렇게 입을 열었다.

 "톰, 오늘 학교에서 꽤 더웠겠구나. 그렇지 않았니?"
 "예, 더웠어요, 이모."
 "몹시 덥지 않았어?"

"예, 몹시 더웠어요, 이모."

"그럼, 헤엄치러 가고 싶었겠구나, 톰?"

이 말을 듣자 갑자기 톰은 가슴이 뜨끔했다. 불안하게도 의심을 품고 있는 말이었던 것이다. 톰은 이모의 얼굴을 살폈지만 아무런 기색도 보이지 않았다. 그래서 톰이 대답했다.

"아뇨, 이모. 글쎄, 그런 생각이 별로 들지 않았어요."

이모는 한 손을 뻗어 톰의 셔츠를 만져 보고는 대꾸했다.

"하지만 네 몸이 그리 더운 것 같지는 않구나." 이모는 자신의 의도를 아무도 눈치채지 못하게 한 채 톰의 셔츠가 보송보송하다는 것을 알아냈다고 생각하니 속으로 우쭐해졌다. 그러나 그녀의 생각과 달리 톰은 지금의 사태를 훤히 꿰뚫고 있었다. 그래서 다음에 일어날지도 모르는 일에 대해 앞질러 선수를 쳤다.

"친구 몇이랑 머리에 펌프질을 했어요. 그래서 제 머리가 아직도 축축할 거예요. 그렇죠?"

폴리 이모는 그런 상황 증거를 못 보고 넘어가다 톰의 속임수를 놓쳐 버렸다고 생각하니 화가 났다. 바로 그때 그녀에게 새로운 영감(靈感) 하나가 떠올랐다.

"톰, 머리에 물만 뒤집어썼다면 내가 꿰매 준 셔츠 깃을 떼어 버릴 필요가 없었겠구나? 어디 윗도리 단추 좀 풀어 봐라!"

그러자 톰의 얼굴에서 불안해하던 표정이 사라졌다. 그는 윗도리를 열어 젖혔다. 셔츠 깃은 꿰매 놓은 자리에 그대로 단단히 붙어 있었다.

"에이, 지긋지긋해! 어서 나가 보거라. 네가 학교를 빼먹고 헤엄치러 갔었다는 걸 다 알고 있어. 하지만 용서해 주마, 톰.

너는 불에 털을 그슬린 고양이 같은 녀석이야.* 겉보기보다는 그래도 나으니까. 이번에는 말이야."

폴리 이모는 한편으로는 자신의 꾀가 빗나가 실패로 끝난 것에 조금 마음이 상했지만, 다른 한편으로는 톰이 그나마 한 번이라도 순순히 말을 들은 것이 조금은 기뻤다.

그런데 시드가 이렇게 말했다.

"그런데 말이에요, 이모는 그 깃을 하얀 실로 꿰맸는데, 지금은 검정 실로 꿰매져 있네요."

"그래, 맞아. 하얀 실로 꿰맸지! 톰!"

그러나 톰은 다음에 벌어질 사태를 기다리고 있지 않았다. 그는 문밖으로 뛰어나가면서 이렇게 소리쳤다.

"시드, 너 가만두지 않을 테야."

안전한 장소에 이르자 톰은 윗도리의 접은 깃에 실을 감아 꽂아 놓은 큰 바늘 두 개를 살펴보았다. 바늘 하나에는 하얀 실이, 다른 바늘에는 검정 실이 끼워져 있었다. 그가 혼잣말로 중얼거렸다.

"시드 녀석이 잠자코 있기만 했어도 이모가 전혀 알아차리지 못했을 텐데. 에이, 빌어먹을! 이모는 어떤 때는 하얀 실로 꿰매고, 또 어떤 때는 검정 실로 꿰맨단 말이야. 어느 쪽이든 한 가지 실만 쓰면 어디 덧나. 도대체 종잡을 수가 없단 말씀이야. 그러나저러나 시드란 놈 어디 가만히 놔두나 봐라. 톡

---

* "자라 보고 놀란 가슴 솥뚜껑 보고 놀란다."에 해당하는 속담을 서양에서는 "불에 털을 그슬린 고양이는 불을 무서워한다."라고 한다. 한편 '불에 털을 그슬린 고양이'라는 표현은 흔히 외모 때문에 진가를 발휘하지 못하는 사람을 가리킨다.

톡히 맛을 보여 줘야지!"
　톰은 마을의 '모범생'이 아니었다. 그는 모범생을 잘 알고 있었지만, 그런 녀석을 끔찍이도 싫어했다.
　톰은 이 분도 채 지나지 않아 조금 전에 겪었던 불쾌한 일을 모두 깨끗이 잊어버렸다. 그의 고민거리가 어른들이 겪는 불쾌한 일보다 조금이라도 덜 우울하고 덜 고통스러워서가 아니라, 아주 재미있는 일이 새로 생각나서 먼저 있었던 일들을 당분간 그의 머릿속에서 씻어 버렸기 때문이다. 그것은 마치 어른들이 새로운 일을 시작하면 마음이 들떠 이미 겪은 불행한 일을 잊어버리는 것과 같다. 그런데 톰이 생각해 낸 새로운 흥밋거리란 멋지게 휘파람을 부는 것이었다. 톰은 한 검둥이에게서 이 재주를 배웠는데 아무한테도 방해받지 않고 조용히 익히는 데 무척 애를 먹고 있었다. 혀를 짧은 간격으로 입천장에 붙였다 뗐다 하면 새의 지저귐 같은 독특한 소리, 물이 흐르는 듯 가늘게 떨리는 소리를 만들 수 있었다. 어린 시절을 겪은 독자들이라면 어떻게 그 소리를 내는지 아마 기억하리라. 톰은 주의를 기울여 열심히 하다 보니 금방 요령이 생겼다. 입에는 화음을 가득 담고 영혼에는 감사하는 마음을 가득 담은 채 톰은 성큼성큼 길 아래쪽으로 걸어 내려갔다. 마치 새로운 유성 하나를 발견한 천문학자가 느끼는 그런 기분이라고나 할까. 그윽하고 강렬하며 순수한 기쁨으로 말하자면, 천문학자보다는 오히려 톰이 더 큰 기쁨을 느꼈을 것이다.
　여름철의 저녁은 유난히 길어서 아직 어둡지 않았다. 이윽고 톰은 휘파람을 멈추었다. 낯선 사내아이 하나가 그의 앞에 서 있었기 때문이다. 그 아이는 톰보다 키가 조금 컸다. 세인트피터스버그*처럼 보잘것없고 조그마한 마을에서는 나이나 성별에 상관없이 낯선 사람이 나타나면 대단한 호기심을 불러일으켰다. 더구나 그 사내아이는 옷을 굉장히 잘 차려입고 있었다. 평일인데도 그렇게 옷을 잘 차려입고 있다니 여간 놀라운 일이 아니었다. 멋진 모자에 단추를 촘촘히 단 푸른색 윗도리는 새것으로 말쑥한 데다가 바지 또한 그랬다. 금요일인데도 구두까지 신고 있었고 심지어 밝은색 리본으로 만든 나비넥타이도 매고 있었다. 그 아이한테서는 도시 냄새가 풍겼고, 그래서 톰은 비위가 상했다. 톰은 그 아이의 멋진 모습을 뚫어지게 바라보면서 콧방귀를 뀌었지만, 그러면 그럴수록 자신의 옷차림이 더욱더 초라해 보였다. 두 아이 모두 말이 없었다. 한 아이가 움직이면 다른 아이도 따라 움직였다. 서로 옆으로 움직이거나 원을 그리며 움직일 뿐 앞으로 다가서지는 않았다. 줄곧 상대방의 얼굴을 마주 보면서 서로에게서 눈을 떼지 않았다. 마침내 톰이 말문을 열었다.

"한 대 때려 줄까 보다!"
"어디 한번 해 보시지!"
"그럼 못할 줄 알아?"
"그래, 못할걸."
"아니, 할 수 있어."
"할 수 없어."
"할 수 있다고."

---

* 마크 트웨인의 고향 미주리 주 해니벌을 모델로 한 상상의 마을. '세인트피터의 마을', 즉 천국이나 낙원을 뜻한다.

"할 수 없다니까."
"할 수 있다고!"
"할 수 없다니깐 그래!"
잠시 어색한 침묵이 흐르고 나서 톰이 다시 입을 열었다.
"이름이 뭐냐?"
"네가 그걸 알아서 뭐 하려고."
"글쎄, 알아 둘 이유가 있어서 그러지."
"그럼 한번 알아보시지."
"너 입을 많이 놀리면 그냥……."
"이렇게 많이…… 많이…… 많이 놀린다. 자, 어디 해 봐."
"네 딴에는 네가 엄청 잘난 것 같지, 안 그래? 난 마음만 먹으면 한 손을 뒤로 묶어 놓고 나머지 한 손만으로도 너를 두들겨 패 줄 수 있어."
"어디 한번 해 봐. 그럴 수 있다고 했잖아."
"그래, 네가 나를 놀린다면 그렇게 할 테야."
"아, 그럴 테지. 난 너처럼 구는 사람들을 여럿 보아 왔거든."
"이 건방진 놈아! 네가 대단한 녀석이라도 된다고 생각하는 모양이지, 안 그래? 아, 저 모자 꼴 좀 봐!"
"모자가 마음에 들지 않으면 한번 뭉개 봐. 용기가 있으면 땅에 떨어뜨려 보라고. 도전에 응할 사람이라면 족제비처럼 교활하게 굴 수 있거든."
"넌 거짓말쟁이야!"
"그럼 너도 거짓말쟁이야."
"넌 싸움질 잘하는 거짓말쟁이야. 그런데도 감히 싸움질을 걸 수 없는 거야."

"오, 어디 그만 가 보시지!"

"야, 너 그렇게 계속 건방 떨면 혼내 줄 테야."

"아, 물론 그러시겠지."

"정말 그럴 거야."

"그럼 왜 그렇게 하지 않는 거지? 왜 그러겠다고 계속 입만 놀리는 거야? 어디 한번 해 보란 말이야. 네가 그렇게 못하는 건 겁을 집어먹고 있기 때문이거든."

"난 겁먹고 있지 않아."

"겁먹고 있는 거야."

"아니라니깐."

"그렇다니까."

또다시 침묵이 흘렀다. 두 아이는 계속 상대방의 눈을 노려보면서 서로 옆으로 걸음을 옮겼다. 그러다 곧 서로 어깨를 나란히 하고 마주 섰다. 그러자 톰이 말했다.

"이곳에서 꺼져 버려!"

"네 놈이나 꺼져!"

"난 이곳을 떠나지 않을 테야."

"나도 이곳을 떠나지 않을 테야."

두 아이는 각자 한쪽 발을 버팀목처럼 비스듬히 내디딘 채 있는 힘을 다해 상대방을 밀치며 서서 서로를 증오의 눈길로 노려보았다. 그러나 누구도 상대방을 제압할 수 없었다. 두 아이 모두 얼굴이 달아오르고 붉어질 때까지 버틴 뒤에 경계를 늦추지 않고 긴장을 풀었다. 마침내 톰이 말했다.

"넌 겁쟁이에다 강아지처럼 애송이야. 우리 형한테 일러바칠 거야. 그러면 형은 새끼손가락으로 너를 두들겨 패 줄 거야. 형한테 그렇게 하라고 부탁할 거라고."

"네 형이면 겁날 줄 알아? 난 네 형보다 더 큰 형이 있어. 게다가 우리 형은 네 형을 저 담 너머로 던져 버릴 수도 있다고." (물론 두 소년 모두한테는 형이 없었다.)

"거짓말하지 마."

"네가 주둥이를 나불거린다고 그렇게 되지는 않지."

톰은 엄지발가락으로 땅 위에 줄을 하나 긋고는 이렇게 말했다.

"이 금만 넘어 봐. 두 발로 서지 못할 때까지 늘씬하게 두들겨 패 줄 테니까. 도전에 응할 사람이라면 양(羊)도 훔칠 수 있는 법이거든."

그러자 낯선 아이가 즉시 선을 넘으며 말했다.

"두들겨 팬다고 했으니까 어디 한번 두들겨 패 봐."

"성가시게 조르지 마. 조심하는 게 좋을걸."

"야, 두들겨 팬다고 했잖아. 왜 그렇게 하지 않는 거야?"

"맹세코 그럴 거야! 2센트만 주면 그렇게 할 거라고!"

그러자 새로 나타난 아이는 주머니에서 넓적한 동전* 두 개를 꺼내더니 코웃음을 치며 톰에게 내밀었다. 톰은 그 동전을 쳐서 땅에 떨어뜨렸다. 그러자마자 두 아이는 고양이처럼 서로 맞붙잡고 한데 뒤엉킨 채로 땅 위를 뒹굴었다. 약 일 분가량 서로의 머리카락과 옷을 잡아당기고 찢는가 하면 상대방의 코

---

* 1793년에서 1857년 사이 미국에서 주조한 동전으로 크기가 오늘날의 50센트짜리 은화와 비슷하다.

를 때리고 할퀴는 동안 아이들은 지지 않겠다는 자존심과 함께 흙먼지로 온통 뒤범벅이 되었다. 곧이어 혼란 가운데 서서히 형체가 드러나더니 안개처럼 뿌연 흙먼지 속에서 새로 온 아이를 깔고 앉아 그에게 마구 주먹질을 하고 있는 톰의 모습이 나타났다.

"이제 졌다고 항복해!" 톰이 말했다.

그러나 낯선 아이는 밑에서 빠져나오려고 몸부림을 치고 있을 뿐이었다. 무엇보다도 화가 치밀었기 때문에 그는 엉엉 울고 있었다.

"이제 그만 졌다고 항복하라고!" 톰은 계속 주먹질을 해 대며 다그쳤다.

마침내 낯선 아이는 숨을 헐떡이며 "항복!" 하고 소리를 질렀다. 그러자 톰은 그가 일어나도록 내버려 두면서 이렇게 말했다.

"이제 정신을 차렸겠지? 다음부터는 상대가 누군지 잘 보고 까불란 말이야."

새로 온 아이는 옷에 묻은 흙을 털고는 훌쩍거리면서 자리를 떴다. 어쩌다가 뒤를 돌아보고 고개를 흔들면서 "나중에 잡히기만 하면" 톰을 그냥 놔두지 않겠다고 협박을 했다. 그러나 톰은 오히려 그 아이를 비웃고는 신바람이 나서 길을 따라 걸어갔다. 톰이 등을 돌리는 순간 새로 온 아이는 얼른 돌멩이를 한 개를 집어 톰의 어깨 사이를 맞히고 쏜살같이 달아나 버렸다. 톰은 자신을 배반한 아이를 쫓아가 그가 사는 집을 알아냈다. 한참 동안 문 앞에 자리를 잡고 버티고 서서 그가 나오기를 기다렸지만, 그 아이는 창문으로 얼굴을 내밀고

톰을 놀려 댈 뿐 나오려고 하지 않았다. 마침내 그 아이의 어머니가 나타나서는 톰을 성질이 고약하고 불량스러우며 무식한 애라고 부르면서 그곳에서 사라지라고 그에게 명령했다. 그래서 톰은 자리를 떴다. 어디 한번 "두고 보자."라고 말하면서 말이다.

 그날 밤 톰은 꽤 늦어서야 집에 돌아갔다. 조심스럽게 창문을 통해 방으로 기어들어 갈 때 폴리 이모가 잠을 자지 않고 잠복해 있는 것을 발견했다. 폴리 이모는 톰의 옷이 엉망인 것을 보고는 휴일인 토요일에 그 녀석을 잡아 놓고 호되게 일을 시켜야겠다고 단단히 마음먹었다.

제2장

 토요일 아침이 밝았다. 어느 곳을 둘러보아도 여름철의 세상은 밝고 싱싱하며 생동감으로 흘러넘쳤다. 사람들은 저마다 노래라도 부르고 싶은 심정이었다. 마음이 젊은 사람들이라면 노래가 입술에서 절로 흘러나왔다. 사람들 표정마다 웃음이 감돌았고, 발걸음 또한 용수철처럼 탄력이 있었다. 아카시아 나무는 꽃이 만발하여 그윽한 향기가 공기에 가득 찼다. 마을 위쪽 너머에 있는 카디프힐*은 온통 초목으로 푸르렀다. 저 멀리 자리 잡고 있는 그곳은 마치 꿈을 꾸는 듯 평온하고 마음 설레게 하는 '낙원'**처럼 보였다.
 톰이 흰 회반죽을 담은 양동이와 긴 손잡이가 달린 붓을

---

* 미주리 주 해니벌 북쪽에 있는 홀리데이스힐을 모델로 삼은 언덕.
** 원문은 '딜렉터블 랜드(delectable land)'로 마크 트웨인은 존 버니언이 『천로역정』에서 묘사한 '딜렉터블 마운틴스'을 염두에 두고 있었다. 이 무렵 버니언의 소설은 성서 다음으로 가장 많이 읽혔다.

들고 길가에 나타났다. 담장을 바라보자 즐거움이 모두 사라지고 그 대신 몹시 우울한 생각이 그의 마음을 짓눌렀다. 높이가 3미터나 되는 판자 담장이 무려 30미터나 펼쳐져 있으니 말이다. 톰은 삶이 공허하게 느껴졌고, 살아간다는 것이 무거운 짐 같았다. 한숨을 길게 내쉬며 톰은 붓을 회반죽 양동이에 담갔다가 꺼내 담장 꼭대기 판자를 따라 길게 칠했다. 그렇게 몇 번이고 되풀이해서 칠해 댔다. 그러고 나서 톰은 앞으로 새로 칠해야 할 대륙처럼 넓은 나머지 부분을, 방금 희게 칠했지만 눈에 띄지도 않는 부분과 서로 비교해 보았다. 톰은 풀이 죽은 채 나무줄기를 보호하려고 만들어 놓은 나무틀 위에 걸터앉았다. 그때 문 쪽에서 짐이 양철 양동이를 들고 「버팔로 아가씨들」*을 부르면서 춤을 추는 듯 가벼운 발걸음으로 걸어 나오고 있었다. 이제까지 톰은 동네 공동 우물에서 물을 길어 오는 일이 끔찍하게 지겨운 일이라고 늘 생각을 해 왔지만 오늘따라 그런 생각이 들지 않았다. 우물가에는 함께 어울려 놀 친구들이 있다는 생각이 문득 떠올랐기 때문이다. 그곳에는 언제나 백인, 혼혈, 흑인 할 것 없이 사내아이들과 계집애들이 물 뜰 차례를 기다리며 쉬거나 장난감을 서로 바꾸거나 말다툼을 하거나 싸움질을 하거나 시시덕거리며 장난치고 있었다. 우물까지는 겨우 140미터밖에는 떨어져 있지 않는데도 짐이란 녀석은 물 한 양동이를 길어 오는 데 한 시간 안쪽으로 걸린 적이 단 한 번도 없었다. 그럴 때마저 보통은 누군가가 그 녀

---

* 흑인으로 분장한 백인 연예인이 진행하는 버라이어티 쇼인 민스트럴에서 부르는 노래. 마크 트웨인은 『미시시피 강의 생활』 제14장에서도 이 노래를 언급한다.

석을 부르러 가야만 했다. 톰이 짐에게 이렇게 소리쳤다.
"야, 짐, 회칠 좀 해 주면 내가 대신 물을 길어다 줄게."
그러자 짐은 고개를 설레설레 내저으면서 대꾸했다.
"안 된당께유, 톰 도련님. 주인 마나님께서 말씀하시길, 물을 뜬 뒤 아무하고도 장난치지 말고 곧장 돌아오라고 하셨으니께유. 틀림없이 도련님이 나한테 담장에 칠을 하도록 시킬 거니까 그런 말은 들은 척도 하지 말고 내 일이나 하라고 말씀하셨지라우. 담장 칠하는 일은 마나님께서 알아서 하시겠다고 하셨당께유."
"아, 이모가 하는 말은 귀담아들을 필요가 없어, 짐. 이모는 늘 그런 식으로 말하잖아. 그 양동이 이리 줘. 금방 갔다 올게. 이모가 알지 못할 거야."
"아, 그렇게 할 순 없지라우, 톰 도련님. 그러다간 주인 마나님한테 혼쭐날 거랑께유. 정말로 그럴 거랑께유."
"이모가! 이모는 어느 누구도 때리는 법이 없어. 기껏해야 골무 가지고 머리를 탁 치는 정도야. 그런 걸 누가 상관하니. 잔소리야 귀가 따갑도록 해 대지만, 잔소리 많이 듣는다고 어디 아프길 하니. 이모가 울지만 않으면 상관없어. 짐, 내가 공깃돌 하나 줄게. 하얀 공깃돌 하나 줄게!"
그 말을 듣자 짐의 마음이 흔들리기 시작했다.
"하얀 공깃돌이란 말이야, 짐! 게다가 멋진 돌이잖아."
"이거 참! 진짜로 근사한 공깃돌인데! 하지만 톰 도련님, 난 주인 마나님이 겁나게 무서워서……."
"어디 그뿐인 줄 알아. 내 말을 들으면 내 발가락에 난 상처도 보여 줄게."

짐도 인간인지라 이런 유혹은 물리치기가 무척 힘들었다. 그는 양동이를 내려놓고 공깃돌을 받아 쥔 뒤 톰이 발에 감은 붕대를 푸는 동안 허리를 구부리고 잔뜩 기대한 채 발가락을 지켜보았다. 그러나 다음 순간 짐은 엉덩이가 욱신거리는 채로 부리나케 양동이를 들고는 길 아래쪽으로 쏜살같이 달아났고, 톰은 힘껏 담장에 회칠을 하고 있었다. 또한 폴리 이모는 슬리퍼 한 짝을 손에 들고 승리의 표정을 지으며 밭에서 집으로 돌아가고 있었다.

그러나 톰의 열성은 그렇게 오래가지 못했다. 그날 하루 재미있게 놀기로 계획했던 일을 떠올리기 시작하자 서글픈 생각이 몇 갑절로 늘어났다. 이제 곧 한가한 아이들이 온갖 재미있는 놀이를 즐기려고 이곳을 지나가겠지. 또 그들은 혼자서 일해야 하는 자기를 실컷 놀려 대겠지. 이런 생각을 하니 몸에서 열불이 나는 것만 같았다. 톰은 가지고 있던 소지품을 주머니에서 몽땅 꺼내 하나하나 점검해 보았다. 이런저런 장난감에다 공깃돌 몇 개, 그리고 너절한 잡동사니뿐이었다. 이런 것들을 주면 잠깐 동안 일을 바꾸어 할 수 있을지는 몰라도 단 삼십 분이라도 완전한 자유를 누리기에는 어림 반 푼도 없을 것 같았다. 그래서 톰은 별 볼 일 없는 허섭스레기를 다시 주머니에 쑤셔 넣고는 그런 것들로 꾀어서 아이들에게 일을 시켜야겠다는 생각은 아예 접어 두기로 했다. 이렇게 암담하고 절망적인 순간, 어떤 영감(靈感) 하나가 갑자기 떠오르는 것이 아닌가! 그야말로 기막힌 생각이었다.

톰은 다시 붓을 집어 들고 얌전하게 일을 하기 시작했다. 곧 저쪽에서 벤 로저스의 모습이 눈에 들어왔다. 모든 아이들 중에서도 특히 그 아이한테 놀림받을 것이 두려웠던 것이다. 벤의 발걸음이 삼단뛰기를 하듯 가벼운 것으로 보아 기분이 좋고 마음이 들떠 있다는 것을 알 수 있었다. 벤은 사과를 먹는 틈틈이 선율적인 환성을 길게 지르고는 곧이어 나지막한 저음으로 딩-동-동 딩-동-동 하는 소리를 내고 있었다. 그는 지금 증기선 흉내를 내고 있는 것이다. 벤은 톰에게 가까이 다가오면서 속도를 늦추고 길 한복판에 자리 잡고 서더니 몸을 오른쪽으로 크게 기울이며 육중하고도 위풍당당하게 뱃머리를 바람이 불어오는 쪽으로 돌려서 멈추었다. 벤은 지금 물속으로 3미터까지 잠기는 '빅미주리'호(號)*를 흉내 내고 있었다. 벤 자신이 증기선인 동시에 선장이기도 하고 기관실의 종이기도 했다. 그래서 제일 높은 갑판 위에 올라서서 명령도 내리고 그 명령을 실행에 옮기는 역할도 맡고 있었다.

"정선 준비! 땡-땡-땡!" 증기선이 항진(航進)을 거의 마치자 그는 천천히 인도 쪽으로 배를 대었다.

"후퇴! 떵-땡-땡!" 그는 두 팔을 곧게 뻗어 옆구리 아래로 내려뜨렸다.

"우현(右舷) 전진! 땡-땡-땡! 차우! 차차-아우! 차우!" 그러는 동안 그는 오른손으로 큼직하게 원들을 그렸는데, 그것은 지름 12미터의 외륜(外輪)을 의미하는 것이었다.

"좌현(左舷) 후퇴! 땡-땡-땡! 땡-땡-땡! 차우-차차우-차

---

* '빅미주리'는 흔히 미주리 강을 가리키는 이름. 미시시피 강을 따라 항해하는 증기선 가운데에는 '미주리'라는 이름을 가진 외륜선이 많았다. '빅미주리'호는 이들 증기선 가운데에서 아마 가장 큰 배를 가리키는 듯하다. 886톤의 이 외륜선은 1845년 오하이오 주 신시내티에서 만들어졌다.

우!" 그는 이번에는 왼손으로 원을 그리기 시작했다.

"우현 중지! 땡-땡-땡! 좌현 중지! 우현으로 전진! 중지! 바다 쪽 외륜을 서행하라! 땡-땡-땡! 차우-차우-아우! 활대 밧줄을 꺼내라! 어서 빨리! 자, 이제⋯⋯ 고물 밧줄을 꺼내라! 그곳에서 지금 뭣하고 있는 거야! 밧줄 고리가 달린 저 지주(支柱)의 주위를 돌아라! 이제 저 트랩에 서라. 이제 그만 놔두어라! 엔진은 작동 중지 완료! 땡-땡-땡! 쉿! 쉿! 쉿!"(그것은 검수기(檢水器)를 시험하는 소리였다.)

그러는 동안에도 톰을 회칠을 계속했다. 증기선 따위는 아랑곳하지 않고 말이다. 벤이 잠깐 동안 톰을 힐끗 쳐다보고 나서 이렇게 입을 뗐다.

"야! 너 정말 딱하게 됐구나!"

그러나 톰은 아무런 대꾸도 하지 않았다. 마지막으로 칠한 곳을 마치 화가가 그러듯이 찬찬히 살펴보았다. 그리고 나서 또다시 가볍게 붓으로 덧칠하고 나더니 금방 하던 대로 다시 잘 칠해졌는지 유심히 살펴보았다. 그러는 동안 벤이 톰 옆으로 가까이 다가와 섰다. 톰은 사과가 먹고 싶어 입에 침이 고였지만 꾹 참고 일에만 몰두했다. 그러자 벤이 말했다.

"저런, 친구야, 너 지금 일을 해야 되는 거야, 응?"

톰은 갑자기 몸을 뒤로 홱 돌리며 대꾸했다.

"야, 너 벤이로구나! 네가 오는 걸 보지 못했거든."

"어때? 나 지금 헤엄치러 가는 중이거든. 너도 함께 가고 싶지 않니? 하지만 물론 너는 일을 해야 할 테지. 안 그래? 물론 일을 해야 하겠지!"

톰은 잠깐 동안 벤을 빤히 쳐다보고 나서 말했다.

"일이라니 뭐가?"

"어럽쇼, 그럼 이게 일이 아니고 뭐니?"

톰은 다시 회칠을 하면서 아무렇지도 않은 듯 대답했다.

"글쎄, 하기야 일이라면 일일 수도 있고, 어쩌면 아닐 수도 있지. 어쨌든 내가 말할 수 있는 건, 이 일이 톰 소여의 마음에 썩 든다는 거야."

"이봐, 설마하니 이 일을 좋아하는 척하는 건 아니겠지?"

톰은 쉬지 않고 계속 붓질을 했다.

"좋아하냐고? 글쎄, 내가 이 일을 좋아하지 않을 이유도 없지. 아이들한테 담장에 회칠할 기회가 어디 날마다 있는 줄 아니?"

톰의 이 말에 상황이 달라졌다. 벤은 사과를 베어 먹던 동작을 멈추었다. 톰은 점잖게 멋을 부려 가며 앞뒤로 붓질을 하고, 몇 발짝 뒤로 물러서서 칠한 것을 바라보다가, 여기저기 덧칠을 한 뒤 다시 그 결과를 바라보았다. 그러는 동안 벤은 톰의 움직임을 하나도 놓치지 않고 지켜보면서 점점 흥미를 느끼기 시작했고, 자기도 한번 해 보고 싶다는 생각이 점점 굴뚝같아졌다. 마침내 벤이 이렇게 말했다.

"톰, 나도 좀 해 보자."

톰은 잠깐 생각한 뒤 그의 부탁을 들어주려고 했다. 그러나 곧 마음을 고쳐먹었다.

"안 돼……. 안 된다고. 벤, 아무래도 안 되겠는걸. 너도 알다시피, 폴리 이모가 이 담장에 대해 여간 까다로운 게 아니거든. 특히 사람들이 다니는 길거리 쪽에 있는 담장에 대해선 말이야. 하지만 뒤쪽 담장이라면 나나 이모나 별로 상관하지 않을 거야. 그래 맞아, 이모는 바로 길거리 쪽 담장에 대해 꽤 까다로우셔. 여간 주위를 기울여서 칠하지 않으면 안 되거든. 이 일을 제대로 해낼 수 있는 아이는 아마 1000명에, 아니 2000명에 하나 있을까 말까 할걸."

"설마……. 그게 정말이니? 자, 한 번만 하게 해 줘. 아주 조금만 말이야. 만약 내가 너라면 네 부탁을 들어줄 거야, 톰."

"벤, 나도 그러고 싶어. 정말이야. 하지만 폴리 이모가……. 글쎄 짐이 이 일을 하고 싶어 했지만 폴리 이모가 허락하지 않으셨거든. 시드도 하고 싶어 했지만 역시 이모가 못하게 하셨고. 내가 어떤 처지에 놓여 있는지 이제 알겠지? 만약 네가 이 담장을 칠하다가 무슨 일이라도 생긴다면……."

"야, 쓸데없는 소리하지 마. 너처럼 조심해서 칠할게. 그러니 나도 좀 해 보자. 있잖아, 이 사과 속을 너한테 줄게."

"정 그렇다면, 이곳을……. 아냐, 벤, 아무래도 안 되겠어. 혹시나……."

"그럼 이 사과 몽땅 다 줄게!"

톰은 얼굴 표정으로는 마지못해 붓을 넘겨주는 척했지만 마음속으로는 얼른 건네주고 싶어 안달이었다. 이리하여 늦게 도착한 증기선 빅미주리호가 뙤약볕 아래서 땀을 뻘뻘 흘리며 회칠을 하는 동안, 현역에서 은퇴한 화가는 가까운 그늘 아래 있는 나무통에 걸터앉아 두 다리를 달랑거리며 사과를 먹고 있었다. 그러면서 다음에 나타날, 벤보다 더 어리석은 녀석들을 어떻게 하면 골탕 먹일까 하고 궁리했다. 걸려들 녀석들은 얼마든지 있었다. 사내아이들이 곧이어 나타났다. 아이들은 처음에는 톰을 놀리려고 왔다가 마침내는 담장을 칠하고야 말았다. 벤이 녹초가 되었을 무렵 톰은 이번에는 빌리 피셔한테서 손질이 잘 되어 있는 연(鳶)을 받고 일을 맡겼다. 그 녀석마저 기진맥진하자 다음에는 조니 밀러한테서 죽은 쥐 한 마리와 쥐를 매달아 빙글빙글 돌리는 데 쓰는 노끈 한 개를 받고 일을 시켰다. 이런 식으로 아이들이 바뀌면서 한 시간 또 한 시간이 흘렀다. 아침나절에는 아무 것도 없이 빈털터리였던 톰이 오후 서너 시쯤이 되자 그야말로 엄청난 재산가가 되었다. 앞에서 말한 물건 말고도 공기알 열두 개, 입에 물고 손가락으로 튕기는 구금(口琴)의 일부, 안경처럼 볼 수 있는 푸른색 병 유리 조각, 대포 모양의 실패, 어떤 자물쇠에도 맞지 않는 열쇠 하나, 백묵 조각, 유리 병마개, 양철로 만든 병정, 올챙이 몇 마리, 폭죽 여섯 개, 애꾸눈 새끼 고양이 한 마리, 놋쇠 문고리, 개 목걸이(물론 개는 딸려 있지 않지만), 칼의 손잡이, 오렌지 껍질 네 조각, 그리고 쓰지도 못할 다 망가진 창틀이 손에 들어왔던 것이다.

톰은 그러는 동안 줄곧 걱정 근심 없이 편하게, 그것도 많은 친구들과 함께 즐거운 시간을 보낼 수 있었다. 또한 담장을 세 겹이나 칠할 수 있었다! 만약 흰 회반죽이 떨어지지만 않았더라면 톰은 온 마을 아이들을 완전히 빈털터리로 만들었을지도 모른다.

톰은 이 세상이 그렇게 공허하지만은 않다고 혼잣말로 중얼거렸다. 그는 자기도 모르는 사이에 인간의 행동에 관한 중요한 법칙 하나를 발견하게 되었다. 즉 어른이건 아이건 어떤 물건을 갖고 싶은 마음이 들게 하려면, 그 물건을 손에 넣기 어렵게 만들기만 하면 된다는 점이다. 만약 그가 이 책의 저자처럼 현명하고 훌륭한 철학자였다면, 노동이란 무엇이든 의무적으로 해야 하는 것이고, 놀이란 무엇이든 의무적으로 할 필요가 없는 것이라는 사실을 깨달았을 것이다. 그런 이치를 알게 되면 조화(造花)를 만들거나 물레방아를 밟아 돌리는 일은 노동인 반면, 볼링을 치거나 몽블랑 산을 등반하는 일은 놀이에 지나지 않는다는 사실을 깨닫는 데 도움이 되리라. 영국에는 여름철에 하루 일정으로 사두마차(四頭馬車)를 몰고 30킬로미터에서 50킬로미터나 되는 길을 다니는 부유한 신사들이 있다.

그런 특권을 얻기 위해서 꽤 많은 돈이 드는데도 말이다. 그러나 만약 그 신사들이 그런 일을 하고 품삯을 받는다면 그 일은 노동이 될 것이고, 따라서 그들은 곧 그 일을 그만두게 될 것이다.

톰은 자신의 재산이 엄청나게 불어난 것을 두고 얼마 동안 곰곰이 생각해 보았다. 그러고 나서 담장 칠하는 일이 모두 끝났다고 보고하기 위해 집으로 발길을 옮겼다.

제3장

  톰이 폴리 이모 앞에 나타났다. 이모는 침실과 식당과 서재를 겸해 두루 사용하는 쾌적한 뒷방에서 창문을 열어 놓은 채 창가에 앉아 있었다. 온화한 여름 공기며, 온갖 꽃향기며, 평화스럽기 그지없는 고요함이며, 나른하게 윙윙거리는 벌들의 소리가 효과를 발휘하여 그녀는 뜨개질을 하다 말고 꾸벅꾸벅 졸고 있었다. 함께 자리를 하고 있는 것이라곤 고양이뿐이었고, 그 고양이마저 그녀의 무릎 위에서 잠을 자고 있었다. 안경은 떨어지지 않도록 희끗희끗한 머리 위에 얹혀 있었다. 이모는 보나마나 톰이 벌써 오래 전에 달아나 버렸을 것이라고 생각하고 있었다. 그래서 톰이 이렇게 대담하게 그녀 앞에 다시 나타난 것을 보자 의아한 생각이 들었다. 톰이 물었다.
  "이제 내가 놀아도 되죠, 이모?"
  "뭐라고? 벌써 다 칠했어? 얼마나 칠했는데?"
  "모두 다 칠했어요, 이모."

"톰, 이모한테 거짓말하면 못써! 난 거짓말은 참지 못하거든."

"거짓말하는 게 아녜요, 이모. 벌써 다 끝냈단 말이에요."

폴리 이모는 톰의 말을 믿을 수 없었다. 자기 눈으로 직접 확인해 보려고 밖으로 나갔다. 톰이 한 말 중에서 5분의 1이라도 진짜라면 그것으로 만족할 작정이었다. 그런데 담장 전체가 깨끗이 칠해져 있을 뿐만 아니라 정성들여 몇 번씩이나 겹칠이 되어 있고 심지어 땅바닥 쪽까지 길게 칠이 된 것을 보자 그녀는 너무 뜻밖의 일이라서 놀라 그만 말문이 막히다시피 했다. 마침내 그녀가 입을 열었다.

"원, 세상에 이럴 수가! 암, 그렇고말고. 톰, 너도 마음만 먹으면 얼마든지 일을 잘해 낼 수 있구나." 그러고 나서 이모는 이렇게 덧붙여 말하는 바람에 칭찬에 그만 찬물을 끼얹고 말았다. "네가 그렇게 마음먹는 일이 별로 없어서 탈이지만. 그래, 이제 나가 놀아도 좋아. 그렇다고 너무 오래 있다 돌아오면 안 돼. 그러면 혼내 줄 테야."

폴리 이모는 톰이 이처럼 훌륭하게 일을 해낸 것이 무척 기뻐서 그를 벽장으로 데리고 가 아주 좋은 사과 한 개를 골라 건네주면서 그 사과는 죄를 짓지 않고서 값진 노력의 결과로 얻은 것이니 각별히 귀하고 맛이 있을 것이라는 설교를 덧붙였다. 이모가 적절한 성경 구절로 한바탕 설교를 끝맺는 동안 톰은 잽싸게 도넛 한 개를 '슬쩍'했다.

그리고 나서 밖으로 깡충 뛰어나간 톰의 눈에 마침 2층 뒷방으로 난 바깥 층계를 올라가고 있는 시드의 모습이 보였다. 옆에 있는 흙덩어리를 집어 들자 눈 깜짝할 사이에 공중에 흙

덩이가 난무하며 시드 주위에 우박처럼 쏟아져 내렸다. 폴리 이모가 놀란 정신을 가다듬고 시드를 구하러 나갔지만 이미 흙덩어리 예닐곱 개가 시드의 몸에 떨어진 뒤였다. 톰은 어느새 담장을 넘어 모습을 감추어 버렸다. 대문이 있지만 여느 때와 마찬가지로 톰은 얌전히 문으로 다니기에는 너무 시간에 쫓기고 있었다. 검정 실 이야기를 꺼내 자기를 곤경에 빠뜨린 데 대해 시드에게 앙갚음을 했기 때문에 톰은 이제 마음이 후련했다.

  톰은 길모퉁이를 돌아 이모의 소 외양간 뒤쪽으로 나 있는 질퍽한 뒷골목으로 들어섰다. 붙잡혀 벌을 받을 범위에서 마침내 안전하게 벗어난 그는 마을 광장을 향해 단숨에 달려갔다.

그곳에는 벌써 약속한 대로 전쟁 놀이를 하기 위해 아이들이 두 '부대'로 나뉘어서 모여 있었다. 톰은 그중 한 부대의 장군을 맡았고, (톰과 절친한 친구인) 조 하퍼가 다른 부대의 장군을 맡았다. 이 두 지휘관은 자신들이 직접 전투에 참가하지는 않았다. 그런 일은 병졸한테나 더욱 잘 어울리는 일이었기 때문이다. 그 대신 두 아이는 높은 곳에 나란히 앉아서 부관을 통해 지시를 내려 작전을 수행하게 했다. 오랫동안 치열한 격전을 벌인 끝에 톰의 군대가 크게 승리를 거두었다. 그러고 나서 전사자들의 수를 점검하고 포로를 교환하고 의견이 다른 다음 번 전투의 조건을 합의하고 필요한 전투 날짜를 정했다. 그런 뒤 두 부대는 각기 대열을 지어 행진하여 그곳을 떠났다. 톰은 혼자서 집을 향해 발걸음을 옮겼다.

　톰이 제프 새처가 살고 있는 집 앞을 지나가려다 보니 그 집 마당에 웬 낯선 소녀 하나가 서 있는 것이 보였다. 파란 눈에 얼굴이 예쁘장하게 생긴 조그마한 소녀로 금발 머리를 두 갈래로 길게 땋고 흰 여름 원피스에 수놓은 헐렁한 속바지를 입고 있었다. 방금 받은 무공 훈장으로 빛나는 개선장군은 탄알 한 방 쏴 보지도 못하고 그 자리에서 그만 항복하고 말았다. 그동안 그의 마음속에 자리 잡고 있던 에이미 로런스라는 소녀는 한 가닥 추억도 남기지 않은 채 감쪽같이 사라져 버렸다. 톰은 에이미를 미친 듯이 사랑한다고 생각했고, 그녀에 대한 정열을 숭배로까지 여기고 있었다. 그러나 지금에 와서 생각해 보니 그것은 오직 보잘것없고 속절없는 풋사랑에 지나지 않았던 것이다. 에이미의 사랑을 얻기까지는 여러 달이 걸렸다. 에이미가 톰에게 사랑을 고백한 지는 일주일도 채 지나지 않

앉다. 짧은 일주일 동안 톰은 이 세상에서 제일 행복하고 가슴 뿌듯한 소년이었다. 그런데 지금 마당에 서 있는 소녀를 보는 순간, 에이미는 마치 잠깐 들렀다가 가 버린 낯선 손님처럼 그의 마음에서 깨끗이 사라져 버리고 말았다.

톰은 눈앞에 새로 나타난 천사가 자기를 바라보았다는 생각이 들 때까지 남의 눈에 띄지 않게 슬쩍 그녀를 바라보았다. 그러고 난 뒤 그는 짐짓 소녀가 그곳에 있는지 모르는 척하며 소녀의 마음을 끌려고 사내아이들이 하는 온갖 바보스러운 재주를 부리며 '뽐내기' 시작했다. 얼마 동안 계속하여 우스꽝스럽고 바보 같은 묘기를 부렸다. 그러나 잠시 후 톰이 위험한 체조 묘기를 한참 보이는 도중 소녀 쪽을 흘끗 쳐다보니 그녀는 집 안으로 들어가고 있었다. 톰은 부리나케 달려가 담장에 몸을 기댄 채 서글픈 마음으로 그녀가 좀 더 오랫동안 밖에 머물러 주었으면 하고 바랐다. 그녀는 계단 위에서 잠시 걸음을 멈추고 나서 문 쪽을 향해 걸음을 옮겼다. 그녀가 문턱에 한 발을 올려놓자 톰은 크게 한숨을 내쉬었다. 그러나 곧 그의 얼굴이 밝아졌다. 소녀가 집 안으로 모습을 감추기 직전 담장 너머로 제비꽃 한 송이를 던졌기 때문이다.

  톰은 달려가서 그 꽃송이에서 한두 발짝 떨어진 곳에 걸음을 멈추었다. 그러고 나서 한 손을 이마에 얹고 마치 지금 뭔가 재미있는 일이 벌어지고 있는 것을 발견이라도 한 듯 길 아래쪽을 바라보았다. 그러더니 곧 콧잔등에 지푸라기 하나를 올려놓고 머리를 뒤로 젖힌 채 균형을 잡으려고 애썼다. 그리고 지푸라기가 떨어지지 않도록 조심스럽게 좌우로 움직여 조금씩 제비꽃을 향해 가까이 다가갔다. 마침내 맨발이 제비꽃에 닿자 부드러운 발가락으로 꽃을 집어 올린 뒤 그 보물을 들고 뛰어 길모퉁이로 모습을 감추었다. 그러나 그가 모습을 감춘 것은 오직 잠깐 동안으로 제비꽃을 심장 근처(아니, 어쩌면 밥통 근처인지도 모른다.)로 가져갔다. 윗저고리 안쪽 단춧구멍에 꽂기 위해서였다. 톰은 인체 구조에 대해 별로 아는 것이 없었고, 뭐든지 지나치게 꼼꼼히 따져 보는 성격도 아니었기 때문이다.

  톰은 이제 다시 담장으로 돌아와 밤이 될 때까지 그 주위에서 아까처럼 '뽐내고' 있었다. 소녀는 두 번 다시 모습을 드러내지 않았지만, 톰은 그녀가 창문 근처에 서서 자신이 그녀에게 이토록 관심을 가지고 있다는 것을 알아차리고 있을지도 모른다고 생각하니 조금 위로가 되었다. 마침내 가련한 머릿속이 온갖 낭만적 환상으로 가득 찬 채 톰은 집을 향해 내키지 않는 발길을 돌렸다.

저녁을 먹는 동안 줄곧 톰이 어찌나 들떠 있었는지 폴리 이모가 '이 아이의 머리가 어떻게 됐나.' 하고 의아하게 생각할 정도였다. 톰은 시드한테 흙덩어리를 던진 일로 꾸중깨나 들었지만 조금도 개의치 않는 듯했다. 그는 바로 이모 코앞에서 설탕을 훔쳐 먹으려고 하다가 이모에게 손가락을 찰싹 얻어맞았다. 그러자 그가 이렇게 항의했다.

"이모, 이모는 시드가 설탕을 훔칠 때는 때리지 않잖아요."

"당연하지. 시드는 너처럼 사람을 괴롭히지 않으니까. 넌 내가 한눈을 팔면 언제나 설탕에 손을 대잖아."

곧이어 이모는 부엌으로 갔다. 그러자 시드가 자기는 그래도 벌을 받지 않는다는 듯 설탕 그릇 쪽으로 손을 뻗었다. 마치 톰한테 보란 듯이 하는 짓으로 톰으로서는 거의 참을 수 없었다. 그런데 바로 그때 시드의 손이 그만 미끄러지면서 설탕 그릇이 바닥에 떨어져 박살이 났다. 톰은 그야말로 미친 듯이 기뻤다. 어찌나 고소하던지 심지어 혀도 놀리지 않고 입을 꼭 다물고 있었다. 이모가 부엌에서 돌아와도 입 한 번 뻥끗하지 않고 누가 못된 짓을 했느냐고 물을 때까지 잠자코 앉아 있을 것이라고 혼잣말로 중얼거렸다. 그러고 난 뒤에야 자초지종을 말할 것이다. 귀염둥이 모범생이 '혼꾸멍나는' 모습을 보는 것만큼 이 세상에서 통쾌한 일은 없을 것이다. 환희에 잔뜩 도취되어 있는 바람에 톰은 이모가 돌아와 설탕 그릇이 산산조각이 난 것을 보고 안경 너머로 분노의 번갯불을 번득이고 있을 때 거의 자제력을 잃을 정도였다. 톰은 '자, 이제 곧 시작되는 거야!' 하고 혼자서 속으로 중얼거렸다. 그런데 다음 순간 톰이 마룻바닥에 납작하게 나동그라지고 만 것이 아닌가! 이모가 또 한 번 내리치려고 힘센 손바닥을 들어 올리는 순간 톰이 비명을 질렀다.

"잠깐만 멈추세요. 도대체 왜 저를 때리는 거예요? 그릇을 깨뜨린 건 시드라고요!"

그러자 폴리 이모는 어찌할 바를 몰라 하며 내리치려던 손을 멈추었고, 톰은 이모가 미안하다는 위로의 말이라도 해 주기를 기대했다. 그러나 이모는 고작 이렇게 말할 뿐이었다.

"아차, 그랬구나! 하지만 네가 공연히 얻어맞은 건 아니야. 내가 근처에 없는 동안 넌 어차피 뻔뻔스럽게 다른 못된 짓을 저질렀을 테니까. 불을 보듯 뻔하잖아."

그런 뒤 폴리 이모는 애꿎게 톰을 때린 것이 양심에 걸렸다. 마음속으로는 뭔가 상냥하고 정다운 말을 해 주고 싶었지만 그렇게 하면 자기가 잘못했다는 것을 인정하는 꼴이 될 것이고 훈육에도 좋지 않을 것이라고 판단했다. 그래서 그녀는 그냥 잠자코 침묵을 지키며 개운치 않은 마음으로 하던 일을 계속했다. 톰은 부루퉁한 얼굴로 구석에 웅크리고 앉아 있었지만 마음속으로 오히려 이런 불행을 즐기고 있었다. 그는 이모가 내심으로는 자기 앞에서 무릎을 꿇고 있다는 사실을 알고 있었고, 그래서 기분이 언짢으면서도 한편으로는 기뻤다. 이모에게 어떤 신호도 보내지 않고, 또한 이모가 보내는 어떤 신호도 보지 못한 척하리라. 이모가 이따금씩 자기를 눈물 어린 눈길로 바라본다는 것을 알았지만 톰은 일부러 모르는 척했다.

톰은 자기가 중병에 걸려 죽어 가고 있는 모습을 상상해 보았다. 이모가 자기한테 허리를 구부리고는 단 한 마디라도 좋으니 용서한다는 말을 해 달라고 애걸하지만, 그래도 그는 벽 쪽을 향해 돌아누운 채 끝까지 용서한다는 말을 하지 않고 그냥 죽어 버릴 것이다. 아, 그러면 이모는 어떤 기분이 들까? 톰은 또 자기가 강물에 빠져 죽어 시체가 되어 곱슬머리가 물에 흠뻑 젖고 상심한 심장이 고동을 멈춘 채 집으로 실려 오는 장면을 상상해 보기도 했다. 그러면 이모는 시체 위로 몸을 던지고 얼마나 억수 같은 눈물을 줄줄 흘릴 것인가! 그러면서 하나님께 톰을 다시 살려 달라고 빌면서 죽어도 다시는 그를 학대하지 않겠다고 다짐하겠지! 그러나 그는 백지장처럼 창백한 얼굴에 얼음처럼 싸늘하게 식은 몸으로 드러누워 아무런 기색도 하지 않을 것이다. 고통받은 불쌍한 아이인 그는 이제 모든 슬픔에 종지부를 찍을 것이다. 이렇게 슬픈 일을 상상하고 있자니 톰은 기분이 너무 울적하여 계속 침을 삼키지 않으면 안 되었다. 그만 질식할 것만 같았다. 두 눈에 눈물이 홍건히 고여 앞이 희뿌옇게 보였으며, 눈을 깜박거리자 두 뺨을 타고 눈물이 줄줄 흘러내려 코끝에서 똑똑 떨어졌다. 이렇게 비탄에 잠기는 것이 그에게는 몹시 쾌감을 주는 일이라서 어떤 세속적인 기쁨이나 성가신 즐거움 때문에 방해받기가 싫었다. 그런 감정과 접촉하기에는 너무나 신성한 일이었다. 그래서 얼마 뒤 오래간만에 일주일 동안 시골에 가 있던 이종사촌 누나 메리가 집에 돌아와 한껏 기분이 좋아서 춤추듯 가벼운 발걸음으로 집 안으로 들어오자 톰은 벌떡 자리에서 일어나 밖으로 나가 버렸다. 메리가 한쪽 문으로 노래와 밝은 햇살을 몰고 들어

왔다면, 톰은 다른 쪽 문으로 구름과 어둠을 몰고 나가 버렸던 것이다.

　톰은 아이들이 자주 모이는 곳에서 멀리 떨어져 나와 지금의 울적한 기분에 걸맞는 황량한 장소를 찾았다. 강 위에 둥실 떠 있는 통나무 뗏목이 자기를 부르는 것만 같았다. 그래서 뗏목 바깥쪽 가장자리에 걸터앉아 황량하게 펼쳐져 있는 넓은 강물을 바라보면서 무의식중에 이대로 곧바로 물에 빠져 죽을 수 있다면 얼마나 좋을까 하고 생각했다. 조물주가 만들어 놓은 불편한 고통을 겪지 않고서 말이다. 그때 갑자기 문득 제비꽃이 생각났다. 그래서 볼품없이 구겨지고 시든 꽃을 끄집어냈다. 그랬더니 가뜩이나 울적한 행복감이 훨씬 더 커졌다. 만약 그 소녀가 자신이 물에 빠져 죽은 것을 알게 된다면 불쌍하게 생각해 줄까? 엉엉 울면서 두 팔로 그의 목을 감고 위로해 줄 수 있는 권리가 있으면 하고 바랄까? 아니면 그녀는 모든 거짓 투성이 세상 사람처럼 차갑게 그에게 등을 돌릴까? 이렇게 머릿속으로 상상하고 있자니 그 고통이 너무 감미로운 나머지 톰은 실오라기처럼 닳아 없어질 때까지 그 장면을 마음속에 여러 번 되풀이해서 그려 보았다. 마침내 톰은 한숨을 쉬며 뗏목에서 일어나 다시 어둠 속을 향해 발길을 돌렸다.

9시 30분이나 10시쯤 되어서 톰은 인적이 끊긴 거리를 따라 그가 '사모하는 이름 모를' 예쁜 소녀가 살고 있는 집을 향해 걸어갔다. 집 앞에서 잠깐 걸음을 멈추고 귀를 기울였지만 그의 귀에는 아무런 소리도 들리지 않았다. 2층 창문의 커튼에는 어슴푸레하게 촛불이 빛나고 있었다. 저기 저곳이 그 성스러운 소녀가 살고 있는 곳이란 말인가? 톰은 몰래 담장을 넘어 초목을 헤치고 나가 마침내 창문 밑에 섰다. 설레는 마음으로 오랫동안 창문 위쪽을 올려다보았다. 그러고 나서 가슴 앞으로 모아 쥔 두 손에 볼품없이 시들어 버린 꽃을 든 채 창문 아래 맨땅에 하늘을 보고 반듯하게 누었다. 이렇게 그는 죽어 갈 것이다. 이 싸늘한 세상에서 집 없는 아이의 머리를 가려 줄 지붕 하나 없이, 임종 때 이마에서 흘러내리는 죽음의 땀을 닦아 줄 친구 하나 없이, 또 단말마(斷末魔)가 찾아오는 고통스러운 순간에 그를 내려다보며 불쌍히 생각하는 다정한 얼굴 하나 없이 이렇게 죽어 갈 것이다. 이튿날 상쾌한 아침을 맞으며 무심코 창밖을 내다보다가 소녀는 그의 모습을 발견할 것이다. 아, 그녀는 싸늘하게 식은 불쌍한 시체에 작은 눈물 한 방울을 떨어뜨릴까! 눈부시게 어린 생명이 그렇게 잔인하게 시들고 때 이르게 꺾인 모습을 보고 조그마하게라도 한숨을 내쉴까?

바로 그때 갑자기 창문이 열리더니 귀에 거슬리는 하녀의 목소리가 거룩한 정적을 깨뜨리면서 누워 있는 순교자의 유해 위로 물벼락을 내리는 것이 아닌가!

하마터면 숨이 막힐 뻔한 영웅은 쿵쿵거리는 안도의 소리를 내며 벌떡 일어났다. 잠시 뒤 속삭이듯 나지막하게 욕설을 퍼붓는 소리와 함께 공중에 미사일이 날아가는 듯 획 하는 소리가 들리더니 곧 유리가 산산조각 나는 듯한 소리가 뒤따랐다. 그러자 작고 희미한 그림자 하나가 담장을 뛰어넘어 어둠 속으로 쏜살같이 사라져 버렸다.

집으로 돌아온 뒤 잠을 자려고 옷을 모두 벗은 톰이 물에 흠뻑 젖은 옷을 수지 양초 불빛에 비추며 살피고 있을 때 시드가 눈을 떴다. 설령 시드가 막연하게나마 톰에게 뭐라고 '넌지시 언급할' 생각을 했다고 하더라도 그는 다시 신중히 생각하고는 입을 꼭 다물었을 것이다. 톰의 눈빛이 영 심상치 않았기 때문이다.

톰은 귀찮은 마음에 기도를 하지 않고 그냥 침대 속으로 기어들어 갔고, 시드는 그가 기도를 빼먹은 것을 마음속에 기억해 두었다.

제4장

 고요한 세상 위로 떠오른 아침 해가 축복이라도 하듯 평화롭기 그지없는 마을을 내리비추었다. 아침 식사가 끝나자 폴리 이모는 가족 예배를 드렸다. 예배는 성경 인용이라는 단단한 토대 위에 독창적 내용을 얇게 회반죽 하여 접합해 만든 기도로부터 시작되었다. 예배가 절정에 이르자 이모는 마치 시나이 산*에서 울리듯 모세의 율법에 관한 무시무시한 장(章) 하나를 설교했다.

 그러고 나서 톰은 말하자면 허리띠를 단단히 졸라매고 '성경 구절을 암송하기' 시작했다. 시드는 며칠 전에 이미 다 외워 놓은 상태였다. 톰은 다섯 구절을 암기하는 데 온 힘을 쏟았

---

* 이집트 시나이 반도에 위치해 있는 산으로 '호렙' 산이라고도 한다. 모세가 이 산에서 야훼로부터 율법을 받았다. 이 내용은 구약성서 「출애굽기」 20장에 기록되어 있다.

다. 그는 '산상수훈(山上垂訓)'*의 일부 구절을 골랐는데 그 이유는 그것보다 더 짧은 구절을 찾을 수가 없었기 때문이다. 삼십 분이 지난 뒤에야 겨우 자기가 외우려고 하는 내용이 대충 어떠한 것인지 짐작할 수 있었지만 더 이상은 진척이 없었다. 그의 마음은 온갖 잡념으로 가득 차 있는 데다가 손은 손대로 재미난 장난질로 바빴기 때문이다. 메리가 톰의 책을 뺏어 들더니 그에게 암송해 보라고 했다. 그러자 그는 안개처럼 몽롱한 기억을 더듬어 나가려고 애썼다.

"마음이, 어…… 어……."

"가난한……."

"그래, 맞아. 가난한. 마음이 가난한 사람은…… 어…… 어……."

"복이……."

"어, 복이. 마음이 가난한 사람은 복이 있다. 하늘나라가…… 하늘나라가……."

"그들의……."

"그들의 것이다. 마음이 가난한 사람은 복이 있다. 하늘나라가 그들의 것이다. 슬퍼하는 사람은 복이 있다. 하늘나라가…… 하늘나라가……."

"그……."

"그들…… 어……."

---

* 신약성서 「마태복음」 5~7장의 내용으로 산상보훈(寶訓)이라고도 한다. 예수가 선교 활동 초기에 갈릴리의 작은 산 위에서 제자들과 군중에게 행한 설교로서 천국 시민으로서의 삶에 대해 가르친다. 흔히 '성서 중의 성서'로 일컫는다.

"그, 들, 이……."

"그들이 위……. 오, 잘 모르겠는걸!"

"그들이 위로를!"

"오, 그렇지, 위로를! 그들이 위로를…… 그들이 위로를…… 어…… 어…… 위로를 받을 것이다. 어…… 어…… 슬퍼하는 사람은…… 사람은…… 어…… 복이 있다. 위로를…… 어…… 그 다음에 뭐더라? 메리 누나, 왜 그냥 일러 주지 않는 거야? 누나는 나한테 왜 그렇게 못되게 구는 거지?"

"톰, 이 바보 멍텅구리야, 난 지금 너한테 못되게 구는 게 아냐. 내가 그럴 리가 있겠어. 넌 가서 공부를 다시 해야겠다. 그렇다고 실망하지는 마. 넌 잘해 낼 수 있을 거야. 만약 네가 잘해 내면 내가 아주 좋은 걸 줄게. 자, 그래야 착한 애지."

"좋아! 그게 뭔데, 메리 누나? 좋은 게 뭔지 제발 말해 줘."

"걱정하지 마, 톰. 내가 좋을 거라고 하면 틀림없이 좋은 거니까."

"그래, 틀림없을 거야, 메리 누나. 좋았어, 그럼 내가 마음먹고 다시 한번 해 볼게."

그래서 톰은 '다시 한번 마음먹고' 시도해 보았다. 선물에 대한 호기심과 잘만 하면 그 선물을 받을 수 있다는 기대 때문에 그는 온 힘을 다해 애를 썼고 당당히 성공할 수 있었다. 메리는 톰에게 12센트 반이나 하는 신품 발로나이프*를 주었다. 그는 미칠 듯 기뻐서 온몸을 송두리째 떨었다. 사실 그 칼은 잘 들지는 않았지만 틀림없는 '진짜' 발로나이프였고, 이루

---

* 18세기에 영국의 장인 러설 발로가 처음 만든 잭나이프.

말할 수 없이 멋이 있었다. 서부*에 사는 사내아이들이 도대체 무슨 근거로 그런 무기의 모조품을 도저히 만들 수 없다고 생각하는지는 풀 수 없는 수수께끼였으며, 어쩌면 앞으로도 영원히 이 수수께끼는 풀리지 않을지도 모른다. 톰은 나이프로 찬장을 긁어 보기 전에 먼저 옷장부터 긁으려고 했으나, 때마침 주일 학교에 갈 채비를 하도록 불려 갔다.

메리는 양철 대야에 물을 담아 비누 조각과 함께 톰에게 건네주었고, 톰은 문밖으로 나가 대야를 작은 벤치 위에 올려놓고는 비누를 물에 담갔다 꺼낸 뒤 바닥에 내려놓았다. 그러고 나서 소매를 걷어 올리고 대야의 물을 살그머니 땅바닥에 붓고는 부엌에 들어가 문 뒤에 걸어 놓은 수건으로 얼굴을 열심히 닦기 시작했다. 그러나 메리는 수건을 빼앗으며 이렇게 쏘아붙였다.

"톰, 넌 부끄럽지도 않니? 그렇게 말을 듣지 않으면 못써. 얼굴에 물 좀 묻히면 어디 덧나기라도 하니?"

이 말을 듣고 톰은 조금 무안했다. 그래서 대야에 다시 물을 붓고 이번에는 조금 더 오랫동안 그 위에 서서 마음을 가다듬고 크게 심호흡을 한 뒤 세수를 하기 시작했다. 두 눈을 감은 채 수건을 찾아 두 손을 더듬거리며 부엌에 들어오는 톰의 얼굴에서 세수를 했다는 확실한 증거로 비누 거품과 물방울이 뚝뚝 떨어지고 있었다. 그러나 얼굴에서 수건을 떼자 여전히 만족할 만한 세수는 아니었다. 탈바가지처럼 턱까지만 깨끗할 뿐 그 경계선 아래 목 주위로는 더러운 때가 아직 관개

---

* 이 무렵 서부란 오늘날의 중서부를 가리키며, 아직 미개척 상태에 있었다.

(灌漑)되지 않은 땅처럼 시꺼멓게 끼어 있었다. 메리가 톰의 손을 꼭 붙잡고 제대로 씻겨 놓고 나니 톰은 피부 색깔과 관계없이 어디 내놓아도 그럴듯한 '동포요, 형제'였다.* 물에 흠뻑 젖은 머리카락을 맵시 있게 빗고, 짧은 고수머리를 멋지게 균형을 잡아 매만졌다. (그런데 그는 몰래 온갖 정성을 기울여 고수머리를 도로 펴서 머리통에 바짝 달라붙게 했다. 고수머리를 계집애 머리라고 생각하는 톰은 자신의 고수머리 때문에 삶이 비참했던 것이다.) 그런 뒤 메리는 톰이 지난 이 년 동안 일요일에만 입어 온 옷 한 벌을 꺼냈다. 그 옷을 그냥 '다른 옷'이라고 부르는 것을 보면 그가 가지고 있는 옷이 얼마 되지 않는다는 것을 알 수 있었다. 톰이 옷을 입자 메리는 옷매무새를 단정하게 '매만져' 주었다. 짧은 윗도리의 단추를 턱밑까지 끼워 주고, 폭이 넓은 큰 옷깃을 어깨 쪽으로 젖혀 주고, 옷을 탁탁 털고 난 뒤 작은 점박이 무늬가 있는 밀짚모자를 씌워 주었다. 그러자 톰은 몰라보게 훌륭한 멋쟁이가 되었지만 정작 본인은 불편하기 그지없었다. 겉보기에도 몹시 불편해 보였다. 옷이 하나같이 거북스러운 데다가 깨끗했기 때문에 괴로웠다. 톰은 메리가 구두 신기는 것을 이번에는 좀 잊어 주었으면 했지만 그 역시 허사로 돌아갔다. 그녀는 그 무렵 사람들이 그러듯이 구두에 양초를 반들반들하게 발라서 가지고 나왔다. 톰은 벌컥 화를 내면

---

* 1787년 영국의 도예가 조사이어 웨지우드가 디자인한 메달에는 쇠사슬에 묶인 한 흑인이 땅에 한쪽 무릎을 꿇고 앉아 하늘을 향해 두 손을 쳐들고 있는 모습이 새겨져 있다. 또한 이 메달에는 "나는 동포요, 형제가 아닌가."라는 모토가 적혀 있다. 런던의 노예 폐지 협회에서는 이 디자인을 협회의 로고로 사용했다.

서 자기한테 하기 싫은 일만 모조리 시킨다고 불평을 늘어놓았다. 그러자 메리가 이렇게 타일렀다.

"얘, 톰. 그래야 착한 아이지."

그래서 톰은 으르렁거리면서도 할 수 없이 구두를 신었다. 메리도 곧 준비를 마치고 세 아이는 주일 학교를 향해 출발했다. 주일 학교는 톰이 지긋지긋하게 싫어하는 곳이었지만 시드와 메리는 그곳을 좋아했다.

주일 학교는 9시부터 10시 30분까지였고, 그것이 끝나면 예배가 시작되었다. 톰을 제외한 두 아이는 언제나 설교를 듣기 위해 기꺼이 남아 있었지만 톰은 설교보다는 다른 이유로 남아 있었다. 등이 높고 쿠션이 없는 교회 좌석에는 줄잡아 300명 정도가 앉을 수 있었다. 교회당은 작고 소박했으며 꼭대기에는 뾰족탑 대신에 소나무 상자 같은 것이 올려져 있었다. 교회 문 앞에 이르자 톰은 한 걸음 뒤로 처지더니 나들이옷을 입은 한 친구에게 말을 걸었다.

"빌리, 너 노란 딱지 있니?"

"응, 있어."

"너 그거 다른 거랑 바꿀래?"

"네가 가진 게 뭔데?"

"감초 사탕 한 토막이랑 낚싯바늘 하나."

"어디 봐."

톰은 그 물건을 꺼내 보여 주었다. 그 물건들은 꽤 쓸 만했기 때문에 서로 물건 주인이 바뀌었다. 그러고 나서 톰은 흰 구슬 서너 개를 빨간 딱지 세 장과 바꾸고, 그밖에 시시껄렁한 물건 몇 가지를 파란 딱지 서너 장과 바꿨다. 톰은 약 십 분에서 십오 분 동안 계속 지키고 서서 다른 아이들을 기다리고 있다가 계속하여 온갖 색깔의 딱지를 사 모았다. 이제 톰은 말쑥하게 차려입고 쉴 새 없이 재잘거리는 사내아이들과 계집아이들과 함께 교회 안으로 들어가 제자리를 찾아 앉기가 무섭게 바로 옆자리에 있는 아이와 말싸움을 벌이기 시작했다. 나이 지긋하고 근엄해 보이는 선생이 싸움을 말렸다. 그러고 나서 잠시 등을 돌려 앉은 톰은 바로 옆 의자에 앉아 있던 아이의 머리카락을 잡아당긴 뒤 그 아이가 고개를 돌리자 열심히 책을 읽고 있는 척했다. 곧이어 또 다른 아이를 핀으로 찔러 "아야!" 하는 소리를 지르게 하여 선생한테 또다시 꾸지람을 들었다. 톰네 반 전체가 하나같이 얌전하게 있지 못하고 소란스럽게 굴며 말썽을 피웠다. 성경 구절을 암송하는 일에서도 누구 하나 제대로 술술 외우는 아이가 없었고, 줄곧 누군가가 옆에서 도와주어야 했다. 그러나 그럭저럭 힘들게 해 내어 학생들마다 상을 받았는데, 그 상이라는 것이 성경 구절이 적혀 있는 조그마한 파란색 딱지였다. 이 파란 딱지 한 장은 성경 두 구절을 외우면 받는 상이었다. 파란 딱지 열 장은 빨간 딱지 한 장과 맞먹고 또 그것으로 바꿀 수 있었다. 빨간 딱지 열 장은 노란 딱지 한 장과 맞먹는데, 노란 딱지 열 장을 모으면 주일 학교 교장 선생이 그 학생에게 (물가가 싼 그 무렵에 무려 40센트나 줘야 살 수 있는) 수수하게 제본한 성경 한 권을 주었다. 이 책을 읽는 독자들 가운데 몇 명이 부지런히 2000구절을 암송하여 '도레 성경책'*을 받을 수 있을까? 그런데도 메리는 이 년 동안 꾸준히 참고 노력한 끝에 그런 식으로 성경을 두 권이나 받았다. 독일계 부모를 둔 어떤 사내아이는 무려 네 권인가 다섯 권을 받기도 했다. 그 아이는 언젠가 쉬지 않고 3000구절을 암송한 적도 있었다. 그러나 너무 무리하게 머리를 쓴 탓인지 그날부터 바보 천치와 다름없이 되었다. 주일 학교로서는 슬프고도 안타까운 일이었다. 행사가 있는 날이면 언제나 교장 선생이 그 아이를 회중 앞에 나오게 하여 (톰의 표

---

* 19세기 프랑스의 화가인 폴 구스타브 도레가 삽화를 그린 큼직하고 값비싼 성경. 도레는 단테의 『신곡』의 삽화를 그린 것으로도 유명하다.

현을 빌리자면) '잘난 척하게' 시켰던 것이다. 오직 나이가 든 학생들만이 성경을 받으려고 오랫동안 따분한 일을 계속하고 딱지를 모으는 일에 그냥저냥 매달렸다. 그러므로 그런 상 중 하나를 받는다는 것은 여간 보기 드물고 놀라운 일이 아니었다. 성경을 타는 학생이 그날 하루 종일 이채를 띠고 즐거워하는 바람에 덩달아 모든 학생들의 가슴이 새로운 야심으로 불탔지만 그 야심은 흔히 서너 주일이 지나면 다시 시들해지고 말았다. 톰은 그런 상을 받기를 한 번도 갈구해 본 적이 없었지만, 그가 그 상에 따르는 영광과 갈채를 오랫동안 갈망해 왔던 것만은 틀림없는 사실이다.

시간이 되자 교장 선생이 한 손에 들고 있던 찬송가 책 책갈피에 집게손가락을 끼운 채 교단 앞에 서더니 학생들에게 주의를 기울이라고 명령했다. 교장 선생은 관례에 따라 짧게 훈시를 할 때면 으레 손에 찬송가 책을 들고 있었다. 음악회 때 무대 위에 서서 독창을 부르는 성악가가 손에 으레 악보를 들고 있듯 말이다. 그러나 교장 선생이나 성악가나 찬송가에도 악보에도 한 번도 눈길을 주지 않기 때문에 그들이 왜 그렇게 하는지는 수수께끼였다. 호리호리한 몸집의 교장 선생은 서른다섯 살 난 사람으로 엷은 갈색 염소수염에 역시 짧게 다듬은 엷은 갈색 머리를 하고 있었다. 또한 옷에 빳빳하게 고정된 칼라*를 달고 있었는데, 위쪽 가장자리가 거의 귀밑까지 올라오고 뾰족한 끝부분이 입 가장자리와 나란히 앞으로 구부러져

---

* 19세기 중엽에는 셔츠의 칼라를 고정시키거나, 따로 떼어 내어 세탁할 수 있도록 분리식으로 만들었다.

있었다. 마치 칼라가 얼굴 양쪽에 울타리처럼 놓여 있어 똑바로 앞쪽만을 바라볼 수밖에 없었고 옆쪽을 보려면 몸 전체를 돌려야 했다. 은행권*처럼 넓고 길쭉한 데다가 끝부분에 술이 달려 있는 널찍한 넥타이가 그의 턱을 받치고 있었다. 그 무렵의 유행에 따라 구두코는 썰매 날처럼 날카롭게 위로 솟아 있었다. 젊은이들이 몇 시간 동안 열심히 참을성 있게 벽에다 대고 구두를 신은 발가락을 누르고 있어야 겨우 얻을 수 있는 결과였다. 월터스 교장 선생은 몸가짐이 무척 진지하고 성실하며 정직한 사람이었다. 그는 성스러운 물건과 장소를 너무나 공경해서 그것들을 세속적인 것과 엄격히 구분하기 때문에 자신은 의식하지 못하겠지만 주일 학교에서 말하는 그의 목소리에는 평상시 목소리에서는 들어 볼 수 없는 독특한 억양이 담겨 있었다. 그가 이런 식으로 말을 하기 시작했다.

"자, 어린이 여러분, 모두들 될 수 있는 대로 똑바로 얌전하게 앉아서 잠깐 동안 선생님 얘기에 귀를 기울여 주기 바랍니다. 그렇지요. 바로 그거예요. 착한 아이들은 모두들 그렇게 하는 겁니다. 어떤 조그마한 아가씨 하나가 지금 창밖을 내다보고 있군요. 그 아가씨는 지금 선생님이 저 바깥 어디에 있다고 생각하는 모양이죠. 아마 선생님이 저 나뭇가지 위에 올라앉아서 작은 새들에게 훈시를 하고 있다고 생각하나 봐요. (크게 킥킥 웃는 소리.) 이렇게 밝고 깨끗한 모습을 한 어린이들이 이런 자리에 모여 훌륭한 일을 하고 착한 사람이 되기 위해 배우

---

* 미국 연방 정부가 지폐를 처음 발행한 것은 1861년이기 때문에 여기에서 마크 트웨인이 언급한 은행권은 주(州) 은행이 발행한 것을 가리킨다.

고 있는 모습을 보니 선생님은 얼마나 기쁜지 모르겠어요."
 이런 식으로 교장 선생은 얘기를 계속해 나갔다. 그의 훈시의 나머지 부분을 새삼스럽게 여기에 적을 필요는 없을 것이다. 판에 박힌 데다가 우리 모두가 잘 알고 있는 이야기이기 때문이다.
 그런데 훈시의 마지막 3분의 1은 개구쟁이 녀석 몇 명이 또다시 싸움질과 장난질을 해 대는 바람에 엉망이 되어 버렸다. 아이들의 안달과 소곤거림이 파도처럼 예배당 전체에 널리 퍼져 나가 시드니 메리처럼 따로 떨어져 바윗덩어리처럼 움직일 수 없는 아이들까지 흔들어 놓았다. 그런데 월터스 교장 선생의 목소리가 가라앉는 것과 때를 같이하여 시끄럽게 떠들던 아이들의 목소리도 갑자기 멎었다. 교장 선생의 훈시가 끝나자 아이들은 마음속으로 안도의 환호성을 질렀다.
 아이들이 소곤거리기 시작한 것은 상당히 보기 드문 사건, 즉 방문객들이 예배당 안에 들어왔기 때문이었다. 새처 변호사가 아주 기운 없어 보이고 나이 지긋한 노인과 함께 먼저 들어왔다. 이어서 머리가 희끗희끗하고 풍채가 당당한 중년 남자, 그리고 그의 부인인 듯한 점잖아 보이는 아주머니가 조그마한 소녀를 데리고 들어왔다. 톰은 신경이 쓰여 안절부절못하며 초조해했고 양심의 가책을 느끼기도 했다. 차마 에이미 로런스와 눈을 마주칠 수가 없었고, 그녀의 다정한 눈길을 견딜 수 없었다. 그러나 새로 나타난 이 소녀를 보는 순간 톰의 마음이 행복감으로 활활 불타올랐다. 다음 순간 그는 있는 힘을 다해 '뽐내고' 있었다. 닥치는 대로 다른 아이들을 때리고 머리카락을 잡아당기고 인상을 쓰면서 말이다. 한마디로 그 소녀의 관심을 끌고 호감을 살 수 있으리라고 생각되는 짓거리라는 짓거리는 모두 했다. 이 더할 나위 없는 톰의 환희에는 단 한 가지 흠이 있었다. 그것은 천사 같은 소녀의 집 정원에서 굴욕을 당한 기억이 아직껏 남아 있었던 것이다. 그러나 모래 위에 새겨진 그 흔적은 지금 빠르게 새로 밀려오는 행복이라는 파도에 씻겨 사라져 가고 있었다.

방문객 일행은 가장 명예스러운 귀빈석으로 안내되었다. 월터스 교장 선생은 훈시를 마치자마자 주일 학교 학생들에게 방문객들을 한 사람씩 소개했다. 중년 신사는 굉장한 인물로 다름 아닌 군(郡) 판사로 밝혀졌다. 아이들이 지금껏 본 사람 중에서 가장 존엄한 인물이었다. 아이들은 저 사람의 몸이 도대체 어떤 재료로 만들어졌을까 하고 궁금해했다. 한편으로는 그 사람이 우렁차게 지르는 소리를 듣고 싶어 했고, 다른 한편으로는 실제로 그렇게 하지나 않을까 하고 두려워하기도 했다. 그 사람은 이 마을에서 20킬로미터 떨어진 콘스탄티노플*에서 왔다고 했다. 그렇다면 온 세상을 두루 여행하면서 많은 것을 보았을 것이다. 바로 저 눈으로 양철 지붕의 군 재판소에서 재판받는 사람들을 지켜보았을 것이다. 이런 생각을 하면서 경외심을 느낀 학생들은 여느 때와는 달리 눈도 깜박이지 않고 조용히 앉아 있었다. 이 훌륭한 인물은 새처 판사로 이 마을의 변호사 새처 씨의 형이었다. 제프 새처는 얼른 자리에서 일어나 앞으로 걸어 나가 학생들의 부러움을 받으며 그 훌륭한 판

---

* 해니벌에서 북서쪽으로 20킬로미터 떨어진 곳에 있는 팰미러로 미주리 주 매리언 군의 군청 소재지이다.

사에게 아는 척을 했다. 학생들이 서로 귓속말을 주고받으며 소곤거리는 소리가 아마 그의 영혼에는 달콤한 음악 소리와 같았을 것이다.

"저 애 좀 봐, 짐! 저 위로 올라가고 있잖아! 야, 좀 보라니까! 저 사람과 악수를 하려고 하네. 지금 막 악수를 하고 있다고! 젠장, 네가 제프였다면 좋지 않겠니?"

월터스 교장 선생은 명령을 내리고 판단을 하고 이곳저곳 그럴 수 있는 곳이라면 누구에게나 지시를 내리는 등 주일 학교 교장으로서의 온갖 공적 임무를 하면서 '뽐내기' 시작했다. 도서실 사서도 역시 책을 한 아름 안고서 이곳저곳 뛰어다니며 꽤 수선을 피우며 '뽐내는' 바람에 곤충의 권위자라고 할 톰을 기쁘게 했다. 젊은 여자 선생들도 '뽐내면서' 얼마 전 친구한테 얻어맞은 학생들을 허리를 구부려 쓰다듬어 주고, 버릇없이 구는 사내아이들한테 예쁜 손가락을 들어 경고를 보내고, 착한 아이들의 등을 다정하게 두드렸다. 젊은 남자 선생들도 아이들을 조용히 꾸짖기도 하고, 다소 권위를 보이면서 아이들의 훈육에 얼마나 깊은 관심을 기울이고 있는지 '뽐내고' 있었다. 남녀를 가릴 것 없이 선생들은 대부분 강단 옆에 있는 도서실에서 일거리를 찾았다. 또 이 일거리를 (짐짓 짜증이 나는 듯한 표정으로) 두세 번 자주 되풀이해야 했다. 계집아이들도 온갖 방법으로 '뽐냈고', 사내아이들도 너무 열심히 '뽐내는' 바람에 공중에는 팔매질한 종이 뭉치가 날아다녔고 아이들이 서로 씩씩거리며 맞붙어 싸우는 소리도 들렸다. 이런 일이 벌어지는 동안 그 훌륭한 인물은 느긋이 버티고 앉아서 모든 신도를 향해 판사답게 엄숙한 미소를 보내고 있었고, 또 자신의 위풍당당함이라는 따뜻한 햇볕 속에서 몸을 녹이고 있었다. 그러고 보니 결국 그 신사도 뭔가 보란 듯이 '뽐내고' 있었던 셈이다.

그런데 월터스 교장 선생을 더할 나위 없이 기쁘게 하는 데 단 한 가지 부족한 것이 있었다. 그것은 바로 성경을 상품으로 건네주며 천재를 보라는 듯이 소개하는 기회였다. 노란 딱지를 가진 학생들이 몇 명 있었지만 상을 탈 만큼 충분히 가지고 있는 아이는 하나도 없었다. 교장 선생은 스타가 될 만한 똑똑한 학생들 사이를 왔다 갔다 하며 미리 물어 보았던 것이다. 그 독일 학생이 온전한 정신 상태로 다시 주일 학교에 나올 수만 있다면 이 세상을 다 주어도 아깝지 않을 것이다.

모든 희망이 사라져 버린 바로 그 순간 톰 소여가 노란 딱지 아홉 장에다 빨간 딱지 아홉 장, 그리고 파란 딱지 열 장을 가지고 앞으로 걸어 나와 성경을 달라고 하는 것이 아닌가. '청천벽력'이란 바로 이런 경우를 두고 말하는 것이리라. 월터스 교장 선생은 적어도 앞으로 십 년 안에 톰이 성경을 받는 일은 없을 거라고 생각했던 것이다. 그러나 어쩔 수 없는 노릇이었다. 톰이 내놓은 것은 은행 보증 수표와 같은 진짜 딱지였기 때문이다. 그래서 톰은 판사와 귀빈들이 앉아 있는 단상으로 올라서게 되었다. 마침내 본부에서 이 엄청난 소식을 엄숙하게 발표했다. 그것은 지난 십 년 동안 있었던 사건 중에서 가장 놀라운 것이었다. 너무나 엄청난 사건이라서 이 새로운 영웅은 판사와 같은 반열에 올랐고, 주일 학교에는 이제 놀랄 일이 하나가 아니라 둘이 되어 버렸다. 사내아이들은 하나같이 질투심에 사로잡혔다. 그러나 그중에서도 가장 쓰라리게 고통

받는 이들은 바로 자신들이 이 달갑지 않은 영광을 만드는 데 한몫했음을 뒤늦게 깨닫게 된 아이들이었다. 그들은 자신들이 모은 딱지를 지난 번 톰이 담장 칠을 할 수 있게 해 주는 특권을 팔아서 모은 재산과 맞바꾸었던 것이다. 풀밭 속에 숨어 있는 간사한 뱀과 같은 교활한 사기꾼의 꾀에 속아 넘어간 자신들이 원망스러울 뿐이었다.

교장 선생은 이런 상황에서 가능한 만큼 한껏 감정을 표현하며 톰에게 상을 건네주었다. 그러나 교장 선생의 태도는 어딘지 모르게 맥이 빠져 보였다. 그도 그럴 것이 교장 선생은 본능적으로 이번 일에는 납득할 수 없는 비밀이 숨겨져 있음을 감지했던 것이다. 이 아이가 2000개에 이르는 성경 구절을 외웠으리라고는 도저히 믿어지지가 않았다. 열두 구절 정도라도 틀림없이 힘겨워 할 아이가 아니던가.

에이미 로런스는 톰이 자랑스러워 가슴이 뿌듯했다. 그래서 톰이 자신의 얼굴에서 그런 표정을 읽게 하려고 무척 애썼지만 톰은 그녀를 쳐다보려고도 하지 않았다. 에이미는 의아한 생각이 들었다. 그 다음에는 조금 걱정이 되었다. 또 그 뒤에는 막연하게나마 수상쩍은 생각이 들었다가 사라졌다가 다시 들었다 했다. 에이미는 톰을 지켜보았다. 슬그머니 한번 힐끗 쳐다보는 것만으로도 충분했다. 그녀는 가슴이 찢어지는 듯했다. 질투가 나고 화가 치밀어 오르면서 눈물이 고였다. 이 세상 모든 사람이 다 싫어졌고, 그중에서도 톰이 가장 밉다는 생각이 들었다.

톰은 판사에게 소개되었다. 그러나 톰은 혀가 굳어지고, 거의 숨을 쉴 수 없었으며, 가슴이 방망이질하듯 쿵쿵 뛰었다.

판사의 위엄에 압도당한 탓도 있었지만, 무엇보다도 그가 소녀의 아버지라는 데 그 원인이 있었다. 사방이 어두웠더라면 무릎을 꿇고 존경을 보냈을 것이다. 판사는 한 손으로 톰의 머리를 쓰다듬으며 훌륭한 소년이라고 칭찬하면서 이름을 물었다. 톰은 더듬거리며 숨을 헐떡이다가 가까스로 입을 열었다.

"톰이요."

"오, 그게 아니지. 톰이 아니고. 왜 있잖아……."

"토머스요."

"옳지, 바로 그거야. 그리고 그것 말고도 또 있을 텐데. 그 이름도 좋지만 또 다른 이름을 갖고 있을 테지. 어디 내게 그 이름을 말해 보겠느냐?"

"네 성(姓)을 말씀드려야지, 토머스." 월터스 교장 선생이 말했다. "그리고 '판사님' 하고 공손하게 덧붙여야지. 예의를 잊어서는 안 돼."

"토머스 소여라고 해요. ……판사님."

"잘했어! 착한 어린이로구나. 착한 어린이야. 착하고 사내다운 꼬마 신사야. 성경 구절 2000개를 암송한다는 건 대단한 일이야. 아주 엄청난 일이지. 그 많은 것을 외우느라고 고생한 것을 절대로 후회하지 않을 거다. 지식은 이 세상에서 무엇보다도 소중한 것이니까. 지식이 있어야 위대한 사람도 되고 또 선량한 사람도 되는 거란다.* 너도 언젠가는 훌륭하고 착한 사람이 되겠지, 토머스. 그러면 지난날을 돌아보면서 틀림없이

---

* 이 무렵 영국은 물론 미국에서도 "아는 것이 힘이다."라는 프랜시스 베이컨의 말이 크게 유행했다.

'이 모든 게 내가 어렸을 적에 주일 학교에 다닌 덕분이지. 나를 가르쳐 주신 자상한 선생님들 덕분이지. 또 나를 격려하고 지켜 주시고 내게 아름다운 성경을 주신 교장 선생님과 여러 선생님들의 덕분이지. 언제나 내 것으로 간직할 수 있도록 주신 그 훌륭하고 멋진 성경 말이야. 또 이 모든 건 그분들이 나를 올바로 훈육해 주신 덕분이지!' 하고 말하게 될 거야. 네가 외운 2000구절은 아무리 큰돈을 준다 해도 바꿀 수 없는 것이란다. 정말로 그럴 거야. 자, 이제 나와 여기 있는 부인께 네가 암송한 것을 조금만 들려주지 않겠니? 그럼, 난 알고 있지. 넌

기꺼이 그래 줄 거라는 걸. 우리는 너같이 뭔가 열심히 배우는 아이들을 자랑스럽게 여긴단다. 물론 너는 예수님의 열두 제자 이름을 모두 알고 있을 테지? 그 가운데에서 제일 먼저 제자가 된 두 사람의 이름을 말해 볼까?"

톰은 단춧구멍을 손가락으로 잡아당기면서 수줍은 표정을 짓고 있었다. 그러다 얼굴을 붉히며 눈을 아래로 내리깔았다. 월터스 교장 선생은 가슴이 철렁 내려앉았다. 그 아이는 가장 쉬운 질문에도 대답하지 못할 것이라는 생각이 들었기 때문이다. 도대체 왜 판사가 그 아이한테 질문을 한단 말인가? 그렇다고 잠자코 있을 수만도 없는 노릇이어서 교장 선생은 이렇게 입을 열지 않을 수 없었다.

"판사님의 질문에 대답하도록 해라, 토머스. 두려워하지 말고."

톰은 그래도 대답을 하지 못하고 꾸물대고 있었다.

"자, 그럼 나한테는 말할 수 있겠지?" 부인이 말했다. "맨 처음으로 예수님의 제자가 된 사람 이름은······."

"다윗과 골리앗*이요!"

나머지 장면에 대해서는 차라리 막을 내려 보여 주지 않는 쪽이 인정 있는 일이 될 것이다.

---

* 소년 다윗이 거인 골리앗을 죽여 왕국을 구한 이야기는 구약성서 「사무엘 상」 17장 48~51절에 기록되어 있다. 다윗과 골리앗은 예수 그리스도의 제자들보다 시간적으로 무려 1500년이나 앞선 사람들이다.

제5장

　10시 30분쯤이 되어 그 조그마한 교회의 깨진 종이 쨍그랑 거리며 울리기 시작하자 곧 마을 사람들이 아침 예배를 드리려고 모여들기 시작했다. 주일 학교 학생들은 뿔뿔이 흩어져 어른들의 감시를 받도록 부모들과 함께 자리를 잡고 앉았다. 폴리 이모도 교회에 나왔고 톰, 시드, 메리가 이모 옆에 나란히 앉았다. 톰은 복도 바로 옆에 앉혀졌는데, 바깥의 아름다운 여름 경치에 마음을 뺏기지 않도록 열린 창 쪽에서 될 수 있는 대로 멀리 떨어져 있게 하기 위해서였다. 사람들이 복도 위쪽으로 줄지어 들어왔다. 한때는 잘 살았지만 지금은 늙고 가난해진 우체국장, 시장 내외(이 마을에는 쓸데없는 것들이 있는데 시장도 그중의 하나였다.), 마을의 보안관, 그리고 인물 좋고 재치 있는 더글러스 과부댁이 들어왔다. 그 부인은 올해 마흔 살로 인정 많고 마음씨 착하고 재산도 많았으며, 언덕 위에 있는 그녀의 저택은 마을에서 하나밖에 없는 궁전처럼 으리으리한

집이었다. 손님을 아주 극진히 대접할뿐더러 세인트피터스버 그 마을이 자랑하는 여러 행사에 아낌없이 돈을 내놓는 사람이었다. 또한 허리가 구부정하고 근엄한 워드 소령과 그의 부인, 멀리서 갓 이사 온 명사인 리버슨 변호사가 들어왔고, 그 다음에 마을에서 제일 예쁜 아가씨가 들어오자 그 뒤를 따라 뭇 사내의 마음을 아프게 한 젊은 여자들이 한랭사(寒冷紗) 옷에 리본을 장식하고 들어왔다. 그러고 나서 읍내의 젊은 사무원들이 한꺼번에 떼를 지어 몰려 들어왔다. 머리에 번지르르하게 기름을 바르고 선웃음을 지으며 둥그렇게 모여 있던 그들은 교회 현관에서 사탕수수 줄기를 빨고 서 있다가 마지막으로 들어선 젊은 여자를 심하게 놀려 대고 있었던 것이다. 맨 마지막으로 '모범생'인 윌리 머퍼슨이 마치 자기 어머니가 컷 글라스라도 되는 것처럼 아주 조심스럽게 모시고 들어왔다. 그는 언제나 어머니를 교회로 데려왔고, 모든 기혼 부인의 사랑을 한 몸에 받았다. 그래서 다른 사내아이들은 그를 몹시 싫어했다. 그는 무척 착한 아이였다. 더구나 그는 "아이들한테 본을 보여 줘야 할" 모범생으로 인정받고 있었다. 일요일이면 으레 그렇듯이 흰 손수건이 그의 주머니에 매달려 있었다. 그것도 우연히 매달려 있는 것처럼 말이다. 톰에게는 아예 손수건이라는 것이 없었고, 그는 손수건을 가지고 있는 아이들을 속물로 간주했다.

교회 안에 사람들이 가득 차자 늑장 부리는 신도들에게 경고를 주려고 교회 종이 다시 한번 울렸다. 그러고 나자 교회 안에 숙연한 분위기가 감돌았다. 이런 분위기를 깨뜨리는 소리라고는 회랑에 앉아 있는 성가대원들이 나지막하게 킬킬거리고 중얼거리는 소리뿐이었다. 성가대원들은 예배를 드리는 동안에도 줄곧 킬킬거리고 중얼거렸다. 과거에 버릇이 나쁘지 않은 성가대를 한 번 본 적이 있지만 그곳이 어느 교회였는지는 지금 까맣게 잊었다. 아주 오래 전의 일로 그 성가대에 대해 기억나는 것이라곤 거의 없지만 아마도 외국 어딘가에서 만났던 것 같다.

목사가 찬송가 구절을 낭송했다. 당시 그 지방에서 상당히 인정받던 독특한 방식으로 흥치 나게 읽어 나갔다. 그의 목소리는 중간 어조로 시작하여 점점 위로 올라가다가 마침내 어떤 단계에 이르면 가장 중요한 낱말에 강세를 준 뒤 마치 도약대에서 물속으로 첨벙 뛰어내리듯 아래로 툭 떨어지는 것이었다.

뭇 성도 피를 흘리며 큰 싸움
하는데

나 어찌 편히 누워서 상 받기
바라나?*

 목사는 낭송을 아주 잘하는 사람으로 인정받고 있었다. 교회 '친교 모임'에서 그는 언제나 시를 낭송하라는 부탁을 받았다. 그가 시 낭송을 마치면 부인네들은 두 손을 들어 올린 뒤 무릎 위로 힘없이 뚝 떨어뜨리고는 '흰자위가 보이도록' 눈을 굴리고 고개를 흔들면서 마치 이렇게 말하려는 듯했다.
 "말로써는 표현할 수가 없어. 지상에 살고 있는 우리 인간한테는 너무 아름다워. 너무나도 아름답다고."
 찬송가를 부르고 난 뒤 스프라그 목사는 스스로가 게시판이라도 된 듯 모임과 친교 등의 행사 '광고'를 읽어 내려갔다. 그런데 그 광고 목록이 마치 세상의 종말이 올 때까지 끝나지 않을 것만 같았다. 이 이상한 관습은 신문이 널려 있는 오늘날까지 미국에서, 심지어 대도시에서도 아직껏 그대로 지키고 있다. 전통적인 관습을 뒷받침할 근거가 적으면 적을수록 그것을 없애 버리기란 더욱 어려울 때가 있다.
 이제 마침내 목사가 기도를 하기 시작했다. 성실하고 아량이 넘치는 기도로 그 내용이 무척 자세했다. 먼저 교회와 교회의 어린이들을 위해서, 또 마을의 다른 교회들과 마을 자체를 위해서 기도를 했다. 그들이 살고 있는 군(郡)을 위해, 주(州)와 주 정부 관리들을 위해서, 미합중국과 미합중국에 있는 모든

---

* 흔히 '영국 찬송가의 아버지'로 일컫는 아이작 와츠가 작시하고 토머스 알링턴이 작곡한 찬송가 「십자가 군병 되어서」의 제2절 가사. 마크 트웨인은 이 찬송가 말고도 와츠가 작시한 찬송가를 몇 곡 더 알고 있었다.

교회를 위해서, 의회와 대통령을 위해서 기도를 했다. 또한 바다에서 심한 풍랑에 시달리고 있는 가엾은 선원들을 위해서, 유럽의 군주국과 동양의 전제주의 밑에서 신음하고 있는 수많은 핍박받는 민중을 위해서 기도를 했다. 이어서 광명이 비치고 기쁜 복음이 전달되었는데도 그 소식을 볼 눈도 들을 귀도 없는 그런 사람들을 위해서, 저 멀리 여러 섬에 살고 있는 이교도들을 위해서 기도를 했다. 그리고 나서 목사는 자신이 곧 선포할 말이 하나님의 은총 가운데 옥토에 뿌린 씨앗이 되어 때가 되면 풍성하게 선(善)의 열매를 거두어들일 수 있기를 기원한다는 말로 기도를 마쳤다. 아멘.

　옷이 스치는 소리가 들리더니 서 있던 회중이 자리에 앉았다. 그런데 이 소설의 주인공 소년한테는 기도가 하나도 재미있지 않았다. 다만 나름대로 가까스로 참아 줄 수 있을 뿐이었다. 목사가 기도를 하는 동안 줄곧 톰은 안절부절못하고 있었다. 그는 자신도 모르게 무의식적으로 기도의 세부 내용을 하나하나 따져 보았다. 귀를 기울여 듣고 있지는 않았지만, 구태의연한 기도 내용과 목사가 통상적으로 기도를 엮어 나가는 방식을 이미 잘 알고 있었던 것이다. 그래서 시시한 내용이라도 기도 사이사이에 없던 말이 새로 삽입될 때마다 금방 알아듣고는 몹시 화를 냈다. 톰은 기도 내용을 덧붙이는 것을 부당하고 비열하다고 여겼다. 그런데 기도가 한참 진행되고 있는 동안 파리 한 마리가 앞 줄 의자 등에 내려앉더니 앞다리를 한데 모아 조용하게 싹싹 비비는가 하면 두 다리로 머리를 감싸면서 문지르는 바람에 톰은 몹시 신경이 쓰였다. 어찌나 열심히 문질러 대는지 목을 연결하는 가느다란 근육이 훤히 드러나 보일 정도였고 머리 부분이 몸통에서 떨어져 나갈 것만 같았다. 파리는 또 뒷다리로 날개를 비비다가 그것이 마치 야회복의 옷자락이라도 되는 듯 슬슬 쓰다듬기도 했다. 이렇게 파리는 그곳이 더할 나위 없이 안전하다고 생각하는 듯 차분하게 한바탕 몸단장을 하고 있었다. 정말로 파리한테는 지금보다 더 안전한 상황은 없을 것이다. 톰은 파리를 획 낚아채고 싶어 손이 근질거렸지만 감히 그런 짓을 할 엄두가 나지 않았다. 기도 중에 그런 짓을 하면 그의 영혼이 당장에 지옥으로 떨어진다고 믿고 있었기 때문이다. 그러나 기도가 거의 끝나갈 무렵 톰은 손을 구부려 가만가만 앞으로 내밀었다. 목사의 입에서 "아멘!" 하는 소리가 나는 순간, 톰은 획 손을 날려 파리를 사로잡았다. 옆에서 그의 행동을 지켜본 이모가 파리를 놔주라고 했다.

  목사가 성경 구절을 뽑아 단조로운 어조로 설교를 계속해 나가자 어찌나 따분한지 많은 사람이 꾸벅꾸벅 졸기 시작했다. 설교 내용은 영원히 꺼지지 않는 지옥의 유황불에 관한 것으로, 이미 구원받기로 예정되어 있는 사람들의 숫자가 점점 줄어들어 마침내는 거의 구원할 가치조차 없을 정도로 몇 명밖에 남지 않는다는 게 요지였다.* 톰은 설교문의 쪽수를 세어 보았다. 예배가 끝나면 톰은 설교문이 몇 장이었는지 늘 알고 있었지만, 설교의 내용에 대해서는 아무 것도 기억하는 것이 없었다. 그러나 오늘만큼은 얼마 동안 톰의 관심을 끄는 대목

---

* 장로교에 이론적 뒷받침을 해 준 칼뱅주의 교리에 따르면 인간은 태어나기 이전에 천국에서 구원을 받을 사람들과 지옥에서 벌을 사람들이 미리 결정되어 있다. 스프라그 목사의 설교는 이 예정설에 관한 것이다.

이 있었다. 사자들과 양들이 함께 누워 있고 어린아이가 그 짐승들을 이끌 천년왕국(千年王國)이 와서 세상의 만군(萬軍)이 한곳에 모여 있는 모습을 목사가 웅장하고도 감동적으로 생생히 묘사했기 때문이다.* 그러나 톰에게는 그 장엄한 장면에 담긴 감동도 교훈도 도덕도 한낱 부질없는 넋두리에 지나지 않았다. 톰은 오직 온 천하가 지켜보는 가운데 주역을 맡고 있는 그 이채로운 어린아이를 생각할 뿐이었다. 그런 생각을 하자 톰의 얼굴에 빛이 났다. 만약 그 사자가 순하게 길들인 사자라면 자신이 바로 그 아이가 되고 싶다고 속으로 생각했다.

이제 재미없는 설교가 다시 계속되자 톰은 또다시 고통 속에 빠졌다. 그때 문득 주머니 속에 넣고 있던 보물이 생각나서 그것을 끄집어냈다. 아가리가 무시무시하고 큼직한 검은 딱정벌레였다. 톰은 그놈을 '집게벌레'라고 불렀다. 그놈은 뇌관(雷管) 상자 안에 갇혀 있었다. 벌레는 상자 밖으로 나오자마자 대뜸 그의 손가락을 깨물었다. 당연히 톰은 엉겁결에 손톱으로 딱정벌레를 튀겼고, 그놈은 복도로 튕겨 나가 벌렁 나자빠졌다. 톰은 아픈 손가락을 입에 갖다 댔다. 딱정벌레는 뒤집어진 채 속수무책으로 다리를 버둥거렸지만 제자리로 다시 돌아올 수가 없었다. 그런 모습을 눈여겨보던 톰은 벌레를 다시 손에 잡고 싶었지만 손이 닿지 않았다. 설교에 별로 관심 없는 다른 사람들도 딱정벌레를 보고 구원 투수라도 만난 듯 힐끔힐끔 쳐다보았다. 그때 주인 곁을 떠난 푸들 한 마리가 묶여

---

* 목사는 구약성서에 기록된 천년왕국을 묘사하고 있다. "그때에 이리가 어린 양과 함께 거하며 표범이 어린 염소와 함께 누우며 송아지와 어린 사자와 살찐 짐승이 함께 있어 어린아이에게 끌리며." 「이사야」 11장 6절.

있는 것에도 싫증이 나고 나른한 여름 날씨로 인해 늘어지고 심심해 견디지 못하겠다는 듯 슬픈 표정을 짓고는 어슬렁거리며 가까이 다가왔다. 딱정벌레가 눈에 띄자 개는 늘어뜨리고 있던 꼬리를 세우고 살래살래 흔들었다. 개는 뜻밖의 사냥감을 훑어보고 나서 안전한 거리에서 흥흥 냄새를 맡으며 벌레 주위를 한 바퀴 돌았다. 다시 한 바퀴 돌고 나서 이번에는 좀 더 대담하게 가까이 가서 냄새를 맡았다. 그러고 나서 주둥이를 내밀어 조심스럽게 낚아채려고 했지만 그만 놓치고 말았다. 또 한 번, 그리고 또 한 번 시도해 보자 재미있어지기 시작했다. 개는 딱정벌레를 앞발 사이에 두고 엎드려 앉아서 실험을 계속했다. 한참 동안 그 짓을 하더니 마침내 싫증이 났는지 무관심하게 멍하니 앉아 있었다. 그러다가 고개를 끄덕이며 졸기 시작했고 조금씩 턱이 아래쪽으로 처지더니 그만 적을 건드리고 말았다. 그러자 적이 개를 덥석 물었다. 개가 날카롭게 비명을 지르며 고개를 흔들어 대자 딱정벌레는 몇 미터 떨어진 곳에 떨어져 이번에도 벌렁 나자빠졌다. 근처에 있던 구경꾼들이 속으로 쾌재를 부르며 몸을 흔들었다. 몇몇 사람은 부채와 손수건으로 얼굴을 가렸다. 톰은 기뻐서 신바람이 났다. 개는 멋쩍은 표정을 지었고, 어쩌면 실제로도 멋쩍게 느꼈는지도 모른다. 그러나 가슴속으로는 분노를 느끼고 복수심에 불탔다. 그래서 딱정벌레한테 접근해 또다시 조심스럽게 공격하기 시작했다. 둥글게 원을 그리며 여러 각도에서 공격하기도 했고, 3센티미터도 채 안 되는 거리에서 벌레를 앞발로 내리 누르기도 했다. 전보다 더 가까운 곳에서 이빨로 딱정벌레를 낚아채는가 하면, 두 귀가 나부낄 때까지 고개를 흔들어 대기도 했다. 그

러나 얼마 되지 않아 개는 또다시 싫증을 냈다. 이번에는 파리 한 마리를 가지고 놀려고 했지만 그것 역시 재미가 없었다. 그 다음에는 개미 한 마리를 보더니 코를 바싹 마룻바닥에 갖다 대고 쫓아다녔지만 그것에도 곧 싫증이 났다. 개는 크게 하품을 하고 한숨을 쉬더니 딱정벌레가 있다는 사실을 까맣게 잊은 채 그만 그 위에 털썩 주저앉고 말았다. 그 순간 푸들은 갑자기 큰 비명을 지르며 복도 위쪽을 향해 쏜살같이 달려갔다. 개는 계속해서 깽깽거리며 비명을 질러 댔다. 제단 앞쪽을 가로질러 가더니 맞은편 복도 아래쪽으로 달려 내려왔다. 또 문앞을 가로지르더니 요란스럽게 마지막 직선 코스를 내달렸다. 달리면 달릴수록 푸들의 고통은 점점 더 심해졌고, 마침내 광속(光速)으로 궤도를 돌고 있는 양털 혜성 같은 모습이 되었다. 한바탕 정신없이 뛰던 개는 마침내 궤도에서 벗어나 주인의 무릎 위로 뛰어올랐다. 그러자 주인은 푸들을 창밖으로 던져 버렸다. 고통 속에 깨갱거리는 비명이 곧 조금씩 줄어들더니 마침내 멀리 사라져 버렸다.

이때쯤 해서 교회 안에 있던 사람들은 하나같이 터져 나오는 웃음을 억지로 참느라 마치 질식할 것처럼 얼굴이 빨개졌고, 설교는 완전히 중단되었다. 설교가 곧 다시 시작되기는 했지만 어색하고 중간 중간 끊기는 바람에 감명을 주는 설교가 될 가능성은 전혀 없었다. 심지어 엄숙한 구절이 나와도 마치 가련한 목사가 익살스러운 농담이라도 한 듯 사람들은 의자 뒤로 얼굴을 숨기고 불경스러운 웃음으로 답할 뿐이었다. 이런 시련이 끝나고 축도를 올리자 회중들은 그제야 안도의 한숨을 내쉬었다.

톰 소여는 엄숙한 예배 의식도 약간의 변화만 있으면 그렇게 싫은 것만도 아니라고 생각하면서 아주 즐거운 마음으로 집에 돌아왔다. 그러나 한 가지 아쉬운 생각이 들었다. 푸들이 집게벌레하고 같이 놀아 주는 것까지는 마다하지 않겠는데, 집게벌레를 그렇게 가져가 버린 것은 옳지 않다고 생각했던 것이다.

제6장

　월요일 아침이 되자 톰 소여는 비참한 기분이 들었다. 또다시 일주일 동안 학교에 가야 하는 기나긴 고통이 시작되기 때문에 월요일 아침이면 언제나 그랬다. 그래서 톰은 차라리 주말과 주초 사이에 휴일이 처음부터 없는 편이 나겠다고 불평하면서 월요일 하루를 시작했다. 휴일을 재미있게 보낸 뒤에 또다시 학교생활의 포로가 되어 족쇄를 차는 것이 더욱더 지긋지긋하게 느껴졌기 때문이다.
　톰은 생각에 잠긴 채 자리에 누워 있었다. 문득 몸이 아프면 얼마나 좋을까 하는 생각이 들었다. 몸이 아프면 학교에 가지 않아도 되기 때문이다. 막연하지만 한 가닥 가능성이 있었다. 그래서 톰은 여기저기 몸을 만져 보았다. 아무 데도 아픈 곳이 없었지만 다시 한번 여기저기 살펴보았다. 이번에는 배가 아픈 것 같다는 생각이 들었고, 그래서 꽤 기대를 하며 복통을 밀고 나가기 시작했다. 그러나 그런 증상은 약해지더니 이

내 완전히 사라져 버리고 말았다. 톰은 좀 더 생각해 보았다. 그러다가 갑자기 뭔가를 찾아냈다. 위쪽 앞니 하나가 흔들거리고 있었던 것이다. 참으로 다행스러운 일이었다. 그래서 그의 말마따나 '선발 투수'로 아프다고 막 신음 소리를 내려고 했다. 그때 갑자기 그러면 이모가 이를 뽑아 버릴 것이고, 그렇게 되면 진짜 아플 것이라는 생각이 들었다. 그래서 톰은 이 문제는 당분간 보류해 두고 다른 문제를 좀 더 찾아보기로 했다. 얼마 동안은 도무지 신통한 생각이 떠오르지 않았다. 바로 그때 톰은 언젠가 의사가 한 환자에게 이삼 주일 동안 자리에 누워 있지 않으면 손가락을 잃게 될지도 모른다고 위협하던 말을 들은 것이 기억났다. 그래서 톰은 아픈 발가락 하나를 이불에서 끌어내 찬찬히 살펴보았다. 어떤 증상으로 평계를 대야 하는지 알지 못했지만 위험을 무릅써 볼 가치는 충분히 있어 보였다. 그래서 톰은 꽤 힘을 들여 끙끙 앓는 소리를 내기 시작했다.

그러나 시드는 정신없이 쿨쿨 잠을 자고 있었다.

톰은 좀 더 크게 신음 소리를 냈다. 그랬더니 정말로 발가락에 통증이 느껴지는 것 같았다.

그러나 시드에게선 여전히 아무런 반응이 없었다.

톰은 있는 힘을 다해 숨을 헐떡거렸다. 그러다가 조금 쉬고 나서 다시 기운을 내어 계속 신음 소리를 냈다.

시드는 코를 드르렁 골고 있었다.

톰은 약이 바짝 올랐다. 그래서 "시드, 시드!" 하고 소리를 지르며 그를 흔들었다. 그러자 효과가 나타났다. 톰은 다시 끙끙거리며 신음 소리를 내기 시작했다. 시드는 하품을 하며 기지개를 켜고 나서 코를 씩씩거리며 팔꿈치를 받쳐 몸을 일으켜 세우고는 톰을 빤히 바라다보았다. 톰이 계속하여 신음 소리를 내자 시드가 말했다.

"형! 어이, 형!" (그러나 톰은 아무런 반응도 하지 않았다.) "여기 보라고, 형! 형! 도대체 왜 그러는 거야, 형?" 그러고는 시드는 톰의 몸을 흔들며 걱정스러운 표정으로 톰의 얼굴을 빤히 바라보았다.

그러자 톰이 신음 소리를 내며 대꾸했다.

"아, 안 돼, 시드. 나를 흔들지 마."

"도대체 왜 그러는 거야, 형? 이모를 불러야겠는걸."

"아냐, 그러지 마. 상관하지 마. 조금 있으면 괜찮아질 거야. 그러니까 아무도 부르지 말라고."

"하지만 불러야겠는걸! 그렇게 끙끙거리는 소리를 내지 마, 형. 너무 끔찍하단 말이야. 언제부터 이렇게 아팠어?"

"몇 시간 됐어. 아야! 아, 그렇게 흔들지 마, 시드. 그러면 죽을 것만 같아."

"형, 왜 좀 더 일찍 나를 깨우지 않았어? 아, 형, 제발 그렇게 소리 지르지 말라고. 그렇게 소리 지르는 걸 들으니 소름이 끼쳐. 형, 도대체 어디가 아픈 거야?"

"모든 걸 다 용서해 줄게, 시드. (신음 소리.) 그동안 나한테 한 짓 모두 용서해 줄게. 내가 죽으면……."

"오, 형, 설마 죽는 건 아니겠지? 제발, 형……. 오, 형, 죽으면 안 돼. 어쩌면……."

"난 모든 사람을 용서해 줄 거야, 시드. (신음 소리.) 사람들한테 그렇게 전해 줘, 시드. 그리고 말이야, 시드, 내 창틀이랑 외눈박이 고양이를 마을에 새로 이사 온 여자아이한테 전해 줘. 그리고 그 애한테……."

그러나 시드는 옷을 낚아채고는 방에서 나가 버렸다. 너무 그럴듯하게 상상력을 발휘한 탓에 톰은 이제 실제로 아팠고, 그래서 신음 소리도 아주 진짜 같았다.

시드는 층계를 펄쩍 뛰어 내려가 이렇게 말했다.

"아, 이모, 빨리 와 봐요! 형이 지금 죽어 가고 있어요!"

"죽어 가고 있다니!"

"예, 폴리 이모. 꾸물대지 마세요. 어서 빨리요!"

"허튼소리! 난 그 말 믿지 않아!"

그러나 이모는 계단을 뛰어 올라갔고 시드와 메리가 곧바로 그 뒤를 따라갔다. 이모는 새파랗게 질린 얼굴을 한 채 입술을 떨고 있었다. 침대 옆에 다다른 이모는 숨을 헐떡거리며 말했다.

"얘, 톰! 톰, 왜 그러는 거야?"

"아, 이모, 난 이제……."

"무슨 일이냐니까? 도대체 왜 그러는 거야, 애야?"

"아, 이모, 발가락에 괴저(壞疽)가 걸렸다고요!"

그러자 노부인은 의자에 털썩 주저앉아 조금 웃음을 짓다가 그 뒤에는 조금 울더니 그러고 나서는 한꺼번에 웃기도 하고 울기도 했다. 그렇게 하여 마음이 가라앉자 입을 열었다.

"톰, 넌 사람 놀라게 하는 재주가 있구나. 그 말 같지도 않은 소리 집어치우고 냉큼 침대에서 나오지 못할까."

신음 소리를 그치자 발가락 아픈 것이 씻은 듯 가라앉았다. 톰은 조금 멋쩍은 생각이 들자 이렇게 입을 열었다.

 "이모, 정말로 발가락이 괴저에 걸린 것 같았다고요. 발가락이 너무 아파서 이에 신경 쓸 겨를이 없었어요."
 "이라니! 네 이가 어떻다는 거냐?"
 "이 하나가 흔들거리는데 무지하게 아프다고요."
 "알았다. 자, 그러니 이제 그만하거라. 끙끙거리는 신음 소리도 이제 그만 지르렴. 어디 입을 벌려 보거라. 하기는…… 이가 흔들리는구나. 하지만 그것 때문에 죽지는 않지. 메리야, 어서 가서 명주실이랑 부엌에서 숯불 한 덩어리 가지고 오렴."
 그러자 톰이 말했다.
 "아녜요, 이모. 이를 뽑지 마세요. 이젠 아프지 않아요. 설령 아프다고 해도 가만히 있을래요. 그러니 제발 뽑지 마세요, 이모. 학교 빼먹고 집에 있겠다는 생각은 절대로 하지 않을 게요."

"아, 그래, 다시는 그런 생각을 하지 않겠단 말이지? 그럼 지금 이렇게 소란을 떤 것이 모두 학교 빼먹고 낚시질하러 가고 싶어서 그런 거로구나? 톰, 톰, 내가 너를 얼마나 사랑하는데. 넌 온갖 짓궂은 방법으로 이 늙은 이모 가슴을 미어지게 하는구나."

이때쯤 이를 뽑을 도구가 모두 준비되었다. 이모는 명주실 한쪽 끝에 동그란 고리를 만들어 톰의 이에 묶고 다른 한쪽 끝을 침대 기둥에 잡아맸다. 그러고 나서 시뻘건 숯불덩이를 집어 들더니 톰의 얼굴 앞으로 느닷없이 쑥 들이댔다. 그러는 사이에 톰의 앞니는 어느새 뽑혀 침대 기둥에 대롱대롱 매달려 있었다.

모든 괴로운 일에는 보상이 뒤따르게 마련이다. 아침을 먹고 학교에 가자 톰은 학생들의 선망의 대상이 되었다. 앞니가 빠져 생긴 구멍을 통해 새롭고 진기한 방법으로 침을 뱉을 수 있었기 때문이다. 그 재주를 보려고 톰의 주위에는 아이들이 떼를 지어 모여들었다. 손가락 하나를 칼에 베인 덕분에 이제까지 아이들의 관심과 찬사를 받아 온 아이는 갑자기 추종자도 없어지고 영광도 잃게 되었다. 그는 가슴이 무거웠다. 그래서 톰 소여처럼 침을 뱉는 것이 뭐 그렇게 대단하냐고 짐짓 경멸적으로 내뱉었다. 그러자 다른 아이가 "괜히 제가 못하니까 그러지!" 하고 대꾸했다. 그러자 그 아이는 무장을 해제당한 영웅처럼 자리를 떴다.

 잠시 뒤 톰은 동네에서 이름난 주정뱅이의 아들이자 부랑 소년인 허클베리 핀과 우연히 마주쳤다. 허클베리는 동네 어머니들이 하나같이 몹시 미워하고 두려워하는 아이였다. 하는 일 없이 빈둥거리고 제멋대로인 데다가 상스럽고 질이 좋지 않은 아이였기 때문이다. 또한 동네 아이들이 모두 그를 우러러보고 어른들이 말려도 그와 어울려 놀고 싶어 하면서 그 애처럼 되었으면 하고 바랐기 때문이다. 다른 점잖은 집 아이들과 마찬가지로 톰도 허클베리와 같은 화려한 떠돌이 생활이 부러웠지만, 그 아이하고는 절대로 같이 놀아서는 안 된다는 엄중한 경고를 받고 있었다. 그렇기 때문에 톰은 기회만 생기면 그와 함께 놀았다. 허클베리는 언제나 어른들이 입다 버린 헌 옷을 입고 다녔는데 넝마 조각 같은 누더기 옷을 사시사철 피는 꽃처럼 펄럭거리고 다녔다. 모자는 낡아 빠진 폐물로, 천이 큼지막하게 떨어져 나간 챙이 초승달 모양으로 너덜거렸다. 외투를 걸칠 때면 옷자락이 발뒤꿈치까지 내려와 닿았고, 뒤쪽에 달린 단추는 등 아래쪽 엉덩이 근처에 매달려 있었다. 멜빵 하나로 흘러내리지 않게 고정시킨 바지는 엉덩이 부분이 나지막하게 축 쳐져 있어 마치 빈 부대를 걸치고 있는 듯했다. 술 장식을 단 밑단은 접어 올리지 않을 때는 진흙에 질질 끌렸다.

허클베리는 제 마음대로 나타났다 사라졌다 했다. 날씨가 좋으면 남의 집 문간 계단에서 잠을 자고 비가 올 때면 큰 나무통* 속에 들어가 잠을 잤다. 학교에도 교회에도 갈 필요가 없었고, 어느 누구를 선생님이라고 부르거나 어느 누구의 명령에도 따를 필요가 없었다. 낚시질을 하든 헤엄을 치든 마음이 내킬 때 어떤 장소에서건 할 수 있었고, 또 마음대로 얼마든지 오래 머물러 있을 수도 있었다. 싸우지 말라고 말리는 사람도 없었다. 마음이 내키면 밤늦게까지 잠을 자지 않고 앉아 있을 수도 있었다. 봄이 되면 누구보다도 먼저 신발을 벗어 던지고, 가을이 되면 누구보다도 늦게 신발을 신었다. 몸을 씻는 일도 없고 깨끗한 옷을 입을 필요도 없었다. 욕지거리를 하는 솜씨도 보통이 아니었다. 한마디로 이 녀석은 정말로 인생을 살 맛나게 사는 데 필요한 것을 뭐든지 다 갖추고 있었다. 세인트피터스버그에 살면서 어른들한테 시달리며 괴로워하는 얌전한 아이들이라면 누구나 다 그렇게 생각했다.

---

* 주로 설탕을 넣어 배에 실어 나르는 통으로 나무를 짜서 만든다. 63갤런에서 140갤런(238리터에서 530리터)들이에 해당한다.

톰이 이 낭만적인 부랑아를 보고 큰 소리로 불렀다.

"야, 허클베리!"

"야, 톰이구나. 이거 어때?"

"그게 뭔데?"

"죽은 고양이야."

"어디 좀 보여 줄래, 헉. 우아, 아주 뻣뻣하게 굳었구나. 그런데 이거 어디서 났니?"

"어떤 아이한테서 샀어."

"뭘 주고 샀어?"

"푸른색 딱지 한 장이랑 도살장에서 주운 소 오줌통을 주고 샀지."

"푸른색 딱지는 어디서 났는데?"

"이 주일 전 굴렁쇠 채를 주고 벤 로저스한테 샀지."

"한데 죽은 고양이를 어디에 쓰려고, 헉?"

"뭣에 쓰냐고? 사마귀 떼는 데 쓰지."

"설마! 그게 정말이야? 그런 데 쓸 거라면 더 좋은 걸 알고 있어."

"그럴 리가 없어. 그게 뭔데?"

"있잖아, 썩은 나무에 고여 있는 물이지."

"썩은 나무에 괸 물이라고! 썩은 물이라면 눈곱만큼도 상관하지 않겠어."

"그럴 테지. 한데 시도해 본 적이나 있어?"

"아니, 없어. 하지만 봅 태너가 해 봤거든."

"넌 그 얘기 누구한테 들었는데?"

"그게 말이지, 봅이 제프 새처한테 말했고, 제프가 조니 베이커한테 말했고, 조니가 짐 홀리스한테 말했고, 짐이 벤 로저스한테 말했지. 그러고 벤이 검둥이 녀석한테 말했고, 그 검둥이 녀석이 나한테 말해 준 거야. 이제 알겠지!"

"글쎄, 그게 어떻다는 거야? 그건 말짱 거짓말일 거야. 적어도 그 검둥이 녀석을 빼고는 모두 거짓말쟁이야. 난 그 녀석을 알지 못하니까. 하지만 거짓말하지 않는 검둥이 녀석은 한 번도 본 적이 없거든. 빌어먹을! 그건 그렇고, 자, 이제 봅 태너가 어떻게 했는지 말해 봐, 헉."

"글쎄, 그 애가 빗물이 괸 썩은 나무 기둥에 손을 담갔대."

"대낮에 말이야?"

"물론이지."

"썩은 나무에 얼굴을 갖다 대고 말이야?"

"물론이지. 내 생각엔 아마 그랬을 거야."

"뭐라고 주문(呪文) 같은 것을 외면서?"

"그런 것 같지는 않은데. 그건 잘 모르겠어."

"아! 그렇게 바보 같은 식으로 썩은 나무에 고인 물로 사마귀를 떼려고 하다니! 글쎄, 그런 식으로 해선 아무 효과가 없어. 한밤중에 썩은 나무가 있는 데로 혼자서 가야 하는 거야. 그래서 밤 열두 시 정각이 되면 썩은 나무에 등을 돌리고 기대서서 손을 담그곤 이렇게 주문을 외는 거야.

보리알, 보리알, 옥수수 가루,
썩은 물아, 썩은 물아, 이 사마귀를 삼켜라.

그리고 나서 눈을 꼭 감고 얼른 열한 발짝 뒤로 물러서서 세 바퀴 맴을 돌고 난 뒤에 집으로 돌아가는 거야. 집에 가는 도중에 누구한테도 절대로 말을 걸어서는 안 돼. 만약 말을 하면 그동안 주문을 왼 효험이 말짱 꽝이 되는 거야."

 "흠, 그거 그럴듯한 방법인 것 같은데. 하지만 봅 태너는 그런 식으로 하지 않았어."

 "물론 그렇겠지. 그 녀석은 그렇게 하지 않았을 거야. 그 녀석은 이 동네에서 사마귀가 제일 많은 애잖아. 만일 고인 물을 제대로 쓸 줄 안다면 그 녀석의 사마귀는 하나도 남지 않았어야지. 난 그런 방법으로 사마귀를 수도 없이 많이 뗐는걸, 헉. 난 늘 개구리랑 함께 노니까 언제나 사마귀투성이였거든. 때론 난 콩을 가지고 사마귀를 없애기도 한다고."

 "그래, 콩으로도 돼. 나도 그렇게 해 본 적이 있어."

 "너도 그렇게 해 봤다고? 넌 어떤 방법으로 하는데?"

 "콩을 절반으로 자르고, 사마귀도 피가 나도록 칼로 벤 뒤 콩에다 피를 묻혀. 달이 뜨지 않는 어두운 밤에 네거리에 있는 땅에 구멍을 파고 자정쯤에 그것을 묻는 거야. 그러고 나서 나머지 콩 절반은 불에 태워 버려야 해. 피 묻은 콩이 계속 오그라들면서 다른 쪽 콩을 끌어들이는 거야. 그러면 피가 사마귀를 빨아들이는 데 도움이 되거든. 그러고 나면 곧 사마귀가 떨어지는 거지."

 "그래, 맞았어, 헉. 바로 그거라고. 피 묻은 콩을 묻을 때 '콩은 아래로 들어가고, 사마귀는 없어져 버려라. 다시는 찾아와 나를 괴롭히지 마라!' 이렇게 주문을 외면 효과가 더 크지. 조 하퍼가 그런 식으로 하거든. 그 녀석은 쿤빌* 근처를 비롯

---

* 미주리 주의 팰미러는 처음에는 '쿤빌'로 불렸다가 뒷날 '콘스탄티노플'로

해 안 가 본 데가 거의 없잖아. 그런데 있잖아……. 너는 죽은 고양이로 어떻게 사마귀를 떼는데?"

"응, 누군가 나쁜 사람이 죽어서 묻히면 죽은 고양이를 들고 한밤중에 공동묘지에 가는 거야. 자정이 되면 귀신 하나가 나타나지. 둘이나 셋이 나타날 수도 있어. 눈에 보이지는 않지만 바람 같은 소리를 들을 수 있거든. 어쩌면 귀신들이 소곤소곤 얘기를 나누는 소리를 들을 수도 있지. 귀신들이 그 나쁜 사람의 시체를 데려가고 있을 때 놈들에게 고양이를 냅다 던지면서 이렇게 말하는 거야. '귀신은 시체를 따라가라. 고양이는 귀신을 따라가라. 사마귀는 고양이를 따라가라. 이제 너하고는 끝장이야.' 그렇게 하면 어떤 사마귀라도 다 떨어져 나가게 돼 있다고."

"그거 그럴듯한데. 너 그렇게 해 본 적이 있니, 헉?"

"아니, 난 그렇게 해 본 적이 없지만 홉킨스 노파한테서 들었지."

"그럼 아마 그게 맞을 거야. 사람들 말로는 그 할머니는 마녀라고 그러잖니."

"그래, 네 말이 맞아! 톰, 진짜 마녀가 맞다고. 그 노파가 언젠가 우리 아빠한테 마법을 건 적이 있어. 아빠한테서 직접 들은 이야기야. 어느 날 길을 가는데 그 할망구가 마법을 걸더라는 거야. 그래서 돌멩이를 집어 던졌지만 이리 피하고 저리 피하는 바람에 도저히 맞출 수가 없었대. 바로 그날 밤 아빠는

그 이름이 바뀌었다. 쿤빌은 오하이오 주와 텍사스 주 등 미국 여러 주에 있는 마을 이름이기도 하다.

술에 고주망태가 되어 쓰러져 자다가 헛간에서 굴러 떨어져 팔이 부러졌거든."

"야아, 그거 으스스한데. 그런데 그 할멈이 네 아빠에게 마법에 걸었다는 걸 어떻게 알았지?"

"저런, 그거야 우리 아빠한테는 누워 떡 먹기지. 아빠 말로는 마녀가 똑바로 뚫어지게 사람을 노려보고 있으면 그게 마술을 걸고 있는 거래. 특히 뭔가 중얼거리면 더더욱 틀림이 없다는 거야. 중얼거리고 있는 건 주기도문을 거꾸로 외우고 있는 거고.*"

"그런데 헉, 그 고양이는 언제 써 볼 생각이니?"

"오늘 밤에. 귀신들이 오늘 밤 호스 윌리엄스** 영감의 시체를 파러 올 것 같아."

"하지만 그 영감은 토요일에 묻혔잖아. 그러니까 귀신들이 토요일 밤에 가져가지 않았을까?"

"얘, 참, 말하는 것 좀 보게! 마귀들의 주문이 자정이 되기 전에 어떻게 효력을 발휘할 수 있겠어? 자정이 지나면 바로 일요일이 되잖아. 마귀들은 일요일에는 거의 돌아다니지 않거든."

"그걸 미처 생각하지 못했구나. 그래, 네 말이 맞아. 그럼 내가 따라가도 되니?"

"물론 되고말고. 무서워하지만 않는다면."

"내가 무서워한다고! 천만의 말씀. 오늘 밤에 '야옹.' 하고 고

---

* 지옥의 모든 상태는 천국의 상태를 거꾸로 뒤집어 놓은 것이라는 생각과 관련이 있는 듯하다.
** 『톰 소여의 모험』의 미국 초판 삽화를 그린 화가 트루 W. 윌리엄스는 이 장면의 삽화를 그리면서 자신의 이름을 호스 윌리엄스 묘비에 그려 넣었다.

양이 우는 소리로 신호해 줄래?"

"알았어. 기회 있으면 너도 '야옹.' 하고 고양이 소리로 대답해 줘야 돼. 지난번엔 네가 대답을 하지 않아서 나 혼자서만 계속 고양이 소리를 내니까 헤이스 영감이 '빌어먹을 고양이 놈!' 하면서 나한테 돌팔매질을 하지 뭐야. 그래서 그 집 창문에 벽돌 한 장을 집어 던져 버렸지. 하지만 너 이 얘기 다른 사람에게 하면 절대로 안 돼."

"걱정 마, 하지 않을게. 그날 밤에는 이모가 어찌나 계속 나를 감시하고 있던지 도저히 고양이 소리를 낼 수 없었어. 하지만 이번에는 꼭 고양이 소리로 대답할게. 가만……. 그건 또 뭐니?"

"뭐긴 진드기지."

"어디서 잡았는데?"

"숲 속에서 잡았지."

"뭐하고 바꿀래?"

"잘 모르겠어. 바꾸기 싫은데."

"마음대로 해. 어쨌든 되게 조그마한 진드기로구나."

"아, 남의 진드기 트집 잡으려 들면 무슨 말인들 못하겠어. 하지만 난 상관없어. 나한텐 둘도 없는 진드기야."

"얼씨구. 쌔고 쌘 게 진드기인데. 잡을 생각만 하면 수천 마리라도 잡을 수 있다고."

"그럼 왜 잡지 않는 거니? 잡을 수 없다는 걸 뻔히 알면서. 진드기 치고는 꽤나 일찍 나온 놈이라고. 금년 들어 처음 보는 진드기거든."

"있잖아, 헉. 그거 나한테 주면 너한테 내 이 줄게."

"어디 좀 보자."

톰은 종이 한 장을 꺼내어 조심스럽게 펼쳤다. 허클베리는 부러운 눈길로 그것을 바라보았다. 가지고 싶은 유혹이 너무 컸다. 마침내 헉이 이렇게 물었다.

"이거 진짜니?"

그러자 톰은 입술을 쳐들고 이가 빠진 자리를 보여 주었다.

"그럼, 좋아." 허클베리가 말했다. "바꿀게."

톰은 얼마 전 집게벌레를 잡아 두던 뇌관 상자에 진드기를 집어넣었다. 그러고 나서 두 소년은 전보다 재산이 불어났다는 흐뭇한 기분으로 헤어졌다.

톰은 마을에서 동떨어진, 나무로 지은 조그마한 학교 건물에 다다르자 지금까지 열심히 서둘러 뛰어온 듯한 표정을 지으면서 얼른 교실 안으로 들어섰다. 옷걸이용 못에 모자를 걸고 아무 일도 없다는 듯 민첩하게 자기 자리에 가 앉았다. 선생은 얇은 널조각으로 바닥을 댄 높은 안락의자에 앉아 학생들이 공부하느라고 중얼중얼하는 소리를 자장가 삼아 꾸벅꾸벅 졸고 있었다. 그런데 방금 톰이 들어오는 소리에 그만 잠이 깨고 말았다.

"토머스 소여!"

톰은 자기 이름이 성(姓)과 함께 불릴 때는 좋지 않은 일이 있다는 것을 잘 알고 있었다.

"예, 선생님!"

"이리 나와! 자, 어디 말해 보렴. 무엇 때문에 평소와 다름없이 또 지각한 거지?"

톰이 막 거짓말로 궁지를 모면하려는 순간, 노랑머리를 두 갈래로 땋아 등 아래로 길게 내려뜨린 소녀가 눈에 띄었다. 전기가 흐르듯 짜릿한 사랑의 감정으로 그 소녀를 알아보았던 것이다. 교실의 여자아이들이 앉아 있는 쪽에는 그 소녀 옆자리가 유일하게 비어 있었다. 그래서 톰은 금방 이렇게 대답했다.

"허클베리 핀이랑 이야기를 좀 나누느라고 늦었습니다!"

이 말을 듣자 선생은 맥박이 그만 멈추는 듯했고, 멍하니 톰을 바라보았다. 학생들의 웅얼거리며 공부하는 소리도 뚝 멎었다. 아이들은 이 무모한 아이가 혹시 머리가 돈 것이 아닌가 하고 의아하게 생각했다. 선생이 톰에게 물었다.

"뭐…… 뭘 했다고?"

"허클베리 핀이랑 얘기하느라고 늦었습니다."

선생이 말을 잘못 들은 것이 아니었다.

"토머스 소여! 네가 이렇게 겁 없이 당당하게 고백하는 걸 난 여태껏 들어 본 적이 없구나. 이런 고약한 버릇은 웬만한 자막대기 갖고서는 안 되겠는걸. 자, 윗도리를 벗어라."

선생은 팔이 아플 때까지 회초리로 톰을 때렸다. 남아 있는 회초리의 수가 눈에 띄게 줄어들고 나서 선생이 이렇게 명령했다.

"자, 저기 여학생 자리에 가서 앉아! 이런 벌이 너한테 경고가 되었으면 좋겠구나."

교실 안 여기저기서 킥킥거리는 웃음소리가 잔물결처럼 일자 톰은 어쩔 줄 몰라 했다. 그러나 실제로 그가 어쩔 줄 몰라 한 것은 그 이름 모를 천사 같은 소녀를 숭배하는 경외심, 또 운 좋게도 그녀 옆에 앉게 된 데 대한 벅찬 감격 때문이었다. 톰이 소나무 널빤지로 만든 의자 한쪽 끝에 걸터앉자 소녀는 고개를 흔들며 옆으로 조금 비켜 앉았다. 교실 안의 아이들은 서로 팔꿈치를 쿡쿡 찌르기도 하고 눈짓을 보내기도 하고 수군수군 귀엣말을 주고받았다. 그러나 톰은 단정히 앉아 길쭉하고 나지막한 책상 위에 두 팔을 얹고 책을 읽는 척했다.

 아이들의 관심은 곧 톰한테서 멀어지고 다시 웅얼거리며 공부하는 소리가 나른한 공기 중에 가득 퍼졌다. 마침내 톰은 옆자리의 소녀를 슬쩍 훔쳐보기 시작했다. 소녀는 톰의 눈길을 보더니 그를 향해 '입을 삐죽 내밀고'는 일 분 동안 그에게서 고개를 돌렸다. 잠시 뒤 소녀가 조심스럽게 다시 고개를 돌려 보니 그녀 앞에 복숭아 한 개가 놓여 있었다. 소녀는 그것을 옆쪽에 밀어 놓았다. 그러자 톰은 가만히 다시 되돌려 놓았다. 소녀는 다시 밀어 놓았지만 아까처럼 그렇게 싫은 눈치는 아니었다. 톰은 끈질기게 다시 복숭아를 제자리에 갖다 놓았다. 그러자 소녀는 그냥 내버려 두었다. 톰은 자기 석판 위에 "제발 받아 줘. 나한테 또 있으니까." 하고 썼다. 소녀는 그것을 힐끗 쳐다보았지만 아무런 내색도 하지 않았다. 그래서 톰은 이번에는 왼손으로 가린 채 석판 위에 뭔가 그림을 그리기 시작했다. 소녀는 한동안 보려고 하지 않았지만 거의 눈에 띄지 않게 조금씩 본능적인 호기심이 일기 시작했다. 톰은 짐짓 의식을 하고 있지 않은 듯 계속해서 그림을 그렸다. 소녀는 애매한 태도를 지으며 쳐다보려고 했지만 톰은 그녀의 관심을 의식하지 않는 척했다. 마침내 그녀가 굴복하고 쭈뼛쭈뼛 이렇게 중얼거렸다.

 "좀 보여 줄래?"

 톰은 손을 조금 비켜 만화풍으로 서툴게 그린 그림을 보여 주었다. 양끝에 박공(搏拱) 두 개가 달린 집으로 굴뚝에서는

나사처럼 빙글빙글 연기가 솟아오르고 있었다. 그때 소녀는 그가 그리고 있는 그림에만 정신이 팔려 그 밖의 것에 대해서는 까맣게 잊고 있었다. 그녀는 완성된 그림을 잠깐 동안 바라보고 나서 나지막하게 속삭였다.

"어머, 참 멋있구나. 거기에 사람도 하나 그려 봐."

소년 화가는 앞마당에 사람을 하나 그려 넣었는데 마치 기중기 같아 보였다. 한 걸음에 충분히 집을 넘어갈 수도 있을 만큼 컸다. 그런데도 소녀는 까다롭게 흠을 잡지 않았다. 그 괴물 같은 사람에 만족한 그녀가 이렇게 속삭였다.

"멋있는 사람이구나. 자, 이번엔 내가 걸어오는 모습도 그려 봐."

톰은 모래시계를 그리고 난 뒤 그 위에 둥근 보름달과 밀짚처럼 가느다란 팔다리, 그리고 활짝 펼친 손에는 큼직한 부채를 그려 넣었다. 그러자 그녀가 말했다.

"그림이 점점 멋있어지네. 나도 그림을 그릴 수 있으면 얼마나 좋을까."

"어려울 거 없어." 톰이 속삭였다. "내가 가르쳐 줄게."

"어머나, 정말? 언제 가르쳐 줄 거야?"

"점심시간에. 너 점심 먹으러 집에 가니?"

"네가 안 가면 나도 안 갈래."

"좋았어. 그럼 그렇게 하기로 하자. 네 이름이 뭐니?"

"베키 새처라고 해. 네 이름은? 아, 난 알고 있어. 토머스 소여지."

"그건 매 맞을 때 불리는 이름이야. 내가 얌전하게 굴 때는 그냥 톰이라고 해. 그러니까 넌 톰이라고 불러. 그럴 거지?"

"알았어."

이제 톰은 다시 소녀가 보지 못하도록 손으로 가리고 석판 위에 글씨를 휘갈겨 쓰기 시작했다. 그러나 이번에는 소녀가 수줍어하지 않고 보여 달라고 졸랐다. 그러자 톰이 대답했다.

"아, 아무것도 아냐."

"아냐, 안 그래."

"정말 아무것도 아니래도. 보고 싶어 하지 않을 거야."

"아냐, 보고 싶어. 정말 보고 싶다고. 그러니까 제발 보여 줘."

"다른 사람들한테 말하려고?"

"아냐, 말하지 않을게. 정말, 정말, 정말로 말하지 않을 거야."

"정말로 아무한테도 말하지 않을 거지? 죽을 때까지 안 할 거지?"

"그래, 정말로 그렇대도. 아무한테도 말하지 않을 테야. 그러니 보여 줘."

"아, 보고 싶지가 않을 텐데 그러네!"

"네가 그러니까 꼭 보고 말 거야."

이렇게 말하며 소녀는 그녀의 조그마한 손을 그의 손 위에 얹어 놓았고, 그 때문에 둘 사이에 작은 실랑이가 벌어졌다. 톰은 정말로 보여 주기 싫은 척하면서 가린 손을 조금씩 가만히 치웠다. 그러자 마침내 "너를 사랑해."라는 문장이 드러났다.

"아, 못됐어!" 그러고는 소녀는 톰의 손등을 찰싹 때렸다. 부끄러운 듯 얼굴을 붉히면서도 싫지 않은 눈치였다.

바로 그때 톰은 불길한 어떤 것이 천천히 다가와 자기의 귀를 붙잡고는 번쩍 들어 올리는 듯한 기분을 느꼈다. 그는 귀를 잡힌 채 교실 안을 한 바퀴 빙 돌아 원래 자기 자리로 돌아왔고, 교실 안은 낄낄거리는 소리로 웃음바다가 되었다. 선생은 잠깐 동안 불안하게 톰을 내려다보며 서 있다가 마침내 한마디 말도 없이 그의 옥좌 위로 다시 돌아갔다. 톰은 귀가 얼얼했지만 마음은 환희로 흘러넘쳤다.

교실 안이 다시 조용해지자 톰은 이제는 정말로 공부를 하려고 마음먹었지만 마음이 몹시 들떠 있었다. 다음 읽기 시간에도 열심히 하려고 했지만 모두 망쳐 버렸다. 그 뒤 지리 시간에는 호수가 산으로, 산이 강으로, 또 강이 대륙으로 헷갈리는 바람에 갈피를 잡지 못했다. 그 다음 철자법 시간에도 젖먹이들도 알 만한 일련의 쉬운 낱말조차 생각이 나지 않아 '꼴찌로 밀려 나는' 망신을 당했다. 그리하여 마침내 톰은 지난 몇

달 동안 자랑스럽게 목에 달고 다니던 백랍 메달*을 도로 내주고 말았다.

---

* 철자법에 능한 학생에게 주는 메달로 모양과 크기가 1달러짜리 은화와 비슷하다. 이 상을 받은 학생은 실에 꿰어 목에 매달고 다녔다. 평소 철자법을 알던 마크 트웨인은 이 메달을 자주 받았다.

제7장

　책에 정신을 쏟으면 쏟을수록 톰의 생각은 점점 더 엉뚱한 방향으로 흘러갔다. 그래서 마침내 한숨을 내쉬고 하품을 하고는 공부하기를 단념해 버리고 말았다. 점심시간이 영원히 오지 않을 것만 같았다. 공기는 숨이 막힐 듯 답답했다. 바람 한 줄기 불지 않았다. 나른한 날 중에서도 가장 나른한 날이었다. 스물다섯 명의 학생이 졸린 듯 중얼거리는 소리가 윙윙거리는 벌들의 주문(呪文)처럼 영혼을 가라앉혔다. 저 멀리 불타는 듯 햇살에 빛나고 있는 카디프힐이 베일처럼 아른거리는 열기 사이로 부드러운 초록색 모습을 들어 올리고 있었다. 멀리 떨어져 있는 탓에 보랏빛으로 물들면서 말이다. 새 몇 마리가 나른한 날갯짓으로 공중 높이 날아올랐다. 암소 몇 마리를 빼놓고 나면 살아 있는 것이라고는 아무것도 눈에 띄지 않았다. 물론 암소들마저도 잠을 자고 있었다. 톰은 자유의 몸이 되고 싶어 안달이 났다. 그러지 않으면 뭔가 재미있는 흥밋거리를 만들어 이 지루한 시간을 보내야 했다. 무심코 호주머니에 손을 넣어 더듬던 톰의 얼굴이 갑자기 감사의 빛으로 환하게 밝아졌다. 마치 기도를 할 때나 느낄 수 있는 그런 감정이었지만 물론 그는 그런 경험을 해 본 적이 없었다. 톰은 슬그머니 뇌관 상자를 꺼내 뚜껑을 열고는 상자에 갇혀 있던 진드기를 기다랗고 평평한 책상 위에 올려놓았다. 그 순간 그놈 역시 어쩌면 기도와 다름없는 감사하는 마음으로 빛이 나는 듯했지만 그러기에는 아직 때가 일렀다. 고마운 마음으로 달아나기 시작하자 톰이 핀으로 길을 가로막아 그놈을 다른 방향으로 가도록 만들었기 때문이다.

옆자리에는 둘도 없는 절친한 친구가 앉아 있었는데 그도 톰과 꼭 마찬가지로 심심해서 죽을 지경이었다. 그 친구는 새로운 흥밋거리를 보자 즉시 깊은 관심을 보이면서 반가워했다. 둘도 없이 절친한 친구란 바로 조 하퍼를 말한다. 이 두 아이는 주중에는 그지없이 친한 친구지만 토요일만 되면 불구대천의 원수가 되었다. 조는 웃옷의 접힌 깃에서 핀 하나를 뽑아 포로가 된 진드기를 훈련시키는 일을 돕기 시작했다. 장난은 점점 재미를 더해 갔고, 곧 톰은 이런 식으로 놀면 서로 상대방에게 방해가 되어 진드기 놀이의 참맛을 만끽할 수 없다고 생각했다. 그래서 톰은 조의 석판을 책상 위 한중간에 놓고 위에서 밑으로 쭉 금을 그었다.

"자, 진드기 놈이 네 쪽에 있으면 네가 건드려. 난 가만 내버려 둘 테니까." 톰이 말했다. "하지만 그놈이 내 쪽으로 오면 내가 네 쪽으로 넘어가게 하지 않는 한, 넌 그놈을 그냥 내버려 둬야 해."

"좋았어. 어서 해 봐. 그놈을 건드리라고."

진드기는 곧 톰한테서 달아나 적도(赤道) 같은 금을 건넜다. 조가 얼마 동안 그놈을 가지고 괴롭히자 그놈은 달아나 금을 다시 넘어섰다. 이런 식으로 자주 본거지를 바꾸었다. 한 아이가 열중해서 진드기를 괴롭히는 동안, 다른 아이도 마찬가지로 큰 관심을 가지고 지켜보았다. 두 아이는 석판 위에 머리를 함께 숙인 채 그 밖의 다른 일은 까맣게 잊고 있었다. 마침내 행운의 여신이 조의 손을 들어 주는 것 같았다. 진드기는 이쪽으로 가다가 저쪽으로 가는 등 아이들 못지않게 흥분하며 안절부절못했다. 몇 번이고 되풀이하여 진드기가 조의 수중에 떨어져, 말하자면 조가 승리를 거두자 톰은 손가락이 근질근질했다. 그러나 조는 교묘하게 핀으로 진드기를 가로막아 자기 쪽에 두곤 했다. 마침내 톰은 더 이상 참을 수 없었다. 참고 견디기에는 유혹이 너무나 컸다. 그래서 손을 뻗쳐 자기 편으로 진드기를 도와주었다. 그 순간 조가 버럭 화를 내면서 이렇게 소리쳤다.

"톰, 그놈을 그냥 두지 못해."
"그 녀석을 조금만 움직이게 하고 싶어서 그래, 조."
"절대 안 돼. 그건 반칙이야. 그놈을 그냥 내버려 두라고."
"빌어먹을, 그렇게 많이 움직이게 하지 않을 거야."
"그냥 내버려 두라고 했잖아! 내 말 못 알아들어!"
"싫어!"
"그냥 둬. 지금 그 녀석이 내 쪽에 있단 말이야."
"이봐, 조 하퍼. 이게 누구 진드기지?"
"그게 누구 진드기이건 상관없어. 그놈은 지금 내 쪽에 있으니까 넌 그놈한테 손을 대선 안 된다고."

"흥, 그래도 난 손을 댈 거야. 그놈은 내 진드기야. 그러니까 빌어먹을, 내가 하고 싶은 대로 할 거야. 그렇게 하지 못하면 차라리 죽어 버리겠다!"

그때 누군가가 톰과 조의 두 어깨를 세차게 내리쳤다. 이 분 동안 계속 두 아이의 웃옷에서 먼지가 풀풀 날리자 교실 안에 있던 다른 학생들이 모두 재미있어 했다. 두 소년은 진드기 쟁탈전에 너무 열중해 있던 나머지 선생이 살금살금 교실로 내려와 그들을 내려다보며 서 있는 얼마 동안 교실 안이 조용해진 것을 눈치채지 못했다. 주먹을 날리기 전에 선생은 아이들이 장난치는 모습을 상당 부분 지켜보고 있었다.

낮 12시에 오전 수업이 끝나자 톰은 베키 새처한테 달려가 귓속말로 소곤거렸다.

"보닛을 쓰고 집으로 가는 시늉을 해. 저 아래 모퉁이에 다다르면 다른 아이들을 따돌리고 골목길 아래쪽으로 돌아 다시 이리로 와. 알았지? 난 딴 길로 갔다가 똑같은 방법으로 도망쳐 올 테니까."

그래서 베키는 한 떼의 아이들하고 같이 떠났고, 또 톰은 톰대로 다른 아이들과 함께 집으로 향했다. 얼마 뒤 두 사람은 골목길 끝에서 만났다. 다시 학교로 돌아오자 이제 두 사람이 학교 건물을 독차지했다. 두 사람은 석판을 앞에 놓고 나란히 앉았다. 톰은 베키에게 연필을 쥐게 한 뒤 자기 손으로 그녀의 손을 붙잡고서 아까처럼 또 한번 멋진 집 한 채를 그렸다. 그림 그리기에 싫증이 나자 두 아이는 얘기를 나누기 시작했다. 톰은 행복감에 한껏 취해 어쩔 줄 몰랐다.

"너 쥐 좋아하니?"

"아니! 끔찍하게 싫어!"

"하기야, 나도 그래. 살아 있는 쥐는 싫어. 하지만 내가 말하는 건 죽은 놈이야. 끈으로 묶어서 머리 위로 빙빙 돌리는 쥐 말이지."

"어쨌든 싫어. 난 쥐는 별로야. 내가 좋아하는 건 추잉껌이야."

"아, 나도 추잉껌을 좋아해! 지금 추잉껌이 있으면 좋겠다."

"그래? 지금 나한테 조금 있어. 하나밖에 없으니까 네가 좀 씹고 나서 나한테 도로 줘야 해."

톰은 그 생각이 마음에 들었다. 두 아이는 추잉껌 하나를 번갈아 씹으며 퍽 만족스러운 듯 걸상에 걸터앉아 다리를 흔들어 댔다.

"너 서커스 구경한 적 있니?" 톰이 물었다.

"응. 얌전하게 굴면 아빠가 또 데려가 주신다고 하셨어."

"난 서너 번······, 아니, 아주 여러 번 봤어. 서커스와 비교해 보면 예배당은 너무 시시하기 짝이 없어. 서커스에는 언제든지 신바람 나는 일이 많잖아. 난 커서 서커스 광대가 될 거야."

"어머, 그래! 그거 멋있겠구나. 알록달록한 옷을 입은 그 사람들 참으로 멋있어 보이거든."

"정말로 그래. 또 그 사람들은 돈을 얼마나 많이 버는데. 하루에 거의 1달러나 번대. 벤 로저스가 그러더라. 그런데 있잖아, 베키, 너 약혼해 본 적 있니?"

"그게 뭔데?"

"글쎄, 결혼하겠다고 약속하는 거 말이야."

"그런 적 없어."

"그럼 한번 해 보고 싶지 않니?"

"그러고 싶기도 하고. 확실히 모르겠어. 그게 어떤 건데?"

"그게 어떤 거냐고? 글쎄, 조금도 어려울 것 없어. 한 사내아이한테 평생 동안 영원히 언제까지나 그 아이하고만 친하게 지낸다고 약속하면 되는 거야. 그러고 나서 뽀뽀를 하면 돼. 그뿐이야. 그러니까 누구든지 할 수 있지."

"뽀뽀라고? 뽀뽀는 왜 하는데?"

"왜 하느냐 하면, 그건 말이야……. 글쎄, 사람들이 언제나 그냥 그렇게 하니까."

"모두들 그렇게 한다고?"

"그렇다니까. 서로 좋아하는 사람끼리는 모두 다 말이야. 아까 내가 석판에 쓴 거 기억하니?"

"으…… 응."

"뭐라고 쓰여 있었지?"

"싫어, 말 안 할래."

"그럼 내가 말해 볼까?"

"그…… 그래. 하지만 나중에 해 줘."

"아냐, 지금 할래."

"싫어, 지금 하지 마. ……내일 해."

"아냐, 지금 할래. 제발 베키야. 조그마한 목소리로 할게. 아주 부드럽게 속삭이면 되잖아."

베키는 머뭇거렸고, 톰은 베키의 침묵을 승낙하는 것으로 받아들였다. 그래서 한 손으로 베키의 허리를 감싸고 입술을 베키의 귀에 바싹 갖다 대고 아주 부드러운 목소리로 사랑한다고 속삭였다. 그러고 나서 톰은 이렇게 덧붙였다.
"자, 이번에는 네가 나한테 해 봐. 똑같이 하면 돼."
베키는 얼마 동안 톰이 시키는 대로 하지 않고 가만히 있다가 이렇게 말했다.
"내 얼굴이 보이지 않게 네 얼굴을 저쪽으로 돌리고 있어. 그러면 할게. 하지만 아무한테도 얘기하면 안 돼. 알았지? 아무한테도 얘기 안 할 거지?"
"그래, 절대로 하지 않을게. 자, 어서, 베키."
그러고 나서 톰이 얼굴을 돌렸다. 그러자 베키는 머뭇거리며 그의 곱슬머리가 그녀의 숨결에 흔들릴 정도로 가까이 고개를 돌리고 조그마한 목소리로 수줍게 말했다.
"너를…… 사랑…… 해!"
이 말을 마치고 나서 베키가 자리에서 벌떡 일어나 책상과 의자를 돌아 달아나자 톰이 뒤쫓아 갔다. 그녀는 마침내 교실 한 모퉁이에 숨어 작고 하얀 앞치마로 얼굴을 가렸다. 톰은 베키의 목을 껴안고 애원하듯 말했다.
"자, 베키, 이제 모두 끝났어. 이제 뽀뽀하는 것만 남고 다 끝났다고. 그러니 조금도 무서워할 것 없어. 그건 아무것도 아니니까. 제발 베키야."
톰은 그녀의 앞치마와 두 손을 잡아당겼다.
잠시 뒤 베키는 단념하고 두 손을 내렸다. 톰과 옥신각신했기 때문에 빨갛게 상기된 얼굴로 앞으로 나와 항복하고 말았다. 톰은 베키의 붉은 입술에 입을 맞추고는 이렇게 말했다.
"이제 모두 끝났어, 베키. 지금부터는 나 말고 다른 사내아이를 좋아해서도 안 되고, 또 나 말고 다른 사내아이와 결혼해

서도 안 돼. 절대로, 정말 절대로 안 되는 거야. 그럴 거지?"

"알았어. 너 말고는 다른 아이를 절대로 사랑하지 않을게, 톰. 또 너 말고는 누구하고도 절대로 결혼하지 않을 거야. 그럼 너도 나 말고는 어느 누구하고도 결혼해선 안 돼."

"그럼, 물론이지. 그리고 또 있어. 학교에 올 때나 집에 돌아갈 때, 사람들이 보지 않으면 넌 나하고 같이 다니는 거야. 파티에 갈 때도 넌 언제나 나랑 같이 가야 하고, 난 너랑 같이 가야 해. 약혼을 하면 다들 그렇게 하는 법이거든."

"그거 참 근사한데. 난 그런 얘기 처음 듣거든."

"아, 얼마나 재미있는데! 나랑 에이미 로런스랑……."

베키의 두 눈이 갑자기 휘둥그레지는 것을 보고 톰은 아차 실수했다 싶어 당황하여 말을 멈추었다.

"톰! 그렇다면 난 네가 맨 처음으로 약혼한 애가 아니잖아!" 베키는 울음을 터뜨렸다. 그러자 톰이 이렇게 말했다.

"아, 울지 마, 베키. 지금은 그 애를 더 이상 좋아하지 않는단 말이야."

"아냐, 그렇지 않아, 톰. 지금도 좋아하면서 뭘."

톰은 베키의 어깨를 감싸 안으려고 했지만 그녀는 톰을 밀어젖히고 벽 쪽으로 얼굴을 돌린 채 계속하여 흐느꼈다. 톰은 다시 부드러운 말로 베키를 달래려고 했지만 그녀는 여전히 톰을 뿌리쳤다. 그러자 자존심이 상한 톰은 교실 밖으로 성큼성큼 걸어 나와 버렸다. 톰은 불안하고 초조한 마음으로 얼마 동안 밖에 서서 이따금씩 문 쪽을 힐끗 쳐다보면서 베키가 혹시라도 후회하고 자기를 찾으러 나오지 않을까 하고 기다렸다. 그러나 그녀는 나오지 않았다. 그러자 기분이 울적해지면서 자신이 나쁜 짓을 한 것이 아닐까 하고 걱정되었다. 지금 와서 새삼스럽게 다시 접근한다는 것은 몹시 어려운 일이었지만 톰은 용기를 내어 다시 교실 안으로 들어갔다. 베키는 아까 그대로 여전히 구석에 서서 벽 쪽을 향해 얼굴을 돌린 채 훌쩍거리고 있었다. 톰의 가슴이 미어지는 듯했다. 그녀한테 가까이 다가가서 어찌할지 몰라 잠시 서 있었다. 그러고 나서 머뭇거리면서 말문을 열었다.

"베키, 난…… 난 말이야, 너 말고는 아무도 좋아하지 않아."

그러나 베키는 아무 대답도 하지 않고 울기만 했다.

"베키." 그가 애걸하듯 말했다. "베키, 뭐라고 말 좀 해 봐."

그러나 베키는 여전히 훌쩍거릴 뿐이었다.
톰은 가장 아끼는 보물, 즉 벽난로 받침대에서 떼 낸 놋쇠 손잡이를 꺼내 베키가 보도록 흔들어 보였다. 그러면서 이렇게 말했다.
"베키, 이거 가질래?"
베키는 놋쇠 손잡이를 탁 쳐서 마룻바닥에 떨어뜨렸다. 그러자 톰은 교실 밖으로 뛰어나와 언덕 너머로 멀리 가 버렸고 그날 더 이상 학교에 돌아오지 않았다. 마침내 베키는 수상한 생각이 들었다. 그래서 문간으로 뛰어나갔다. 그러나 톰의 모습은 보이지 않았다. 그녀는 놀이터 쪽으로 달려가 보았지만 역시 그곳에도 톰은 없었다. 그러자 베키는 큰 소리로 이렇게 소리를 질렀다.
"톰! 돌아와! 톰!"
베키는 열심히 귀를 기울여 보았지만 아무런 대답도 들리지 않았다. 그녀 곁에 있는 것이라고는 정적과 고독뿐이었다. 베키는 그 자리에 주저앉아 울면서 자신을 탓했다. 이때쯤 학생들이 다시 모여들기 시작했다. 베키는 슬픔을 털어놓을 친구 하나 없이 낯선 아이들 틈에서 슬픔을 감추고 상처 입은 마음을 가라앉히면서 그 길고 지루하고 고통스러운 오후를 십자가처럼 걸머져야 했다.

제8장

 톰은 학교로 돌아오는 학생들과 마주치지 않으려고 여기저기 골목길로 피한 뒤에야 비로소 우울한 마음으로 발걸음을 늦추었다. 일부러 두세 번 조그마한 개울을 건너기도 했는데, 아이들 사이에는 물을 건너면 뒤따라오는 사람을 혼란에 빠뜨릴 수 있다는 미신이 있었기 때문이다. 삼십 분이 지난 뒤 톰은 카디프힐 꼭대기에 있는 더글러스 저택의 뒤꼍으로 사라지고 있었다. 이제 학교 건물은 뒤쪽 계곡에 가려 거의 보이지 않았다. 톰은 나무가 빽빽이 들어선 숲 속으로 들어가 길이 나있지 않은 곳을 따라 숲 한가운데로 나아가 가지가 무성한 떡갈나무 아래 이끼 낀 바닥에 앉았다. 바람 한 점 불지 않았다. 숨이 막힐 듯 답답한 열기 탓에 새들이 우는 소리마저 들리지 않는 한낮이었다. 대자연은 마법에 걸려 누워 있었고, 이 마법을 깨뜨리는 것이라고는 이따금 어디선가 딱따구리 한 마리가 딱딱딱 딱딱딱 하고 나무를 쪼아 대는 소리뿐이었다. 그런데 이 소리가 주위를 가득 덮고 있는 고요함과 외로움을 오히려 한껏 북돋아 주는 것 같았다. 톰은 울적한 기분에 잠겨 있었다. 그의 기분은 주위 분위기와 썩 잘 어울렸다. 무릎 위에 팔꿈치를 괴고 두 손으로 턱을 받치고 앉아 톰은 생각에 잠겼다. 삶이란 기껏해야 고행(苦行)일 뿐이라는 생각이 들었다. 차라리 얼마 전에 이 세상을 떠난 지미 호지스가 부럽기까지 했다. 나무 사이로 살랑거리며 불어 대고 묘지 위의 풀과 꽃을 애무하는 듯한 산들바람을 벗 삼아 땅속에 누워 영원히 잠을 자며 꿈을 꾸는 것은 평화스러운 일임에 틀림없었다. 그러면 이제 더 근심할 일도, 슬퍼할 일도 없을 것이다. 만약 주일 학교 기록이 좋기만 하다면 이제라도 아무 미련 없이 이 세상을 떠나 모든 것을 잊고 싶었다. 그런데 문제는 그 소녀였다. 도대체 내가 무슨 잘못을 했다는 건가? 잘못한 일이 아무것도 없었다. 최선을 다해 호의를 베풀었는데 마치 개처럼, 그렇다, 마치 개와 다름없는 대우를 받았던 것이다. 앞으로 언젠가 그 소녀는 후회하게 될 거야. 어쩌면 이미 때가 너무 늦었을 때 후회하게 될지도 몰라. 아, 일시적으로 죽을 수 있다면 얼마나 좋을까!

그러나 고무줄처럼 탄력성 있는 어린아이의 마음은 오랫동안 굳어진 틀에 단번에 얽매일 수 없는 법이다. 톰은 자신도 모르는 사이에 어느덧 이 세상의 관심사로 다시 돌아오기 시작했다. 만약 자신이 이 세상을 등지고 홀연히 모습을 감춰 버린다면 어떻게 될까? 만약 이곳을 떠나 바다 건너 저 머나먼 낯선 나라로 떠나가서 영원히 다시 돌아오지 않는다면 어떻게 될까? 그러면 그 애는 과연 어떻게 생각할까? 얼핏 광대가 되면 어떨까 하는 생각이 다시 떠올랐지만 톰은 메스꺼움을 느낄 뿐이었다. 어릿광대의 경박한 행동이며, 농담이며, 착 달라붙는 물방울무늬 옷이 아련하고 엄숙하고 낭만적인 생각으로 고양된 영혼에 침입해 들어오자 몹시 불쾌한 생각이 들었다. 그래, 군인이 되는 거야. 그리고 몇 년 뒤에 전쟁에 이기고 무훈(武勳)을 세워 빛나는 개선장군이 되어 돌아오는 거야. 아니, 그것보다는 차라리 인디언 무리에 끼어 물소 사냥을 하고 서부의 산맥과 길도 없고 끝도 없는 대평원에 싸우러 가는 편이 더 낫지 않을까? 그리고 먼 뒷날 대추장이 되어 깃으로 장식하고 얼굴에는 무시무시하게 색칠을 하고는 어느 나른한 여름날 아침, 등골이 오싹해지는 함성을 울리며 주일 학교로 말을 몰고 들어가는 거야. 그러면 친구들은 몹시 부러워서 눈알이 다 튀어나오겠지. 아니, 그보다도 더 멋진 것이 있지. 해적이 되는 거야! 바로 그것이야! 이제 톰의 장래는 탄탄대로처럼 펼쳐 있었고 더할 나위 없이 휘황찬란하게 빛났다. 그의 이름이 온 세계에 널리 알려지고, 사람들은 그 이름만 들어도 벌벌 떨 것이 아닌가! 길고도 야트막한 검은 선체의 쾌속선 '폭풍의 영혼'호(號)를 타고 이물 쪽에 무시무시한 해적 깃발을 휘날리며 파도가 넘실거리는 바다를 질주하면 얼마나 영광스러울까! 그리고 그 명성이 절정에 이르렀을 때 비바람에 그을린 갈색 얼굴에 검은 벨벳 웃옷과 반바지, 무릎까지 올라오는 커다란 장화, 주홍색 장식띠로 치장하고, 벨트에는 대형 권총들을 차고 허리에는 뭇사람의 피로 녹이 슨 번쩍거리는 단검을 달고, 앞챙이 늘어진 중절모자에다 해골과 그 밑에 뼈 두 개를 엇갈려 그려 놓은 까만 깃발을 펄럭이며 난데없이 마을에 나타나 교회 안으로 으스대며 들어가는 거야. 그러면 가슴이 터질 듯한 황홀감에 벅차 사람들이 이렇게 속삭일 것이다.
 "저 사람이 해적 톰 소여야! '카리브 해의 무서운 복수자'*라고!"
 자, 이제 모든 것이 해결되었다. 이것으로 톰의 인생행로는 결정되었다. 당장 집을 떠나 그 일을 시작하고 싶었다. 내일 아침 바로 시작하기로 했다. 그렇다면 이제부터 준비를 시작하지 않으면 안 되었다. 무엇보다도 먼저 자원을 긁어모아야 한다. 톰은 근처에 쓰러져 있는 썩은 통나무 쪽으로 가서 발로나이프로 한쪽 밑바닥 땅을 파기 시작했다. 얼마 뒤 속이 빈 듯한 나무에 칼끝이 닿았다. 톰은 그곳에 손을 집어넣고 엄숙하게 주문을 외웠다.
 "이곳에 아직 오지 않은 것은 이곳에 오라! 이곳에 머물러 있는 것은 이곳에 그냥 머물러 있어라!"
 그러고 나서 톰이 흙을 파헤치니 지붕을 이는 소나무 널빤지 한 장이 나왔다. 그것을 들어 올리자 밑바닥과 옆면이 널빤지로 된 예쁘고 조그마한 보물 상자가 보였다. 그 안에는 공깃돌이 하나 들어 있었다. 너무도 놀란 톰은 당황하여 머리를 긁적이며 혼잣말로 이렇게 중얼거렸다.
 "아니, 세상에 이런 일이 어디 있어!"
 톰은 신경질적으로 공깃돌을 내던지고는 일어서서 생각에 잠겼다. 톰을 비롯해 친구들 모두가 절대로 확실하다고 늘 믿

---

* 이 별명은 당시 청소년들한테 인기를 끌던 미국 작가 네드 번틀라인의 소설 『카리브 해의 무서운 복수자, 즉 피의 악마』(1847)에서 따온 것이다.

고 있던 주문이 그 효험을 발휘하지 못했기 때문이다. 주문을 외면서 공깃돌 하나를 땅에 묻고, 이 주일 동안 내버려 두었다가 지금 방금 톰이 왼 주문을 다시 외면서 파헤치면 이제까지 잃어버린 공깃돌이 아무리 사방팔방으로 흩어져 있었다 해도 모두 고스란히 되돌아와 있어야 했다. 그런데 웬일인지 그 주문의 효험이 전혀 없었던 것이다. 톰의 믿음이 뿌리째 흔들렸다. 지금까지 성공했다는 얘기는 많이 들어 보았어도 실패했다는 얘기는 한 번도 들어 본 적이 없었다. 톰 자신도 몇 번 시도해 보았지만 그것을 묻은 장소를 나중에 가서 찾을 수 없었다는 사실은 미처 생각하지 못했다. 얼마 동안 이 문제로 난감해하다가 마침내 톰은 어느 마녀가 방해를 해서 주문의 효험을 없애 버렸을 것이라고 결론을 내렸다. 톰은 이 점에 대해 확인해야겠다고 생각했다. 그래서 근처를 샅샅이 뒤져 마침내 깔때기 모양으로 움푹 들어간 조그마한 모래땅을 발견했다. 톰은 그곳에 엎드려 구멍에다 입을 바짝 갖다 대고는 큰 소리로 외쳤다.

"개미귀신*아, 개미귀신아, 내가 알고 싶은 것을 말해 주렴! 개미귀신아, 개미귀신아, 내가 알고 싶은 것을 말해 주렴!"

그러자 모래가 움직이더니 곧 조그맣고 새까만 벌레 한 마리가 잠깐 나타났다가 놀라서 다시 모래 속으로 기어들어 가 버렸다.

"아무 말도 안 해 주는군! 역시 마녀의 짓이야. 그럴 줄 알았다고."

---

* 개미귀신은 명주잠자리의 유충을 가리킨다.

톰은 마녀와 싸우려고 해 보았자 헛수고라는 것을 잘 알고 있었다. 그래서 아쉽지만 단념했다. 그러고는 방금 던진 공깃돌이라도 줍는 것이 낫겠다는 생각이 들어 주위를 열심히 찾아보았다. 그러나 쉽게 눈에 띄지 않았다. 톰은 다시 보물 상자가 있는 곳으로 돌아가 아까 공깃돌을 던졌을 때 서 있던 바로 그 장소에 가서 조심스럽게 섰다. 그리고 나서 주머니에서 다른 공깃돌을 꺼내 같은 방향으로 던지면서 주문을 외었다.

"형제여, 어서 가서 네 형제를 찾아와라!"

톰은 돌이 어디에 떨어지는지 눈여겨보아 두었다가 그곳으로 가서 부근을 찾아보았다. 그러나 너무 가까이 떨어졌거나 아니면 너무 멀리 떨어졌음에 틀림없었다. 그래서 다시 두 번 더 시도해 보았다. 마지막 시도가 성공했다. 30센티미터쯤 거리를 두고 공깃돌 두 개가 나란히 놓여 있었다.

바로 그때 숲 속의 통로 같은 푸른 길 아래쪽을 따라 장난감 양철 나팔 소리가 어렴풋이 들려왔다. 톰은 얼른 웃옷과 바지를 벗어 던지고 멜빵을 벨트 대신 허리에 두르고는 썩은 나무 뒤쪽에 있는 조그마한 덤불을 헤쳐 엉성하게 만든 활이며 화살이며 나무칼이며 양철 나팔을 찾아내어 재빨리 손에 움켜쥐고 셔츠를 펄럭이며 맨 다리로 뛰어나갔다. 그러더니 곧 커다란 느릅나무 아래에서 걸음을 멈추고 서서 맞받아 나팔을 불었다. 그리고 나서 발소리를 죽이고 살금살금 서성거리며 이쪽저쪽 신중하게 주위를 살폈다. 톰은 머릿속으로 그린 상상의 일행에게 조심스럽게 명령을 내렸다.

"잠깐, 부하들아! 내가 나팔을 불 때까지 숨어 있어라."

바로 그때 톰과 마찬가지로 가벼운 옷차림에 완벽하게 무장

을 한 조 하퍼가 불쑥 나타났다. 그러자 톰이 먼저 소리쳤다.
"서라! 내 허가증도 없이 이 셔우드 숲* 속으로 들어온 자가 누구더냐?"
"'기스본의 가이'**한테는 어느 누구의 허가증도 필요가 없다. 너야말로 어떤 놈이기에 그렇게…… 그렇게……."
"호언장담을 하는가?" 톰이 대사를 일러 주었다. 두 아이는

---

* 영국 노팅엄 주의 삼림 지대로 옛날에는 왕실 사냥터였다. 중세 시대 전설 속의 영웅인 로빈 후드의 근거지로 알려져 있다.
** 로빈 후드 전설에 등장하는 악한.

'책에서 읽은'* 대사를 기억을 되살려 말하고 있었던 것이다.

"어떤 놈이기에 이렇게 호언장담을 하는가?"

"바로 나다! 로빈 후드. 이제 네 비열한 시체가 곧 알게 될 거다."

"그렇다면 바로 네가 세상에 악명을 떨치고 있는 무법자란 말이냐? 이 아름다운 숲의 통행권을 두고 너와 기꺼이 겨뤄 주마. 자, 어서 덤벼라!"

두 아이는 다른 소지품을 모두 땅 위에 내던지고 나무칼만을 들고는 칼싸움을 벌일 태세를 취했다. 저쪽에서 한 발 내딛으면 이쪽에서 한 발 내딛고 '두 번 위로 치고 두 번 아래로 치며' 신중하게 싸움을 벌이기 시작했다. 조금 있다가 톰이 말을 이었다.

"자, 네놈한테 별다른 재주가 있거든 어디 그것을 실컷 보여 보거라!"

그래서 두 아이는 그야말로 숨을 헐떡이고 땀을 흘리면서 재주를 '실컷 보이고' 있었다. 잠시 뒤 톰이 소리를 질렀다.

"쓰러져! 쓰러지라고! 왜 쓰러지지 않는 거야?"

"쓰러지기 싫어! 왜 넌 쓰러지지 않는 거야? 네가 지금 지고 있잖아."

"아냐, 그건 아무것도 아니야. 난 쓰러질 수가 없어. 책에 그렇게 되어 있지 않거든. 책에는 '그리고 나서 그는 되받아치는 일격으로 그 가련한 기스본의 가이를 찔러 죽이나니.' 하고 쓰

---

* 여기서 마크 트웨인이 말하는 책이란 영국 작가 조셉 컨딜이 쓴 『로빈 후드와 그의 즐거운 숲 속의 거주자들』(1841)을 말한다.

여 있거든. 그러니까 네가 등을 돌리면 내가 네 등을 쳐야 하는 거야."

책에 그렇게 쓰여 있다는 이상 별 도리가 없었다. 그래서 조는 등을 돌려 일격을 받고 쓰러졌다.

"자, 이번에는." 조는 자리에서 일어서며 말했다. "내가 너를 죽일 차례야. 그래야 공평하지."

"야, 그럴 순 없어. 그런 건 책에 없단 말이야."

"뭐, 이렇게 비겁한 게 다 있어. 정말로 비겁하다고."

"그럼 말이지, 이렇게 하기로 하자. 조, 네가 탁발승 터크나 방앗간 집 아들 머치가 되어 몽둥이로 나를 후려치는 거야. 그것도 싫으면 잠깐 동안 내가 노팅엄의 보안관이 되고, 네가 로빈 후드가 되어 나를 죽여도 좋고."

그러자 조는 만족스러워했다. 그래서 두 아이는 모험을 계속했다. 얼마 후 다시 로빈 후드가 된 톰은 배반한 수녀한테 속아 넘어가 제대로 치료하지 못한 상처에서 흐르는 피로 힘을 잃고 기진맥진하여 쓰러졌다. 마지막으로 조가 무법자 전체를 대표하여 눈물에 젖은 슬픈 모습으로 톰을 끌어내어 힘없는 그의 손에 활을 들려 주었다. 톰은 "이 화살이 떨어지는 곳, 녹음이 우거진 곳에 이 가련한 로빈 후드를 묻어 주오." 하고 말했다. 그러고는 활을 쏘고 그대로 쓰러져 죽어야 했다. 그러나 쓰러진 곳이 마침 쐐기풀 위였기 때문에 시체치고는 너무 가볍게 튀어 일어나고 말았다.

두 아이는 다시 옷을 입고 무기를 감추고는 더 이상 무법자들이 없다는 사실을 애석해하면서, 또 그 보상으로 현대 문명은 도대체 무엇을 했다고 주장할 수 있을까 생각하면서 집을 향해 발길을 옮겼다. 두 아이는 영원히 미합중국 대통령으로 살기보다는 차라리 일 년 동안이라도 좋으니 셔우드 숲의 무법자로 사는 편이 더 낫겠다고 말했다.

제9장

 그날 밤 9시 30분에 톰과 시드는 여느 때처럼 침실로 쫓겨 갔다. 기도를 마친 뒤 시드는 금방 잠이 들어 버렸다. 그러나 톰은 잠을 자지 않은 채 조바심하며 기다리고 있었다. 이제는 거의 동이 틀 무렵이 되었다고 생각했을 때 시계가 고작 10시를 알리는 종을 치는 것이 아닌가! 그야말로 실망스럽기 짝이 없었다. 속이 타서 이리저리 엎치락뒤치락했지만 혹시라도 시드를 깨울까 봐 걱정이 되어 가만히 누워 어둠 속을 뚫어지게 쳐다보았다. 사방은 음울할 만큼 고요했다. 마침내 정적을 깨뜨리고 귀에 들릴 듯 말 듯 나지막한 소리가 들리기 시작했다. 똑딱거리는 시계 소리가 귀에 들리기 시작했고 낡은 대들보들이 신비스럽게 삐걱거리기 시작했다. 계단들도 아주 어렴풋하게 삐걱거렸다. 귀신들이 나돌아 다니고 있음에 틀림없었다. 폴리 이모 방에서는 코 고는 소리가 고르고 희미하게 새어 나왔다. 인간의 감각으로는 도저히 알아낼 수 없는 곳에서 귀뚜

라미가 귀찮게 울어 대기 시작했다. 침대 머리맡 벽에서 살짝 수염벌레가 음산한 소리로 울어 대자 톰은 몸서리를 쳤다. 이 벌레가 울면 누군가의 목숨이 다해 가고 있다는 뜻이다.* 멀리서 밤공기를 뚫고 개가 짖어 대는 소리가 나자, 이번에는 좀 더 멀리 떨어진 곳에서 더 나지막하게 화답하는 소리가 들렸다. 톰은 고통스러웠다. 마침내 시간이 정지되고 영원의 세계가 시작되었다는 확신이 들었다. 자신도 모르게 꾸벅꾸벅 졸기 시작했다. 시계가 11시를 알렸지만 그 소리를 듣지 못했다. 바로 그때 비몽사몽 중에 "야옹." 하고 가장 우울한 고양이 울음소리가 들려왔다. 그리고 이웃집에서 누군가가 창문을 들어 올리는 소리에 그는 잠에서 깨어났다. "저리 꺼져! 빌어먹을 고양이 같으니라고!" 하고 외치는 소리와 함께 폴리 이모네 장작 헛간 뒤쪽에 빈병이 부딪쳐 깨지는 소리에 톰의 잠은 십 리 밖으로 달아나 버리고 말았다. 일 분 뒤 톰은 얼른 옷을 주워 입고 창을 열고 빠져나가 'L' 자** 모양의 헛간 지붕을 향해 네 발로 기어갔다. 기어가면서 한두 번 "야옹." 하고 조심스럽게 고양이 소리를 냈다. 그러고서 헛간 지붕 위로 뛰어내린 뒤 그곳에서 다시 땅 위로 뛰어내렸다. 허클베리 핀이 죽은 고양이 한 마리를 들고 그곳에서 서 있었다. 두 소년은 재빨리 발길을 옮겨 어둠 속으로 사라졌다. 그로부터 삼십 분쯤 뒤 그들은 공동

---

* 속설에 따르면 수염벌레의 수놈이 나무를 갉아먹은 소리를 내면 집안의 누군가가 죽는다고 한다. 이 벌레가 내는 소리가 시계가 째깍거리는 소리와 비슷하기 때문이다.

** 옛날 미국 시골 농가에서는 본채에 붙여 직각으로 헛간이나 창고 같은 보조 건물을 지었다. 위에서 보면 'L' 자처럼 보였다.

묘지에 높다랗게 자란 풀을 헤치며 걸어가고 있었다.

공동묘지는 옛날에 유행하던 서부식으로 지은 구식 묘지였고, 마을에서 2.5킬로미터쯤 떨어진 언덕 위에 있었다. 형편없이 낡아 빠진 널빤지로 만든 울타리가 둘러쳐져 있었다. 널빤지들은 안쪽으로 기울어져 있거나 아니면 밖으로 기울어져 있는 등 어느 것 하나 똑바로 서 있는 것이 없었다. 묘지 전체에는 잔디와 잡초가 무성하게 우거져 있었다. 오래된 무덤들은 모두 땅속으로 움푹 꺼져 있었다.* 그곳에는 비석 하나 서 있

* 서양에서는 봉분을 하지 않기 때문에 오래된 무덤은 흔히 땅속으로 꺼지기 마련이다. 한편 새 무덤은 아무래도 위에 흙더미가 쌓여 평지보다 조금 불룩하다.

지 않았다. 윗부분이 둥근 널빤지들은 하나같이 벌레 먹은 채로 무덤 위에 비틀거리듯 비스듬하게 서서 뭔가가 받쳐 주기를 바라는 듯했지만 지탱해 주는 것이라고는 아무것도 없었다. 한때는 이 널빤지들 위에 아무개를 '기려서 바치며'라는 구절이 페인트로 적혀 있었지만, 지금은 비록 불빛이 있다고 해도 대부분의 판자에서 그런 구절을 읽을 수 없을 것이다.

나무 사이로 한 줄기 산들바람이 신음 소리를 내듯 스쳐 갔다. 톰은 죽은 사람들의 혼령들이 성가시게 방해를 한다고 불평하는 것만 같아 덜컥 겁이 났다. 두 아이는 늦은 밤 시간과 묘지라는 음산한 분위기, 또 주위를 가득 덮고 있는 정적과 엄숙함에 짓눌려 거의 말을 하지 않았고 오직 작은 목소리로 속삭일 뿐이었다. 드디어 그들이 찾고 있던, 모양이 뚜렷한 새 무덤 하나를 발견했다. 그들은 무덤에서 몇 미터 떨어진 곳에 무리를 지어 자라고 있는 커다란 느릅나무 세 그루 뒤에 몸을 숨겼다.

두 아이는 오랜 시간이 흘렀다고 생각될 때까지 아무 말 없이 기다리고 있었다. 멀리 부엉부엉 하는 올빼미 소리만이 쥐 죽은 듯한 정적을 깨뜨릴 뿐이었다. 톰은 생각에 생각을 거듭했지만 점점 숨이 막힐 것만 같았다. 뭔가 말을 하지 않으면 안 되었다. 그래서 마침내 톰이 작은 목소리로 소곤거렸다.

"헉, 우리가 여기 있는 걸 죽은 사람들이 좋아할 것 같니?"

그러자 허클베리가 속삭이는 목소리로 대꾸했다.

"나도 그걸 알았으면 좋겠어. 이건 무시무시할 정도로 고요한데. 안 그래?"

"정말로 그래."

두 아이가 이 문제를 속으로 생각해 보는 동안 꽤 긴 침묵이 흘렀다. 톰이 다시 작은 목소리로 말했다.
"있잖아, 헉, 호스 윌리엄스는 우리가 이렇게 하는 얘기를 듣고 있을까?"
"물론 듣고 있고말고. 적어도 그의 혼령은 듣고 있을 거야."
잠시 뒤 톰이 다시 입을 열었다.
"윌리엄스 아저씨라고 존대를 했어야 했나 봐. 하지만 나쁜 뜻으로 그렇게 부른 건 아냐. 모두들 그 아저씨를 '호스'라고 부르니까 말이지."
"하지만 여기 묻혀 있는 사람들에 대해서 말할 때는 무척 조심해야 해, 톰."
이 말은 찬물을 끼얹는 말이었다. 그래서 대화가 다시 끊기고 말았다. 마침내 톰이 친구의 팔뚝을 잡고 말했다.
"쉿!"
"왜 그래, 톰?" 두 아이는 펄떡거리는 가슴을 맞대고 서로 바짝 붙어 앉았다.
"쉿! 또다시 들렸어! 넌 못 들었니?"
"난……."
"저기 좀 봐! 이제 너도 들었겠지."
"맙소사, 톰, 저 사람들이 지금 이쪽으로 오고 있어! 분명히 이쪽으로 오고 있다고. 어떻게 하면 좋지?"
"나도 몰라. 그런데 우리가 보일까?"
"아, 톰. 귀신들은 고양이처럼 아무리 캄캄한 곳에서도 볼 수 있거든. 괜히 이곳에 왔나 봐."
"야, 걱정하지 마. 귀신들이 우리를 괴롭히지는 않을 거야.

우리가 귀신한테 잘못한 게 없잖아. 우리가 꼼짝 않고 가만히 있으면 어쩌면 귀신들은 우리를 전혀 눈치채지 못할 거야."
 "그렇게 하도록 노력해 볼게, 톰. 하지만 맙소사, 온몸이 사시나무처럼 떨리네."
 "가만있어 봐!"
 두 아이는 모두 고개를 숙인 채 숨도 제대로 쉬지 못했다. 묘지 저쪽 끝에서부터 소리를 죽인 목소리가 두런두런 들려왔다.
 "저것 봐! 저기를 보라고!" 톰이 속삭였다. "저게 뭐지?"
 "도깨비불이지 뭐야. 아, 톰, 너무 무서워."
 사람 비슷하게 생긴 희미한 형체가 구식 양철 등을 흔들면서 어둠을 뚫고 이쪽으로 다가오고 있었다. 등이 흔들릴 때마다 번쩍번쩍 작은 불빛이 수없이 땅 위에 흩어져 얼룩졌다. 허클베리는 사시나무 떨 듯 온몸을 떨면서 작은 목소리로 속삭였다.

"저건 틀림없이 귀신들이야. 모두 셋이나 되네! 맙소사, 톰, 우린 이제 끝장이야! 너 기도할 줄 아니?"

"어디 한번 해 볼게. 하지만 겁먹지는 마. 우리를 해치지는 않을 테니까. '이제 잠을 자려고 몸을 누입니다. 내…….'*"

"쉿!"

"왜 그래, 헉?"

"저건 사람들이잖아! 적어도 하나는 확실해. 머프 포터 영감의 목소리야."

"설마……. 그럴 리가 없어. 정말이야?"

"그래, 확실해. 꼼짝하지 말고 가만히 있어 봐. 그 영감은 우리를 알아볼 만큼 제정신이 아니니까. 보통 때처럼 여전히 술에 취해 있는 것 같군. 빌어먹을 쓰레기 같은 영감!"

"알았어, 가만히 있을게. 지금은 꼼짝 않고 그대로 서 있네. 보이지가 않아. 또다시 나타났군. 사냥감 냄새가 많이 나는데. 냄새가 희미해졌어. 또다시 냄새가 나는군. 이제는 아예 냄새가 코끝에 와 닿는 것 같아! 지금은 사냥개가 아예 사냥감을 가리키고 있는 격이로군. 있잖아, 헉, 또 한 사람의 목소리도

---

* 어린이들이 잠자리에 들 때 외는 기도문으로 18세기부터 널리 유행했다. "이제 잠을 자려고 몸을 누입니다. / 내 영혼을 지켜 주십사 주님께 기도 드립니다. / 또한 만약 잠에서 깨어나기 전에 죽으면 / 내 영혼을 거두어 주십사 주님께 기도 드립니다."

알겠어. 인전 조의 목소리야."

"그래, 맞다. 그 혼혈 살인마야! 저런 인간들보다는 차라리 귀신들이 훨씬 낫겠는걸. 그런데 저 사람들이 여기서 무슨 짓을 하고 있는 거지?"

세 사람이 무덤에 도착하여 아이들이 숨어 있는 곳에서 몇 미터 떨어진 곳에 걸음을 멈추었기 때문에 두 아이는 속삭이던 소리를 뚝 그쳤다.

"바로 이곳이오." 세 번째 목소리가 말했다. 그 목소리의 주인공이 등불을 높이 쳐들자 젊은 로빈슨 의사의 얼굴이 드러났다.

포터와 인전 조는 밧줄과 삽 두세 자루를 얹어 놓은 손수레를 끌고 있었다. 두 사람은 손수레에 실은 짐을 내려놓더니 바로 무덤을 파기 시작했다. 의사는 등불을 무덤 머리맡에 놓고 느릅나무 쪽으로 걸어가 나무에 등을 기대고 앉았다. 아이들이 팔을 뻗으면 닿을 만한 가까운 거리였다.

"빨리 서두르시오!" 의사가 나지막한 목소리로 재촉했다. "금방이라도 달이 뜰 것 같으니까요."

그러자 두 사람은 투덜거리며 대답하고는 삽질을 계속했다. 얼마 동안 삽에 담긴 흙과 자갈을 내던질 때 들리는 신경 거슬리게 하는 소리 말고는 아무 소리도 들리지 않았다. 몹시 단조로운 소리였다. 마침내 삽이 나무 관에 닿는 둔탁한 소리가 들렸고, 일이 분이 채 되지 않아 두 사람은 관을 들어 땅 위에 올려놓았다. 그들은 삽으로 관 뚜껑을 뜯더니 시체를 꺼내어 땅바닥에 아무렇게나 내동댕이쳤다. 구름 사이로 달이 나타나자 생기 없이 창백한 얼굴이 드러나 보였다. 그들은 시체를 손수레에 옮겨 싣고 나서 그 위에 담요를 덮은 뒤 밧줄로 단단히 묶었다. 포터 영감이 큼직한 용수철 칼을 꺼내 아래쪽에 길게 늘어진 밧줄을 잘라 버리고는 이렇게 말했다.

"자, 빌어먹을 시체가 모두 준비됐소, 의사 양반. 그러니 5달러를 더 줘야겠소이다. 그러지 않으면 여기서 꼼짝도 안 할 거요."

"암, 그렇고말고!" 인전 조가 맞장구를 쳤다.

"이거 보시오! 지금 무슨 소리를 하는 거요?" 의사가 대꾸했다. "품삯을 먼저 받아야겠다고 해서 아까 모두 주었잖소."

"그랬지. 하지만 내게 빚진 게 또 있거든." 인전 조가 지금은 서 있는 의사에게 가까이 다가가면서 말했다. "오 년 전 어느 날 밤이었지. 뭘 좀 얻어먹으려고 당신 집에 갔더니 당신은 당신 아비의 부엌에서 나를 쫓아냈어. 그러면서 나더러 다시는 나타나지 말라고 했었지. 100년이 걸리더라도 언젠가 꼭 복수하고 말겠다고 욕을 했더니 당신 아비가 나를 부랑자 취급해 유치장에 처넣었단 말이야. 내가 그 일을 잊어버렸을 것 같아? 내 몸속에 인디언 피가 공연히 흐르고 있는 게 아니라고. 이제 당신이 내 손에 걸려들었으니 결판을 짓고 말겠다 이 말씀이야. 무슨 말인지 알아듣겠어!"

이때쯤 해서 조는 의사의 턱밑에 주먹을 들이대고 협박을 하고 있었다. 의사는 갑자기 번개같이 주먹을 휘둘러 그 건달을 땅바닥에 때려눕혔다. 그러자 포터는 들고 있던 잭나이프를 떨어뜨리며 버럭 소리를 질렀다.

"이놈 봐라, 내 친구를 쳤어!"

다음 순간 포터는 의사에게 달려들었고, 두 사람은 맞붙어 혼신의 힘을 다해 엎치락뒤치락하며 싸웠다. 두 사람의 발뒤꿈치에 밟혀 땅바닥의 풀이 짓이겨지고 흙이 파이기도 했다. 바로 그때 분노의 눈빛을 이글거리며 인전 조가 벌떡 일어나더니 포터가 떨어뜨린 잭나이프를 집어 들고 고양이처럼 살금살금 다가가 허리를 굽히고 싸우고 있는 두 사람 주위를 맴돌며 기회를 넘보고 있었다. 갑자기 의사가 포터를 뿌리치고 몸을 획 돌려 일어나더니 윌리엄스 영감의 무덤에 꽂혀 있던 묵직한 나무 널빤지를 뽑아 포터를 힘껏 내리쳐 땅에 넘어뜨렸다. 이와 동시에 혼혈 인디언은 기회를 잡아 젊은 의사의 가슴에 깊숙이 칼을 꽂았다. 의사가 비틀거리며 포터의 몸뚱이 위에 쓰러지자 포터는 그의 피로 온통 범벅이 되었다. 바로 그 순간 달이 구름에 가려 이 무서운 광경이 보이지 않자, 겁에 질린 두 아이는 어둠 속으로 걸음아 날 살려라 하고 쏜살같이 도망쳤다.

곧 구름 사이로 다시 달이 얼굴을 내밀었다. 인전 조는 땅바닥에 쓰러져 있는 두 사람을 물끄러미 내려다보고 있었다. 로빈슨 의사는 알아들을 수 없게 뭐라고 중얼거리고 한두 번 길게 숨을 몰아쉬더니 곧 잠잠해졌다. 그러자 혼혈 인디언이 이렇게 중얼거렸다.

"이것으로 너하고 나는 셈이 끝난 거야. ……지옥에나 가라."

그리고 나서 인전 조는 의사의 몸을 뒤져 물건을 훔쳤다. 그런 뒤 펼쳐져 있는 포터의 오른손에 살인 무기인 잭나이프를 쥐어 주고는 시체가 없는 빈 관 위에 걸터앉았다. 삼 분, 사 분, 그리고 오 분이 지났다. 그러자 포터는 몸을 움직이며 신음 소리를 내기 시작했다. 그는 자기 손에 들려 있는 잭나이프를 꼭 쥐었다. 그러고 나서 그것을 들어 올리고 힐끗 쳐다보다가 소스라치게 놀라며 땅에 떨어뜨렸다. 포터는 자기 몸에 얹힌 시체를 밀어젖히며 일어나 앉아 시체를 물끄러미 바라보고 난 뒤 이번에는 어리둥절한 표정으로 주위를 둘러보았다. 그러다가 조의 눈과 마주쳤다.

"맙소사, 도대체 이게 어떻게 된 거야, 조?" 머프가 물었다.

"참으로 끔직도 하지." 조가 꼼짝도 않고 앉아서 대답했다. "도대체 무슨 이유로 그런 끔찍한 일을 저질렀는가?"

"내가 그랬다고? 난 그런 짓을 한 적이 없어!"

"이봐! 이제 와서 그런 소리 한다고 통하겠어."

몸을 부들부들 떠는 포터의 얼굴이 백지장처럼 새파래졌다.

"난 술이 깬 줄 알았는데. 오늘 밤 술을 마시지 말았어야 했는데 그랬어. 하지만 아직 술기가 남아 있었던 모양이지. ……우리가 여기 와서 일을 시작할 때보다 더 취해 있었나 봐. 머리가 하도 멍해서 뭐가 뭔지 거의 생각이 나질 않는군. 조, 나한테 말해 주게. ……정말로 사실대로 말해 주게나, 이 친구야. ……내가 정말 이런 일을 저질렀단 말인가? 조, 죽일 생각은 없었네. ……내 생명과 명예를 걸고 맹세하네만, 정말로 죽일 생각은 없었다고, 조. 이런 끔찍한 일이 어떻게 일어났는지 말해 주게, 조. 아, 이런 끔찍한 일이 어디 있담. ……아직 젊고 장래가 유망한 사람인데."

"글쎄, 자네 둘이서 난투극을 벌이고 있었지. 그자가 자네를 널빤지로 한 대 내려치자 자넨 납작하게 넘어졌어. 다시 비틀거리며 일어나 잭나이프를 집어 들더니 그자를 푹 찌르더군.

 그자가 또 한 번 자네를 내리치려는 순간에 말이야. 그러고는 자네는 지금까지 죽은 시체처럼 이곳에 누워 있었지."
 "아, 도대체 내가 무슨 짓을 한 건지 모르겠어. 내가 그랬다면 지금 당장 죽어 버리고 싶군. 이게 다 술 때문이야. 술에 취한 때문이라고. 난 여태껏 단 한 번도 흉기를 사용해 본 적이 없어, 조. 싸운 적이야 있지만 흉기를 갖고 싸운 적은 없다고. 다른 사람들도 다 그렇게 말할 거야. 조, 제발 다른 사람한테는 말하지 말아 줘! 그러지 않겠다고 약속해 주게, 조. 자넨 좋은 사람이잖아. 난 언제나 자네를 좋아했지, 조. 또 언제나 자네 편을 들어 주었고. 자네도 기억하겠지? 그러니 오늘 밤 일은 절대로 말하지 않을 거지? 그럴 수 있겠지, 조?"
 그러면서 그 불쌍한 사람은 인정머리 없는 살인마 앞에 털썩 무릎을 꿇고 앉아 두 손을 꼭 움켜잡고 애원했다.
"그럼, 약속하고말고. 자네는 나한테 언제나 공평하게 잘해 줬으니까, 머프 포터. 난 자네를 배신하지 않을 거야. 자, 그러니 안심하라고. 이래 봬도 나도 사내자식이야."
"아, 조. 자네는 천사 같은 사람이야! 이 은혜는 평생 잊지 않겠네." 그러고 나서 포터는 울기 시작했다.
"자, 이제 그만해 두라고. 그 정도면 됐어. 지금은 훌쩍거리고 있을 때가 아니지. 자네는 저쪽 길로 내려가. 난 이쪽 길로 갈 테니. 자, 어서 움직이라고. 어떤 흔적도 남기지 말고."
포터는 처음에는 터벅터벅 힘없이 걷다가 점점 걸음이 빨라지더니 나중에는 달음박질을 했다. 혼혈 인디언은 그의 뒷모습을 바라보며 서 있다가 이렇게 혼잣말로 중얼거렸다.
"누가 봐도 알 정도로 얻어맞고 또 저렇게 술에 취해 어리벙벙하니, 증거물인 잭나이프를 갖고 가는 것을 잊은 것도 무리가 아니지. 아주 멀리 간 뒤에야 겨우 생각해 내겠지만 혼자서 그것을 가지러 되돌아오기가 겁이 날 테지. 겁쟁이 영감 같으니라고!"
영감이 떠나고 이삼 분이 지난 뒤, 오직 달만이 살해당한 의사며, 담요에 싸인 시체며, 뚜껑 없는 관이며, 파헤쳐진 무덤을 지켜보고 있었다. 또다시 주위는 더할 나위 없이 깊은 적막 속에 파묻히고 말았다.

제10장

 두 아이는 겁에 질려 말문이 막힌 채 마을을 향해 정신없이 뛰었다. 혹시 누가 뒤에서 따라오는 것만 같아 이따금씩 어깨 너머로 힐끔힐끔 뒤를 돌아다보았다. 뛰어가는 길목에 갑자기 나타나는 나무 그루터기 하나하나가 사람이나 적처럼 보일 때마다 숨이 턱턱 막혀 왔다. 마을 근처 외딴 오두막집 앞을 지나갈 때 파수꾼 노릇을 하는 개들이 잠에서 깨어나 짖어 대는 바람에 두 아이의 발걸음은 마치 날개가 돋친 듯 빨라졌다.
 "중간에 주저앉기 전에, 옛날 무두질 공장까지 갈 수만 있다면 좋을 텐데!" 숨을 몰아쉬는 사이사이 톰이 말했다. "난 더 이상 못 갈 것 같아."
 허클베리는 숨이 차서 헐떡거리고만 있을 뿐 아무 대답도 하지 않았다. 두 아이는 목표로 삼고 있는 집에 눈을 고정시키고 정신없이 달리기만 했다. 그러자 목적지가 점점 가까워지고 있었다. 마침내 어깨를 나란히 하여 문이 열려 있는 무두질 공장 안으로 뛰어 들어가 어둠 속에 지친 몸을 내던지고 안도의 한숨을 내쉬었다. 잠시 뒤 마구 뛰던 가슴이 겨우 가라앉자 톰이 소곤소곤 말을 하기 시작했다.

"헉, 앞으로 이 일이 어떻게 될 것 같니?"

"만약 의사 선생이 죽었다면 죽인 사람은 교수형에 처해지겠지."

"그럴까?"

"그렇고말고. 틀림없어, 톰."

톰은 잠시 생각하더니 이렇게 다시 입을 열었다.

"그럼, 누가 신고하지? 우리가 해야 하나?"

"너 정신 나갔니? 만약 무슨 일이 생겨서 인전 조가 교수형에 처해지지 않는다고 쳐 봐. 그럼 그자는 우리를 어느 때고 죽이려 할 거야. 그건 불을 보듯 뻔한 노릇이지."

"내가 지금 생각하고 있는 것도 바로 그 점이야, 헉."

"누가 신고를 해야 한다면 머프 포터 영감더러 하라지. 물론 그 사람이 머리가 제대로 돌아가지 않는 바보라면 말이야. 그 사람은 늘 곤드레만드레 술에 취해 있으니까."

톰은 아무 말 없이 계속 생각에 잠겨 있었다. 그러다 마침내 조그마한 목소리로 속삭였다.

"헉, 머프 포터 영감은 아무 것도 모르고 있는데 어떻게 신고를 하니?"

"그 사람이 모르긴 왜 몰라?"

"인전 조가 의사를 죽였을 때 그는 이미 묘비 막대기에 맞고 정신을 잃었잖아. 그러니 뭘 볼 수 있었겠어? 또 뭘 알 수 있겠난 말이야?"

"참, 그렇구나. 정말 그렇겠구나, 톰!"
"그러고 말이야, 내 말 좀 들어 봐. 어쩌면 된통 얻어맞고 죽어 버렸는지도 모르잖아!"
"아냐. 그런 것 같지는 않아, 톰. 그 영감은 술에 취해 있었어. 척 보니 알겠던데 뭘. 게다가 그 영감은 언제나 그렇잖아. 우리 아빠도 진탕 술에 취해 있을 땐 아무리 몽둥이로 찜질을 해도 끄떡없어. 아빠한테 직접 들었거든. 그러니까 머프 포터 영감도 그랬을 거야. 정신이 말짱한 사람이 그렇게 세게 맞았다면 죽지 않을 사람이 없을걸. 잘 알 순 없지만."
톰은 또다시 뭔가 생각하느라 잠자코 있다가 말을 이었다.
"헉, 너 입 다물고 있을 자신 있지?"
"톰, 우린 절대로 입을 열면 안 돼. 잘 알겠지? 그 악마 같은 인디언 놈은 우리 두 놈 정도는 고양이 두서너 마리 죽이는 것보다 더 간단히 해치우고 말 테니까. 만약 우리가 신고를 했는데, 그놈이 교수형을 당하지 않으면 말이야. 자, 그러니까 내 말 좀 들어 봐, 톰. 우리 서로 맹세를 하는 거야. 그렇게 할 수밖에 없어. 절대로 입을 열지 않겠다고 말이야."
"그건 나도 동감이야. 그게 제일 좋겠어. 우리 새끼손가락 걸고 맹세를 하자. 우리는 절대로……."
"아냐, 안 돼. 이번 일은 이런 식으로는 해선 안 돼. 그건 별로 대수롭지 않은 시시한 일에나 하는 방식이야. 특히 계집애들하고나 하는 방식이라고. 계집애들은 어차피 약속을 지키지 않거든. 화가 나면 나불나불 다 말해 버리니까. 그러니까 이렇게 엄청난 사건은 글로 써 둬야 하는 거야. 그리고 피로써 맹세를 해야 돼."

톰은 이 의견에 전적으로 찬성했다. 그건 비밀스럽고 음험하며 오싹하게 소름 끼치는 일이었다. 또한 시간이나 상황이나 주위 환경이 그런 분위기에 딱 맞아떨어졌다. 톰은 달빛 아래 굴러다니는 깨끗한 소나무 판자 하나를 집어 들더니 호주머니에서 '빨간 철광석' 조각을 꺼내 달빛을 등불 삼아 다음과 같은 구절을 한 자 한 자 휘갈겨 썼다. 아래로 획을 내리그을 때는 이로 혀를 꽉 깨물어 힘을 주고, 위로 다시 획을 올려 그을 때는 힘을 빼 가며 어렵게 써 내려갔다.

> 헉 핀과 톰 소여는 이 일에 대해 입을
> 꼭 다물고 있을 것을 맹세한다. 만약
> 입을 열 경우에는 그 자리에서 죽어
> 썩어 없어져도 좋다.

허클베리는 톰의 필적과 숭고한 문구에 그저 경탄할 뿐이었다. 헉이 곧장 접은 옷깃에서 핀을 뽑아 막 자기 손가락을 찌르려고 하는데 톰이 입을 열었다.

"잠깐 기다려 봐. 그러지 마! 그 핀은 구리잖니? 그럼 녹청(綠青)이 묻어 있을지도 몰라."

"녹청이 뭔데?"

"독이야. 그러니까 안 된다는 거야. 단 한 번 조금이라도 삼켰다가는…… 볼 장 다 본다고."

톰은 자기의 바늘 꾸러미 중에서 바늘 하나를 꺼내 실을 빼냈다. 그러고 나서 두 아이는 각자 엄지손가락 한가운데를 찔러 피 한 방울을 짜냈다. 톰은 몇 번인가 피를 짜낸 뒤 새끼손가락을 펜 삼아 자기 이름의 머리글자를 써서 그럭저럭 서명했다. 그 다음 헉에게 'H' 자와 'F' 자 쓰는 방법을 가르쳐 주었다. 이것으로 맹서 절차는 다 끝난 셈이었다. 두 아이는 으스스한 의식과 함께 주문을 외면서 서명한 널빤지를 담벼락 가까이에 묻었다. 이로써 그들은 그들의 혀에 족쇄를 채우고 난 뒤 다시는 열지 못하도록 열쇠를 아무도 모르는 곳에 던져 버린 셈이다.

 바로 그때 폐허가 되다시피 한 그 건물의 다른 쪽 끝 틈새를 통해 사람 그림자 하나가 몰래 기어 들어왔다. 그러나 두 아이는 미처 그것을 눈치채지 못했다.

 "톰, 이렇게 맹세는 했지만." 허클베리가 조그마한 목소리로 말했다. "우리가 끝까지 얘기를 하지 않을 수 있을까? 언제까지나 말이야."

 "물론이지. 무슨 일이 있어도 절대로 말해선 안 돼. 누구든지 입을 열면 그 자리에서 죽게 되니까. 모르겠어?"

 "물론, 알고말고."

 얼마 동안 두 아이는 계속하여 귀엣말로 소곤소곤 이야기를 나누었다. 바로 그때 밖에서 개 한 마리가 소리를 길게 뽑으며 슬프게 짖어 댔다. 둘은 소스라치게 놀라며 서로를 꼭 부둥켜안았다.

 "우리 중에서 누굴 보고 짖는 걸까?" 허클베리가 숨찬 목소리로 말했다.

 "글쎄, 모르겠는걸. 벽 틈으로 내다봐. 어서 빨리!"

 "난 싫어. 톰, 네가 해!"

 "나도 싫어. 난 못해, 헉!"

"톰, 제발 한 번만 내다봐. 이크, 또 짖는다!"
"아, 맙소사, 천만다행이야!" 톰이 귀엣말로 속삭였다. "누구네 개 목소리인지 알겠어. 저건 불 하빈슨이야.*"
"아, 다행이다. 톰, 정말이지 난 무서워 죽는 줄 알았어. 틀림없이 주인 없는 떠돌이 개인 줄로 알았다고."
개가 또다시 울부짖었다. 그러자 아이들의 가슴이 다시 한 번 철렁 가라앉았다.
"아, 가만! 저건 불 하빈슨이 아닌걸!" 허클베리가 속삭였다. "좀 봐, 톰!"
톰은 겁에 질려 부들부들 떨면서도 할 수 없이 갈라진 틈에다 눈을 갖다 대었다. 그러고는 모기 소리처럼 거의 들리지 않을 만큼 나지막하게 이렇게 속삭였다.
"야, 헉, 떠돌이 개야."
"빨리 말해 봐, 톰. 어서 빨리! 우리 중 누굴 보고 짖는 걸까?"
"헉, 틀림없이 우리 둘 다를 보고 짖는 걸 거야. 우리 둘이 함께 있잖아."
"아, 톰, 이제 우린 끝장이야! 내가 죽으면 어디로 가게 될지는 뻔해. 그동안 난 나쁜 짓만 해 왔거든."
"빌어먹을! 나도 학교를 빼먹고 하지 말라는 짓만 골라서 했으니. 마음만 먹으면 시드같이 착한 아이가 될 수도 있었는데⋯⋯. 아니, 물론 그렇게는 하지 않았을 거야. 하지만 이번에

---

* "만약 하빈슨 씨에게 불이라는 흑인 노예가 있다면 톰은 아마 '하빈슨의 불'이라고 말했을 것이다. 그러나 아들이건 개이건 그 이름은 '불 하빈슨'이다." (저자 주)

벌을 받지 않고 살아남게 된다면 주일 학교에서 살다시피 할 거야!" 그러고 나서 톰은 코 먹은 소리로 훌쩍거렸다.
 "넌 나빠!" 허클베리도 역시 코를 훌쩍거렸다. "망할 놈의 톰 소여! 나에 비하면 넌 새 발의 피잖아. 아, 맙소사, 맙소사, 나한테 네 기회의 절반만이라도 있으면 좋겠어."
 톰은 목이 메었지만 이렇게 작은 목소리로 속삭였다.
 "저거 봐, 헉! 저 개가 우리한테 등을 돌리고 있잖아!"
 헉이 무척이나 기뻐하며 그쪽을 바라보았다.
 "정말이네. 아니, 이럴 수가! 아까도 그랬니?"
 "응, 그래. 하지만 난 바보처럼 그 점을 깜박하고 있었지 뭐야. 아, 하여튼 다행이다. 그렇다면 지금 누굴 보고 짖어 대는 걸까?"
 그때 개 짖는 소리가 뚝 그쳤다. 톰이 두 귀를 쫑긋 세웠다.
 "쉿! 저게 무슨 소리지?"
 "뭐랄까. 돼지가 꿀꿀거리는 소리 같은데! 아냐. 누가 코를 골고 있는 소리야, 톰."
 "그런가? 어디서 들리는 거지, 헉?"
 "저쪽 끝에서 나는 소리 같은데. 어쨌든 그런 것 같아. 우리 아빠도 때때로 저기서 돼지랑 같이 자거든. 하지만 아빠가 코를 골았다 하면 집이 다 들썩거린다고. 더군다나 우리 아빠는 이 마을에 다시는 돌아오지 않을 거야."
 두 아이의 마음속에서 또다시 모험심이 고개를 쳐들었다.
 "헉, 내가 앞장설 테니 따라올래?"
 "별로 그러고 싶지 않아, 톰. 만약 인전 조라면 어떻게 해!"
 이 말에는 톰도 맥이 빠졌다. 그래도 궁금하고 좀이 쑤셔 견

딜 수가 없었다. 두 아이는 코 고는 소리가 멎으면 부리나케 도 망치기로 하고 가까이 다가가 확인해 보자는 데 뜻을 모았다. 그래서 한 아이가 앞장서고 다른 아이는 그 뒤를 따라 발소리를 죽여 가며 살금살금 다가갔다. 다섯 걸음만 더 가면 코 고는 사람 앞에 닿을 수 있을 때 톰이 그만 나무토막을 밟아 뚝 하고 부러지는 소리가 났다. 그러자 코를 골던 사람이 신음 소리를 내며 몸을 조금 꿈틀거렸다. 그 얼굴에 달빛이 환히 비쳤다. 머프 포터였다. 포터 영감이 몸을 꿈틀거렸을 때 두 아이는 무서워서 그만 심장이 멎는 듯하고 온몸도 뻣뻣하게 굳어 버렸지만 이제 두려운 마음은 사라지고 없었다. 두 아이는 발끝으로 살금살금 걸어 부서진 물막이판 틈을 통해 밖으로 나와서 작별 인사를 하려고 잠깐 멈춰 섰다. 그때 길게 울부짖는 듯한 개 소리가 또다시 밤공기를 가르는 것이 아닌가! 뒤돌아보니 그 낯선 개는 포터가 누워 있는 자리에서 몇 발짝 떨어진 곳에서 포터 쪽을 향해 하늘을 우러러보며 짖어 대고 있었다.

"아, 맙소사, 바로 그 개로군!" 두 아이가 동시에 소리를 질렀다.

"톰, 이 주일 전에도 자정쯤에 어떤 떠돌이 개 한 마리가 조니 밀러네 집 주위를 빙빙 돌면서 짖어 댔다잖아. 또 바로 그날 밤 쏙독새가 날아와서 난간에 앉아 울었대. 그런데도 아직껏 아무도 죽은 사람이 없거든."

"그래, 그건 나도 알아. 아무도 죽은 사람은 없다고 치자. 하지만 그레이시 밀러 부인이 바로 다음 토요일에 부엌 불 앞에서 넘어져 굉장히 많이 데었잖니?"

"응, 그래. 그렇지만 그 아주머니는 죽진 않았지. 죽기는커녕 차츰 나아지고 있다던데."

"좋아, 어쨌든 두고 보기로 하자. 머프 포터 영감처럼 그 아주머니도 이제 죽은 목숨이지 뭐야. 검둥이들이 그렇게 말했으니까 틀림없어. 검둥이들은 그런 일이라면 모르는 게 없거든."

그러고 나서 톰과 헉은 각자 골똘히 생각에 잠긴 채 헤어졌다. 톰이 다시 창문을 통해 침실로 몰래 기어들어 갔을 때는 벌써 먼동이 틀 무렵이었다. 조심스럽게 옷을 벗은 톰은 밤새 외출한 일을 아무도 알지 못한다는 생각에 가슴이 벅차 곧바로 잠에 곯아떨어졌다. 조용히 코를 골고 있던 시드가 실제로는 깨어 있었다는 것, 그것도 벌써 한 시간이나 되었다는 사실을 톰으로서는 전혀 알 도리가 없었다.

이튿날 톰이 눈을 떴을 때 시드는 벌써 옷을 갈아입고 방에

서 나간 뒤였다. 햇빛으로 보나 집안 분위기로 보나 시간이 꽤 되었다는 것을 알 수 있었다. 톰은 가슴이 철렁 내려앉았다. 여느 때 같으면 벌써 일어나라고 야단났을 텐데 왜 나를 깨우지 않았을까? 아무래도 불길한 예감이 들었다. 오 분도 채 안 되어 그는 재빨리 옷을 주워 입고 울적한 마음으로 아래층 식당으로 내려갔다. 집안 식구들은 식탁에 앉아 있었지만 식사는 이미 끝난 상태였다. 이모와 시드는 아직 아침을 먹고 있었다. 아무도 톰을 꾸짖지 않았고 오히려 톰의 눈길을 피하려는 눈치였다. 그러나 침묵이 흐르고 엄숙한 분위기가 감돌고 있어 죄지은 마음에 싸늘한 바람이 부는 듯했다. 식탁에 앉으면서 애써 유쾌한 척하려고 했지만 어쩐지 여간 힘이 드는 게 아니었다. 아무도 웃어 주지도 않고 별다른 반응도 보이지 않으니 톰도 입을 꼭 다문 채 마음을 가라앉힐 수밖에 없었다.

아침 식사가 끝나자 이모가 톰을 옆으로 불러 앉혔다. 톰은 이제 이모한테 매를 맞게 되었구나 하는 생각에 그런대로 마음이 후련해졌지만 막상 이모는 그를 때리지 않았다. 이모는 톰을 붙잡고 눈물을 흘리며 어쩌면 그렇게 늙은 이모의 마음을 아프게 하느냐고 하소연했다. 그러고는 마침내 앞으로 계속 멋대로 행동하여 신세를 망쳐서, 머리가 희끗희끗하게 센 이모를 슬픔과 함께 무덤으로 보내라고 했다. 이제는 이모가 아무리 애를 써도 아무 소용이 없기 때문이라는 것이다. 이모의 이 말이 톰에게는 매를 1000번 맞는 것보다도 더 아팠다. 몸보다도 마음이 더 아팠던 것이다. 톰은 크게 소리 내어 울면서 용서해 달라고 빌었고 앞으로 개과천선하겠다고 거듭거듭 약속했다. 그러고 나서야 겨우 이모한테서 풀려났지만 톰은 완전히 용서받은 것 같지 않았으며, 또한 이모 역시 자기의 약속을 별로 믿는 것 같지 않다는 느낌이 들었다.

톰은 이모한테서 물러났지만 너무나 비참한 생각이 들어 시드에게 보복하고 싶은 기분조차 들지 않았다. 그러니 시드가 뒷문으로 도망칠 필요도 없는 상황이었다. 우울하고 슬픈 마음으로 톰은 학교를 향해 무거운 발걸음을 옮겼다. 그 전날 오후 수업을 빼먹은 벌로 톰은 조 하퍼와 함께 매를 맞았다. 그러나 톰은 마음이 그보다 더 큰 괴로움으로 가득 차 있어 이런 사소한 매 따위는 조금도 개의치 않는다는 태도였다. 톰은 자기 자리에 돌아와 책상 위에 팔꿈치를 올리고 두 손으로 턱을 괴고는 더할 나위 없이 고뇌에 찬 무표정한 눈길로 물끄러미 벽을 바라보고 있었다. 그런데 그의 팔꿈치에 뭔가 딱딱한 것이 느껴졌다. 한참 뒤에 톰은 슬픈 표정으로 천천히 자세를 고쳐 앉고는 한숨을 쉬며 그 물건을 집어 들었다. 그것은 종이에 싸여 있었다. 톰은 종이를 펼쳐 보았다. 긴 한숨이 나오며 가슴이 찢어지는 듯 아팠다. 바로 그 놋쇠 손잡이가 아니던가!

마지막 깃털 하나가 낙타의 등을 부러뜨리듯 지금까지 이를 악물고 버티고 있던 톰의 마음이 와르르 무너지고 말았다.

제11장

낮 12시가 다 되어서야 어젯밤에 있었던 끔찍한 소식을 전해 들은 마을 사람들은 소스라치게 놀랐다. 이 무렵에는 아직 전보 같은 것이 없었지만 그 소식은 이 사람에서 저 사람으로, 이 집에서 저 집으로, 이 모임에서 저 모임으로 그야말로 전보처럼 빠르게 전해졌다. 학교 선생은 그날 오후 수업을 쉬게 했다. 만약 그렇게 하지 않았더라면 마을 사람들은 아마 선생을 이상하게 생각했을 것이다.

살해된 사람 근처에서 피 묻은 주머니칼이 발견되었고, 누군가가 그 칼이 머프 포터의 것이라고 확인해 주었다. 소문은 이런 식으로 돌았다. 또 밤늦게 집에 돌아가던 어떤 사람이 새벽 한두 시경에 포터가 마을 '개울'에서 몸을 씻는 것을 보았는데 그를 보더니 포터가 즉시 슬금슬금 도망쳐 버렸다는 소문도 돌았다. 포터는 평소에 몸을 씻는 일이 거의 없었기 때문에 이 일은 충분히 의심받을 만했다. 또 이 '살인범'을 찾느라고 (사람들은 이런 일에서 증거를 추려 내어 범인을 단정 짓는 일에는 결코 늑장을 부리는 일이 없었다.) 온 마을 사람들이 이 잡듯 수색했지만 그를 찾을 수 없었다는 소문도 나돌았다. 말을 탄 수색대원들이 사방팔방으로 범인을 찾아 나섰고, 보안관은 밤이 되기 전에 범인을 체포할 수 있을 것이라고 '자신만만해' 했다.

온 마을 사람이 공동묘지를 향해 모여들고 있었다. 톰은 놀란 가슴이 진정되자 사람들의 행렬에 끼어들었다. 다른 곳으로 가 버리고 싶은 생각이 굴뚝같았지만 두렵고 불가사의한 어떤 힘에 이끌려 자신도 모르게 묘지로 향한 것이다. 생각하고 싶지도 않은 그 무시무시한 장소에 도착한 톰은 조그마한 몸으로 군중 사이를 비집고 나가 그 처참한 광경을 목격했다. 어젯밤 자신이 이곳에 있었던 일이 까마득히 먼 옛날 일처럼 느껴졌다. 그때 누군가가 그의 팔을 꼬집었다. 뒤를 돌아다보자 허클베리의 눈과 마주쳤다. 그러자 두 아이는 즉시 딴 곳으로 시선을 돌렸다. 그들이 서로 주고받은 시선에서 어떤 낌새를 눈치채는 사람이 있지 않을까 하고 걱정되었기 때문이다. 그렇지만 모두들 눈앞에 펼쳐진 끔찍한 광경에만 온통 정신을 빼앗긴 채 이야기를 나누고 있을 뿐이었다.

"불쌍한 친구야!"
"젊은 사람이 참 안됐군!"
"이번 일로 시체 도둑들한테 좋은 본때가 돼야 하는데!"
"머프 포터 놈은 이제 붙들리면 교수형감이야!"

이렇게 사람들의 의견이 여기저기서 튀어나왔다. 목사도 한마디 했다.

"이건 하나님의 심판입니다. 하나님의 손길이 여기까지 닿은 거지요."

바로 그때 톰은 머리끝부터 발끝까지 사시나무처럼 오들오들 온몸을 떨었다. 인전 조의 무감각한 얼굴이 눈에 들어왔기 때문이다. 바로 그 순간 군중이 술렁대기 시작하더니 이렇게 외치는 소리가 들려왔다.

"저놈이야! 저놈! 지금 제 발로 걸어오고 있어!"

"누구 말이야? 누구?" 스무 명쯤 되는 목소리가 물었다.

"머프 포터 말이야!"

"이런, 걸어오다가 걸음을 멈췄네! 저걸 봐, 뒤돌아서고 있잖아! 도망치지 못하게 해!"

톰의 머리 위 나뭇가지에 올라가 있던 사람들이 그가 지금

도망치는 것이 아니라고 대꾸했다. 다만 불안하고 어리둥절한 표정을 짓고 있을 뿐이라는 것이다.

"저런 뻔뻔스러운 놈 같으니!" 옆에 서 있던 구경꾼 하나가 소리를 질렀다. "사람을 죽여 놓고서 조용히 살펴보러 온 거야. 아무도 없는 줄 알았겠지."

군중이 길을 터 주자 보안관이 포터의 팔뚝을 붙잡고 우쭐거리며 끌고 왔다. 가련하게도 포터 영감의 얼굴은 수척해 보였고 두 눈은 공포로 가득 차 있었다. 시체 앞으로 끌려오자 포터는 사시나무 떨듯 하며 두 손에 얼굴을 파묻고는 왈칵 울음을 터뜨렸다.

"내가 한 짓이 아니오, 여러분." 그가 흐느끼면서 말했다. "맹세코 말하지만, 절대로 내가 죽이지 않았소."

"누가 네놈이 죽였다고 그랬어?" 누군가가 크게 외치는 소리가 들렸다.

그러자 이 말이 정곡을 찌른 듯했다. 포터는 얼굴을 쳐들고 체념한 눈빛으로 애처롭게 주위를 둘러보았다. 그러다가 인전 조를 보자 포터가 소리쳤다.

"오, 인전 조, 자네 나한테 약속하지 않았나. 절대로……."

"이거 당신 칼이지?" 이렇게 말하면서 보안관이 그에게 칼을 내밀었다.

만약 누가 옆에서 붙잡아 주지 않았으면 아마 포터는 그 자리에 털썩 쓰러졌을 것이다. 포터가 말문을 열었다.

"왠지 이곳에 다시 돌아와서 그 칼을 가져가지 않으면……." 포터는 오들오들 몸을 떨고 있었다. 그러고는 체념을 한 듯한 몸짓으로 힘없이 손을 내저으며 말했다. "여보게, 조, 털어놓게.

다 털어놓으라고. 이렇게 됐으니 소용이 없네."

허클베리와 톰은 꿀 먹은 벙어리처럼 아무 말도 못하고 인전 조를 노려보며 그 냉혹한 거짓말쟁이가 침착하고 유창하게 진술하는 것을 듣고 있을 수밖에 없었다. 당장이라도 맑은 하늘에서 그놈의 머리 위로 벼락이 내리치기를 바라면서 하나님이 왜 그렇게 꾸물대고 계시는 걸까 하고 의아하게 생각했다. 인전 조가 증언을 마치고도 여전히 멀쩡하게 살아 서 있는 모습을 보자, 맹세를 깨뜨리고서라도 배신당한 죄수의 목숨을 구해 줄까 망설이던 톰과 헉의 충동은 씻은 듯 사라지고 말았다. 이 악당은 분명히 자신을 악마에게 팔아넘겼고, 따라서 그런 힘을 가진 사람의 일에 공연히 간섭했다가는 치명적인 결과를 낳게 될지도 모르기 때문이었다.

"왜 도망치지 않은 거지? 뭣 때문에 다시 돌아왔느냔 말이야?" 누군가가 그에게 물었다.

"어쩔 수 없었소. ……어쩔 수 없었다고요." 포터가 신음하듯 대답했다. "도망치고 싶었지만 이곳 말고는 어느 곳에도 갈 수가 없었단 말이오."

인전 조는 얼마 뒤 선서를 하고 시작한 심문에서도 아까 진술한 내용을 똑같이 침착하게 되풀이했다. 두 아이는 그래도 번개가 치지 않는 것을 보고는 인전 조가 악마에게 영혼을 팔았다는 생각을 더욱더 굳혔다. 인전 조는 이제 그들이 지금껏 본 사람 중에서 가장 나쁜 쪽으로 흥미로운 대상이 되었다. 두 아이는 얼이 빠진 듯 그의 얼굴에서 도저히 눈을 뗄 수가 없었다. 톰과 헉은 밤마다 조를 감시하면서 기회가 주어진다면 그의 무서운 지배자인 악마를 한번 보겠다고 마음속으로 다짐했다.

인전 조는 살해당한 사람의 시체를 들어 올려 짐마차에 싣고서 운반하는 일까지 도와주었다. 그때 겁에 질려 몸서리치는 군중 사이에서 시체의 상처에서 피가 조금 흐른다고 속삭이는 소리가 들리는 것이 아닌가!* 두 아이는 이런 다행스러운 상황 덕분에 사람들이 올바른 방향으로 혐의를 둘 수 있을 것이라고 생각했다. 그러나 두 아이는 곧 실망하고 말았다. 마을 사람들이 이렇게 말했기 때문이다.

"살인이 일어났을 때 머프 포터한테서 1미터도 채 떨어지지 않은 곳에 있었다니까 그럴 만도 하지."

그런 일이 있은 뒤 일주일 동안 톰은 무서운 비밀을 숨긴 것에 대한 양심의 가책 때문에 밤잠을 설쳤다. 어느 날 아침 식사를 하는 자리에서 시드가 말했다.

"형, 형이 밤마다 몸을 뒤척이고 잠꼬대를 너무 많이 하는 바람에 내가 절반 정도는 깨어 있단 말이야."

톰은 그만 얼굴이 새파랗게 질리면서 눈을 내리깔았다.

"그거 좋지 않은 징조로구나." 폴리 이모가 점잖은 어조로 물었다. "무슨 걱정거리라도 있니, 톰?"

"아뇨. 아무 것도 없어요." 대답은 이렇게 해도 톰은 손이 떨려서 들고 있던 커피를 흘리고 말았다.

"게다가 끔찍스러운 잠꼬대를 한단 말이야." 시드가 말을 이

---

* 살해당한 시체에서 또다시 피가 흐르면 살해자가 가까이에 있는 것이라는 생각은 카인이 아벨을 살해하는 구약성서 시대로 거슬러 올라간다. "네가 무슨 일을 저질렀느냐? 네 아우의 피가 땅에서 나에게 울부짖는다." 「창세기」 4장 10절.

었다. "어젯밤엔 '피다, 피야. 바로 피라고!' 그 말을 여러 번 반복하더라고. 그러더니 또 '그렇게 날 괴롭히지 말아 줘. ……모두 말할 테니!' 이런 소리도 했어. 도대체 무슨 말을 하겠다는 거야?"

톰은 순간 눈앞이 빙글빙글 도는 것 같았다. 이제 무슨 일이 일어날지 알 수 없었다. 그러나 다행히도 이모의 얼굴에서 걱정하는 표정이 사라지더니 무심결에 톰을 곤경에서 구해 주었다. 이모가 이렇게 말했기 때문이다.

"그럴 만도 하지! 그게 다 저 무서운 살인 사건 때문이란다. 나도 거의 밤이면 밤마다 그 꿈을 꾸거든. 어떤 때는 내가 직접 살인을 저지르는 꿈도 꾼다니까."

메리도 마찬가지로 그 일 때문에 괴로움을 겪고 있다고 맞장구를 쳤다. 그 말을 듣고서야 시드도 이제 납득을 하는 것 같았다. 톰은 그럴싸하게 핑계를 대어 가능한 한 재빨리 식탁에서 빠져나왔다. 그런 일이 있은 뒤 톰은 이가 아프다면서 매일 밤 자기 전에 턱에다 붕대를 싸매고 잤다. 시드가 밤마다 감시를 하고 있다가 톰의 턱에 감긴 붕대를 풀어 놓고 한참 동안 팔에 턱을 괸 채 톰의 말에 귀를 기울인 뒤 다시 붕대를 감아 놓는다는 사실을 톰은 알 턱이 없었다. 그러나 톰의 괴로움도 조금씩 사라지고 이가 아프다고 핑계 대는 것도 귀찮아서 그만두고 말았다. 어쩌면 시드는 앞뒤가 맞지 않는 톰의 잠꼬대에서 뭔가를 알아냈을지도 모르지만, 그는 아무 말도 입 밖에 내지 않았다.

학교 친구들이 죽은 고양이를 가지고 검시(檢屍) 놀이를 하는 바람에 톰은 살인 사건과 관련한 문제를 늘 생각할 수밖에 없었다. 톰에게는 그 검시 놀이가 결코 끝날 것 같지가 않았다. 지금껏 새로운 놀이를 시작할 때면 언제나 톰이 주도권을 잡아 왔는데, 시드는 이번 검시 놀이에서 톰이 검시관을 하겠다고 나서지 않는다는 사실을 발견했다. 또한 이상하게도 톰이 증인 역할도 절대로 하려 들지 않는다는 사실도 알아냈다. 더욱이 시드는 톰이 유난히 이 검시 놀이를 꺼리면서 될 수 있는 대로 늘 피한다는 사실도 놓치지 않았다. 시드는 의아하게 생각했지만 입을 꾹 다물고 있었다. 그러나 얼마 되지 않아 마침내 검시 놀이도 아이들 사이에서 심드렁해지고, 톰도 더 이상 양심의 가책으로 괴로워하지 않게 되었다.

이 우울한 기간 동안 톰은 날마다 또는 하루 걸러 기회를 봐 가면서 유치장을 찾아가 조그마한 격자 창살이 달린 창문으로 '살인범'에게 자기가 구할 수 있는 위문품을 몰래 넣어 주었다. 유치장은 동구 밖 늪지에 있는 보잘것없는 조그마한 벽돌 건물로 그곳을 지키는 간수들도 없었다. 사실 이 유치장은 지금껏 사용된 적이 별로 없었다. 이렇게 위문품을 넣어 주자 톰은 양심의 가책이 한결 줄어들었다.

마을 사람들은 처음에는 시체 도굴범으로 인전 조를 체포하여 그의 온몸에 타르를 칠하고 깃털을 꽂은 뒤 들것에 태워 마을을 돌아다녔으면 하는 생각이 굴뚝같았다.* 그러나 그는 성품이 워낙 흉악무도하기 때문에 아무도 나서려는 사람이 없어 그 일은 무산되고 말았다. 또한 그는 두 번에 걸친 검시 진

---

* 십자군 전쟁 때의 유럽에서부터 19세기 미국 서부에 이르기까지 널리 유행하던 대표적인 사형(私刑) 방식의 하나. 주로 모욕을 주기 위한 것이었지만 심하면 목숨을 잃을 수도 있었다.

술을 싸움이 벌어진 때부터만 시작하고 그보다 앞서 있었던 무덤 도굴에 대해서는 전혀 고백하지 않을 만큼 용의주도했다. 그러므로 마을 사람들은 현재로서는 그 사건을 재판에 회부하지 않는 쪽이 가장 현명하다는 판단을 내렸다.

제12장

톰이 그 남모를 괴로움에서 점차 벗어날 수 있었던 이유 중 하나는 새로운 중대 사건이 그의 관심을 끌었기 때문이다. 베키 새처가 학교에 나오지 않았던 것이다. 며칠 동안은 그래도 자존심과 싸우며, 말하자면 '그녀를 바람에 날려'* 무시해 버리려고 애썼지만 아무 소용이 없었다. 톰은 밤마다 그녀의 집 주변을 비참한 기분으로 서성거리기 시작했다. 베키는 몸이 아팠다. 만약 베키가 죽는다면 어떻게 하지! 이런 생각이 들자 톰은 아무것도 손에 잡히지가 않았다. 전쟁 놀이나 해적 놀이에도 이제 더 흥미를 느끼지 못했다. 삶의 기쁨이 사라지고 오로지 우울한 생각만이 남아 있을 뿐이었다. 굴렁쇠도 야구 방

---

* 윌리엄 셰익스피어의 『오셀로』에서 젊은 아내 데스데모나의 정절을 의심한 오셀로는 "휘파람을 불어 그녀를 날려 보내 바람 아래로 날아가도록 하고 싶구나."(3막 3장) 하고 말한다. 셰익스피어는 이 장면에서 매사냥의 이미지를 구사한다.

망이도 치워 버렸다. 그런 것들은 이제 더 이상 재미가 없었다. 톰의 이모는 걱정이 되었다. 그래서 그에게 약이란 약은 모두 써 보았다. 이모는 원래 특허 받은 약품이나 새로 유행하는 건강법이나 치료법이라면 사족을 쓰지 못했다. 이런 것들에 대해 모조리 실험을 해 봐야 직성이 풀리는 사람이었다. 이모는 이 방면으로 새로운 어떤 것이 나왔다 하면 곧바로 반색을 하며 달려들었다. 그런데 이모는 한 번도 아픈 적이 없었기 때문에 자신이 아니라 누구든 때마침 편리한 사람한테 실험을 하곤 했다. 또 온갖 '건강' 잡지를 구독했을뿐더러 사기성 짙은 골상학에도 돈을 썼다. 그런 잡지들을 가득 채운 진지함을 가장한 무지함이 이모한테는 없어서는 안 될 소중한 것이었다. 그런 잡지에 나오는 통풍, 잠자리에 드는 법, 잠자리에서 일어나는 법, 먹어야 할 음식, 마셔야 할 음료수, 운동량, 지녀야 할 마음가짐, 복장 방법 등에 관한 '헛소리'가 이모한테는 하나같이 소중한 복음처럼 들렸다. 이모는 이번 달의 건강 잡지에서 지난달에 추천한 내용을 모두 밥 먹듯 뒤집어엎는다는 사실을 결코 깨닫지 못했다. 그녀는 너무나 단순하고 고지식해서 이렇게 쉽사리 희생자가 되었다. 이런 식으로 이모는 늘 수중에 엉터리 잡지들과 엉터리 약품을 잔뜩 갖추고 있었다. 그러므로 빗대어 말하자면, 사신(死神)의 무장을 갖추고 그의 청황색 말*을 타고서 '뒤에 지옥을 거느린 채' 사방으로 돌아다닌다고나 할까. 그러나 정작 이모는 자신이 병으로 고통받고 있는 이웃들

---

* 성경이나 문학 작품에서 청황색 말은 흔히 사신을 상징한다. "그리고 내가 보니 청황색 말 한 마리가 있는데, 그 위에 탄 사람의 이름은 '사망'이고 지옥이 그를 뒤따르고 있었다." 「요한계시록」 6장 8절.

에게 치유의 천사요 '길르앗의 유향'*의 화신임을 조금도 의심치 않았다.

요즘에는 물 요법이 새로 나왔는데 톰의 우울 증세는 이모가 이 요법을 실험해 보기에 그야말로 안성맞춤이었다. 이모는 날마다 날이 밝으면 톰을 밖으로 데리고 나가 장작 헛간에 세워 놓고 그의 몸에 찬물을 흠뻑 끼얹었다. 그런 뒤 줄칼처럼 거친 수건으로 몸을 빡빡 문질러 정신이 들게 했다. 그러고 나서 톰의 몸에 젖은 홑이불을 겹겹이 싼 뒤 담요를 몇 장씩 덮어서는, 톰의 말을 빌리자면 그의 영혼에서 '누런 때가 땀구멍으로 빠져나올 때까지' 땀을 흘리게 했다.

그러나 이런 모든 노력에도 불구하고 톰은 오히려 점점 더 낙심하여 우울해지고 얼굴도 창백해졌다. 그러자 이모는 온탕 요법, 좌욕(坐浴) 요법, 샤워 요법, 그리고 전신욕(全身浴) 요법을 추가했지만 톰은 여전히 시체처럼 생기가 돌지 않았다. 이번에 이모는 물 요법에다 감량 오트밀 식이 요법과 함께 발포고(發疱膏)를 병행하기 시작했다. 이모는 항아리의 양을 재듯이 톰이 소화할 수 있는 양을 재 가며 날마다 온갖 엉터리 만병통치약을 먹였다.

이쯤 되자 톰은 이제 이모의 괴롭힘에 무관심하게 되어 버렸다. 이런 상태를 보고 이모는 몹시 당황했다. 무슨 짓을 해서라도 이 무관심증을 없애 버려야겠다고 생각했다. 바로 이

---

* "길르앗에는 유향이 있지 않느냐. 그곳에는 의사가 있지 않느냐. 어찌하여 나의 백성, 나의 딸이 치료를 받지 못하는 것이냐?"「예레미야」 8장 22절. 길르앗은 요단 강 동쪽에 있는 지역으로 유향으로 유명하다. '길르앗의 유향'은 흔히 질병을 치료하거나 진정시키는 영약(靈藥)을 가리킨다.

때 이모는 처음으로 '진통제'라는 것에 대해 듣게 되었다.* 그래서 즉시 한꺼번에 많은 양을 주문했다. 이모는 그 약을 맛보고는 적절한 약을 찾았다고 감격했다. 액체로 된 약이었지만 입에 넣으면 불같이 화끈했다. 이모는 물 요법과 그 밖의 치료법을 모두 중지하고 오직 이 '진통제'에만 매달렸다. 톰에게 한 숟가락 먹이고 나서 결과가 어떤지 적잖이 조바심하며 지켜보았다. 이모의 불안한 마음은 진정되었고 곧 안도의 한숨을 내쉬었다. 마침내 톰이 무감각 상태에서 벗어났기 때문이다. 설령 톰의 발밑에 불을 지펴 놓았다 해도 그렇게 활력 있게 펄펄 뛸 수는 없었을 것이다.

톰은 이제 정신을 차리고 마음을 추스를 때가 되었다고 생각했다. 지금 자신이 놓여 있는 우울한 상황이 적잖이 낭만적일지 모르지만, 그러다 보니 감정이 너무 삭막해진 데다가 마음을 산란하게 하는 변화가 많았던 것이다. 그래서 톰은 이런 곤란한 상황에서 벗어날 온갖 방법을 궁리하기 시작했고 마침내 '진통제'가 좋아진 척을 해야겠다는 생각이 떠올랐다. 톰이 그 약을 달라고 너무 자주 졸라 대어 귀찮아지자 이모는 이제 아예 자기에게 조르지 말고 알아서 마음대로 꺼내 먹으라고 했다. 상대가 시드였다면 의심을 하여 기쁨을 반감하지 않았을 테지만, 그 장본인이 톰이고 보니 이모는 몰래 약병을 들여다보았다. 약은 틀림없이 눈에 띄게 줄어들고 있었다. 그러나 이모는 톰이 자기 방 마룻바닥의 벌어진 틈을 치료하는 데 그

---

* 마크 트웨인이 『톰 소여의 모험』을 집필할 무렵 '페리 데이비스의 진통제'라는 진통제의 광고가 미주리 주 해니벌 신문에 실렸다. 광고에 따르면 이 진통제는 먹는 약이 아니라 외부에 바르는 약이었다.

약을 사용하고 있다는 사실을 전혀 깨닫지 못하고 있었다.

어느 날 톰이 마룻바닥의 벌어진 틈에 약을 먹이고 있는데 이모의 노란 고양이가 가르랑거리는 소리를 내며 가까이 다가와서는 마치 자기에게도 한입 맛보게 해 주었으면 하는 눈치로 자못 탐욕스럽게 숟가락을 쳐다보았다. 그래서 톰이 말했다.

"정말 먹고 싶은 게 아니라면 조르지 마, 피터."

그러나 피터는 정말로 먹고 싶다는 표정이었다.

"다시 한번 생각해 보는 게 좋을걸."

피터는 확실하다는 눈치였다.

"그럼 주지. 네가 먹고 싶다고 해서 주는 거야. 내가 비열한 놈이라서 주는 게 아니란 말이야. 그게 맛이 없어도 그건 네 탓이지 내 탓은 아니야."

피터는 그래도 좋다는 표정이었다. 그래서 톰은 피터의 입을 벌리고 '진통제'를 흘려 넣어 주었다. 피터는 이삼 미터 공중으로 펄쩍펄쩍 뛰어오르더니 인디언처럼 함성을 지르며 방 안을 빙빙 돌아다니면서 가구를 들이받기도 하고 화분을 쓰러뜨리기도 하면서 온갖 소동을 일으켰다. 그 다음에는 뒷발로 벌떡 일어나는가 하면, 고개를 어깨 뒤로 젖히고 기뻐 날뛰면서 행복에 겨워 죽겠다는 듯 소리를 질러 댔다. 그러더니 피터는 가는 곳마다 혼란과 파괴를 일으키며 집 안을 다시 미친 듯이 돌아다녔다. 폴리 이모가 때마침 방 안에 들어왔을 때 고양이는 몇 번씩 공중제비를 하고 마지막으로 엄청난 함성을 지르더니 열려 있는 창문 너머로 화분을 차 내며 뛰어나갔다. 이모는 놀라서 넋을 잃고 서서 안경 너머로 이 소란스러운 광경을 바라보았다. 톰은 마룻바닥을 뒹굴면서 숨이 넘어갈 듯 배꼽을 쥐고 웃었다.

"톰, 도대체 저 고양이가 왜 저러는 거냐?"

"저도 모르겠어요, 이모." 톰이 숨을 헐떡이며 간신히 대답했다.

"아니, 고양이가 지금껏 저러는 걸 본 적이 없는데. 도대체 어떻게 했기에 저리는 거니?"

"정말로 몰라요, 이모. 고양이는 기분 좋은 일이 있으면 늘 저러잖아요."

"고양이가 원래 그런단 말이지?" 이모의 말투에는 톰을 불안하게 하는 그 무엇이 감돌고 있었다.

"네, 이모. 제 생각에는 그래요."

"네 생각엔 그렇다 말이지?"

"네, 이모."

폴리 이모가 허리를 굽히자 톰은 불안하면서도 흥미를 느끼며 이모를 지켜보았다. 이모의 '동향'을 낌새챘지만 이미 때는 늦었다. 증거가 되는 숟가락 손잡이가 침대 아래를 가리는 천 밑으로 삐죽이 보였기 때문이다. 이모가 숟가락을 집어 들었다. 톰은 몸을 움츠리며 눈을 내리깔았다. 폴리 이모는 늘 이용하는 손잡이, 즉 톰의 귀를 붙잡아 그를 일으켜 세우고는 골무 낀 손으로 머리를 힘껏 쥐어박았다.

"넌 어쩌자고 말 못하는 짐승한테 그런 못된 짓거리를 한 거냐?"

"불쌍해서 그랬죠, 뭐. ……피터한테는 이모가 없잖아요."

"이모가 없다니! 이 돌대가리 녀석아. 이모가 없는 것하고 이런 짓거리하고 무슨 상관이 있어?"

"상관이 있어도 많이 있죠. 피터한테도 이모가 있다면 호되게 당했을 게 아녜요! 사람과 마찬가지로 아무런 감정도 느끼지 않고 피터의 창자를 태워 버렸을 거라고요!"

폴리 이모는 갑자기 뼈저리게 후회를 했다. 이 일로 이모는 사태를 새로운 각도에서 생각하기 시작했다. 고양이에게 잔인한 짓이라면 그것은 어린아이한테도 잔인한 짓임에 틀림없을 것이다. 이모는 감정이 누그러지면서 톰이 가엾다는 생각이 들었다. 그녀는 눈가에 눈물을 글썽거리며 톰의 머리에 손을 얹고서 부드럽게 말했다.

"난 너를 생각해서 최선을 다했단다, 톰. 그래도 그 약은 확실히 너한테 효험이 있었잖아."

톰은 정색을 하면서도 두 눈을 반짝거리며 이모의 얼굴을 빤히 들여다보았다.

"저를 위해서 그랬다는 거 알아요, 이모. 저도 피터를 생각해서 그런 거예요. 피터한테도 역시 효험이 있었죠. 피터가 그렇게 활기 있게 뛰노는 것을 본 일이 없거든요……."

"아, 이제 그만둬, 톰. 내 신경을 또다시 건드리기 전에. 단 한 번만이라도 좀 착한 아이가 되려무나. 이제 약은 더 이상 먹지 않아도 돼."

톰은 수업이 시작하기 전에 학교에 도착했다. 요즘 들어 톰이 이렇게 이상하게 행동하는 일이 날마다 일어나고 있었다. 최근에 늘 그랬듯이 오늘도 톰은 다른 아이들과 어울려 놀지도 않고 교문 근처에서 서성거렸다. 톰은 자기 말로는 몸이 아프다고 했는데 어찌 보면 그런 것 같기도 했다. 그는 여기저기 여러 곳을 둘러보고 있는 척했지만 사실은 길 아래쪽에만 정신을 쏟고 있었다. 곧 제프 새처의 모습이 눈에 들어오자 톰의 얼굴이 밝아졌다. 그러나 잠시 그쪽으로 눈길을 주었다가 슬픈 듯이 고개를 돌렸다. 톰은 제프가 도착하자 그에게 접근하여 넌지시 베키에 관한 이야기로 '화제를 돌리려고' 했다. 그러나 종잡을 수 없는 그 녀석은 한 번도 미끼에 걸려들지 않았다. 톰은 계속 지켜보며 팔락거리는 여자아이의 옷자락이 눈에 띌 때마다 베키이기를 바랐지만 베키가 아닌 것이 밝혀지는 순간 그 여자아이가 미워졌다. 마침내 이제 더 이상 여자아이의 옷이 나타나지 않자 톰은 희망을 잃고 몹시 우울해지고 말았다. 톰은 낙담한 채 공허한 학교로 들어가 자리에 힘없이 앉아서 괴로워했다. 바로 그때 여자아이 하나가 옷자락을 팔락이며 교문으로 들어서자 톰의 가슴은 마구 뛰기 시작했다. 다음 순간 톰은 자리에서 벌떡 일어나 인디언처럼 '앞으로 달려' 나갔다. 소리를 지르고 웃고 아이들을 쫓아다니기도 하고, 팔다리가 부러질지도 모르는 위험을 감수하는 것은 물론이고 심지어 목숨을 걸고 울타리를 뛰어넘는가 하면, 손을 땅에 짚고 재주를 넘고 물구나무서기를 하는 등 그가 생각해 낼 수 있는 온갖 재주를 다 부리면서 말이다. 그러는 동안에도 톰은 베키 새처가 자기를 보고 있지 않을까 하고 몰래 눈치를 살피고 있었다. 그러나 베키는 이런 짓을 전혀 의식하는 것 같지 않았다. 의식하기는커녕 거들떠보지도 않았다. 톰이 그곳에 있다는 사실을 그녀가 전혀 눈치채지 못할 수 있단 말인가? 그래서 톰은 그녀에게 좀 더 가까이 다가가서 소란을 떨었다. 전쟁 놀이를 하듯 이상한 소리를 지르고, 한 아이의 모자를 가로채서 학교 지붕 위로 집어던지기도 하고, 아이들이 무리지어 있는 곳에 뛰어들어가 아이들을 사방으로 넘어뜨리기도 했다. 그러다가 베키 바로 앞에서 팔다리를 펴고 나자빠져서 하마터면 베키를 넘어뜨릴 뻔했다. 그러자 베키가 꼴불견이라는 듯 콧방귀를 뀌며 이렇게 빈정거리는 소리가 들렸다.
"흥! 누구는 제가 꽤 멋있다고 생각하는 모양이지. 언제나 잘난 척하기나 하고."
이 말에 그만 톰은 얼굴이 화끈거렸다. 그는 툭툭 털고 일어나 완전히 기가 꺾이고 풀이 죽은 채 슬그머니 자리를 떴다.

제13장

 톰은 마침내 마음을 굳혔다. 그는 우울하고 절망적인 상태가 되었다. 자신이 친구도 없이 버림받은 아이라고 생각했다. 아무도 자기를 사랑하지 않는 것 같았다. 자기들 때문에 내가 이렇게 된 것을 알게 되면 아마 후회할 테지. 나는 올바르게 행동하고 그들과 잘 지내려고 했지만 오히려 그들이 그런 기회를 주지 않은 거야. 나를 내쫓아야 속이 편하다면 그렇게 하라지. 그 결과에 대해서도 자신을 탓하라고 해. 그렇다면 할 수 없지. 친구 하나 없는 주제에 불평할 권리가 어디 있겠어? 그래, 결국은 그들이 나를 지금의 이 모양 이 꼴로 만들어 놓은 거야. 그러니 범죄의 삶을 살아갈 수밖에. 다른 선택의 여지가 없어.
 이때쯤 톰은 메도레인 아래쪽으로 멀리 와 있었고, 수업 시작을 알리는 종소리가 멀리서 아득하게 들렸다. 앞으로 다시는 귀에 익은 저 종소리를 듣지 못할 것이라는 생각이 들자 눈물이 왈칵 솟았다. 물론 이런 결정을 내린다는 것이 쉽지 않았지만 자신한테 강요된 결정이었던 것이다. 차디찬 세상 밖으로 밀려났으니 이제 따르는 수밖에는 별 도리가 없었다. 그러나 그는 그들을 용서해 주었다. 그러자 톰의 흐느낌이 더욱 격렬해졌다.

바로 그때 톰은 영혼을 걸고 우정을 맹세한 친구 조 하퍼를 만났다. 조의 단호한 눈초리를 보니 그도 뭔가 단단히 결심을 하고 있음에 틀림없었다. 말하자면 '같은 생각을 가진 두 영혼'*이 서로 만난 셈이었다. 톰은 소맷자락으로 눈물을 닦으며 자기 결심을 더듬거리며 털어놓기 시작했다. 집에서 받는 학대와 무정함에서 벗어나 드넓은 세상 속으로 도망쳐 떠돌아 살면서 다시는 마을에 돌아오지 않을 작정이라고 고백했다. 그러고는 조에게 자기를 잊지 말아 달라는 부탁과 함께 말을 맺었다.

그런데 조도 역시 톰한테 똑같은 부탁을 하려던 참이었고, 그래서 지금 톰을 찾고 있던 중이었다. 조는 한 번도 입에 대본 적도 없을뿐더러 있는지조차 알지 못했던 크림을 먹었다고 어머니한테 회초리로 맞았다고 했다. 조는 어머니가 자신이 보기 싫어져서 어디든 가 버리기를 바라고 있음에 틀림없다고 생각하고 있었다. 어머니의 생각이 정녕 그렇다면 조로서는 그대로 따를 수밖에 없었다. 조는 어머니가 행복하게 살기를, 또 불쌍한 아들을 무정한 세상 속으로 내몰아 고생하다가 죽게

---

* 독일 극작가 엘리기우스 뮌치 벨링하우젠의 작품 『빌트니스의 아들』에 나오는 "같은 생각을 가진 두 영혼 / 하나처럼 박동하는 두 가슴"이라는 대사에서 따온 구절이다. 트웨인은 영국 작가 마리아 앤 로블이 이 작품을 영어로 번역한 『야만인 잉고마』의 공연에 대해 평을 쓴 적이 있다.

한 것을 후회하지 않게 되기를 바랄 뿐이었다.

두 아이는 함께 슬퍼하며 걸었다. 그들은 형제가 되어 죽음이 두 사람의 고통을 끝낼 때까지 절대로 떨어지지 않고 서로 돕기로 맹세했다. 그러고 나서 두 아이는 앞으로의 계획을 짜기 시작했다. 조는 은둔자가 되어 깊은 산속의 동굴에 살면서 딱딱해진 빵 조각으로 연명하다가 추위와 굶주림과 비탄 속에서 삶을 마감하기로 했다. 그러나 톰의 얘기를 듣고 나더니 범죄 생활을 하는 쪽이 더 이롭겠다는 생각이 들어 마침내 해적이 되는 데 동의했다.

세인트피터스버그에서 미시시피 강의 하류 쪽으로 5킬로미터 정도 가면 강폭이 2킬로미터가 넘는 곳이 있는데 그곳에 숲이 우거진 좁고 길쭉한 섬이 하나 있었다. 섬 앞머리에는 얕은 모래톱이 형성되어 있어 집합 장소로서는 안성맞춤이었다. 그 섬에는 사람이 살고 있지 않았다. 섬은 멀리 떨어진 건너편 해안 쪽으로 나무가 빽빽하고 사람의 왕래가 거의 없는 숲과 나란히 평행을 이루고 있었다. 두 아이는 이 잭슨 섬*을 근거지로 골랐다. 누구를 상대로 해적질을 할 것인가 하는 문제는 그들의 머릿속에 아직 떠오르지 않았다. 그러고 난 뒤에 두 아이는 허클베리 핀을 찾아냈다. 헉은 무관심한 성격에 무슨 직업이든지 그에게는 매한가지였기 때문에 즉시 그들과 한 패거리가 되었다. 세 아이는 그들이 좋아하는 시간인 자정에 동네에서 위쪽으로 3킬로미터 떨어진 강둑에 있는 호젓한 장소에

---

* 미주리 주 해니벌 반대쪽에 있는 글래스콕 섬. 이 섬은 『허클베리 핀의 모험』에서도 중요한 무대로 나온다. 뒷날 이 섬은 미시시피 강물에 잠겨 없어졌다.

서 만나기로 약속하고 헤어졌다. 그곳에는 통나무를 엮어 만든 뗏목이 하나 있었는데 우선 그것을 슬쩍하기로 했다. 그리고 세 아이는 각자 낚싯대와 낚싯바늘과 식량을 해적에 어울리는 가장 은밀하고 신비한 방법으로 훔쳐 오기로 했다. 그날 오후가 끝나기 전까지 세 아이는 마을 사람들이 이제 곧 '깜짝 놀랄 사건을 듣게' 될 것이라는 소문을 퍼뜨리고 다니며 달콤한 쾌감을 맛보았다. 이처럼 막연한 암시를 받은 아이들에게 하나같이 '입을 꼭 다물고 기다리라'는 주의를 주었다.

자정쯤 되자 톰은 삶은 햄과 몇 가지 자질구레한 물건을 들고는 약속한 장소가 내려다보이는 조그마한 벼랑 위 잡목이 빽빽이 우거진 곳에 걸음을 멈추었다. 별이 빛나는 조용한 밤이었다. 거대한 미시시피 강은 마치 휴식을 취하고 있는 대양처럼 잔잔히 흐르고 있었다. 톰은 잠시 숨을 죽이고 귀를 기울였지만 정적을 깨뜨리는 소리라고는 아무것도 들리지 않았다. 그때 톰이 나지막하게 휘파람을 불었다. 그러자 낭떠러지 아래에서 응답하는 소리가 들렸다. 톰은 잇따라 두 번 휘파람을 불었다. 아래쪽에서도 똑같은 신호가 들려왔다. 그러고 나서 경계하는 듯한 나지막한 목소리가 들렸다.

"거기에 있는 게 누구냐?"

"'카브리 해의 검은 복수자' 톰 소여다. 네 이름을 대라."

"'피투성이 손'* 헉 핀과 '바다의 공포' 조 하퍼다."

이 이름들은 톰이 즐겨 읽는 책에서 골라 붙여 준 것이었다.

---

* 네드 번틀라인의 청소년 인기 소설 『칼라오의 최후』(1847)에서 따온 듯하다. 이 책에 '피투성이 손의 해적'이라는 구절이 나온다.

"좋다, 그럼 암호를 대라."

두 아이가 쉰 목소리로 밤하늘을 향해 동시에 무시무시한 암호를 댔다.

"피!"

그러자 톰은 햄을 벼랑 아래로 먼저 던진 후에 자기도 몸을 던졌다. 절벽 아래로 내려가면서 옷과 살갗이 조금 찢기기도 했다. 벼랑 아래쪽으로 해변을 따라 편하고 쉬운 길이 있었지만 그 길은 해적들이 목숨처럼 소중하게 여기는 고난과 위험이라는 이점이 없었다.

'바다의 공포'는 베이컨 한 덩어리를 들고 왔는데 그것을 가지고 그곳까지 달려오는 바람에 몸이 벌써 녹초가 되다시피 했다. '피투성이 손' 헉 핀은 프라이팬 하나와 반쯤 말린 엽초를 훔쳐 왔고, 그리고 곰방대를 만들기 위해 옥수숫대 몇 개를 가지고 왔다. 그러나 헉 말고 다른 해적들은 담배를 피우거나 '씹을' 줄 몰랐다. '카리브 해의 복수자'는 불이 없으면 아무것도 시작할 수 없다고 걱정했다. 그것은 현명한 생각이었다. 그 무렵에는 성냥이 거의 알려져 있지 않았다. 그런데 90미터쯤 떨어진 상류 쪽 큰 뗏목 위에서 모닥불이 연기를 내뿜고 있는 것이 보였다. 그래서 세 아이는 뗏목에 몰래 다가가 불덩어리 하나를 슬쩍 집어 왔다. 아이들은 굉장한 모험이라도 하듯 이따금 "쉿!" 소리를 내기도 하고, 갑자기 걸음을 멈추고는 입술에다 손가락을 갖다 대기도 하며, 두 손으로 있지도 않은 단검을 꽉 쥐는 시늉을 하기도 했다. 또 만약 '적'이 움직이면 "죽은 놈은 말이 없는 법이니까 칼을 깊이 내리 꽂으라." 하고 무시무시하게 목소리를 낮추어 명령을 내리기도 했다. 아이들은

 뗏목 뱃사공들이 벌써 마을에 들어가 가게에 누워 있거나 한바탕 소란을 피우며 다니고 있을 것이라는 사실을 잘 알고 있었다. 하지만 그렇다 해서 일을 해적답지 않게 처리할 수는 없는 노릇이었다.
 세 아이는 곧 뗏목을 강으로 끌어냈다. 톰이 선장을 맡고 헉과 조가 앞쪽과 뒤쪽에서 노를 저었다. 톰은 팔짱을 끼고 이맛살을 찌푸린 채 뗏목 한복판에서 서서 나지막하고 위엄 있는 목소리로 명령했다.
 "뱃머리를 바람이 불어오는 쪽으로 돌려라. 바람 부는 방향으로!"
 "네, 알았습니다, 선장님!"
 "진로를 그대로!"

"네, 알았습니다, 선장님!"
"한 포인트*만 바람 반대 방향으로 틀어라!"
"네, 알았습니다, 선장님!"
두 아이는 꾸준하지만 단조롭게 뗏목을 강 한가운데로 몰고 갔다. 그들은 이런 명령이 한낱 '폼'을 잡기 위한 것일 뿐 어떤 특별한 의미가 있는 것이 아니라는 사실을 잘 알고 있었다.
"이 배에는 무슨 돛이 있는가?"
"물론 중간돛과 삼각돛입니다, 선장님."
"로열 마스트의 돛을 올려라! 여섯 명은 앞 돛대의 보조 돛을 높이 펼쳐라! 어서 빨리 서둘러라!"
"네, 네, 알았습니다, 선장님!"
"큰 돛을 흔들어 펼쳐라! 범각삭(帆脚索)과 돛줄을 내어라! 자, 어서, 친구들아!"
"네, 네, 알았습니다, 선장님!"
"바람이 부는 쪽으로 키를 잡아라! 힘껏 좌현으로! 맞이할 준비하라! 좌현으로, 좌현! 자, 친구들! 힘을 내게! 진로를 그대로!"
"진로를 그대로, 선장님!"
뗏목은 이제 강 한복판을 지나 물줄기를 타고 움직이기 시작했다. 아이들은 뗏목 머리를 강 하류로 돌린 뒤 노에서 손을 떼고 강물이 흘러가는 대로 그냥 내버려 두었다. 수심이 깊지 않기 때문에 시속 3킬로미터에서 5킬로미터 정도의 조류가 흐르고 있을 뿐이었다. 그 뒤 사십오 분 동안 아무도 입을 열지

---

* 나침반을 32등분한 눈금의 한 점.

않았다. 이제 뗏목은 마을을 멀리 뒤로한 채 강을 따라 떠내려가고 있었다. 별들이 보석처럼 반짝이는 희뿌옇고 드넓은 수면 너머 마을이 평화롭게 잠들어 있는 곳에서는 두세 개의 불빛이 엄청난 사건이 일어나고 있다는 사실을 까맣게 모른 채 반짝이고 있었다. '카리브 해의 검은 복수자'는 팔짱을 낀 채 지난날의 기쁨과 최근에 겪은 고통의 장면에 '마지막 시선'을 보내며 움직이지 않고 가만히 서 있었다. 그러면서 입가에 음울한 미소를 띠며 '그 소녀'가 운명을 맞아 위험과 죽음을 무릅쓰고 용감하게 파도가 넘실거리는 거친 바다를 향해 나아가고 있는 자신의 모습을 볼 수 있으면 얼마나 좋을까 생각했다. 상상의 날개를 아주 조금만 더 펼치면 잭슨 섬을 눈길이 닿지 않는 곳으로 쉽게 옮길 수 있었다. 그래서 톰은 희비가 엇갈린 기분으로 '마지막으로' 마을을 바라본 것이다. 다른 두 해적도 마찬가지로 마지막으로 마을을 바라보았다. 너무 오랫동안 바라보는 바람에 하마터면 조류를 타고 섬을 그냥 지나칠 뻔했다. 그러나 아이들은 제때에 위험을 깨닫고 그럭저럭 방향을 바꾸었다. 새벽 2시쯤 뗏목은 섬 앞머리에서 180미터 정도 떨어진 모래톱에 닿았다. 그들은 모래톱의 얕은 물을 철벅거리며 왔다 갔다 하며 짐을 내렸다. 조그마한 뗏목에 딸린 물건 중에는 헌 돛이 하나 있었는데, 아이들은 덤불의 구석에 그 돛을 텐트처럼 쳐서 식료품이 비를 맞지 않도록 했다. 그들은 날씨가 좋은 날에는 무법자에 걸맞게 노천에서 잠을 자곤 했다.

아이들은 어두컴컴한 숲에서 스물 발짝이나 서른 발짝 떨어진 곳에 있는 커다란 통나무 옆에 불을 지폈다. 그러고 나서 저녁 식사로 프라이팬에 베이컨을 굽고 가져온 '옥수수 빵'을 절반쯤 먹었다. 속세에서 멀리 떨어져 사람의 발길이 닿지 않던 섬의 원시림에서 체면치레 없이 음식을 마음껏 배불리 먹는다는 것은 참으로 즐거운 일이었다. 아이들은 다시는 문명 세계로 돌아가지 않겠다고 말했다. 활활 타오르는 불길이 그들의 얼굴을 환하게 비추었고, 사원의 기둥처럼 서 있는 나무줄기와 반짝이는 잎사귀며 나무에 뒤엉킨 덩굴에 새빨간 빛을 내뿜었다.

마지막으로 남아 있던 바삭바삭 익은 베이컨 조각과 옥수수 빵 조각을 다 먹어 치운 뒤 아이들은 더없이 흡족한 마음으로 풀밭 위에 팔다리를 쭉 펴고 벌렁 뒹굴었다. 그곳보다 좀 더 시원한 장소를 찾을 수도 있었지만 음식을 구워 먹는 모닥불 같은 낭만적 정취가 있는 곳을 떠나고 싶지 않았던 것이다.

"아, 기분 참 좋지 않니?" 조가 입을 열었다.

"두말하면 잔소리지!" 톰이 대꾸했다. "다른 애들이 우리가 이러고 있는 걸 보면 뭐라고들 할까?"

"뭐라고 하겠냐고? 글쎄, 이곳에 오고 싶어서 죽으려고 할 테지. 어이, 그렇지, 헉?"

"아마 그럴 거야." 허클베리가 대답했다. "하여튼 이런 생활이 내겐 딱 맞아. 난 여태까지 이렇게 마음껏 음식을 먹어 본 적이 없었거든. 또 이곳까지 쫓아와서 괴롭힐 사람도 없고."

"내가 바라는 삶도 바로 이런 거야." 톰이 말했다. "아침마다 일찍 일어날 필요도 없고, 학교에 갈 필요도 없지. 걸핏하면 몸을 씻고 닦고 하는 그런 시시한 일들을 할 필요도 없단 말이야. 조, 해적이란 말이야, 뭍에 오르면 아무것도 할 일이 없어. 그렇지만 은둔자는 쉴 새 없이 기도를 해야 하거든. 또 그런 식으로 늘 혼자 있어야 하니까 무슨 재미가 있겠어."

"아, 그래, 네 말이 맞아." 조가 맞장구를 쳤다. "하지만 너도 알다시피 난 그것에 대해선 별로 생각을 하지 않았어. 해적 노릇을 해 보니까 해적이 된 게 백번 잘한 일인 것 같아."

"그렇고말고." 톰이 말했다. "요즘은 옛날과 달라서 은둔자가 되려는 사람들이 별로 많지 않아. 하지만 해적은 언제나 인기가 있거든. 또 은둔자는 잠자리도 아주 딱딱한 곳에서 자야 하고, 삼베옷을 입고 머리에 재를 뒤집어 써야 하고, 비를 맞으며 밖에 나가 서 있어야 하고……."

"왜 삼베옷을 입고 머리에 재를 뒤집어써야 하지?" 헉이 물었다.

"그건 나도 몰라. 하여튼 은둔자들은 그렇게 해야 된대. 은둔자들은 늘 그렇게 한다고. 너도 은둔자가 되었으면 그렇게 해야 했어."

"빌어먹을. 나 같으면 그런 짓을 안 하겠다." 헉이 대꾸했다.

"그렇게 안 하면 어떻게 할 건데?"

"몰라. 하지만 그렇게는 하지 않을 거야."

"하지만 헉, 그렇게 해야 하거든. 어떻게 그걸 피할 수 있겠어?"

"글쎄, 난 참을 수 없을 거야. 차라리 그냥 도망쳐 버리고 말지."

"도망쳐 버린다고! 넌 엉터리 은둔자가 되겠구나. 다른 은둔자들의 얼굴에 똥칠을 하겠다."

'피투성이 손' 헉은 이제 다른 일에 열중한 나머지 아무런 반응을 보이지 않았다. 옥수숫대 가운데를 후벼 파서 곰방대

를 만드는 일을 막 끝낸 참이었다. 그는 갈대 줄기 하나를 잘라 곰방대에 꼭 맞게 끼우더니 그 속에 담배를 다져 넣고 숯불덩이를 한 개 집어 불을 붙였다. 뻐끔뻐끔 곰방대를 빨면서 구수한 연기를 내뿜는 그는 이 세상에 부족한 것이 없다는 듯 흡족한 표정을 지었다. 나머지 해적들은 이렇게 멋지게 나쁜 짓을 하는 헉을 부러워하며 자기들도 곧 배워야겠다고 마음속으로 다짐했다. 이윽고 헉이 이렇게 말했다.

"그런데 해적들은 무슨 일을 해야 하는 거지?"

그러자 톰이 대답했다.

"아, 해적은 말이야, 여간 신나는 일을 하는 게 아냐. 배를 빼앗아 불을 지르고, 돈을 빼앗아 유령 같은 으스스한 것들이 지켜보는 무서운 장소에다 그것을 파묻는 거야. 또 배에 타고 있는 사람은 모조리 죽이는 거야. 눈을 가리게 하고 뱃전에 내민 널빤지 위를 걷게 해서 바다에 빠뜨려 죽이는 거야."

"그리고 해적들은 여자들을 섬으로 데리고 가지." 조가 말했다. "여자는 죽이지 않거든."

"그렇고말고." 톰이 맞장구를 쳤다. "여자들은 죽이지 않지. 해적들은 아주 고귀한 사람들이거든. 게다가 여자들은 언제나 예쁘잖아."

"또 옷도 얼마나 멋지게 입는데!" 조가 신이 나서 지껄였다. "아! 금이랑 은이랑 다이아몬드를 주렁주렁 달고 있잖아."

"누가 그렇다는 거야?" 헉이 물었다.

"누구긴 누구야. 해적들이지."

헉은 비참한 표정으로 자기 옷을 찬찬히 살펴보았다.

"그럼 내 옷은 해적한테는 안 어울리겠네." 그는 서운하고도 비통한 목소리로 말했다. "나한테는 이 옷 한 벌밖에는 없는 걸."

그러자 다른 두 아이는 모험을 시작하면 곧바로 좋은 옷이 생길 것이라고 위로해 주었다. 돈 많은 해적들이야 품격에 맞는 옷을 갖추고 시작하는 것이 관례지만 헉의 누더기 옷으로도 괜찮다고 말했다.

시간이 흐르자 세 아이는 점차 말수가 줄어들었다. 졸음이 꼬마 방랑자들의 눈꺼풀을 무겁게 내리누르기 시작했기 때문이다. '피 묻은 손'은 저도 모르게 들고 있던 곰방대를 떨어뜨리더니 아무 걱정 없이 피곤한 사람처럼 곯아떨어졌다. '바다의 공포'와 '카리브 해의 검은 복수자'는 그처럼 쉽게 잠을 이

룰 수가 없었다. 두 아이는 마음속으로 기도를 한 뒤 드러누웠다. 그곳에는 무릎을 꿇고 앉아 큰 목소리로 기도를 하라고 강요하는 사람이 아무도 없었기 때문이다. 사실 기도를 하고 싶은 생각은 전혀 없었지만, 만약 기도를 하지 않으면 하늘에서 갑자기 벼락이라도 떨어질 것 같은 두려운 생각이 들었던 것이다. 그러고 나서 막 잠들려고 하는 찰나에 훼방꾼 하나가 나타나더니 좀처럼 '사라지지' 않았다. 그것은 다름 아닌 양심의 가책이었다. 집을 뛰쳐나온 것이 잘못된 것이라는 막연한 두려움을 느끼기 시작했다. 그 뒤에는 고기를 훔친 것이 마음에 걸렸다. 그러자 정말로 가슴이 아팠다. 전에도 수십 번이나 설탕 과자와 사과를 몰래 훔친 일을 떠올리면서 양심을 달래 보려고 애썼지만 그런 얄팍한 핑계 정도로는 양심의 가책을 누그러뜨릴 수가 없었다. 결국 설탕 과자를 가져온 것은 다만 '슬쩍 집어 오는' 것이지만, 베이컨과 햄처럼 값나가는 음식을 가져온 것은 분명히 '도둑질'이라는 엄연한 사실을 피할 길이 없을 것 같았다. 더구나 성경에도 이와 같은 일을 금하는 계명이 있지 않은가. 그래서 두 아이는 해적으로 남아 있는 한 앞으로 도둑질 같은 범죄 행위로 해적의 명예를 더럽히지 말아야겠다고 마음속으로 다짐했다. 그러고 나서야 비로소 양심의 가책에서 벗어날 수 있었다. 이상하리만큼 앞뒤가 잘 들어맞지 않는 두 해적도 마침내 평화롭게 잠이 들었다.

제14장

　아침이 되어 눈을 뜨자 톰은 자기가 어디에 있는 것인지 어리둥절했다. 일어나 앉아 눈을 비비고 주위를 둘러보고 나서야 겨우 기억이 났다. 서늘한 회색빛 새벽이었다. 숲 속에 깊이 내려앉아 있는 정적과 침묵 속에는 달콤한 평화와 안식의 기운이 감돌고 있었다. 나뭇잎 하나 흔들리지 않았고, 위대한 대자연의 명상을 방해하는 소리 하나 들리지 않았다. 나뭇잎과 풀잎에는 방울방울 이슬이 구슬처럼 맺혀 있었다. 모닥불 위에는 흰 재가 엷게 한 겹 덮여 있었고, 가느다란 푸른 연기 한 줄기가 곧게 하늘로 피어오르고 있었다. 조와 헉은 아직도 단잠을 자고 있었다.
　숲 속 저 멀리 어디선가 새 한 마리가 지저귀자 곧 다른 새가 화답했다. 곧이어 딱따구리가 나무를 쪼는 소리가 들렸다. 서늘한 회색 아침이 점점 환해지자 차츰 소리가 잦아지면서 생명이 되살아났다. 잠을 떨치고 일어나 일을 시작하는 대자연의 경이로움이 생각에 잠긴 아이 앞에 펼쳐지고 있었다. 작은 초록색 벌레 한 마리가 이슬에 젖은 잎사귀 위를 기어오르고 있었다. 벌레는 이따금씩 몸을 3분의 2쯤 공중으로 쳐들어 이리저리 '코를 훌쩍거리며 동정을 살피고는' 다시 앞으로 꼬물꼬물 기어갔다. 뭔가를 가늠하고 있는 모양이라고 톰은 생각했다. 벌레가 자발적으로 점점 톰 쪽으로 가까이 다가오자 톰은 바위처럼 꼼짝하지 않고 가만히 앉아 있었다. 벌레가 자기 쪽으로 오느냐, 아니면 다른 데로 가느냐에 따라 톰의 마음속에는 희비가 엇갈렸다. 벌레가 구부러진 몸을 허공에 멈춘 채 한순간 망설이다가 곧바로 결심한 듯 톰의 다리로 올라온 뒤 여행을 시작하자 톰은 가슴이 벅찰 정도로 기뻤다. 그것은 새 옷이 생길 징조였고, 그렇다면 그 옷은 틀림없이 호화로운 해적 복장이 될 것이다. 이제 특별히 어디라고 할 수 없는 곳에서 개미들이 대열을 지어 나타나 열심히 일을 하고 있었다. 그중 한 마리는 자기 몸의 다섯 배나 되는 거미 시체를 끌고 나무 줄기 위로 곧장 끌어 올리려고 안간힘을 쓰고 있었다. 갈색 점이 박힌 무당벌레 한 마리가 현기증 나게 높은 풀잎 위로 기어 오르고 있었다. 톰은 벌레 쪽으로 몸을 구부리고 이렇게 속삭였다.

무당벌레야, 무당벌레야,
어서 집으로 날아가거라.
네 집에 불이 났단다.
아이들만 남아 있단다.

그러자 무당벌레는 금방 날개를 펴고는 불을 끄려고 날아가 버렸다. 그러나 톰은 조금도 놀라지 않았다. 이 벌레가 불이 났다고 하면 워낙 잘 속아 넘어간다는 사실을 톰은 전부터 잘 알고 있었기 때문이다. 그래서 그는 여러 번 짓궂게 순진한 무당벌레를 골탕 먹이곤 했다. 이번에는 풍뎅이 한 마리가 공처럼 둥근 짐승 똥을 기운차게 들어 올리면서 나타났다. 톰이 손을 갖다 댔더니 발을 몸에 딱 붙이고는 죽은 시늉을 했다. 이때쯤 해서 새들이 야단스럽게 지저귀기 시작했다. 북쪽 지방에서는 앵무새라고 부르는 개똥지빠귀 한 마리가 톰의 머리 위 나뭇가지에 앉아서 행복에 겨운 듯 다른 새들을 흉내 내며 떨리는 목소리로 지저귀고 있었다. 그 뒤에는 한 줄기 푸른 불꽃처럼 강렬한 어치 한 마리가 날쌔게 날아 내려와 손을 뻗치면 거의 닿을 만한 거리의 나뭇가지에 앉아 목을 갸우뚱거리면서 자못 호기심 있는 눈으로 낯선 아이들을 내려다보았다. 회색 다람쥐 한 마리와 여우 종(種)에 속하는 덩치 큰 다람쥐 한 마리가 옆을 지나가다 가끔씩 걸음을 멈추고 두 발로 서서 아이들을 살펴보기도 하고 뭐라고 소곤거리기도 했다. 아마도 이 짐승들은 전에 사람들을 본 적이 없어서 두려워해야 할지 말아야 할지 감을 잡지 못하는 모양이었다. 이제 대자연은 잠에서 활짝 깨어나 부산하게 움직이기 시작했다. 이곳저곳 도처에 빽빽이 자란 나무 잎사귀 틈새로 햇살의 기다란 창이 뚫고 내려왔으며, 나비가 몇 마리가 훨훨 날개를 퍼덕이며 등장하기도 했다.

 톰은 다른 해적들을 흔들어 깨웠다. 세 아이 모두 큰 소리를 지르며 달려 나갔다. 곧바로 옷을 벗어 던지고 알몸이 되

어 하얀 모래톱의 얕고 투명한 물가에서 서로 쫓고 쫓기며 잡고 넘어뜨리고 뒹굴었다. 드넓고 장엄한 강물 너머 저 멀리 가물가물 졸고 있는 조그마한 마을에 대해서는 이제 아무런 향수도 느끼지 않았다. 종잡을 수 없는 물살 때문인지 아니면 강물이 조금 불어난 탓인지 뗏목은 온데간데없이 사라지고 말았다. 그러나 자신들과 문명 세계를 이어 주는 다리를 불살라 버린 것 같아서 오히려 아이들은 즐겁기만 했다.

 아이들은 생기가 넘치고 상쾌한 마음으로 또 몹시 시장기를 느끼면서 다시 야영지로 돌아왔다. 그리고 곧바로 다시 활활 타오르게 모닥불을 지폈다. 헉이 근처 가까운 곳에서 차고 맑은 물이 솟아나오는 샘물을 찾아냈다. 아이들은 널찍한 떡갈나무나 히코리 나무 잎사귀로 컵을 만들었다. 그런 원시림의 분위기로 맛을 낸 물은 커피 못지않게 아주 훌륭했다. 조가 아침 식사를 위해 베이컨을 써는 동안, 톰과 헉은 그에게 잠시 기다리라고 하고는 강둑에 나가 고기가 잡힐 만한 구석을 골라 낚싯대를 드리웠다. 낚싯대를 드리우기가 무섭게 바로 고기가 물렸다. 조가 조바심을 낼 겨를도 없이 그들은 잘생긴 농어 몇 마리와 선퍼치 두세 마리, 조그마한 메기 한 마리를 잡아 가지고 돌아왔다. 웬만한 대가족이 먹어도 될 만큼 풍족한 수확이었다. 잡아 온 물고기를 튀겨 먹으면서 아이들은 그만 깜짝 놀랐다. 세상에 그렇게 맛있는 음식을 지금껏 먹어 본 적이 없었기 때문이다. 민물고기는 갓 잡아서 빨리 불에 구운 것일수록 맛이 좋다는 사실을 그들은 알지 못했던 것이다. 또한 밖에서 자는 잠이며, 야외 운동이며, 수영이며, 그리고 무엇보다도 시장기가 최고의 반찬이 된다는 사실도 미처 생각하지 못했던 것이다.

헉이 담배를 피우는 동안 두 아이는 나무 그늘에 누워 있었다. 그러고 난 뒤에 아이들은 숲 속으로 탐험의 길을 나섰다. 썩어 널브러진 통나무들을 넘고 뒤엉킨 덤불을 지나 위쪽부터 땅바닥까지 왕위의 표장(標章)처럼 포도 넝쿨이 걸려 있는 근엄한 숲을 헤치면서 즐겁게 걸었다. 이따금씩 마치 양탄자를 깔아 놓은 듯한 풀밭에 보석을 박아 놓은 것처럼 군데군데 꽃들이 반짝이는 아늑한 공간을 지나기도 했다.

아이들은 재미난 광경은 많이 발견했지만 놀랄 만한 광경은 하나도 찾지 못했다. 그들이 탐험한 결과 잭슨 섬은 전체 길이가 줄잡아 5킬로미터에 폭은 400미터쯤 되었다. 또 강변과 가장 가까운 곳은 너비가 채 200미터도 되지 않는 좁은 샛강을 사이에 두고 있었다. 그들은 거의 매시간 수영을 했기 때문에 야영지로 다시 돌아온 것은 오후 3시가 다 되어서였다. 너무 배가 고파 물고기를 낚을 틈도 없었기 때문에 그들은 차가운 햄을 배불리 먹고 나서 나무 그늘에 벌렁 드러누워 이야기를 나누기 시작했다. 그러나 이야기는 곧 김이 빠지기 시작하여 뚝 끊기고 말았다. 숲 속에 깃들어 있는 적막과 장엄 그리고 쓸쓸함이 아이들의 마음에 영향을 미치기 시작했던 것이다. 그들은 생각에 잠겼다. 뭐라고 딱 잡아 표현할 수 없는 일종의 그리움이 조금씩 고개를 쳐들기 시작했다. 그런 느낌은 곧 어렴풋하게나마 모습을 갖추었는데, 그것은 바로 집을 향한 그리움이었다. 심지어 '피투성이 손' 헉 핀도 문 앞의 계단과 텅 빈 커다란 나무통들이 그리워지기 시작했다. 그러나 해적답지 않게 마음이 약해지는 것을 부끄러워 한 나머지 아이들 중 어느 누구도 차마 용기 있게 이런 생각을 입 밖에 내지 못했다.

그러던 중 한동안 아이들은 멀리서 들려오는 이상한 소리를 어렴풋이 의식하고 있었다. 평소에는 알아차리지 못하는 시계의 똑딱거리는 소리를 어느 순간 의식하는 것과 같다고나 할까. 그러나 그 소리는 이제 깨닫지 않을 수 없을 만큼 점점 분명히 들려오고 있었다. 아이들은 움찔하며 불안한 눈초리로 서로를 쳐다보다가 조용히 귀를 기울였다. 한참 동안 깊은 침묵이 계속되었다. 그러더니 이번에는 멀리서 대포를 쏘는 듯한 깊고 묵직한 소리가 들려왔다.

"저게 무슨 소리야!" 조가 숨을 죽이며 소리를 질렀다.
"글쎄 무슨 소릴까." 톰이 속삭이는 소리로 말했다.

"천둥소리는 아닌데." 허클베리가 겁에 질린 목소리로 말했다. "천둥소리라면……."
"가만있어 봐!" 톰이 말했다. "가만히 귀를 기울이고 들어 봐. 입 다물고 말이야."
잠시 귀를 기울이는 동안 아이들은 일 초가 영원처럼 느껴졌다. 그러자 또다시 아까와 같은 둔탁한 대포 소리가 장엄한 정적을 깨뜨렸다.
"가 보자."
아이들은 자리에서 벌떡 일어나 마을 쪽 강변으로 달려갔다. 강둑 위 덤불을 헤치고 강 쪽을 뚫어지게 바라보았다. 마을에서 1.5킬로미터 정도 떨어진 강 하류에 작은 증기선 한 척이 떠서 물살을 타고 표류하고 있었다. 널찍한 갑판 위에는 사람들이 떼를 지어 모여 있었다. 증기선 주위에는 많은 수의 작은 배들이 이리저리 노를 젓거나 물길을 따라 떠다니고 있었다. 그러나 아이들은 사람들이 배를 타고 무엇을 하고 있는지 짐작이 가지 않았다. 곧바로 증기선 옆구리에서 하얀 연기가 펑 하고 솟아 나왔다. 연기가 수면 위로 퍼지다가 구름처럼 느릿느릿 하늘로 올라가자 아까와 똑같은 둔탁한 소리가 또다시 아이들의 귓전에 울렸다.

"이제 알았다!" 톰이 소리쳤다. "누가 물에 빠져 죽은 거야!"

"그래, 맞아!" 헉이 맞장구를 쳤다. "빌 터너가 물에 빠져 죽었을 때도 저렇게 했어. 물에다 대고 대포를 쏘았거든. 그러면 시체가 물 위에 뜬대!* 그래, 맞아. 또 빵 덩어리에다 수은을 넣어 물에 띄우면 시체가 있는 곳에 가서 빵이 딱 멈춰 선대."

"그래, 나도 그런 소리를 들은 적이 있어." 조가 맞장구를 쳤다. "그런데 뭣 때문에 빵이 멈춰 설까?"

"아, 그건 빵 때문이 아니야." 톰이 말했다. "빵을 물로 떠나보내기 전에 사람들이 빵에다 대고 무슨 주문을 외우기 때문일 거야."

"하지만 빵에다 대고 아무 말도 하지 않던데." 헉이 말했다. "내 눈으로 직접 봤는데, 아무 말도 하지 않았거든."

"그거 참 이상한데." 톰이 말했다. "하지만 확실히 입속으로 말했을 거야. 두말하면 잔소리지 뭐야. 그건 누구라도 알 수 있어."

---

* 강물에 대포를 쏘면 시체의 쓸개가 터져 시체가 물로 떠오르게 된다는 속신이 있다. 마크 트웨인은 『허클베리 핀의 모험』에서도 이 속신을 언급한다.

두 아이는 톰의 말에 일리가 있다고 동의했다. 주문이라도 외우지 않는다면 빵 조각처럼 무식한 물건이 그렇게 중대한 사명을 아주 근사하게 처리할 리가 없기 때문이다.

"에이, 빌어먹을! 나도 지금 저기에 있으면 좋으련만!" 조가 내뱉었다.

"나도 마찬가지야." 헉도 맞장구를 쳤다. "물에 빠진 놈이 누군지 진짜로 궁금해 죽겠네."

세 아이는 가만히 귀를 기울이고 지켜보았다. 그때 문득 뭔가 마음에 집히는 생각이 톰의 머리를 스치고 지나갔다. 톰이 소리를 질렀다.

"얘들아, 알았어! 누가 빠져 죽었는지 알았단 말이야! 바로 우리들이야!"

아이들은 금세 자신들이 영웅이라도 된 것 같은 기분이 들었다. 이루 말할 수 없이 흐뭇한 승리감이었다. 자신들이 행방불명이 되어 모두가 가슴이 미어지듯 안타까워하고 슬퍼하며 눈물을 흘리고 있는 것이 아닌가. 또한 그들은 행방이 묘연해진 이 불쌍한 아이들을 너무 심하게 대했다는 생각에 후회와 자책감에 휩싸여 있을 것이다. 그리고 무엇보다도 신바람이 나는 것은, 자기들이 온 동네의 화젯거리가 되었다는 사실, 그래서 모든 아이한테서 부러움을 한 몸에 받고 있다는 사실이었다. 이 얼마나 멋진 일인가. 결국 해적이 된 보람이 있었던 것이다.

황혼이 다가오자 증기선은 본래의 업무로 돌아갔고 작은 나룻배들도 자취를 감추었다. 해적들은 다시 야영지로 돌아왔다. 아이들은 새로 얻게 된 위풍당당함과 그들 때문에 벌어진 거

창한 소동에 우쭐해서 마음이 잔뜩 들떠 있었다. 해적들은 강가에 나가 고기를 낚아다가 저녁을 해 먹고 나서 지금쯤 마을 사람들이 자기들에 대해 무슨 생각을 하고 무슨 얘기를 나누고 있을까 추측하기 시작했다. 자기들 때문에 온 동네가 발칵 뒤집힌 광경이란 상상만 해도 통쾌하기 짝이 없었다. 적어도 아이들의 관점에서 보면 그렇다는 말이다. 그러나 땅거미가 점점 짙어지자 해적들은 차츰 하던 얘기를 멈추고 타고 있는 불길만 물끄러미 들여다보았다. 그들의 마음은 다른 곳을 헤매고 있는 것이 분명했다. 신바람 나고 우쭐하던 기분은 이제 어디론가 사라져 버렸다. 톰과 조는 지금 자기들만큼 이런 장난을 즐기고 있지 못할 집안 식구들에 대한 생각을 차마 떨쳐 버릴 수가 없었다. 불안한 생각이 들었다. 괴롭고 비참하기까지 했다. 자신들도 모르게 한두 차례 한숨이 새어 나오기도 했다. 이윽고 조는 머뭇거리며 두 아이에게 지금 당장은 아니지만 나중에 문명사회로 다시 돌아가는 것을 어떻게 생각하느냐고 넌지시 물어보았다.

그러자 톰이 코웃음을 치며 조를 무안하게 만드는 것이 아닌가! 헉은 마음을 정하지 못하고 있다가 결국에는 톰의 편을 들었다. 그리고 변절자는 재빨리 '변명'을 늘어놓음으로써 마음 약한 향수병으로 명예를 더럽히지 않고 가까스로 궁지에서 빠져나갈 수 있었다. 이렇게 해서 반란은 잠시 동안 효과적으로 진정되었다.

밤이 점점 깊어지자 헉은 고개를 꾸벅이며 졸더니 금방 코를 골기 시작했다. 옆에 있던 조도 따라서 코를 골았다. 톰은 팔베개를 하고 얼마 동안 꼼짝 않고 드러누운 채 잠자는 두

아이의 모습을 물끄러미 지켜보았다. 그는 조심스럽게 일어나 무릎으로 기면서 풀숲과 모닥불이 던지는 어른거리는 그림자 사이를 헤치고 다녔다. 톰은 원통형의 단풍나무 껍질을 몇 개를 주워 이리저리 살펴보다가 마침내 그중에서 마음에 드는 두 개를 골랐다. 그러고는 모닥불 옆에 엎드리더니 '빨간 철광석' 조각으로 그 껍질 위에 뭔가를 열심히 적어 넣었다. 하나는 말아서 윗주머니에 넣고, 또 하나는 조의 모자에 끼워 넣은 뒤 모자 주인한테서 조금 떨어진 곳에 옮겨 놓았다. 또한 톰은 사내아이들에게는 값으로 따질 수 없을 만큼 소중한 보물, 즉 분필 동강이, 고무공, 낚싯바늘 세 개, '진짜 수정'이라고 부르는 공깃돌 한 개 등을 조의 모자 속에 넣었다. 그러고 나서 톰은 조심스럽게 살금살금 나무 사이를 빠져나와 발소리가 들리지 않는 곳까지 이르자 곧장 모래톱을 향해 달리기 시작했다.

제15장

몇 분 뒤 톰은 모래톱의 얕은 물을 첨벙거리며 일리노이 주 강변 쪽을 향해 걸어가고 있었다. 물이 허리까지 차기 전에 그는 강을 절반이나 건너고 있었다. 여기서부터는 물살이 빨라 더 이상 걸을 수가 없었다. 그래서 남은 90미터를 자신 있게 헤엄쳐서 건너기 시작했다. 물살을 거슬러 상류 쪽으로 헤엄쳐 갔지만 그가 예상했던 것보다는 조금 빠르게 하류 쪽으로 떠내려가고 있었다. 그러나 마침내 강가가 가까워지자 얕은 곳을 찾을 때까지 떠밀려 가다가 육지에 올랐다. 손으로 윗주머니를 만져 보니 나무껍질은 그대로 잘 있었다. 톰은 옷에서 물이 뚝뚝 떨어지는 채로 강기슭을 따라 숲 속을 달렸다. 10시 조금 못 미쳐 마을 반대편에 있는 빈터에 이르렀다. 그곳에 있는 높은 둑과 나무의 그늘 밑에 연락선이 정박되어 있는 모습이 보였다. 별빛이 반짝이는 하늘 아래로는 사방이 고요했다. 톰은 눈을 크게 뜨고 주위를 살피면서 강둑 아래로 기어 내려가서

 다시 물속으로 미끄러져 들어간 뒤 서너 번 팔을 움직여 헤엄을 쳐 여객선 고물에 있는 작은 '보트'에 기어올라 갔다. 그는 노 젓는 사람이 앉는 좌석 밑에 몸을 숨기고 숨을 헐떡거리며 배가 떠나기를 기다렸다.
 잠시 뒤 증기선의 깨진 종이 땡땡 울리더니 '출항'을 명령하는 목소리가 들렸다. 일이 분이 지나자 여객선이 일으키는 큰 파도에 보트가 번쩍 위로 솟아오르더니 여행이 시작되었다. 톰은 일이 순조롭게 진행되자 흡족하게 생각했다. 이 배가 오늘 밤에 운행하는 마지막 배라는 것을 알고 있었기 때문이다. 십이 분인가 십오 분쯤이 지나서 증기 연락선의 큰 바퀴들이 멎었다. 톰은 슬그머니 보트 밖으로 기어 나와 어둠을 틈타 강기슭으로 헤엄쳐 나가 하류 쪽으로 50미터쯤 되는 곳에 상륙했다. 그곳에서라면 할 일 없이 빈둥거리는 사람들과 마주칠 염

려가 없었다.

 톰은 인적이 드문 뒷길을 따라 날아가듯 뛰어가 어느새 이모네 뒤뜰 울타리에 이르렀다. 울타리를 뛰어넘어 안채에서 'L'자 모양으로 꺾어진 헛간에 도착하여 불이 켜진 거실 창문 안을 들여다보았다. 거실에는 폴리 이모, 시드, 메리, 조 하퍼의 어머니가 모여 앉아 얘기를 나누고 있었다. 모두들 침대 옆에 앉아 있었는데 침대는 방 안에 있는 사람들과 방문 사이에 놓여 있었다. 톰은 문으로 다가가서 빗장을 살며시 들어 올리고는 가만히 문을 밀었다. 문이 빠끔히 열리자 그는 계속하여 조심스럽게 살살 문을 밀었고 삐꺽하는 소리가 날 때마다 몸을 떨었다. 마침내 무릎으로 기어 비집고 들어갈 수 있을 만큼 틈이 생기자 톰은 조심스럽게 우선 머리부터 디밀기 시작했다.

 "왜 촛불이 그렇게 흔들리는 거냐?" 폴리 이모가 물었다. 그래서 톰은 서둘러 들어갔다. "또 방문이 열린 모양이로군. 그럴 줄 알았어. 이상한 일이 한두 가지여야지. 얘, 시드야, 가서 문 좀 잘 닫고 오려무나."

 그 사이에 톰은 얼른 침대 밑으로 몸을 숨겼다. 몸을 착 엎드리고 잠시 '숨을 가라앉힌' 뒤 폴리 이모의 발에 닿을 만큼 가까운 곳으로 기어갔다.

 "아까도 말했지만 말이에요." 폴리 이모가 하던 말을 계속했다. "그 애는 그렇게 나쁜 아이는 아니었다우. 다만 장난이 심해서 탈이었지. 잠시도 가만히 있지 못하고 짓궂게 장난을 쳤다고요. 그저 고삐 풀린 망아지처럼 천방지축이었지요. 하지만 남을 해치거나 그런 못된 짓은 하지 않아요. 그렇게 마음씨 착한 아이를 본 적이 없어요." 그러더니 폴리 이모는 울음을 터뜨렸다.

"그건 우리 조도 마찬가지예요. 늘 못된 장난질을 하고 짓궂게 굴기는 했지만, 인정 많고 착한 아이였지요. 아, 맙소사, 크림이 상해서 내가 내다 버린 것을 그만 깜박하고는 그 애한테 매질을 한 걸 생각하면 정신이 아찔하다고요! 이제 다시는, 두 번 다시는 그 애를 이 세상에서 볼 수 없게 됐어요. 그동안 나한테 구박만 받고 살더니만!" 그러고 나서 하퍼 부인은 가슴이 미어지는 듯 흐느껴 울었다.

"톰 형이 천국에 가서 행복하게 살면 좋으련만." 시드가 말했다. "하지만 살아 있을 때 좀 더 얌전하게……."

"시드, 톰에 대해 나쁜 말을 한 마디라도 해선 못써!" 톰은 비록 볼 수는 없지만 늙은 이모가 눈에 불을 켜는 것을 느낄 수 있었다. "그 애는 지금 이 세상에 없잖니! 이제는 하나님께서 잘 보살펴 주실 거야. 그러니 넌 조금도 상관할 것 없어! 아, 하퍼 부인, 난 아무래도 그 아이를 어떻게 포기해야 할지 잘 모르겠어요! 그 앤 이 늙은 이모의 속을 썩이기는 했지만 그래도 내겐 그지없이 위안이 되었거든요."

"주시는 분도 주님이시요, 가져가시는 분도 주님이십니다. 그러니 주의 이름을 찬양할 뿐이지요.* 하지만 견디기가 힘들어요. 아, 정말이지 너무 힘들다고요! 바로 지난 토요일만 해도 조 녀석이 바로 내 코앞에서 폭죽을 터뜨리기에 그만 실컷 매질을 해 댔거든요. 그때는 이런 일이 일어나리라고는 짐작을

---

* "욥이 이르되 내가 모태에서 빈손으로 나왔으니 죽을 때에도 빈손으로 돌아갈 것이외다. 주신 분도 주님이시요, 가져가신 분도 주님이시니, 주의 이름을 찬양할 지니라." 구약성서 「욥기」 1장 21절.

못했지요. 아, 또다시 그런 일이 일어난다면 그때는 그 애를 꼭 꺼안고 축복해 줄 거예요."
 "그럼요, 그럼요, 물론이지요. 어떤 기분인지 잘 알아요, 하퍼 부인. 그 마음이 어떤 건지 잘 안다고요. 바로 어제 점심 때 일이군요. 글쎄 우리 톰 녀석이 고양이한테 진통제를 잔뜩 먹여 집 안을 발칵 뒤집어 놓을 만큼 큰 소동을 일으켰지요. 하나님 용서하소서! 어찌나 화가 나는지 무심코 골무를 낀 손으로 그 불쌍한 녀석의 머리를 때리지 않았겠수. 그 불쌍하게 죽은 녀석 말이에요. 하지만 그 애는 이제 아무 근심 걱정 없이 편히 잠들어 있겠지요. 그 녀석이 마지막으로 한 말은, 나를 원망하는……."
 그 기억이 너무나 가슴이 아파 폴리 이모는 그만 걷잡을 수 없이 크게 울음을 터뜨리고 말했다. 그러자 톰도 콧등이 시큰해졌다. 다른 사람보다도 오히려 자기 신세가 가엾어 더욱 그랬던 것이다. 메리 누나도 울면서 이따금씩 그를 위해 친절하게 말하는 것이 들렸다. 그래서 톰은 전에 생각하던 것보다 자신을 더 소중하게 생각하기 시작했다. 톰은 자기에 대해 그토록 슬퍼하는 이모에게 깊이 감동되어 금방이라도 숨어 있던 침대 밑에서 뛰쳐나와 이모를 기쁘게 해 주고 싶었다. 톰의 성격에 극적으로 멋진 일을 해 보고 싶어 몹시 안달이 났지만 꾹 참고 그대로 가만히 있었다.
 톰은 그들의 이야기를 계속 듣고 나서 이 얘기 저 얘기 조각조각을 맞춰 보니 대충 이런 사실을 알게 되었다. 즉 처음에 마을 사람들은 세 아이가 헤엄을 치러 갔다가 물에 빠진 것으로 추측했다. 그런데 조그마한 뗏목이 없어졌다는 사실이 밝혀졌고, 또 어떤 아이들 말로는 없어진 아이들이 곧 마을 사람들이 '뭔가 특별한 소식'을 듣게 될 것이라고 말했다고 한다. 그래서 똑똑한 동네 어른들이 '이런 저런 상황을 종합하여' 검토한 결과 세 아이가 뗏목을 타고 강을 따라 내려가다가 하류에 있는 마을에 틀림없이 내렸을 것이라고 결론을 내렸다. 그러나 정오쯤에 마을 아래쪽으로 약 8킬로미터에서 10킬로미터 떨어진 미주리 주 강기슭에서 빈 뗏목이 발견되자 그 희망마저 물거품이 되고 말았다. 아이들은 분명히 물에 빠져 죽은 것임에 틀림없었다. 그렇지 않다면 배가 고파서라도 늦어도 밤까지는 집에 돌아왔어야 했을 것이다. 또 시체를 찾는 노력이 헛수고로 돌아간 것으로 보아 아이들은 수심이 깊은 강 한가운데 빠져 죽었음에 틀림없었다. 그런 곳에 빠지지 않았다면야 아이들은 헤엄을 잘 치니까 강가로 헤엄쳐 나왔을 것이다. 아이들이 없어진 것은 수요일 밤이었다. 그러니까 만약 일요일까지 나타나지 않으면 모든 희망을 포기하고 일요일 아침에 장례식을 치를 예정이었다. 대충 이런 식으로 얘기가 정리되자 톰의 온몸이 부들부들 떨렸다.

하퍼 부인은 흐느껴 울면서 작별 인사를 하고는 집에 가려고 일어섰다. 아이를 잃은 두 부인은 똑같이 억제할 수 없는 슬픈 마음으로 서로 부둥켜안고 위로하며 한바탕 울고 난 뒤에야 헤어졌다. 폴리 이모는 평소보다 훨씬 더 부드러운 목소리로 시드와 메리에게 잘 자라는 인사를 했다. 시드는 코를 조금 훌쩍거렸고, 메리는 아예 엉엉 소리 내어 울었다.

폴리 이모는 무릎을 꿇고 앉아 톰을 위해 기도를 했다. 이모의 기도가 어찌나 감동적이고 간곡한지, 또 말 한 마디 한

마디에 말로 다할 수 없는 애정이 넘쳐흐르고 나이 든 사람 특유의 떨리는 목소리가 어찌나 애절한지 톰의 얼굴은 그 기도가 미처 끝나기도 전에 또다시 눈물범벅이 되었다.

톰은 이모가 잠자리에 든 뒤에도 오랫동안 침대 밑에서 꼼짝 못하고 엎드려 있어야 했다. 이모가 계속하여 불안하게 몸을 뒤치락거리며 이따금씩 잠결에 비탄에 잠긴 절규를 질렀기 때문이다. 그러나 마침내 이모가 잠이 들었는지 약한 신음 소리만 들려왔다. 그제야 비로소 톰은 침대 밑에서 살금살금 기어 나와 침대 옆에 가만히 몸을 일으킨 뒤 한 손으로 촛불을 가리고 이모가 잠든 모습을 내려다보았다. 이모가 가엾어서 차마 견딜 수가 없었다. 톰은 주머니에 넣고 다니던 단풍나무 껍질을 꺼내서 촛불 옆에 놓았다. 그런데 문득 어떤 생각이 떠오르자 어떻게 할까 잠시 머뭇거렸다. 좋은 해결책이 생각났는지 톰의 표정이 환하게 밝아졌다. 그는 얼른 그 껍질을 다시 호주머니에 쑤셔 넣었다. 그러고는 이모에게 다가가 허리를 굽혀 그녀의 핏기 없는 입술에 입을 맞추고 곧바로 살금살금 집을 빠져나온 뒤 문에 걸쇠를 걸었다.

톰은 다시 선착장으로 돌아와 아무도 없는 것을 확인하고 나서 당당히 걸어서 배에 올라탔다. 경비원 한 사람 말고는 배 안에는 아무도 없다는 것을 잘 알고 있었기 때문이다. 그런데 그 경비원은 언제나 배 안에 들어가서 누가 메고 가도 모를 정도로 잠을 잤다. 톰은 고물에 묶어 놓은 작은 배의 밧줄을 풀어 몰래 옮겨 타고는 상류 쪽으로 조심스럽게 노를 저어 갔다. 마을 위쪽으로 2킬로미터 정도 올라간 뒤 이제는 뒤쪽에서 바람을 받으며 강을 가로지르기 위해 열심히 노를 저었다. 워낙 손에 익은 일이었기 때문에 톰은 맞은편에 정확하게 배를 댈 수 있었다. 톰은 이 작은 배가 함선이고 따라서 해적한테 어울리는 전리품으로 간주할 수 있다고 생각하면서 이 작은 배를 나포하려고 했다. 그러나 사람들이 이 배를 철저히 찾아 나설 것이고 그렇게 되면 모든 것이 들통 날지도 모른다는 생각이 들었다. 그래서 그는 뭍에 닿자마자 숲 속으로 달려갔다.

톰은 풀밭에 풀썩 주저앉아서 잠들지 않으려고 애쓰면서 꽤 오랫동안 휴식을 취하고 나서 피곤한 발걸음으로 마지막 직선 코스를 향해 걷기 시작했다. 이제 밤은 거의 지났다. 섬의 모래톱과 나란한 곳에 이르렀을 무렵에는 벌써 아침 햇살이 환하게 비치고 있었다. 톰은 그곳에서 또다시 쉬다가 해가 꽤 높이 솟아 넓은 강 수면을 찬란하게 금빛으로 물들이기 시작하자 풍덩 물속으로 몸을 던졌다. 잠시 뒤 그는 온몸에서 물을 뚝뚝 흘리며 야영지 입구에 도착했다. 그때 조의 목소리가 들려왔다.

"아냐, 그럴 리 없어. 톰이 얼마나 의리 있는 녀석인데, 헉. 틀림없이 돌아올 거야. 그 애는 도망치지 않았어. 그런 짓을 하면 해적의 불명예가 된다는 걸 누구보다 잘 알고 있어. 톰은 자존심이 강해서 그런 짓을 할 리가 없다고. 무슨 계획이 있는 거야. 그런데 도대체 그게 뭘까?"

"어쨌든 톰의 물건은 다 우리 거야. 안 그래?"

"그렇다고 볼 수도 있지만 아직은 일러, 헉. 아침 먹을 때까지 돌아오지 않으면 그때 가지라고 여기 씌어 있잖아."

이때 톰은 호기롭게 야영지 안으로 들어서며 이렇게 소리쳐 멋진 극적 효과를 자아냈다.

"그런데 내가 이렇게 돌아왔거든!"
 곧이어 베이컨과 물고기로 호화로운 식사가 준비되었다. 두 아이가 식사 준비를 하는 동안 톰은 자신이 겪은 지난밤의 모험담을 (애기를 늘리고 과장하여) 들려주었다. 얘기가 끝나자 아이들은 영웅의 한패가 된 것만 같아 기분이 우쭐했다. 그러고 나서 톰은 시원하고 그늘진 구석에 몸을 숨기고 정오까지 잠을 잤고, 다른 해적들은 낚시질을 하고 탐험에 나설 준비를 했다.

제16장

저녁을 먹고 난 뒤 해적들은 모래톱으로 거북 알을 찾으러 나갔다. 막대기로 모래를 찔러 봐서 조금 부드러운 곳이 있으면 무릎을 꿇고 두 손으로 파헤쳤다. 한 구멍에서 오십 개에서 육십 개를 꺼낼 때도 있었다. 하얗고 둥근 거북 알은 크기가 페르시아 호두보다 조금 작은 편이었다. 그들은 그날 밤 그 유명한 거북 알 프라이 요리를 배불리 먹었고 이튿날 금요일 아침에도 실컷 먹었다.

아침을 먹고 나서 세 아이는 와하고 환성을 지르고 껑충껑충 뛰면서 모래톱으로 달려 나갔다. 빙빙 돌며 서로 쫓고 쫓기느라고 옷을 하나씩 벗어 던져 마침내는 완전히 벌거숭이가 되었다. 그런 뒤 거친 물속을 거슬러 멀리 모래톱 위쪽 여울목까지 계속 장난치며 올라갔다. 때때로 거친 물살에 다리가 휘감겨 넘어질 뻔했지만 그 바람에 더더욱 재미있었다. 또 이따금씩 아이들은 일제히 허리를 굽히고 손바닥으로 서로의 얼굴에 물을 튀겼다. 그러면 물을 피하기 위해 얼굴을 돌리고 서로에게 조금씩 다가가 마침내 서로 붙잡고 밀치다가 선수를 친 아이가 옆의 아이의 머리를 물속에 처박기도 했다. 그리고 나서 아이들은 모두 한데 뒤엉킨 채 물속에서 허우적거리다가 다시 물 위로 올라와 동시에 어푸어푸 하고 요란한 소리를 내며 물을 토해 내고 즐겁게 웃어 대며 가쁜 숨을 헐떡였다.
 꽤 피곤해지면 아이들은 뜨겁고 마른 모래밭으로 달려 나와 벌렁 드러눕고는 모래로 몸을 덮었다. 그러다가 다시 물속에 뛰어들어 아까 하던 물장난을 또다시 되풀이했다. 마침내 벌거벗은 피부가 살색 타이즈를 입은 것처럼 되자 이번에는 모래밭에 크게 원을 그려 놓고 서커스 놀이를 했다. 어느 누구도 그 명예스러운 지위를 친구에게 양보하지 않으려고 했기 때문에 세 아이 모두 광대가 되었다.
 그 뒤에는 공깃돌을 꺼내 '튕기기'와 '돌려 맞추기'와 '따먹기' 등 여러 놀이를 하며 시들해질 때까지 놀았다. 그리고 나서 조와 헉은 또다시 헤엄치러 갔지만 톰은 물속에 들어갈 자신이 없어졌다. 발길질을 하여 바지를 벗다가 발목에 묶어 놓은 방울뱀 방울띠를 차 버린 사실을 알아차렸기 때문이다. 그 신비스러운 부적이 없어졌는데도 그렇게 오랫동안 다리에 쥐가 나지 않은 것이 참으로 이상했다. 방울뱀 방울띠를 찾을 때까지는 다시는 물속에 들어가지 않을 것이다. 이때쯤 다른 아이들은 피곤하여 휴식을 취하려고 하는 참이었다. 세 아이는 점점 울적한 마음으로 뿔뿔이 흩어져 이리저리 돌아다니거나 햇볕 아래 조용히 졸고 있는 듯한 강 너머 마을을 그리운 눈빛으로 물끄러미 바라보기 시작했다. 톰은 모래 위에 엄지발가락으로 '베키'라는 잊을 수 없는 이름을 쓰고는 얼른 지워 버렸다. 자신의 나약한 마음에 화가 났다. 그렇지만 그는 또다시 썼다. 그렇게 쓰지 않고서는 배길 수가 없었다. 톰은 또다시 글자를 지워 버리고 나서 다른 아이들을 뒤쫓아 가 함께 어울림으로써 그 유혹에서 벗어나려고 했다.

그렇지만 조는 거의 회복할 수 없을 만큼 완전히 풀이 죽어 있었다. 집 생각이 너무 간절한 나머지 비참한 마음을 견뎌 내기 어려웠다. 금방이라도 눈물을 쏟아 낼 것만 같았다. 헉도 우울해졌다. 톰도 기가 죽었지만 그것을 겉으로 드러내지 않으려고 무던히도 애를 썼다. 톰한테는 아직은 털어놓고 싶지 않은 계획이 하나 있었다. 그러나 이렇게 심상치 않은 침울한 분위기가 곧 사라지지 않는다면 그 계획을 털어놓을 수밖에 없을 것이다. 그래서 일부러 무척 쾌활한 척하며 이렇게 말했다.

"얘들아, 이 섬에는 예전에 틀림없이 해적들이 있었을 거야. 다시 탐험해 보기로 하자. 어딘가에 보물을 감춰 놓았을지도 모르잖아. 다시 찾아보지 않을래? 금은보화가 가득 들어 있는 썩은 상자를 우연히 발견하게 된다면 그 기분이 어떨까, 응?"

그러나 아이들은 귀가 조금 솔깃할 뿐이었고, 이런 반응마저도 금방 시들어 버렸다. 톰은 한두 번 더 유혹을 해 보려고 했지만 그 역시 실패로 돌아가고 말았다. 그야말로 실망스러운 일이었다. 조는 시무룩한 표정을 짓고 앉아서 막대기로 모래를 쿡쿡 찌르고 있었다. 마침내 그가 입을 열었다.

"얘들아, 이제 이런 짓거리 그만 집어치우자. 난 집에 가고 싶어. 너무나 쓸쓸해서 말이야."

"안 돼, 조. 기분이 차츰 나아질 거야." 톰이 달랬다. "여기서 낚시질을 하는 게 얼마나 재미있는지 좀 생각해 봐."
"낚시질도 이젠 싫어졌어. 집에 가고 싶은 생각뿐이야."
"하지만 조, 헤엄치기에는 이만한 데가 없잖아."
"헤엄치는 것도 재미가 없어졌어. 여기는 헤엄치지 못하게 말리는 사람이 없으니까 헤엄치는 것도 재미가 없다고. 난 집에 갈래."
"아, 저런! 넌 어린애로구나! 그래서 아기처럼 엄마가 보고 싶어서 그러는 거지."
"그래, 엄마가 보고 싶어졌단 말이야. ……너도 엄마가 있으면 보고 싶을걸. 내가 어린애라면 너도 어린애야." 그러면서 조가 조금 훌쩍거렸다.
"좋아, 그럼 울보는 엄마한테 보내 주기로 하자. 그럴 거지, 헉? 어유, 가엾어라. 우리 애기가 엄마가 보고 싶단 말이지? 그럼 보내 줘야지. 넌 이곳이 좋지? 안 그래, 헉? 우린 여기 있을 거지?"
"그, 그래." 헉이 대답했지만 마음에서 우러나오는 대답 같지는 않았다.
"이제 너희들하고는 평생 동안 다시는 말하지 않을 거야." 조가 자리에서 일어나면서 말했다. "그래, 어디 두고 보자고!" 그는 못마땅한 얼굴로 옆으로 가더니 주섬주섬 옷을 주워 입었다.
"그런다고 누가 상관하기나 한대!" 톰이 말했다. "아무도 너를 붙잡지 않을 거야. 어서 집에 가서 실컷 놀림이나 받으라고. 흥, 그 꼴에 해적은 무슨 해적! 헉이랑 난 울보가 아니야. 그러니 우린 이곳에 남아 있을 거야. 헉, 그렇지? 가고 싶은 녀석은 가라고 해. 울보 녀석 없이도 우린 잘 지낼 수 있으니까."
 말은 그렇게 했지만 톰은 불안했다. 조가 시무룩한 표정으로 계속 옷을 입자 자못 놀랐다. 그리고 조가 떠날 준비하는 모습을 헉이 부러운 눈초리로 쳐다보면서 불길하게 입을 꾹 다물고 있는 것을 보자 더욱 불안했다. 곧이어 조는 작별 인사도 하지 않고 일리노이 주 쪽 강기슭을 향해 첨벙첨벙 강을 건너가기 시작했다. 톰은 가슴이 철렁 내려앉았다. 헉을 힐끗 쳐다보았다. 그러자 헉은 그의 시선을 견디지 못하겠다는 듯 눈을 내리깔았다. 그러고 나서 이렇게 입을 열었다.
 "나도 집에 가고 싶어, 톰. 웬일인지 자꾸 외로워져서 못 견디겠어. 이제 점점 더할 거야. 톰, 우리도 그만 가자."
 "나는 안 가! 가고 싶으면 너희들이나 가! 난 혼자서라도 이곳에 남아 있을 거야."
 "톰, 난 가는 게 좋겠어."
 "좋아, 그럼 가라고. 누가 너를 잡는대?"
 헉도 흩어져 있는 옷을 주섬주섬 집어 들기 시작했다. 그러더니 이렇게 말했다.
 "톰, 너도 같이 가면 좋을 텐데. 한번 잘 생각해 봐. 저 강둑에서 기다리고 있을게."
 "그래, 어디 눈이 빠지도록 기다려 보라고. 내가 할 말은 그뿐이야."
 헉은 처량하게 자리를 떴고, 톰은 헉의 뒷모습을 물끄러미 바라보며 서 있었다. 자존심을 버리고 함께 가고 싶은 생각이 굴뚝같았다. 아이들이 걸음을 멈추고 되돌아오기를 바랐지만 그들은 그대로 계속 천천히 강을 건너고 있었다. 매우 쓸쓸하고 적막하다는 느낌이 갑자기 톰을 엄습했다. 그는 마지막으로 자신의 자존심과 싸운 뒤 두 친구의 뒤를 쫓아가며 소리를 질렀다.

"얘들아, 잠깐! 잠깐만 기다려! 할 얘기가 있어!"

아이들이 걸음을 멈추고 뒤를 돌아보았다. 아이들에게 다가간 톰은 아까부터 말할까 말까 망설였던 비밀을 털어놓았다. 아이들은 시무룩하게 듣고 있다가 마침내 톰이 말하려고 하는 '요점'을 알아듣고는 인디언처럼 환성을 지르고 "참으로 신바람 나는 일인데!" 하고 말했다. 그리고 진작 그런 얘기를 했더라면 떠나려고 하지 않았을 것이라고 했다. 그러자 톰은 그럴듯한 구실을 댔다. 그러나 진작 얘기하지 않은 진짜 이유는 그 비밀을 털어놓아 보았자 아이들을 그리 오래 붙잡아 두지는 못할 것이라는 불안감이 들었기 때문이었다. 그래서 톰은 그 비밀을 마지막 유혹 수단으로 가슴 깊이 간직해 두었던 것이다.

두 아이는 즐거운 마음으로 다시 야영지로 돌아와 장난을 치며 줄곧 톰의 신나는 계획에 대해 지껄여 대고 그 천재적인 착상에 감탄해 마지않았다. 거북 알과 물고기로 점심을 맛있게 먹고 나서 톰은 자기도 담배를 배우고 싶다고 했다. 그랬더니 조도 톰을 따라서 자기도 피워 보겠다고 나섰다. 그래서 헉은 담뱃대를 만들어 그 속에 담배를 채워 주었다. 이 풋내기들은 포도 덩굴로 만든 시가 담배 말고는 지금껏 한 번도 담배를 피워 본 일이 없었다. 그런데 그 담배가 어찌나 쓴지 혀가 '갈라지는' 것 같았을뿐더러 그것이 그렇게 사나이답게 멋있다는 생각도 들지 않았던 것이다.

아이들은 팔베개를 하고 누워 별로 자신 없는 듯 조심스럽게 빠끔빠끔 연기를 내뿜기 시작했다. 담배 맛이 불쾌하고 속이 조금 메슥거렸지만 톰은 이렇게 말했다.

"뭐야, 이거 별거 아니잖아! 이런 줄 알았으면 진작 배우는 건데."

"그러게 말이야." 조가 맞장구를 쳤다. "아무것도 아니네."

"글쎄, 사람들이 담배 피우는 걸 볼 때마다 나도 한번 피워 봤으면 좋겠다 싶었어." 톰이 말했다. "그렇지만 내가 정말로 이렇게 담배를 피울 수 있게 되리라곤 꿈에도 생각하지 못했지 뭐야."

"나도 마찬가지야. 안 그래, 헉? 내가 그런 식으로 말하는 거 너 들은 적 있지, 헉? 그런지 안 그런지는 헉한테 물어보면 돼."

"그래, 맞아. 몇 백 번은 들었지." 헉이 대답했다.

"그래, 나도 들었어." 톰이 말했다. "아, 몇 백 번은 들었을 거야. 한번은 도살장 근처에서 그랬잖아. 너도 기억나지, 헉? 내가 그 말 할 때 봅 태너도 그곳에 있었고, 조니 밀러랑 제프 새처도 함께 있었어. 헉, 내가 그 말 했던 거 기억나니?"

"그럼, 기억나고말고." 헉이 대꾸했다. "내가 하얀 공깃돌 하나를 잃어버린 이튿날이었잖아. 아냐, 그 전날이었구나."

"그거 봐. 내가 그랬잖아." 톰이 말했다. "헉이 기억하고 있잖아."

"하루 종일 피워도 될 것 같아." 조가 말했다. "그래도 메스껍지가 않아."

"나도 그래." 톰이 맞장구를 쳤다. "온종일도 피울 수 있겠는걸. 하지만 제프 새처 녀석은 어림도 없을 거야."

"제프 새처라고! 그 녀석은 두 모금만 빨아도 기절해 나자빠질 거야. 그 녀석한테 한 번만 피우게 해 보자. 그러면 알게 될 거야!"

"틀림없이 그럴 거야. 또 조니 밀러는 어떻고. 조니 밀러 녀석이 한 대 피우는 걸 보고 싶군."

"아, 그렇고말고!" 조가 말했다. "조니 밀러 녀석한테는 어림없는 일이지. 냄새만 맡아도 골로 갈걸."

"두말하면 잔소리지, 조. 그런데 다른 애들이 우리 모습을 보고 있다면 얼마나 좋을까."

"그러게 말이야."

"얘들아, 다른 아이들한텐 이 얘기 입도 뻥긋하지 마. 언젠가 아이들이 모여 있을 때 내가 너한테 다가가 '조, 담뱃대 있니? 한 대 피우고 싶은데.' 하고 말할 테니까. 그러면 네가 이렇게 말하란 말이야. 아무렇지 않은 얼굴로 대수롭지 않은 듯 이렇게 말하란 말이야. '응, 내가 늘 피우던 담뱃대가 있어. 또 다른 담뱃대도 있고. 그런데 내 담배가 영 맛이 시원치 않아서.' 그러면 내가 이렇게 말할 거야. '괜찮아. 독하기만 하면 아무거라도 상관없어.' 그러면 넌 담뱃대를 꺼내는 거야. 우리는 침착하게 담뱃대에 불을 붙이고 나서 아이들의 표정을 쓱 둘러보는 거야!"

"야아, 그거 정말 신나겠다, 톰! 지금 당장 해 보고 싶은데!"

"나도 그래! 우리가 해적 생활할 때 배웠다고 하면 저희들도 따라왔더라면 좋았을걸 하고 부러워하지 않겠어?"

"아, 물론이고말고! 틀림없이 그럴 거야!"

그렇게 얘기는 꼬리에 꼬리를 물고 계속되었다. 그러나 차츰 이 얘기도 시들해지고 두서가 없어지기 시작했다. 얘기가 끊기고 침묵하는 시간이 점점 길어지고 자꾸 구역질하는 일이 늘어났다. 아이들의 뺨 안쪽에 난 구멍 하나하나가 침이 솟아나는 샘물이 되었다. 침이 계속 흘러나와 혓바닥 아래 침샘을 아무리 퍼내도 흥건히 괴었다. 또 아무리 참아도 침이 목구멍 아래로 흘러 들어갔고, 그럴 때마다 구역질이 뒤따랐다. 이제 두 아이의 얼굴은 몹시 창백해지고 비참해 보였다. 조의 손가락에서 담뱃대가 힘없이 떨어졌다. 톰의 손에서도 담뱃대가 떨어져 나갔다. 두 샘물에서는 맹렬하게 계속 물이 솟아 올라왔고, 두 아이는 있는 힘을 다해 펌프질을 하여 계속 물을 퍼냈다. 조가 맥없이 말했다.

"칼을 잃어버렸어. 가서 찾아봐야겠는데."

그러자 톰이 입술을 떨면서 더듬거리며 말했다.

"내가 도와줄게. 넌 저쪽으로 가 봐. 난 이쪽 샘물터에서 찾아볼 테니까. 아냐, 헉, 넌 따라올 필요 없어. 우리끼리 찾을 수 있으니까."

그래서 헉은 다시 앉아서 한 시간 동안이나 그들을 기다렸다. 그리고 나서 심심해지자 친구들을 찾으러 나섰다. 톰과 조는 숲 속 이쪽과 저쪽 멀리 떨어진 자리에 따로따로 쓰러져 있었다. 둘 다 창백한 얼굴을 한 채 잠에 곯아떨어져 있었다. 헉은 만약 그 아이들이 무슨 일로 고생하고 있었다면 이제는 그 고생에서 벗어났다는 생각이 들었다.

그날 밤 함께 저녁을 먹을 때는 모두들 말이 없었다. 표정들도 어딘지 멋쩍어 보였다. 저녁을 먹고 나서 헉이 자기 담뱃대에 담배를 다져 넣고 다른 아이들의 담뱃대도 준비해 주려고 하자 그 아이들은 몸이 불편하다고 하면서 사양했다. 저녁 먹은 것이 조금 얹힌 것 같다는 것이었다.

자정쯤 조가 잠에서 깨 아이들을 불러 일으켰다. 공기가 숨이 막힐 듯 답답한 것이 금방이라도 무슨 일이 일어날 것만 같았다. 무덥고 후텁지근한 공기에 숨이 막히는 것 같았지만 그래도 아이들은 모닥불을 벗 삼아 함께 웅크리고 앉아 있었다. 아이들은 꼼짝도 않고 앉아서 신경을 곤두세우고 있었다. 엄숙한 정적이 계속되었다. 모닥불의 불빛 너머로는 모든 것이 온통 짙은 암흑에 휩싸여 있었다.* 곧이어 불빛이 번쩍하고 번뜩이며 한순간 나무 잎사귀들을 비추더니 곧 사라졌다. 조금 있다가 또다시 번쩍했지만 이번에는 아까보다 더 강렬했다. 그러고 나서 또다시 번쩍거렸다. 숲에서는 한 줄기 바람이 희미하게 신음 소리를 내며 나뭇가지들을 스치고 지나가는 소리가 들렸다. 아이들은 획 하고 바람이 뺨을 스치는 것을 느끼고 '밤의 요정'이 지나간 것이 아닌가 하는 생각에 몸서리를 쳤다. 잠시 조용해졌다. 그러다가 갑자기 무시무시한 섬광이 번쩍하고 칠흑처럼 어두운 밤을 대낮으로 바꿔 놓으며 발치에 자라고 있는 조그마한 풀잎 하나하나를 선명하게 드러냈다. 또한 겁을 먹고 백지장처럼 새파랗게 질려 있는 세 아이의 얼굴도 비췄다. 우르릉거리는 천둥소리가 하늘에서 굴러 내려오더니 음산한 소리를 내며 저 멀리 사라졌다. 찬바람이 한바탕 획 지나가자 나뭇잎이 우수수 소리를 냈고, 모닥불의 흰 재가 눈

---

* "짙은 어둠이 영원히 그들에게 마련되어 있다." 「유다서」 1장 13절.

송이처럼 이리저리 휘날렸다. 곧이어 다시 번쩍하고 날카로운 섬광이 숲을 비추었고, 그 뒤를 따라 우당탕 하는 폭음이 세 아이의 머리 바로 위의 나뭇가지들을 갈기갈기 찢어 놓는 듯했다. 그 뒤에 찾아온 짙은 암흑 속에서 아이들은 공포에 질려 서로를 꼭 부둥켜안았다. 주먹 같은 빗방울이 후드득 떨어지며 나뭇잎을 두들겨 대기 시작했다.

"얘들아, 어서 빨리! 천막으로 들어가!" 톰이 소리쳤다.

아이들은 벌떡 일어나 나무뿌리와 덩굴에 걸려 넘어지면서 어둠 속을 달렸지만 모두 제각각 다른 방향을 향해 나아가고 있었다. 맹렬한 질풍이 한바탕 나무들을 휘감고 지나가자 숲에 있는 모든 것들이 소리를 냈다. 눈을 멀게 하는 듯한 번개가 계속 번쩍거렸고, 고막을 찢을 듯한 요란한 천둥이 잇따라 으르렁거렸다. 이제 폭우가 억수같이 퍼붓자 휘몰아치는 돌풍이 땅 위에 비의 장막을 걸쳐 놓는 듯했다. 아이들은 큰 소리로 서로를 불러 댔지만 휘몰아치는 바람과 으르렁거리는 천둥소리에 완전히 묻혀 버렸다. 그러나 마침내 아이들은 가까스로 한 사람씩 천막이 있는 곳에 다다라 춥고 겁에 질리고 물이 뚝뚝 떨어지는 몸으로 그 속에 몸을 피했다. 그렇게 비참할 때 옆에 친구들이 있다는 것은 여간 고마운 일이 아니었다. 아이들은 말을 나눌 수가 없었다. 다른 시끄러운 소리가 방해를 하지 않는다고 해도 천막으로 사용하고 있는 낡은 돛이 심하게 펄럭거리고 있었기 때문이다. 폭풍우가 점점 더 세차게 불어닥쳤다. 그래서 마침내 돛을 동여맨 매듭이 풀려나가면서 돛은 폭풍우에 실려 날개를 단 듯 멀리 날아가 버렸다. 아이들은 서로 손을 꼭 붙잡고서 뛰기 시작했다. 도중에 몇 번씩 뒹

굴어 상처투성이가 된 채 아이들은 강둑에 서 있는 커다란 떡갈나무 밑으로 뛰어갔다. 이제 전투는 그야말로 절정에 이르렀다. 하늘을 온통 불살라 버릴 듯 끊임없이 번쩍거리는 번갯불 때문에 지상의 만물이 그림자 하나 없이 선명하게 드러나 보였다. 활처럼 굽은 나무들이며, 흰 거품을 일으키며 파도치는 강물이며, 눈송이처럼 거품을 일으키는 물안개며, 둥둥 떠다니는 조각구름 떼와 비스듬히 내리는 비의 베일 사이로 힐끗 보이는 건너편 높은 절벽의 희미한 윤곽 말이다. 어쩌다 거목이 싸움에 굴복하여 요란한 소리를 내며 어린 나무들 사이로 쓰러졌다. 지칠 줄 모르는 천둥은 고막을 찢을 듯 날카로운 소리를 내어 천지를 진동하면서 이루 말할 수 없는 공포심을 자아냈다. 마침내 폭풍우는 더할 나위 없이 무서운 기세로 광란을 부렸다. 한꺼번에 섬 전체를 박살내고, 불로 태워 버리고, 나무 꼭대기까지 물속에 잠기게 하고, 바람에 날려 버리고, 숲에 살고 있는 생물을 모두 귀머거리로 만들어 버릴 것만 같았다. 집을 떠난 아이들이 밖에서 보내기에는 참으로 무시무시한 밤이었다.

그러나 드디어 전투가 끝나고 적의 군대는 위협도 불평도 수그리면서 퇴각했다. 그리하여 섬에는 다시 평화가 찾아왔다. 아이들은 여전히 잔뜩 겁을 집어먹은 채 야영지로 돌아갔다. 그곳에서 그나마 불행 중 다행이라고 고마워할 일을 발견했다. 그동안 아이들의 잠자리를 지켜 주던 거대한 단풍나무가 벼락을 맞아 쓰러져 있는 것이 아닌가. 그 무서운 일이 일어났을 때 그 나무 밑에 있지 않은 것이 천만다행이었다.

야영지에 있던 물건은 모두 흠뻑 비에 젖어 버리고, 불도 꺼져 있었다. 또래 아이들이 그러하듯이 아이들은 조심성 없는 철부지인지라 비에 대한 대비를 전혀 하지 않았던 것이다. 더욱 난감한 것은, 모두들 비에 흠뻑 젖어 몸에 한기가 들기 시작한 것이다. 입에서는 비탄에 잠긴 한숨 소리가 절로 나왔다. 그러나 곧 아이들은 아까 불을 피울 때 바람막이로 사용한 커다란 통나무가 위쪽까지 불에 탔지만 (위쪽으로 구부러져 땅에 닿지 않은 곳 말이다.) 다행스럽게도 아래쪽 한 뼘가량은 용케 비에 젖지 않은 것을 발견했다. 그래서 아이들은 비를 맞지 않은 부분에서 긁어모은 나무 조각과 껍질을 가지고 끈기 있게 다시 불을 지폈다. 그런 뒤에 큼직한 마른 나뭇가지들을 쌓아 올려놓자 벽난로의 불처럼 활활 타올랐다. 아이들은 다시 기뻐했다. 익힌 햄을 불에 말려 배불리 먹었다. 그러고는 모닥불 가에 모여 앉아 한밤중에 겪은 모험을 부풀리고 미화하면서 아침이 될 때까지 이야기꽃을 피웠다. 잠을 자려고 해도 주위가 온통 비에 젖어 마른 곳이 없었던 것이다.

숲 사이로 햇살이 살그머니 스며들자 아이들은 차츰 졸기 시작했고, 그래서 모두 모래톱으로 나가 잠을 자려고 누웠다. 그러나 곧 볕이 너무 따가워지자 쓸쓸한 기분으로 아침 식사 준비를 했다. 아침을 먹고 나니 온몸이 뻣뻣하고 쑤시면서 또다시 집 생각이 고개를 쳐들기 시작했다. 이런 징조를 눈치챈 톰은 있는 힘을 다해 해적들의 기분을 돋워 주기 시작했다. 그러나 공깃돌이건 서커스건 수영이건 그 어느 놀이에도 아이들은 흥미를 느끼지 못했다. 톰이 그 엄청난 비밀을 다시금 상기시키고 나서야 아이들은 비로소 기분이 나아졌다. 그 효과가 지속되는 동안 톰은 또 다른 새로운 계획에 관심을 갖도록 아이들을 유도했다. 즉 당분간 해적 놀이를 그만두고 기분 전환으로 인디언 놀이를 하자고 제안했다. 조와 헉은 이 제안에 솔깃해졌다. 그래서 곧바로 옷을 모두 벗어 버리고 머리부터 발끝까지 검은 진흙으로 얼룩말처럼 줄을 그었다. 물론 셋이 모두 추장 노릇을 했다. 그리고 나서 영국인 개척지를 습격하기 위해 숲 속으로 돌진해 들어갔다.

마침내 아이들은 적대 관계에 있는 세 부족으로 나뉘어 덤불 속에 매복하고 있다가 요란한 함성을 지르면서 뛰어나와 상대방을 기습하여 몇 천 명에 이르는 적을 죽이고 그들의 머리 가죽을 벗겼다. 그야말로 피비린내 나는 끔찍한 날이었다. 그러므로 세 아이한테는 더할 나위 없이 만족스러운 하루였다.

아이들은 배는 고프지만 유쾌한 기분으로 저녁 식사 무렵 야영지에 모였다. 그런데 한 가지 곤란한 문제가 생겼다. 적대 관계에 있는 인디언들은 먼저 화해를 하기 전에는 서로 사이좋게 식사를 할 수 없었다. 화해의 담배를 한 모금씩 함께 피우지 않고서는 도저히 같이 있을 수는 없었던 것이다. 그것 말고 다른 방법이 있다는 소리를 한 번도 들어 본 적이 없었다. 인디언 중에 두 아이는 차라리 그대로 해적으로 남아 있을걸 하고 후회했다. 그러나 이를 피할 수 있는 다른 길이 없었다. 그래서 용기를 내어 유쾌한 척하며 담뱃대를 달라고 하여 격식에 따라 돌아가며 연기를 내뿜었다.

곧 아이들은 얻은 수확이 있기 때문에 인디언 놀이를 하기를 잘했다고 생각했다. 이번에는 잃어버린 주머니칼을 찾으러 간다는 핑계를 대고 자리를 뜰 필요 없이 어느 정도 담배를 잘 피울 수 있게 된 것을 알았기 때문이다. 이제는 머리가 빙빙 돌 만큼 메스껍지가 않았다. 이렇게 유망한 일을 연습을 하지 않아 그냥 헛되게 낭비하고 싶지 않았다. 절대로 그럴 수 없었다. 저녁을 먹은 뒤에 좀 더 신중하게 연습을 한 끝에 아이들은 담배를 훨씬 더 잘 피울 수 있게 되었다. 그 덕분에 저녁 내내 즐거운 시간을 보낼 수 있었다. 두 아이는 이 새로운 경험이 '6부족 연합'*에 속한 모든 인디언의 머리 가죽을 벗긴 것보다도 더 가슴 뿌듯하고 행복했다. 자, 그럼 이제 아이들이 실컷 담배를 피우고 우쭐대며 지껄이도록 내버려 두자. 지금은 그들에 대해 더 할 얘기가 없으니 말이다.

---

* 뉴욕 주 중부에 살았던 북아메리카 인디언 여섯 부족이 만든 연합체. '이로쿼이 연합'이라고 하여 처음에는 모호크, 오나이더, 아난다가, 카유가, 세네카 등 다섯 부족으로 구성되었다가 18세기 초 투스카로라족이 합세하여 여섯 부족 연합체가 되었다.

제17장

평온하기 그지없는 토요일 오후, 작은 세인트피터스버그 마을에서 유쾌한 일이라고는 눈을 씻고 찾아도 찾아볼 수가 없었다. 하퍼네 가족과 폴리 이모네 가족은 상복을 입고 깊은 슬픔에 잠겨 눈물을 흘리고 있었다. 그렇지 않아도 조용한 마을에 누가 보아도 보기 드문 정적이 감돌고 있었다. 마을 사람들은 넋이 나간 채 일을 했고, 말도 별로 하지 않았으며, 자주 한숨만 내쉴 뿐이었다. 아이들한테도 휴일인 토요일이 부담스러운 듯했다. 어떤 놀이를 해도 신바람이 나지 않아 조금 놀다가 곧 집어치우고 말았다.

그날 오후 베키 새처는 몹시 쓸쓸한 마음으로 텅 빈 학교 운동장을 이리저리 서성거리고 있었다. 그러나 그곳에도 마음을 위로해 줄 만한 것은 아무것도 없었다. 그래서 베키는 이렇게 혼잣말로 중얼거렸다.

"아, 그 놋쇠 손잡이라도 가지고 있었더라면 좋았을걸! 이제 내겐 그를 기억할 만한 물건이라곤 하나도 없어." 그러고 나서 그녀는 목이 메어 눈물이 나오는 것을 억지로 참았다.

마침내 베키는 걸음을 멈추고는 또다시 중얼거렸다.

"바로 여기였어. 아, 그런 일이 또다시 있게 된다면 절대로 그런 말은 하지 않을 거야. 이 세상을 다 준다 해도 절대로 하지 않을 테야. 하지만 그 애는 이제 이 세상에 없잖아. 다시는, 다시는, 영원히 다시는 볼 수 없게 됐어."

이런 생각을 하자 베키는 왈칵 울음을 터뜨렸다. 그녀는 눈물이 두 뺨을 타고 흘러내리는 채로 발길을 돌렸다. 그러자 이번에는 톰과 조의 친구였던 사내아이들과 여자아이들이 몰려와 말뚝을 박아 놓은 운동장 울타리 너머를 바라보면서 침울한 어조로 톰이 이런저런 행동을 했으며 맨 마지막으로 톰을 본 것이 언제인지, 조가 어떻게 이런저런 시시한 말을 했는지 (지금 생각해 보니 이렇게 의미심장한 말일 줄이야!) 서로 이야기를 나누었다. 이야기를 하는 아이마다 실종된 톰과 조가 서 있던 정확한 장소를 가리키며 이런 식으로 덧붙여 말했다.

"그때 난 이렇게 서 있었다고. 바로 지금처럼 말이야. 그리고 네가 톰이라면…… 그만큼 가까이 있었던 거야. 그때 톰이 이런 식으로 빙그레 웃었어. 그때 왠지 이상한 기분이 드는 것 같더라고. 왜, 오싹한 느낌 있잖아. 물론 그땐 그게 무슨 의미였는지 몰랐지만 지금은 알 것 같아!"

그러고 나서 아이들은 죽은 아이들을 맨 마지막으로 본 사람이 누구인지를 두고 서로 말다툼을 벌였다. 많은 아이들이 이 우울한 명예가 자기 것이라고 우기면서 증인들을 동원해 만들어 낸 증거를 제시했다. 결국 누가 맨 마지막으로 그 아이들을 보고 말을 나누었는지 결정이 났고, 그런 행운을 얻은 아이들이 말하자면 거룩하게 잘난 척을 하자 나머지 아이들은 그만 부러워서 입을 딱 벌리고 말았다. 별로 자랑할 만한 것이 없는 딱한 아이 하나가 자못 자부심을 느끼며 이렇게 기억을 더듬어 말했다.

"글쎄, 난 언젠가 한 번 톰한테 얻어맞은 적이 있다고."

그러나 자랑삼아 한 이 말은 빛을 발하지 못했다. 대부분의 아이들이 그런 소리를 할 수 있었기 때문에 그 아이의 말은 별로 가치를 인정받지 못했던 것이다. 결국 아이들은 침울한 어조로 여전히 실종된 영웅들에 대한 추억을 이야기하며 총총히 자리를 떴다.

이튿날 아침 주일 학교 수업 시간이 끝나자 보통 때와는 다르게 장례식을 알리는 조종(弔鐘)이 울려 퍼지기 시작했다. 유난히 조용한 안식일에 울리는 구슬픈 종소리는 온 세상이 명상에 잠긴 듯한 조용한 분위기에 잘 어울리는 것 같았다. 마을 사람들이 하나둘 모여들기 시작하여 교회 현관 앞에서 잠시 서성거리며 그 슬픈 사건에 대해 소곤소곤 이야기를 주고받았다. 그러나 교회 안에서는 아무도 소곤거리는 사람이 없었다. 들리는 소리라고는 오직 상복을 입은 여자들이 자리에 가서 앉을 때 옷자락이 스치는 소리뿐이었다. 이 조그마한 교회에 이렇게 많은 사람이 몰려든 적이 있다는 사실을 기억하는 사람은 아무도 없었다. 마침내 뭔가를 기다리는 듯한 침묵이 잠시 흐른 뒤 폴리 이모가 나타났고 그 뒤를 이어 시드와 메리가 나타났다. 또 그 뒤를 따라 검은 상복을 입은 하퍼네 가족이 들어섰다. 그러자 나이 든 목사를 비롯한 신도들이 모두 엄숙하게 자리에서 일어나 유가족이 맨 앞줄에 앉을 때까지 그대로 서 있었다. 교회 안은 또다시 엄숙한 침묵에 휩싸였고, 이따금씩 소리를 죽여 흐느끼는 소리가 침묵을 깨뜨릴 뿐이었다. 그리고 나서 목사는 두 팔을 크게 벌리고 기도를 하기 시작했다. 가슴을 찡하게 하는 찬송가 한 곡을 부른 뒤 성경 구절을 읽었다.

"나는 부활이요 생명이니…….*"

예배를 진행하면서 목사가 죽은 아이들의 좋은 점과 사랑스러운 점 그리고 보기 드물게 유망한 장래성에 대해 어찌나 실감나게 묘사하는지 회중들은 하나같이 마음속으로 목사의 말에 공감하면서 전에는 언제나 끈질기게 그런 좋은 점을 보지 못하고, 또 마찬가지로 끈질기게 불쌍한 아이들한테서 결점과 실수만 보았다는 사실을 기억하며 양심의 가책을 느꼈다. 목사는 아이들이 살아 있을 때 있었던 많은 감동적인 일화를 끄집어내 아이들의 선량하고 착한 심성을 부각시켰다. 그러자 사람들은 이제 그런 일화가 얼마나 아름답고 숭고한지 쉽게 이해할 수 있었으며, 그런 일이 일어났을 당시에 그 아이들이 버르장머리 없어 매를 맞아 마땅하다고 생각했던 것을 새삼 후회했다. 심금을 울리는 목사의 이야기가 계속되자 신도들은 점점 더 깊이 감동을 받은 나머지 고뇌에 차서 흐느끼고 있는 유가족과 하나 되어 마침내 왈칵 울음을 터뜨렸다. 목사조차 자신의 감정을 이기지 못하고 강단에서 소리 내어 울고 말

---

*"예수께서 이르시되 나는 부활이요 생명이니 나를 믿는 자는 죽어도 살겠고, 무릇 살아서 나를 믿는 자는 영원히 죽지 아니하리니."「요한복음」 11장 25~26절.

았다.

 바로 그때 아무도 눈치를 채지 못했지만 2층 회랑 쪽에서 버스럭거리는 소리가 들렸다. 잠시 뒤에는 삐걱하고 교회 문이 열렸다. 손수건으로 쉴 새 없이 흐르는 눈물을 닦아 내던 목사는 고개를 쳐들자마자 그만 망부석처럼 몸이 굳어 버리고 말았다! 한 사람 두 사람 목사가 바라보는 쪽으로 시선을 돌리다가 급기야 그 자리에 모인 신도들이 거의 동시에 벌떡 일어나 그쪽을 쳐다보았다. 죽은 줄 알았던 세 아이가 지금 교회 복도를 따라 걸어 들어오고 있는 것이 아닌가! 맨 앞에는 톰이, 그 뒤에는 조가, 그리고 맨 끝에서 헉이 걸레 같은 누더기 옷을 질질 끌며 부끄러운 듯 멋쩍은 모습으로 따라 들어오고 있는 것이 아닌가! 세 아이는 그동안 사용하지 않는 교회 회랑에 숨어서 자신들의 장례식 설교를 듣고 있었던 것이다!

폴리 이모와 메리, 그리고 하퍼네 가족은 자리에 뛰어나와 살아서 돌아온 아이들을 얼싸안고 숨도 쉬지 못할 정도로 키스를 퍼부으며 반가워했다. 한편 불쌍한 헉은 그렇게도 많은 달갑지 않은 시선을 피해 어디로 숨어야 할지 몰라 멋쩍고 어색한 표정으로 서 있었다. 그는 우물쭈물하며 망설이다가 슬금슬금 그 자리에서 빠져나가려고 했다. 그러자 톰이 그의 소맷자락을 붙잡고 이렇게 말했다.

"이모, 이건 불공평해요. 누군가는 헉이 돌아온 것을 기뻐해 줘야죠."

"암, 그렇고말고. 나도 무척 기쁘단다. 이 어미도 없는 불쌍한 것 같으니!" 그러나 폴리 이모가 아낌없이 쏟아 놓는 애정 어린 관심 때문에 헉은 아까보다 더욱 거북스러울 뿐이었다.

그때 갑자기 목사가 교회가 떠나갈 듯 큰 목소리로 외쳤다.

"자, 성도 여러분, 「만복의 근원 하나님」을 부릅시다! 힘차게 이 찬송가를 부릅시다!"

사람들은 모두 찬송가를 불렀다. 찬송가 「100장」*이 벅찬 감격으로 교회 안에 울려 퍼졌다. 찬송가 소리가 교회 서까래를 들썩일 정도로 크게 울리는 동안, 해적 톰 소여는 부러운 듯 자기를 쳐다보는 아이들을 둘러보면서 마음속으로 지금이야말로 자기 생애에서 가장 자랑스러운 순간이라고 생각했다.

'감쪽같이 속아 넘어간' 회중들은 교회당 밖으로 나오면서 이처럼 감격에 찬 「100장」 찬송가를 들을 수만 있다면 또 한

---

* 개신교 찬송가 1장으로 예배 때 가장 많이 부르는 '송영'이다. 시편 제100편에 곡을 붙였다고 하여 흔히 「100장」이라고 부른다. "만복의 근원 하나님 / 온 백성 찬송 드리고 / 저 천사여 찬송하세 / 찬송 성부 성자 성령 아멘."

번 바보처럼 속아도 괜찮다고 소곤거렸다.

그날 톰은 폴리 이모의 기분에 따라 일 년 동안 받은 것보다 더 많이 주먹세례를 받기도 하고 키스세례를 받기도 했다. 그런데 주먹과 키스 중에서 어느 쪽이 하나님에 대한 감사이며 어느 쪽이 자신에 대한 사랑인지 거의 분간할 수 없었다.

제18장

 동료 해적들과 함께 마을로 돌아와 자신들의 장례식에 참석한다는 것이 바로 톰이 몰래 간직하고 있던 중요한 비밀이었다. 아이들은 토요일 저녁 해 질 무렵 통나무 하나에 올라타 미주리 주 쪽 강기슭을 향해 손으로 노를 저어가 마을 아래쪽으로 8킬로미터에서 10킬로미터 떨어진 지점에 상륙했다. 먼동이 틀 때까지 동구 밖 숲 속에서 눈을 붙이고 나서 뒷길과 골목길을 통해 교회 안으로 숨어들었다. 그러고는 부서진 걸상 등이 정신없이 널브러져 있는 교회 회랑에서 부족한 잠을 마저 잤다.
 월요일 아침 식사 때, 폴리 이모와 메리는 톰에게 아주 다정하게 대해 주면서 그가 하고 싶다는 부탁을 모두 들어주었다. 여느 때와 달리 대화가 끊이질 않았다. 한창 얘기가 오가는 중에 폴리 이모가 이렇게 말했다.
 "어쨌든, 톰, 너희들이 신나게 노느라고 일주일 동안 모든 사람의 애간장을 태우게 한 것은 장난치고는 꽤 괜찮은 장난이야. 하지만 네가 내 마음을 더없이 아프게 할 만큼 그렇게 인정머리가 없다니 괘씸하구나. 통나무를 타고 강을 건너 장례식에 올 수 있었다면, 하다못해 너희들이 죽지 않고 살아 있다는 소식쯤은 무슨 방법으로든 나한테 와서 알려 줄 수도 있었을 텐데 말이야. 그런데도 그냥 달아나 버렸잖니."

"그래, 그럴 수도 있었을 거야, 톰." 메리가 옆에서 거들었다. "네가 그럴 생각이 있었다면 말이야."

"안 그러니, 톰?" 폴리 이모는 기대에 찬 밝은 표정을 지으며 물었다. "어디 말해 보렴. 그런 생각이 들었다면 그렇게 했겠지?"

"글쎄요, 잘 모르겠어요. 그랬다면 아마 모든 일을 다 망쳤을 거예요."

"톰, 난 네가 그 정도쯤은 나를 사랑해 주기를 기대하고 있었어." 이모의 말투에는 그의 마음을 불편하게 하는 섭섭한 기색이 감돌았다. "설령 직접 그렇게 하지는 못했더라도, 그런 걸 생각할 만큼만이라도 관심을 가졌다면 그건 대단한 일이지."

"이모, 어떤 악의가 있어 그런 건 아니잖아요." 메리가 톰의 편을 들었다. "다만 마음이 들떠 있는 애라서 그렇지요. 워낙 늘 서두르는 바람에 다른 생각은 못하는 애잖아요."

"그래서 더 괘씸해. 시드라면 안 그랬을 거야. 시드라면 반드시 와서 미리 알려 줬을 거야. 톰, 별로 힘이 드는 일도 아니었는데 이모를 위해 조금만 더 잘해 드릴걸, 하고 나중에 가서 후회하게 될 날이 올 거야. 하지만 그땐 이미 늦지."

"하지만 이모, 제가 이모를 사랑한다는 건 이모도 잘 알고

있잖아요." 톰이 말했다.

"행동으로 좀 더 보여 주면 훨씬 잘 알 수 있잖니."

"그런 생각이 들었다면 좋았을 것 같아요." 톰이 뉘우치는 듯한 목소리로 말했다. "하지만 전 이모 꿈을 꾼걸요. 그것만 보더라도 기특하지 않나요?"

"별로 기특하지 않구나. 그 정도는 고양이도 할 수 있거든. 하지만 안 꾼 것보다는 낫지. 무슨 꿈을 꾸었는데?"

"아, 그러니까 수요일 밤이었어요. 꿈에서 보니까 이모는 저기 침대 옆에 앉아 있고 시드는 나무 상자 옆에, 메리 누나는 시드 옆에 나란히 앉아 있었어요."

"그래, 그랬었지. 우린 늘 그렇게 하고 있잖니. 네가 꿈에서 우리들 걱정을 다 하고 있었다니 기쁘구나."

"그리고 꿈에 보니까 조 하퍼의 어머니도 와 계시더라고요."

"그래, 맞아, 그분도 여기 있었지! 또 다른 꿈을 꾼 건 없니?"

"아, 많이 있는데 지금은 생각이 잘 나지 않아요."

"그래, 그럼 잘 좀 생각해 봐, 톰! ……기억이 안 나니?"

"그리고 바람이……. 그래요, 바람이…… 조금 분 것 같기도 한데……."

톰은 손을 이마에 갖다 대고 잠시 열심히 생각하는 척했다. 그리고 나서 다시 입을 열었다.

"아, 알았다! 이제 생각났어요! 바람에 촛불이 흔들렸어요!"

"어머, 맙소사! 어서 계속해 봐, 톰. 계속해 보라고!"

"이모가 '글쎄, 저 문이 또 열린 것 같군.' 하고 말씀하셨던 것 같아요……."

"어서 계속해서 말해 보거라, 톰!"

"잠깐만 생각 좀 하게 해 주세요. 잠깐이면 돼요. 아, 그래요……. 이모가 문이 열린 것 같다고 하셨어요."

"내가 지금 여기에 앉아 있는 것처럼 그렇게 앉아 있었고말고! 내가 안 그랬냐, 메리! 어서 계속해 봐!"

"그러고 나서……. 저, 그러고 나서…… 이건 확실치 않지만, 이모가 시드에게 시키기를 일어나서…… 또……."

"그래, 그래! 내가 시드한테 뭐라고 시키던, 톰? 내가 시드보고 뭐를 하라고 하던?"

"이모가 시드한테 시키기를…… 이모가…… 아, 이모가 시드에게 문을 닫으라고 했어요."

"세상에 이런 귀신 곡할 노릇이 다 있나! 난 평생 동안 이런 이상한 얘기는 처음 들어 보는구나! 이제 꿈이 모두 헛것이라는 말은 못 믿겠어. 지금 당장에 가서 시레니 하퍼 부인한테 알려 줘야겠는걸. 미신이니 뭐니 하고 늘어놓더니 이 말 듣고 어쩌나 봐야겠어. 톰, 또 뭘 봤니?"

"아, 이제 모든 게 대낮처럼 똑똑히 생각나네요. 그 다음에 이모가 말하기를, 톰은 그렇게 나쁜 아이가 아니다, 다만 짓궂고 장난이 좀 심할 뿐이라고 하셨죠. 또 절더러…… 고삐 풀린 망아지인가…… 뭔가와 마찬가지로 천방지축이라고 그랬지요."

"바로 그랬지! 원, 세상에! 그 다음에는, 톰?"

"그러더니 이모가 울기 시작했어요."

"암 그랬고말고. 그랬다고. 그때 처음 운 것은 아지만. 그러고 나서……."

"그러고 나서 이번에는 하퍼 부인이 울기 시작하더군요. 조도 역시 마찬가지라고 하면서요. 자기가 직접 크림을 내버린 줄도 모르고 애꿎게 조를 매질한 것이 후회가 된다고요……."

"톰! 네게 신령이 내린 거야! 그렇게 예언을 잘하다니……. 넌 예언을 했던 거라고! 세상에! 어서 계속해 봐, 톰."

"그러고 나서 시드가 말하기를…… 시드가 말하기를……."

"난 아무 말도 하지 않은 것 같은데." 시드가 말했다.

"아냐, 너도 말했어, 시드." 메리가 말했다.

"너희들은 입 닥치고 가만히 있고, 어서 톰의 얘기나 듣자꾸나! 시드가 뭐라고 하던, 톰?"

"시드가 말하기를…… 내가 가 있는 곳에서 행복했으면 좋겠다고 했던 것 같아요. 하지만 내가 살아 있을 때 좀 더 잘했더라면……."

"그렇고말고. 너희들도 들었지! 시드가 바로 그렇게 말했잖니!"

"그래서 이모가 시드더러 입 닥치고 있으라고 야단쳤어요."

"정말로 그랬지! 그때 천사가 옆에 있었나 보구나. 그때 어디엔가에 천사가 있었던 거야!"

"또 하퍼 부인이 조가 폭죽 갖고 아줌마를 기겁하게 했던 일을 말했지요. 그랬더니 이모는 피터와 진통제 얘기를 했고……."

"어쩌면 그렇게 틀림없니!"

"그러고 나서 한참 동안 강을 뒤져 우리의 시체를 찾아보았다는 얘기며, 또 일요일에 장례식을 치른다는 얘기를 엄청나게 많이 했어요. 그러더니 이모하고 하퍼 부인이 서로 부둥켜안고 울다가 하퍼 부인이 나가더군요."

"그래, 네가 말한 바로 그대로였어! 내가 지금 이 자리에 앉아 있는 것처럼 틀림없이 그랬거든. 설령 네 눈으로 직접 봤다고 해도 이보다 더 자세히 얘기하진 못할 거야. 그러고 나선 어땠지? 계속해 봐, 톰."

"그 다음에 이모가 저를 위해서 기도를 했던 것 같아요. ……그때 이모 모습이 보이는 것 같고, 이모가 했던 말도 죄다 들리는 것 같아요. 그리고 이모는 잠자리에 들었어요. 너무 안됐다는 생각이 들어 저는 단풍나무 껍질을 꺼내어 그곳에다 '우리는 죽지 않았어요. 해적 놀이를 하려고 잠시 집을 떠나 있을 뿐이에요.' 하고 적은 뒤 테이블 위 촛대 옆에 놓았죠. 그때 이모가 주무시는 모습이 무척 보기 좋아서 이모에게 다가가 허리를 구부리고 입술에 뽀뽀를 했던 것 같아요."

"그래? 톰, 나한테 뽀뽀를 했단 말이지? 그것만으로도 네가 한 짓을 모두 용서해 주마!"
 이모가 톰을 너무나 세게 꼭 껴안는 바람에 톰은 마음속으로 자신이 이 세상에서 가장 나쁜 죄인처럼 느껴졌다.
 "그거 꽤 기특한데……. 비록 꿈속에서지만 말이야." 시드가 들릴까 말까 하게 혼잣말로 중얼거렸다.
 "입 다물고 있어, 시드! 사람이란 꿈속에서도 깨어 있을 때와 마찬가지로 행동을 하는 법이야! 얘, 톰, 이 큼직한 밀럼 사과*는 네가 돌아오면 주려고 남겨 뒀던 거란다. 자, 이제 어서 학교 가야지. 너를 다시 되찾게 된 걸 하나님께 감사드린다. 하나님께선 우리에게 그럴 자격이 없다는 걸 아시면서도 그분을 믿고 그분 말씀을 따르는 사람들한테는 오래 참으시고 자비를 베풀어 주시지. 하지만 그분께 합당한 사람들만 축복을 받고 그런 사람들이 힘들 때만 도움을 받는다면, 이 땅에서 미소를 짓거나 길고 긴 밤이 닥쳐올 때 그분의 안식처에 들어갈 수 있는 사람이 과연 몇이나 될까. 자, 어서 학교에 다녀오너라, 시드, 메리, 톰. 어서 가거라……. 너희들 때문에 일이 많이 늦어졌구나."
 아이들은 학교를 향해 집을 나섰고, 폴리 이모는 하퍼 부인을 방문해 톰의 놀랄 만한 꿈 이야기로 현실적인 하퍼 부인의 코를 납작하게 해 줄 심산으로 집을 나섰다. 집을 나서면서 시드는 짐작이 가는 생각을 입 밖에 내지 않는 것이 현명하다는 판단을 내렸다. 그가 하고 싶은 말은 이런 것이었다.
 "속이 훤히 들여다보여. 그렇게 긴 꿈인데 실수가 하나도 없

* 미국 중서부 지방에서 재배하던 중간 크기의 사과로 주로 디저트로 먹었다.

다니!"

　톰은 이제 영웅이 되어 있었다! 그는 길을 갈 때에도 껑충껑충 뛰지 않고 모든 사람의 시선이 자기에게 쏠리고 있다는 것을 의식하고 해적답게 의젓하게 으스대며 걸었다. 실제로 톰이 거리를 지나가면 사람들이 그를 쳐다보았다. 톰은 그런 시선을 전혀 모르는 척하거나, 사람들이 하는 말도 듣지 않는 척했지만 속으로는 기분이 좋았다. 톰보다 작은 조무래기들은 그의 뒤를 졸졸 따라다녔다. 마치 톰이 행진 앞에 서 있는 고수(鼓手)라도 되거나 서커스단의 동물들을 이끌고 시내로 들어가는 코끼리라도 되는 듯 그와 함께 있는 것이 대견스럽고 그가 자기들이 그렇게 하도록 너그럽게 봐주는 것이 자랑스럽다는 듯이 말이다. 톰의 또래 아이들은 그가 집을 떠났다는 사실을 전혀 알지 못하는 척했지만 여전히 질투심으로 가슴을 태우고 있었다. 무슨 희생을 치르고서라도 그들은 톰의 거무스름하게 탄 피부와 악명 높은 해적의 빛나는 명예를 얻고 싶었다. 물론 톰은 서커스단 하나를 준다 해도 이 두 가지를 포기하지 않겠지만 말이다.

　학교에서 아이들이 톰과 조를 부러워하는 눈빛으로 우러러 보며 칭찬을 하자 두 영웅은 곧 눈꼴사납게 '우쭐'했다. 그들은 궁금해서 견디지 못하는 아이들에게 모험담을 늘어놓기 시작했다. 그러나 그것은 어디까지나 시작에 지나지 않았다. 그들은 얘기를 능란하게 꾸며 댈 수 있는 풍부한 상상력을 가지고 있어서 그들의 이야기는 영원히 끝이 날 것 같지가 않았다. 마침내 톰과 조가 담뱃대를 꺼내 유유히 연기를 내뿜자 그들의 인기는 절정에 달했다.

톰은 더 이상 베키 새처에게 매달리지 않아도 된다고 단정했다. 이제 명예만으로도 충분했다. 앞으로는 오직 명예를 위해 살 것이다. 톰이 유명해졌으니 이제 베키가 먼저 '화해'하고 싶어 할지도 모를 일이었다. 좋아, 그렇게 하라지. 자신도 다른 사람들처럼 무관심할 수 있다는 것을 깨닫게 해 줘야겠어. 곧 베키가 나타났다. 톰은 일부러 그녀를 못 본 척했다. 그는 자리를 떠나 다른 아이들과 섞여 이야기를 나누기 시작했다. 얼마 되지 않아 톰은 베키가 상기된 얼굴을 하고 눈을 반짝이며 이리저리 깡충깡충 뛰며 바쁘게 아이들을 쫓아다니고, 또 아이 하나를 붙잡고는 자지러지게 깔깔대며 웃는 모습을 지켜보았다. 그러나 톰은 베키가 언제나 그의 주변에서만 아이들을 붙잡고 그럴 때마다 그를 향해 의미 있는 눈길을 보낸다는 것을 알아차렸다. 베키의 이런 행동은 톰의 온갖 짓궂은 허영심을 자극했다. 그래서 톰은 그녀의 행동에 마음이 흔들리기는커녕 오히려 더욱 '거드름을 피우면서' 베키가 근처에 있다는 사실을 모르는 척하려고 더더욱 애썼다. 그러자 얼마 뒤 베키는 수선 떠는 일을 집어치우고 한두 번 한숨을 쉬면서 쭈뼛쭈뼛 주위를 돌아다니고 기대하는 듯한 눈빛으로 몰래 톰을 훔쳐보았다. 베키는 톰이 다른 어떤 아이보다 에이미 로런스와 특별히 더 많이 이야기를 나누고 있다는 사실을 알아차렸다. 그러자 베키는 갑자기 가슴이 아프면서 불안해지고 혼란스러워졌다. 그 자리를 뜨고 싶었지만 발이 말을 듣지 않았고 오히려 아이들이 몰려 있는 데로 발길이 향했다. 베키는 톰 바로 옆에 있는 여자아이한테 짐짓 명랑한 척하며 이렇게 말했다.

"얘, 메리 오스틴! 넌 나쁜 애야. 왜 주일 학교에 나오지 않왔니?"

"나갔는데……. 나 못 봤어?"

"어머, 못 봤는데! 주일 학교에 나왔다고? 어디 앉았는데?"

"언제나처럼 피터 선생님 반에 있었어. 나는 널 봤는데."

"그랬니? 참, 이상하네. 너를 못 보다니. 너한테 소풍 얘기를 하고 싶었는데."

"어머, 재미있겠다. 누가 준비해 주는 건데?"

"우리 엄마가 나를 위해 준비해 주신대."

"어머, 신난다. 너희 엄마가 나도 끼워 주셨으면 좋겠다."

"그럼, 너도 끼워 주실 거야. 나를 위해 그 소풍을 준비해 주시는 거니까. 내가 같이 가겠다면 누구든지 허락하실 거야. 난 너하고 같이 가고 싶어."

"고마워. 언제 가는 건데?"

"곧 갈 거야. 아마 방학 때쯤."

"아, 재미있겠다! 여자아이랑 남자아이랑 몽땅 부를 거니?"

"그래, 내 친구는 모두 부를 거야. 또 친구가 되고 싶어 하는 아이도."

베키는 이런 말을 하면서 톰을 힐끗 쳐다보았지만, 톰은 쉬지 않고 에이미 로런스에게 섬에서 겪은 폭풍우가 얼마나 끔찍했는지, 자기가 바로 '채 1미터도 안 되는 곳에 서 있었는데' 큰 단풍나무가 벼락을 맞아 어떻게 '산산조각'으로 박살 났는지 얘기해 주고 있었다.

"얘, 나도 가도 되니?" 그레이시 밀러가 물었다.

"물론이지."

"그럼 난?" 샐리 로저스가 물었다.

"물론 너도."
"나도 갈 수 있니?" 수지 하퍼가 물었다. "조도 함께?"
"그럼 물론이지."
 이런 식으로 한 아이씩 낄 때마다 그들은 손뼉을 쳤다. 마침내 톰과 에이미를 뺀 나머지 모든 아이들이 베키한테 함께 소풍을 가게 해 달라고 부탁했다. 그때 톰은 그런 것에는 아랑곳하지 않고 여전히 이야기를 하면서 에이미를 데리고 딴 곳으로 가 버렸다. 베키의 입술이 파르르 떨리며 두 눈에는 눈물이 고였다. 슬픈 기색을 감추려고 베키는 일부러 유쾌하게 계속 지껄여 댔지만 이제 소풍이고 뭐고 모두 흥미를 잃고 말았다. 베키는 얼른 자리를 떠나 남들이 보지 않는 곳에서 여자애들이 말하는 대로 '한바탕 눈물을 쏟으며' 실컷 울었다. 그러고는 수업 종이 울릴 때까지 상처받은 자존심을 달래면서 우울하게 앉아 있었다. 베키는 두 눈에 복수의 빛을 띠고 벌떡 일어나 구겨진 옷자락을 흔들어 털었다. 어떻게 복수할 수 있는지 알고 있다고 혼잣말로 중얼거렸다.
 톰은 쉬는 시간에도 통쾌한 기분으로 자기만족에 취해 계속해서 에이미와 시시덕거렸다. 또 여기저기 계속 베키를 찾아다니면서 그녀에게 상처를 주려고 했다. 결국 먼발치에 있는 베키를 찾아내기는 했지만 톰은 갑자기 맥이 쭉 빠지고 말았다. 베키가 학교 뒤켠 작은 벤치에 앨프리드 템플과 다정하게 앉아서 그림책을 보고 있었던 것이다. 서로 머리를 맞대고 책을 들여다보는 데 너무 열중한 나머지 책 말고는 아무것도 의식하지 못하는 것 같았다. 톰은 걷잡을 수 없는 질투심으로 가슴이 부글부글 끓어올랐다. 베키가 화해할 기회를 주었는데

도 그 기회를 내던져 버린 자신이 미워지기 시작했다. 톰은 스스로에게 바보 멍텅구리니 뭐니 하며 자신이 알고 있는 온갖 욕을 퍼부었다. 화가 나서 엉엉 울고 싶었다. 그것도 모르고 마음이 들떠 있는 에이미는 함께 걸으면서 유쾌하게 재잘대고 있었지만 톰의 혀는 돌처럼 딱딱하게 굳어졌다. 톰은 에이미가 재잘거리는 소리를 더 이상 듣지 않고 있었다. 에이미가 대답을 기다리면서 말을 멈출 때마다 그는 그렇다고 어색하게 더듬거리며 대답할 뿐이었고, 그 대답마저 엉뚱하기 짝이 없었다. 톰은 몇 번이고 계속하여 학교 건물 뒤꼍만 맴돌며 그 눈꼴사나운 광경을 지켜보았다. 그렇게 하지 않고서는 견딜 수가 없었다. 베키 새처가 아예 자기가 이 땅 위에 존재하는지조차 신경 쓰지 않는다고 생각하자 미칠 것만 같았다. 그러나 베키는 톰을 지켜보고 있었다. 그녀는 자신에게 승산이 있다는 것을 알고 있었고, 아까 자기가 고통받았던 것처럼 지금 톰이 고통받고 있는 것을 보자 고소하다는 생각이 들었다.

톰은 에이미가 행복하게 지껄이는 소리를 더 이상 참을 수가 없었다. 그래서 넌지시 자기에게 이제 볼일이 있다고, 급한 일이 있다고, 한시가 급하다고, 이런 식으로 그녀에게 암시를 주었다. 그러나 아무 소용이 없었다. 에이미는 계속해서 지껄여 대기만 할 뿐이었다. '아, 빌어먹을! 이 계집애를 어떻게 떼어 버릴 수 없을까?' 하고 톰은 마음속으로 생각했다. 결국 톰이 꼭 해야 할 일이 있다고 말하자 에이미는 눈치도 없이 그러면 학교가 파한 뒤에 '근처에서' 기다리고 있겠다고 했다. 톰은 그 때문에 에이미를 미워하며 서둘러 발길을 돌렸다.

"다른 사내 녀석하고 놀다니!" 톰은 이를 부드득 갈면서 혼잣말로 중얼거렸다. "그것도 이 동네 녀석도 아니고 세인트루이스에서 왔다는, 옷을 말쑥하게 차려입고 스스로를 귀족이라고 생각하는 녀석하고 말이야! 그놈 말고는 사내애가 없나? 그래, 좋아! 그 녀석이 우리 마을에 처음 나타난 날 내가 손을 봐 주었지. 어디 다시 한번 혼나 봐라! 내 손에 걸릴 때까지 기다려 보라고! 내 손에 걸리기만 하면……."

톰은 머릿속으로 적을 주먹으로 계속 때리고 발길로 걷어차고 눈을 후비는 등 온갖 동작을 한바탕 해 보였다.

"아, 덤벼들겠다고? 소리도 제법 지르는데. 그렇지? 자, 이제 따끔한 맛을 보여 주마."

그러면서 톰은 상상 속의 결투를 승리로 이끌었다.

정오에 톰은 집으로 내뺐다. 양심의 가책 때문에 에이미가 기뻐하는 얼굴을 더 이상 지켜볼 수 없는 데다가, 질투가 나서 비참해지는 것도 더는 참을 수가 없었던 것이다. 베키는 다시 앨프리드와 그림책을 보기 시작했다. 그러나 시간이 지나도 톰이 나타나 괴로워하지 않자 베키의 승리감도 차츰 시들해졌고 책에 대한 흥미도 없어지고 말았다. 그녀는 처음에는 진지하다가 멍하니 넋을 잃게 되었고 그러고 나서 다시 우울해졌다. 베키는 두세 번 누군가의 발소리에 귀를 기울였지만 그것은 헛된 바람이었다. 톰은 끝내 오지 않았다. 이윽고 베키는 견딜 수 없이 비참해진 마음으로 사태를 이렇게까지 몰고 가지 말 것을 그랬다고 후회했다. 베키의 속마음을 모르는 가엾은 앨프리드는 베키가 점차 자신한테 관심이 없어지는 것을 보면서도 어떻게 해야 할지 몰라 하면서 이렇게 계속 소리를 질렀다.

"아, 여기 재미있는 그림 있는데! 이것 좀 봐!"

그러나 베키는 마침내 화를 벌컥 내며 이렇게 말했다.

"제발 귀찮게 굴지 좀 마! 그까짓 그림 같은 거 상관없다고!"

그러면서 그녀는 갑자기 울음을 터뜨리며 자리에서 일어서더니 훌쩍 가 버렸다.

앨프리드는 베키 옆에 다가서며 위로하려고 애썼지만 그녀가 이렇게 말했다.

"저리 가. 나를 그냥 내버려 두란 말이야! 꼴도 보기 싫어!"

그러자 앨프리드는 걸음을 멈추고는 자기가 무슨 잘못을 했기에 저러는 걸까 하고 의아해했다. 그녀가 점심시간에 줄곧 함께 그림책을 보자고 하지 않았던가. 베키는 울면서 계속 발걸음을 옮기고 있었다. 앨프리드는 곰곰이 생각하며 텅 비어 있는 교실 안으로 들어갔다. 모욕을 당해서 화가 치밀었다. 그는 베키가 그러는 까닭을 쉽게 추측할 수 있었다. 결국 그 계집애는 톰 소여한테 분풀이를 하려고 자기를 이용한 것이었다. 이런 생각이 들자 그는 톰이 미워 견딜 수가 없었다. 그래서 자신이 아무런 피해를 보지 않고서도 톰을 골려 줄 방법이 없을까 하고 궁리했다. 바로 그때 톰의 철자법 책이 그의 눈에 들어왔다. 절호의 기회가 찾아온 것이다. 그는 속으로 좋아하면서 그날 오후에 공부할 책장을 펼쳐 놓고 그 위에 잉크를 쏟아 버렸다.

그때 마침 창밖에서 교실 안을 들여다보고 있던 베키가 이 광경을 목격했지만 못 본 척하고 계속 발걸음을 옮겼다. 베키는 톰을 만나 알려줘야겠다고 생각하고는 집으로 향했다. 그러면 톰은 고마워할 것이고 그동안 어색했던 두 사람 사이도 다시 좋아질 것이다. 그러나 집에 절반도 가기 전에 베키는 마음을 바꾸었다. 자기가 소풍 얘기를 했을 때 톰이 자기한테 쌀쌀맞게 대하던 기억이 아픈 상처처럼 되살아나자 분한 생각이 치밀어 올랐다. 톰이 철자법 책을 더럽혔다고 선생님한테 매를 맞게 그냥 내버려 둘 뿐만 아니라 두고두고 톰을 미워하겠다고 다짐했다.

제19장

　톰은 울적한 기분으로 집에 도착했다. 집에 돌아오기 무섭게 이모가 던지는 첫마디를 듣고는 엉뚱한 곳으로 슬픔을 품고 왔다는 사실을 깨달았다.
　"톰, 너 이 녀석, 단단히 경을 쳐야 내 속이 시원하겠구나!"
　"이모, 제가 뭘 어쨌게요?"
　"암, 단단히 경을 칠 일을 했지 뭐야. 난 아무것도 모르고 멍텅구리 바보같이 서리니 하퍼 부인을 찾아갔지. 하퍼 부인한테 네 그 시시껄렁한 꿈 얘기를 믿게 해 줄 수 있으려니 기대하고 말이다. 그런데 이게 웬일이야! 하퍼 부인은 네가 그날 밤 이곳에 와서 우리가 하는 얘기를 죄다 엿들었다는 걸 조한테서 들어 다 알고 있더구나. 이 녀석아, 그 따위 행동을 해서 대관절 이다음에 커서 뭐가 되려고 그러니? 내가 서리니 하퍼 부인 집에 가면 톡톡히 망신을 당할 걸 알면서도 한마디 귀띔도 해 주지 않은 걸 생각하니 참으로 기가 막히는구나."

일이 전혀 새로운 방향으로 돌아가고 있었다. 오늘 아침 감쪽같이 온 집안 식구를 속였을 때는 아주 근사하고 기발한 농담이라는 생각이 들었는데 이제는 비겁하고 보잘것없는 짓거리처럼 보일 뿐이었다. 톰은 잠시 고개를 푹 숙였다. 뭐라고 해야 좋을지 몰랐다. 마침내 간신히 이렇게 입을 열었다.

"이모, 그러지 말았어야 했는데……. 미처 생각을 못했어요."

"암, 그럴 테지. 네 녀석은 생각이라는 걸 통 하지 않는 애니까. 네놈은 네 욕심만 채우면 그만이지 다른 생각은 할 줄 모르잖니. 한밤중에 잭슨 섬에서 이곳까지 그렇게 멀리 와서는 우리가 걱정하는 것을 보고 즐길 생각은 할 수 있지. 또 꿈을 꾸었다고 새빨간 거짓말을 하여 우리를 비웃어 댈 생각은 할 수 있지. 하지만 너는 우리가 참 안되었다고 동정하고 우리를 슬픔에서 건져 줄 생각은 눈곱만큼도 하지 않는 녀석이야."

"이모, 그게 비열한 짓이었다는 건 알아요. 하지만 처음부터 비열한 짓을 하려고 했던 건 아니었다고요. 정말이에요. 게다가 그날 밤 이모를 비웃으려고 이곳에 온 건 아녜요."

"그럼 도대체 뭣 때문에 왔었니?"

"물에 빠진 게 아니니까 우리들 때문에 걱정하지 말라고 말하려고 왔어요."

"톰, 톰, 네가 그런 착한 생각을 했다고 믿을 수만 있다면 난 이 세상에서 제일 행복한 사람일 거야. 하지만 네가 한 번도 그런 적이 없다는 건 네가 더 잘 알고 있을 테지. 물론 나도 잘 알고 있거든, 톰."

"정말이라고요. 정말로 그랬다니까요, 이모. 그게 아니라면 손에 장을 지지겠어요."

"아, 톰, 제발 거짓말은 말거라. 거짓말을 하면 못써. 거짓말을 하면 사태가 몇 백 배는 더 악화될 뿐이야."

"거짓말이 아니에요, 이모. 정말이라니까요. 전 이모에게 걱정을 끼치고 싶지 않았어요. 그래서 이곳에 온 거라고요."

"이 세상을 다 주고라도 네 말을 믿고 싶구나. 만약 그게 사실이라면 많은 죄도 용서가 되지, 톰. 그렇다면 네가 가출해서 못되게 굴었어도 기분이 좋을 거야. 하지만 네 말은 이치에 맞지가 않아. 그렇다면 왜 그때 나한테 말을 못한 거지?"

"글쎄, 이모가 장례식 얘기를 하는 걸 듣고는, 장례식 때 돌아와 교회에 몰래 숨어 있을 생각으로 머리가 가득 차 있었기 때문이에요. 왠지 계획을 망칠까 봐 차마 말을 하지 못한 거였어요. 그래서 그 나무껍질을 주머니 속에다 도로 집어넣고 입을 꼭 다물고 있었다고요."

"나무껍질이라니 무슨 나무껍질 말이냐?"

"우리가 해적이 되려고 가출했다고 써 놓은 나무껍질 말이에요. 차라리 이모한테 뽀뽀했을 때 이모가 잠에서 깨어났더라면 좋았을걸 그랬어요. ······진심이에요."

그러자 이모의 얼굴에 깊게 파인 주름살이 갑자기 펴지면서 두 눈에 부드러운 빛이 감돌았다.

"나한테 뽀뽀를 했다고, 톰?"

"네, 그럼요."

"정말로 네가 뽀뽀를 했다고, 톰?"

"네, 정말이에요, 이모. 확실히 뽀뽀를 했다고요."

"무슨 바람이 불었기에 그랬어, 톰?"

"이모를 너무 사랑하기 때문이죠. 이모가 누워서 끙끙 신음

소리를 내는 게 무척 가슴이 아팠어요."
 이 말은 진심처럼 들렸다. 노부인은 떨리는 목소리를 감추지 못하고는 이렇게 말했다.
 "다시 뽀뽀를 해 다오, 톰! 자, 어서 학교에 가거라. 이제 그만 이모를 괴롭히고."
 톰이 집 밖으로 나가자마자 이모는 옷장으로 달려가 톰이 해적 놀이를 하러 갔을 때 입었던 엉망이 된 윗도리를 꺼냈다. 그리고 나서 옷을 손에 든 채 서서 이렇게 혼잣말로 중얼거렸다.
 "아냐, 그만두자. 용기가 나지 않는군. 가련한 녀석, 또 거짓

말을 한 걸 거야. 하지만 그건 행복한, 너무 행복한 거짓말이지 뭐야. 이렇게 마음에 위안이 되니 말이야. 하나님께 바라건대, 하나님께선 그 애를 용서해 주시리라 믿어. 거짓말은 거짓말이지만 착한 마음씨가 깃들어 있으니까. 하지만 그게 거짓말이라는 걸 알고 싶지 않아. 그러니 차라리 확인하지 않겠어."

이모는 윗도리를 치우고는 잠시 곰곰이 생각에 잠긴 채 서 있었다. 두 번이나 손을 뻗쳐 윗도리를 다시 집어 들고는 두 번이나 또다시 머뭇거렸다. 한 번 더 시도를 하더니 이번에는 이렇게 스스로를 타이르며 혼잣말로 중얼거렸다.

"거짓말이라도 나쁜 거짓말은 아냐. 좋은 거짓말이니까. 그것 때문에 가슴 아파하진 않을 거야."

이모는 윗도리 주머니를 뒤지기 시작했다. 다음 순간 톰이 나무껍질에 쓴 글을 읽고 이모는 눈물을 줄줄 흘리면서 이렇게 말했다.

"그 애가 비록 수만 가지 죄를 지었다 해도 나는 그 애를 용서할 수 있어!"

제20장

 이모가 톰에게 입을 맞춰 줄 때 이모의 태도에는 전에 볼 수 없던 뭔가가 감돌고 있었다. 그래서 톰은 울적한 기분이 달아나 버리면서 마음이 가벼워지고 명랑해졌다. 톰은 학교를 향해 출발했고, 마침 메도레인이 시작되는 길목에서 운 좋게 베키 새처와 마주쳤다. 톰은 언제나 기분에 따라 행동하는 아이였다. 그래서 조금도 주저하지 않고 그 아이한테 달려가 이렇게 말했다.
 "아까 짓궂게 굴어서 미안해, 베키. 이제부터는 절대로 그러지 않을게. 내가 살아 있는 한 말이야. 그러니까 우리 화해하기로 하자, 응?"
 베키는 가던 걸음을 멈추고 서서 톰의 얼굴을 조롱하듯 빤히 쳐다보았다.
 "혼자서나 잘 노시지, 토머스 소여 씨. 너랑 다시는 말하지 않을 거야."

베키는 머리를 홱 돌리고는 그냥 가 버렸다. 톰은 순간 너무 놀라 어안이 벙벙한 나머지 그만 침착성을 잃고 "그러면 누가 눈이나 깜짝한대, 이 새침데기 아가씨?" 하고 쏘아붙여 줄 시간도 놓치고 말았다. 그래서 그는 아무 말도 하지 않았다. 그렇지만 무척 화가 났다. 톰은 울적한 마음으로 학교 운동장으로 걸어가면서 베키가 사내자식이라면 얼마나 좋았을까, 만약 그랬더라면 실컷 두들겨 패 줄 텐데 하고 생각했다. 얼마 지나지 않아 베키를 만나자 톰은 지나가면서 한마디 매섭게 쏘아붙였다. 그러자 베키도 질세라 그에게 응수를 해 댔으니, 이제 둘 사이는 완전히 끝장이 난 셈이었다. 몹시 화가 난 베키는 오후 수업이 '시작'되기를 거의 기다릴 수 없을 정도였다. 철자법 책을 더럽혔다고 톰이 매를 맞는 모습을 보고 싶어 애가 탔기 때문이다. 앨프리드 템플이 한 짓이라고 일러바칠 마음이 조금이라도 있었다고 해도 지금은 톰이 쏘아붙인 심한 말 때문에 그럴 마음이 완전히 달아나 버렸다.

그러나 가엾은 베키는 자신에게도 위험이 빠르게 다가오고 있음을 깨닫지 못하고 있었다. 도빈스 선생은 중년이 된 지금까지도 젊은 시절에 품은 야망을 이루지 못하고 있는 사람이었다. 그의 꿈은 의사가 되는 것이었지만 집안이 가난하다 보니 시골 학교의 교사 자리에 주저앉고 말았던 것이다. 날마다 암송 시간이 없을 때면 도빈스 선생은 가끔 책상 서랍에서 이상한 책을 한 권 꺼내 들고 정신 없이 읽곤 했다. 그는 늘 그 책을 서랍 속에 넣고는 열쇠로 잠가 두었다. 아이들은 하나같이 그 책을 한 번 보고 싶어 죽을 지경이었지만 도무지 그런 기회가 오지 않았다. 사내아이 계집아이 할 것 없이 저마다 그

책이 이런저런 책일 것이라고 의견이 분분했지만 어떤 의견도 서로 비슷하지 않았다. 도무지 사실을 확인해 볼 도리가 없었다. 그런데 베키가 문 근처에 있는 도빈스 선생의 책상 앞을 지나다 보니 서랍에 열쇠가 꽂혀 있는 것이 아닌가! 지금이야말로 절호의 기회였다. 베키는 조심스럽게 주위를 둘러보았고, 자기 말고는 아무도 없자 다음 순간 잽싸게 그 책을 집어 들었다. 속표지에는 아무개 교수의 '해부학'이라는 글씨가 적혀 있었지만 베키는 그것이 무슨 뜻인지 알 수 없었다. 그래서 책장을 넘겨 보았다. 완전히 벌거벗은 인체를 멋지게 그린 천연색 판화 권두화(卷頭畵)가 먼저 눈에 들어왔다. 바로 그때 책장 위로 그림자가 드리워졌다. 톰 소여가 교실에 들어서면서 베키의 뒤에서 그 그림을 힐끗 쳐다보았던 것이다. 베키는 황급히 책장을 덮으려고 하다가 재수 없게도 그만 그림이 있는 책장 한가운데를 반쯤 찢고 말았다. 베키는 서랍 속에 책을 얼른 넣고 자물쇠를 채우고 나서 부끄럽기도 하고 속이 상하기도 해 그만 울음을 터뜨렸다.

"톰 소여, 넌 정말 비겁한 애야. 뒤에서 슬그머니 나타나 남이 보고 있는 걸 훔쳐보다니."

"네가 뭘 보고 있었는지 내가 알 턱이 없잖아?"

"창피한 줄 알아야지, 톰 소여. 너는 나중에 틀림없이 일러바칠 거야. 아이, 난 몰라! 이를 어쩌면 좋담! 매를 맞을 텐데. 난 학교에서 한 번도 매를 맞은 적이 없는데."

그러고 나서 베키는 조그마한 발을 동동 구르면서 이렇게 말했다.

"비겁하게 굴고 싶으면 네 마음대로 비겁하게 굴어! 나도 무슨 일이 일어날지 알고 있으니까. 어디 기다리고 있어 봐. 그러면 알게 될 거야! 아이, 얄미워! 아이, 보기 싫어!" 그러면서 베키는 또다시 울음을 터뜨리며 교실 밖으로 뛰쳐나갔다.

톰은 이 갑작스러운 맹공격에 어안이 벙벙하여 멍하니 서 있었다. 이윽고 혼자말로 이렇게 중얼거렸다.

"계집애들이란 참 바보 같단 말이야. 학교에서 한 번도 매를 맞아 본 적이 없다고? 흥, 매를 맞는 게 무슨 대수라고! 계집애들이란 그렇다니까. 신경이 예민한 데다가 겁도 많고. 물론 난 도빈스 선생한테 이 바보 계집애가 한 짓을 일러바치지 않을 거야. 그런 비겁한 짓을 하지 않아도 복수할 수 있는 길이 얼마든지 있으니까. 하지만 이 일을 어떻게 하지? 도빈스 선생은 틀림없이 누가 책을 찢었느냐고 물어볼 텐데. 아무도 대답하지 않을 것이고. 그러면 선생은 늘 하는 식으로 할 거야. 한 사람 한 사람 돌아가며 따져 묻다가 진짜 범인 차례가 되면 말하지 않아도 알게 될 거야. 계집애들은 늘 얼굴에 모든 걸 보여 주니까. 의지력이 없단 말이야. 그러면 보나마나 매를 맞을 거고. 이거 참, 도저히 빠져나갈 구멍이 없으니 베키 새처가 난처하게 되었군." 톰은 그 문제를 좀 더 곰곰이 생각해 보고 나서 이렇게 덧붙였다. "하지만 괜찮아. 베키라면 내가 이런 곤경에 빠지는 걸 보고 싶어 할 테지. 그러니까 베키도 어디 한번 따끔하게 혼나 보라지!"

톰은 교실 밖에서 야단법석을 떨며 장난치는 아이들과 함께 어울렸다. 잠시 뒤 도빈스 선생이 도착하자 오후 수업이 '시작' 되었다. 톰은 공부에는 별로 관심이 없었다. 그는 여학생 자리 쪽으로 눈을 돌릴 때마다 베키의 얼굴을 보고 가슴이 아팠다. 그 동안에 일어난 모든 일을 생각해 보면 동정을 하고 싶지 않았지만, 그렇다고 동정하지 않을 수도 없는 노릇이었다. 아무리 생각해도 기쁨다운 기쁨을 느낄 수 없었다. 그러다가 곧 톰은 더럽혀진 자기 철자법 책을 발견했고, 그래서 얼마 동안 자기 문제에 온통 마음을 뺏긴 나머지 베키의 일을 잠시 잊고 있었다. 그러자 베키는 침울한 기분을 떨치고 활기를 회복하더니 이 일이 어떻게 될 것인지 꽤 관심을 보였다. 그녀는 톰이 자기가 잉크를 엎지른 것이 아니라고 부인한다고 해서 궁지에서 벗어날 수 있으리라고는 생각하지 않았다. 베키의 생각은 적중했다. 톰이 부인하자 오히려 사태가 더욱 악화되는 것 같았다. 베키는 그러면 기분이 좋을 것이라고 생각했고 또 그렇게 믿으려고 애썼지만 막상 확신이 서지 않았다. 그야말로 최악의 사태가 벌어지자 일어나서 앨프리드 템플이 한 짓이라고 일러바치고 싶은 충동을 느꼈지만 억지로 꾹 참고 그냥 가만히 앉아 있었다. 그러면서 이렇게 혼잣말로 중얼거렸다.

"톰은 틀림없이 내가 그 그림을 찢었다고 고자질을 할 거야. 그러니 톰을 구해 주기 위한 말은 한마디도 하지 않을 테야!"

톰은 선생한테 매를 맞고 제자리로 돌아왔지만 조금도 마음이 상하지는 않았다. 한바탕 장난을 치다가 자기도 모르게 철자법 책에 잉크를 엎질렀을지도 모른다고 생각했기 때문이다. 그가 자신이 한 짓이 아니라고 부정한 것은 물론 체면 때문이었고 또한 관례 때문이었다. 톰은 일단 어떤 일을 부인하고 나면 원칙에 따라 끝까지 자신이 정한 태도를 고수했던 것이다.

그런 일이 있은 뒤 한 시간이 지났다. 도빈스 선생은 '옥좌' 같은 자리에 앉아서 꾸벅꾸벅 졸고 있었고, 교실 안의 공기는 아이들이 콧소리를 내며 중얼중얼 책을 읽은 소리로 나른했다. 잠시 뒤 도빈스 선생은 길게 기지개를 켜고 입이 찢어지게 하품을 하더니 책상 서랍을 열고 책을 집으려고 손을 뻗쳤다. 그러나 책을 꺼낼까 말까 망설이는 것 같았다. 대부분의 아이들은 이 모습을 별 관심 없이 나른한 시선으로 힐끗 쳐다볼 뿐이었지만 그중 두 아이만은 시선을 집중하여 선생의 동작을 지켜보았다. 도빈스 선생이 얼마 동안 멍하니 책을 만지작거리다가 결국은 서랍에서 꺼내더니 의자에 앉아 읽을 자세를 취하는 것이 아닌가! 톰은 베키를 힐끗 쳐다보았다. 베키는 마치

사냥꾼이 자기 머리에 총구를 겨냥하고 있어 꼼짝없이 붙잡힌 토끼처럼 보였다. 그 순간 톰은 베키와 다툰 일을 까맣게 잊어 버렸다. 빨리 뭔가 대책을 세워야 했던 것이다! 그것도 눈 깜짝할 사이에 빨리 말이다! 그러나 너무 절박한 상황이라서 그의 머리가 마비되었다. 옳지! 바로 그 순간 영감(靈感) 하나가 섬광처럼 번뜩 떠올랐다! 앞으로 뛰어나가서 그 책을 낚아챈 뒤 교실 문 밖으로 달아나 버리기로 하자. 그러나 톰은 잠시 머뭇거리는 사이에 기회를 놓치고 말았다. 선생이 이미 책을 펼쳐 들었기 때문이다. 놓친 기회를 다시 되돌릴 수만 있다면 얼마나 좋을까! 그러나 때는 너무 늦었다. 톰은 이제 베키를 구해 낼 방도가 없다는 생각이 들었다. 다음 순간 선생은 얼굴을 들어 학생들을 쳐다보았다. 그러자 그의 눈초리에 아이들은 하나같이 눈을 내리깔았다. 잘못을 저지르지 않은 아이들마저 겁에 질리게 하는 무서운 눈초리였다. 열까지 셀 정도로 긴 침묵이 흘렀고, 그동안 선생은 점점 노기를 띠고 있었다. 마침내 선생이 이렇게 입을 열었다.

"누가 이 책을 찢었느냐?"

아무도 대답을 하지 않았다. 교실 안은 쥐 죽은 듯 조용해졌다. 침묵이 계속되었다. 선생은 한 사람 한 사람 얼굴을 살피면서 죄지은 사람의 표정을 찾았다.

"벤저민 로저스, 네가 찢었느냐?"

그러자 그는 아니라고 대답했다. 또다시 침묵이 흘렀다.

"조셉 하퍼, 네가 찢었느냐?"

그도 역시 아니라고 대답했다. 이렇게 천천히 고문하는 식으로 일이 진행되자 톰은 점점 불안해졌다. 선생은 사내아이들

쪽을 쭉 둘러보고 잠시 생각하더니 이번에는 여자아이들 쪽으로 고개를 돌렸다.
"에이미 로런스, 너냐?"
그녀는 아니라고 고개를 내저었다.
"그레이시 밀러, 그럼 너냐?"
그녀 역시 아니라고 똑같이 고개를 내저었다.
"수전 하퍼, 네가 그랬느냐?"
그녀도 아니라고 부정했다. 그다음 차례는 베키 새처였다. 톰은 절망감에 휩싸인 채 흥분하여 머리부터 발끝까지 온몸을 부들부들 떨고 있었다.

"리베커 새처." (톰은 그녀의 얼굴을 힐끗 쳐다보았다. 겁에 질려 얼굴이 백지장처럼 새파랬다.) "네가 책을……. 아니다, 내 얼굴을 똑바로 쳐다보거라. (베키는 호소하듯 두 손을 쳐들었다.) 네가 이 책을 찢었느냐?"

바로 그때 어떤 생각이 번개처럼 톰의 머릿속을 스쳐 갔다. 그는 벌떡 자리에서 일어나더니 큰 소리로 말했다.

"제가 찢었습니다!"

교실 안의 아이들은 도저히 믿을 수 없는 이 바보 같은 행동을 어리둥절한 표정으로 바라보았다. 톰은 잠시 그대로 선 채 혼란스러운 정신을 가다듬었다. 벌을 받으러 교단 앞으로 걸어 나갈 때 톰은 가엾은 베키가 놀라움과 고마움과 존경의 눈빛으로 자기를 바라보는 모습을 보자 매를 100대 맞는 것을 보상하고도 충분히 남을 것만 같았다. 자신의 행동이 멋있다는 자부심을 느낀 톰은 도빈스 선생이 때려 본 것 중에서 가장 혹독한 매를 맞으면서도 비명 한 번 지르지 않고 꿋꿋하게 참고 견뎠다. 또한 매질 말고도 학교 수업이 끝나고 나서 두 시간 동안 교실에 남아 있으라는 가혹한 명령도 태연하게 받아들였다. 톰은 벌을 다 받고 나면 교실 밖에서 누가 기다리고 있을지 알고 있었고, 그 지겨운 시간이 무의미한 손실이 아니라는 것 또한 잘 알고 있었기 때문이다.

톰은 그날 밤 앨프리드 템플에게 복수할 방법을 궁리하며 잠자리에 들었다. 부끄럽고 후회하는 마음으로 괴로워하던 베키가 톰에게 자초지종을 다 얘기해 주었기 때문이다. 물론 그녀 자신이 톰을 배반한 행동도 잊지 않고서 말이다. 그렇지만 복수를 해야겠다는 욕망은 곧 사라지고 좀 더 흐뭇하고 즐거운 생각이 들었다. 베키가 한 마지막 말이 귓전에 맴돌면서 마침내 톰은 잠이 들었다.
"톰, 어쩌면 넌 그렇게 마음이 착한 거니?"

제21장

여름 방학이 다가오고 있었다. 평소에도 늘 무섭던 선생은 학기말에 있을 '졸업식'* 때 모든 아이들이 좋은 평가를 받기를 바랐기 때문에 전보다 더 엄격하고 까다로워졌다. 그래서 적어도 좀 더 나이 어린 학생들 사이에서는 회초리와 자막대기가 좀처럼 쉴 날이 없었다. 매를 맞지 않는 것은 가장 나이가 많은 남학생들과 열여덟 살에서 스무 살 사이의 젊은 처녀들뿐이었다. 도빈스 선생의 매질은 몹시 매서웠다. 머리는 벌써 훌렁 벗겨져 번쩍번쩍 완전히 대머리가 되어 가발로 가리고 다녔지만 아직 중년밖에 되지 않아 근육이 쇠퇴할 기미를 보이지 않았다. 졸업식이 가까워지자 그의 포학한 마음이 모두 겉으로 드러났다. 조금만 잘못해도 벌을 주는 데 재미를 붙인

---

* 원본에는 '시험(examination)'으로 나와 있지만 일반적 의미의 시험보다는 학예회를 겸한 졸업식을 가리킨다.

것 같았다. 그러다 보니 나이 어린 아이들은 한낮에는 공포와 불안에 벌벌 떨었고, 밤이 되면 선생에게 복수할 궁리를 하면서 시간을 보냈다. 아이들은 선생을 골탕 먹일 기회를 놓치지 않았다. 그러나 선생 또한 그런 기회를 늘 피해 갔다. 복수가 성공을 거둔 뒤에 받는 보복이 너무 철저하고 엄청나서 아이들은 언제나 참패한 기분으로 전쟁터에서 퇴각하곤 했다. 마침내 아이들은 함께 공모하여 틀림없이 성공할 좋은 계획 한 가지를 생각해 냈다. 그들은 동네 간판집 아들의 서약을 받고 그를 끌어들여 계획을 밝히고는 도움을 청했다. 그 아이는 계획을 듣고 나서 무척 기뻐했는데 거기엔 그 나름대로 그럴 만한 까닭이 있었다. 선생이 그의 아버지 집에서 전세를 살고 있었는데, 그것이 그 아이한테는 선생을 미워할 충분한 이유가 되었던 것이다. 선생의 아내는 며칠 있으면 시골을 방문하게 되어 있었기 때문에 아이들의 계획을 방해할 것이라고는 아무것도 없었다. 선생은 큰 행사가 있으면 언제든지 거나하게 술에 취하는 버릇이 있었다. 그래서 학예회 날 저녁 선생이 적당히 얼큰해지면 간판집 아이가 선생이 의자에 앉아 선잠을 자는 동안 '일을 처리'하겠노라고 말했다. 그러고 나서 그 아이가 때에 맞게 선생을 잠에서 깨워 급히 학교로 달려가게 하겠다는 것이다.

마침내 그 흥미로운 행사 날이 되었다. 저녁 8시가 되자 아이들은 환하게 불을 밝히고 교실 안을 화환과 나뭇잎과 꽃을 엮어 만든 줄로 장식했다. 선생은 한 단 높은 교단 위 큼직한 의자에 칠판을 등지고 앉아 있었는데 술에 취한 듯 느긋한 모습이었다. 선생의 양쪽으로 세 줄, 앞쪽으로 여섯 줄 나란히 놓인 긴 의자에는 마을의 유지들과 학부형들이 앉아 있었다. 마을 사람들이 앉아 있는 왼쪽 뒤에는 임시로 널찍한 단을 놓고 그 위에 학예회에 출연하는 학생들이 앉아 있었다. 깨끗이 세수를 하고 참기 힘들 정도로 불편한 나들이옷을 차려입은 조그마한 사내아이들이 줄을 지어 앉아 있었고, 멍청한 모습을 하고 있는 큰 아이들도 줄을 지어 앉아 있었다. 또한 한랭사와 모슬린으로 지은 옷을 입은 여학생들과 처녀들이 바람에 싸인 하얀 눈 더미처럼 나란히 앉아 있었다. 여자아이들은 살을 훤히 드러낸 팔뚝이며, 할머니한테서 물려받은 구식 장신구며, 머리에 꽂은 분홍색과 푸른색의 리본과 꽃에 신경을 쓰고 있었다. 그리고 교실의 나머지 자리에는 이번 행사에 참여하지 않는 아이들이 앉아 있었다.

마침내 암송 시범이 시작되었다. 아주 작은 사내아이 하나

가 자리에서 일어나 수줍어하며 입을 열었다.

"여러분은 제 나이의 어린 학생이 무대에 나와 여러 청중 앞에서 암송할 수 있으리라고는 좀처럼 기대하지 않았을 겁니다.*"

이렇게 말을 꺼내며 암송을 시작하는데 그 아이가 보여 주는 몸짓은 마치 기계가 움직이는 듯, 그것도 약간 고장 난 기계가 움직이듯 고통스러울 만큼 정확하고 부자연스러웠다. 그 어린 학생은 무척 겁을 먹고 있었지만 그런 대로 무사하게 발

---

* 데이비드 에버레트(1769~1813)의 「학교 연설문을 위해 쓴 시」에서 따온 구절. 다음 구절은 "그리고 만약 제가 / 데오스테네스나 키케로에 미치지 못해도 / 저를 비평가의 눈으로 보시지 마시고 / 제 실수를 그냥 넘어가 주십시오. / 작은 도토리 알에서 큼직한 참나무가 자라는 법이니까요."

표를 마쳤다. 기계처럼 깍듯이 머리를 숙이고 뒤로 물러서자 한차례 박수가 터져 나왔다.

수줍음을 타는 조그마한 소녀 하나는 혀 짧은 소리로 「메리한테는 귀여운 양 한 마리가 있었지요」라는 시를 암송하고는 예쁘게 봐 달라는 듯 청중에게 무릎을 살짝 구부리고 절을 했다. 그 보답으로 박수갈채를 받고는 소녀는 얼굴을 붉히면서 행복한 표정으로 제자리에 돌아가 앉았다.

이제 톰 소여가 자신만만하게 앞으로 걸어 나가더니 열광적인 몸짓과 분노에 찬 목소리로 불후의 명연설 「자유가 아니면 죽음을 달라」를 목청을 높여 외우기 시작했다. 그러나 톰은 중간에서 그만 말문이 막히고 말았다. 끔찍한 무대 공포증에 사로잡혀 두 다리가 후들후들 떨리고 목구멍이 꽉 막힐 것만 같았다. 톰은 교실에 앉아 있는 청중의 동정을 산 것은 분명했지만, 그 바람에 교실 안에는 묘한 침묵이 흘렀다. 그 침묵은 청중한테서 동정을 받는 것보다 훨씬 견디기 힘들었다. 선생이 얼굴을 찡그리자 이제 실패는 확실해졌다. 톰은 잠시 동안 애쓰다가 결국 참담한 기분으로 단상에서 내려오고 말았다. 누군가가 조그맣게 박수를 치려고 하다가 곧바로 멈추고 말았다.

이어서 「그 소년은 불타는 갑판 위에 서 있었다」와 「아시리아인이 쳐들어왔다」* 등 주옥같은 명연설이 암송되었다. 그 뒤

---

* 「그 소년은 불타는 갑판 위에 서 있었다」는 영국 시인 필리시어 도로시어 히먼스(1793~1835)가 지은 「카사비앙카」의 첫 구절. 「아시리아인이 쳐들어왔다」는 조지 고든 바이런의 작품 「센나케리브의 파괴」에서 뽑은 것이다. 두 번째 작품은 마크 트웨인이 즐겨 인용한 작품이다.

에는 읽기 시범과 철자법 알아맞히기 시합이 있었다. 몇 명 되지 않는 라틴어 반 학생들도 훌륭하게 암송을 해냈다. 마침내 그날 저녁의 가장 흥미로운 순서, 즉 젊은 처녀들이 직접 쓴 '작문'을 낭독할 차례였다. 차례에 맞춰 한 사람씩 단상의 앞쪽 끄트머리로 걸어 나가 목청을 가다듬고 원고를 읽기 좋게 쳐들고 (이 원고들은 모두 고운 리본으로 묶여 있었다.) '표현'과 구두점에 무척 신경을 쓰면서 읽어 나갔다. 작문의 주제는 '우정', '지난날의 추억', '역사 속의 종교', '꿈나라', '문화의 이점', '정부 형태의 비교 및 대조', '우울', '효(孝)', '마음의 갈망' 등으로서 그들에 앞서 그들의 어머니들, 그들의 할머니들, 또는 저 멀리 십자군 전쟁 때까지 거슬러 올라가는 여성 선조가 이와 비슷한 자리에서 장식했던 것들과 전혀 다를 바 없었다.*

이런 작문에서 으레 눈에 띄는 특징 가운데 하나는 애틋한 우수(憂愁)의 감정이었다. 또 다른 특징은 '미사여구'를 지나치게 많이 나열한다는 점이었다. 또한 특별히 소중하게 아껴 써야 할 어휘와 표현을 실오라기가 훤히 드러나 보일 정도로 무턱대고 자주 사용하는 경향이 있었다. 그리고 글을 눈에 띄게 손상시키는 특징이라면 마치 개가 병신이 된 꼬리 흔들어 대는 것처럼 끝에 가서 고질적으로 따분한 설교를 늘어놓는다는 점이었다. 그 주제가 뭐든지 간에 억지로 머리를 짜내 도덕적이고 종교적인 사람이라면 깊이 생각하며 교훈을 얻을 만한 이런저런 내용에 설교를 쑤셔 넣는 것이다. 누가 봐도 뻔한 위

---

* 지금까지 트웨인은 젊은 처녀들이 썼다는 작품을 하나같이 조지아 주 출신의 여성 작가 메리 앤 해리스 게이의 『산문 및 시』(1858)에서 취해 왔다.

선인 줄 알면서도 이런 설교는 아직껏 학교에서 추방되지 않았으며, 오늘날까지도 여전히 그대로 버티고 있다. 어쩌면 이 세계가 종말을 고하지 않는 한 앞으로도 버젓이 버티고 있을 것이다. 이 나라에 있는 어느 학교에 가 보아도 젊은 처녀들이라면 누구나 자기 작문의 끝을 설교로 마무리해야 한다고 생각한다. 더구나 누구보다도 경박하고 종교심이라고는 눈곱만큼도 없는 처녀들이 쓴 작품이 언제나 가장 길이가 길고 가장 심하게 거룩한 체를 한다. 그러나 이 얘기는 이제 그만 접어 두기로 하자. 소박한 진실은 언제나 재미가 없는 법이니까 말이다.

그러면 여기서 다시 '학예회' 이야기로 돌아가기로 하자. 처음으로 낭송한 작품은 「그렇다면 이것이 삶인가」라는 제목의 작품이었다. 독자들은 이제 그 일부를 발췌한 글을 인내심을 가지고 읽어 주기 바란다.

사회의 모든 분야에 걸쳐 청춘의 정신은 그 얼마나 벅찬 감격을 가슴에 안고 미래의 축제 장면을 학수고대할 것인가! 그들의 상상력은 장밋빛 환희의 그림을 그리기에 바쁘다. 공상 속에서 화려한 유행을 신봉하는 사람들은 축제를 즐기는 무리, 즉 '뭇 사람의 주목을 받는 사람'* 속에서 자신을 바라본다. 눈[雪]처럼 흰 의상을 입은 그녀의 우아한 모습은 미로 같은 즐거운 춤사위 사이를 돌아다니고 있다. 즐거운 무리 속에 섞여 그녀의 두 눈은 가장 빛이 나며, 그녀의 걸음은 가장 경쾌하다.

---

* 윌리엄 셰익스피어의 『햄릿』 3막 1장에서 오필리어가 햄릿 왕자를 두고 하는 말이다.

이처럼 감미로운 공상 속에서 시간은 물처럼 흘러가고, 마침내 그녀가 그토록 아름답게 꿈꾸어 온 이상향에 들어갈 대망의 시간이 도래한다. 몽롱한 그녀의 두 눈에는 모든 것이 얼마나 요정처럼 아름답게 보이는가! 새로 눈에 들어오는 장면마다 앞 장면보다 한층 더 매력적이다. 그러나 잠시 뒤에 그녀는 이런 아름다운 껍데기 속에 있는 모든 것이 헛되다는 것을 깨닫는다.* 한때 그녀의 영혼을 사로잡았던 아침이 이제는 그녀의 귓가에 거슬릴 뿐이다. 무도장은 이제 그녀의 마음을 끌 수 없다. 쇠약한 몸과 상처받은 마음으로 그녀는 비로소 지상의 쾌락은 영혼의 욕구를 채워 줄 수 없다는 것을 확신하면서 돌아서는 것이다.

이런 식으로 계속되었다. 낭독하는 동안 어쩌다가 사이사이에 "정말 멋있구먼!", "청산유수 같구나!", "참으로 옳은 말이야!" 하는 등등의 나지막한 부르짖음과 함께 웅성거리며 감탄하는 소리가 들려왔다. 그러다가 마침내 이상하게도 심신을 괴롭히는 설교로 끝을 맺자 우레와 같은 박수가 터져 나왔다.
다음은 알약을 먹어서인지 소화불량 때문인지 '이상하게' 안색이 좋지 못한, 몸매가 호리호리하고 우울해 보이는 소녀 하나가 자리에서 일어나 시 한 편을 낭송했다. 두 연(聯)만 소개하는 것으로 충분하리라.

---

* "헛되고 헛되며 헛되고 헛되니 모든 것이 헛되도다." 「전도서」 1장 2절.

미주리 처녀가 앨라배마에 이별을 고하다

앨라배마여, 안녕! 나 그대를 무척 사랑하노라!
하지만 이제 잠시 나는 그대에게 작별을 고하노라!
그대 생각에 슬퍼, 정말로 슬퍼 내 가슴은 일렁이고
내 이마는 그대 추억으로 활활 불타오르네!
나 그대의 꽃피는 숲 속을 거닐었고,
그대의 탤러푸사의 개울 근처를 거닐며 책을 읽었노라.
탤러시의 폭포 소리에 귀를 기울였고,
쿠사의 동산에 올라 오로라의 빛에게 구애했노라.

하지만 벅찬 가슴 참는 것을 부끄러워하지 않으며
흐르는 눈물 속에 숨으려고 얼굴을 붉히지 않노라.
이제 나는 낯선 땅을 떠나는 것이 아니고
또한 뒤에 남은 낯선 사람들에게 이 한숨을 보내지 않느니.
이 주(州)에 내 반가운 고향이 있노라.
나는 계곡을 떠나고 첨탑이 내게서 빠르게 사라지노라.
내 두 눈과 가슴과 테트는 차가울 수밖에 없으리,
사랑하는 앨라배마여, 그것들이 그대를 차갑게 대할 때는.

교실에 있는 사람 가운데에서 '테트'라는 프랑스어의 의미를 알고 있는 사람은 거의 없었지만 이 시는 호평을 받았다.

다음은 피부가 검고 눈도 검고 머리색마저 검은 처녀 하나가 등장했다. 그녀는 청중에게 강한 인상을 주기 위해 한동안 가만히 서 있다가 슬픈 표정을 지으며 엄숙한 어조로 조심스럽게 낭독하기 시작했다.

환상

폭풍우가 몰아치는 어두운 밤이었다. 저 높이 왕좌 같은 하늘에는 별 하나 깜박이지 않았다. 그윽하게 으르렁거리는 천둥소리만이 귓가를 때렸다. 그러는 동안 무시무시한 번개가 구름을 드리운 하늘 사이로 분노한 듯 내리쳤다. 그 공포를 제압하려던 그 유명한 프랭클린*의 권세마저 비웃는 듯 말이다! 사나운 바람까지도 그 신비스러운 집에서 일제히 뛰쳐나와 이 사나운 광경을 도와주려는 듯 휘몰아쳤다.

이처럼 어둡고 이처럼 쓸쓸한 때에 내 영혼은 인간적인 동정을 위해 한숨을 내쉬었지만 찾아온 것이라고는 오직,

내 둘도 없는 벗, 내 조언자, 내 위안자요 길잡이
슬픔 속의 내 기쁨, 내 기쁨 속의 두 번째 지복이
나에게 찾아왔도다.

그 여자는 낭만적인 젊은이들이 공상 속의 에덴동산의 양지바른 오솔길에서 묘사하는 그런 밝은 사람 중의 하나인 것처럼 걸었다. 천상의 아름다움으로 장식한 것을 제외하고는 아무런 장식도 하지 않은 아름다움의 여왕인 것처럼 말이다. 그

---

* 벤저민 프랭클린(1706~1790). 미국 '건국의 아버지'의 한 사람으로 과학에도 깊은 관심을 보여 피뢰침을 발명했다.

녀의 발걸음은 자못 가벼운지라 발소리조차 들리지 않았다. 만약 그녀의 다정한 손길이 만들어 내는 마술 같은 전율만 없더라면, 다른 겸손한 미인들과 마찬가지로 그녀는 누구의 눈에도 띄지 않고 또 누구 하나 찾는 사람도 없이 몰래 미끄러지듯 자취를 감추어 버렸으리라. 그녀가 밖에서 휘몰아치는 비바람을 가리키며 거기 있는 두 존재를 생각해 보라고 나에게 부탁했을 때, 그녀의 얼굴에는 12월의 의상에 떨어진 차가운 눈물처럼 오묘한 우수의 빛이 감돌고 있었다.

이 악몽 이야기는 열 페이지 정도에 이르는 원고로 마지막에는 장로교파가 아닌 모든 사람들의 희망을 뒤흔들 만한 교훈으로 끝났기 때문에 일등을 차지했다. 이 작문이 오늘 밤의 작문 중에서 최고 걸작이라는 인정을 받았다. 마을의 우두머리는 이 작가에게 상품을 수여하면서 마음에서 우러난 격려사를 늘어놓았는데, 그 글은 지금껏 그가 들어 본 글 중에서 가장 '웅변적인' 것으로서 대니얼 웹스터*조차 자랑스럽게 여길 것이라고 칭찬했다.

여기서 한마디 짚고 넘어가자면, 작문마다 '아름답다'는 말을 무턱대고 남용하고 인간의 경험을 '인생의 책장'이라고 빗대어 말하는 작품의 수가 평균치에 이른다는 점이다.

이제 취기가 얼큰히 돌아 기분이 좋아진 도빈스 선생은 앉아 있던 의자를 옆으로 밀어 놓고 청중에게 등을 돌리고 서더니 지리 학습의 시범을 보이기 위해 칠판에 미국 지도를 그리

---

* 대니얼 웹스터(1782~1852). 미국의 정치가이며 웅변가.

기 시작했다. 그러나 술에 취해 손이 떨리는 바람에 그만 지도를 엉망으로 그려 놓자 억지로 웃음을 참느라고 킥킥거리는 소리가 온 교실 안에 잔물결처럼 퍼졌다. 사람들이 왜 웃는지 알게 된 선생은 그림을 다시 고쳐 그리기 시작했다. 잘못 그은 선 몇 개를 지우고 다시 새로 선을 그렸지만 오히려 전보다 더 엉망으로 망쳐 놓았을 뿐이다. 그러자 킥킥거리는 웃음소리가 더욱 두드러졌다. 선생은 그런 웃음에 기죽지 않기로 결심한 듯 온 정신을 집중해서 그렸다. 온 눈이 자신한테 집중되어 있다는 것을 느끼지 않을 수 없었다. 잘 그리고 있다고 생각하고 있는데도 어쩐 일인지 웃음소리가 여전히 들렸다. 오히려 아까보다도 더 분명하게 들리는 것이 아닌가. 사실 웃음이 터져 나오지 않았으면 오히려 그것이 더 이상했을 것이다. 교실에는 다락방이 하나 있는데 그 다락방과 통하는 천장 승강구 바로 밑에 선생이 서 있었다. 그런데 그 승강구에서 고양이 한 마리가 엉덩이 주위에 끈을 매단 채 아래쪽으로 내려오고 있었던 것이다. 야옹 소리를 내지 못하도록 고양이의 머리와 턱 주위에 헝겊이 칭칭 동여매져 있었다. 고양이는 천천히 아래로 내려오면서 위쪽으로 몸을 동그랗게 오그려 발톱으로 엉덩이에 묶인 끈을 할퀴려고 했다. 아래쪽으로 내려오자 이번에는 허공에서 네 발을 허우적거렸다. 킥킥거리는 웃음소리는 점점 더 커졌고, 고양이는 지도 그리는 데 정신이 팔린 선생의 머리 위로 15센티미터도 채 되지 않는 지점까지 내려왔다. 아래쪽으로, 아래쪽으로 조금 더 아래쪽으로 내려오더니 마침내 고양이는 필사적으로 선생의 가발을 낚아채어 발톱에 꼭 움켜쥐었다. 그 순간 고양이는 전리품을 꽉 껴안은 채 다락방으로 휙

끌려 올려갔다. 그러자 가발이 벗겨져 버린 선생의 대머리가 어찌나 휘황찬란하게 번쩍거리며 빛을 내뿜는지! 간판집 아이가 선생의 대머리에 금빛 칠을 해 놓았던 것이다!

그 일 때문에 그날의 학예회는 도중에 끝나고 말았다. 아이들은 선생에게 앙갚음을 한 셈이었다. 그리고 마침내 방학이 시작되었다.

제22장

 톰은 새로 생긴 '금주(禁酒) 소년단'*의 화려한 허리띠가 마음에 들어 그 단체의 회원으로 가입했다. 그는 회원으로 남아 있는 한 피는 담배건 씹는 담배건 담배를 멀리하고 욕설도 삼가겠다고 서약을 했다. 이 일로 톰은 새로운 사실 하나를 발견하게 되었다. 즉 어떤 일을 하지 않겠다고 약속한다는 것은 결국 그 일을 하고 싶어 못 견디도록 만드는 가장 확실한 방법이라는 사실 말이다. 톰은 곧 술을 마시고 싶고 욕을 하고 싶어 괴로워서 견딜 수가 없었다. 이런 욕망은 점점 강렬해져서 만약 새빨간 허리띠를 두르고 으스댈 수 있는 기회가 올 거라는 희망만 없다면 당장에라도 소년단에서 탈퇴해 버리고 싶은

---

* 주로 여성이 주도한 금주 운동은 미국에서 1830년대에서 20세기 초엽에 걸쳐 크게 유행했다. 1851년 메인 주는 미국에서 처음으로 술을 판매하거나 마시는 것을 법률로 금지했다. 1918년에 미국은 헌법을 수정하여 금주령을 내리기도 했다. 톰 소여는 금주 운동의 어린이 지회에 가입한 듯하다.

심정이었다. 독립 기념일이 다가오고 있었지만 톰은 그 행사에 참가하겠다는 희망을 곧 포기했다. 입회하여 족쇄를 찬 지 채 마흔여덟 시간도 되지 않아 단념해 버리고 말았던 것이다. 그 대신 임종이 임박한 듯한 치안 판사 프레이저 노인에게 희망을 걸었다. 지위가 높은 사람이기 때문에 노인이 사망하면 장례식을 성대하게 거행할 것이다. 그래서 사흘 동안 톰은 무엇보다도 노인의 상태에 깊은 관심을 기울이며 사망 소식을 애타게 기다렸다. 어떤 때는 매우 희망적이어서 허리띠를 두르고는 거울 앞에 서서 예행연습까지 했다. 그러나 참으로 짓궂게도 판사의 상태는 기복이 심했다. 그러더니 마침내는 병이 차도가 있고 그러고 나서는 요양 중에 있다는 소식이 들렸다. 톰은 그만 부아가 치밀어 올랐다. 사기를 당한 것만 같았다. 그래서 곧바로 '금주 소년단'에서 탈퇴를 했는데, 바로 그날 밤 판사는 병이 재발하여 사망하고 말았다. 톰은 그런 인물은 두 번 다시는 믿지 말자고 마음속으로 다짐했다.

장례식은 그야말로 성대했다. '금주 소년단'의 행렬이 어찌나 멋있던지 최근에 탈퇴한 톰은 질투가 나 죽을 지경이었다. 그러나 어쨌든 톰은 다시 자유의 몸이 되었고, 그것도 그다지 나쁘지는 않았다. 마시고 싶은 것을 마시고 하고 싶은 욕도 실컷 할 수 있었지만, 뜻밖에도 톰은 그런 것들을 조금도 하고 싶지가 않았다. 원하기만 하면 언제든지 할 수 있다는 사실이 하고 싶다는 욕망과 흥미를 앗아가 버리고 말았던 것이다.

톰은 그렇게도 기다렸던 방학이 왔지만 벌써 맥이 빠지고 따분해지기 시작하는 것을 깨닫고 의아한 생각이 들었다.

그래서 톰은 일기를 쓰기로 작정했다. 그러나 처음 사흘 동안 아무런 일도 일어나지 않자 그만 집어치우고 말았다.

흑인 민스트럴 쇼*의 첫 번째 단원이 마을에 와서 대단한 반응을 불러일으켰다. 톰과 조 하퍼는 연주 팀을 조직하여 이틀 동안은 그런대로 재미있게 놀았다.

명예스러운 독립 기념일 행사는 어떤 의미에서는 실패로 끝나고 말았다. 때마침 폭우가 쏟아지는 바람에 행진이 취소되었던 것이다. 또한 이 세상에서 제일 위대한 인물로 (톰은 그렇게 믿고 있었다.) 미합중국 상원의원인 벤튼** 씨도 기대를 크게 저버렸다. 키가 7.6미터나 된다고 하더니 그 근처에도 미치지 못하는 인물이었기 때문이다.

서커스단이 마을에 왔다. 사내아이들은 그날부터 사흘 동안 헌 카펫으로 텐트를 치고 서커스 놀이를 했다. 입장료는 남자애가 바늘 세 개, 여자애가 바늘 두 개였다. 아이들은 이 놀이도 곧 집어치웠다.

또 골상학자들과 최면술사들이*** 마을에 다녀갔다. 그들이 떠난 뒤로 마을은 전보다 더욱더 지루하고 따분해졌다.

가끔씩 사내아이들과 여자아이들을 위한 파티가 있었지만, 워낙 드문 데다가 너무 재미있어서 다음 파티까지 기다리는 것이 한층 더 괴로울 뿐이었다.

---

* 백인이 흑인으로 분장하고 춤을 추며 노래 부르는 뮤지컬 코미디로 주로 지방을 순회하며 공연했다.
** 토머스 하트 벤튼(1782~1858). 미주리 주 출신 상원 의원으로 미국의 서부 영토 확장을 열렬히 주장했다.
*** 골상을 통한 성격 분석과 동물 자기(磁氣)에 따른 체면술 같은 유사(類似) 과학이 18세기 중엽에 크게 유행하였다.

 베키 새처마저 방학 동안 부모님과 함께 지내기 위해 콘스탄티노플의 집으로 가 버렸다. 그래서 톰의 삶에서 어느 것 하나 즐거운 것이라고는 눈을 씻고 찾아도 찾아볼 수 없었다.
 저번에 있었던 끔찍한 살인 사건의 비밀은 고질적인 병과 같았다. 마치 암처럼 두고두고 톰의 마음을 괴롭혔다.
 그러던 참에 톰은 홍역을 앓게 되었다.
 톰은 이 주일이나 되는 기나긴 시간 동안 꼼짝하지도 못하고 집 안에 갇힌 채 바깥 세계와 그곳에 일어나는 사건과 격리되어 있어야 했다. 워낙 심하게 앓는 바람에 톰은 무슨 일에도 통 흥미가 나지 않았다. 마침내 자리에서 일어나 후들거리는 다리로 간신히 마을로 나가 보니 사람이건 물건이건 하나같이 우울하게 변해 있을 뿐이었다. 그동안 '부흥회'가 있고 나서 어른들은 말할 것도 없고 심지어 사내아이들과 계집아이들까지 하나같이 '신앙심'에 불이 붙어 있었던 것이다.* 톰은 실오라기 같은 희망을 걸고 어디서 '저주받을 만한' 죄인의 얼굴 하나라도 만나 볼 수 있지 않을까 기대했지만 눈을 돌리는 곳마다 실망을 안겨 줄 뿐이었다. 톰은 조 하퍼가 열심히 성경 공부를 하는 서글픈 광경을 보고는 슬프게 눈을 돌리고 말았다. 벤 로저스를 찾았더니 그는 바구니에 종교에 관한 소책자를 가득 담아 들고 가난한 사람들을 찾아다니고 있었다. 톰은 이번에는 짐 홀리스를 찾아냈지만, 그 또한 톰이 최근에 앓은 홍역이야말로 고맙기 짝이 없는 하나님의 경고라고 주의를 환기시켜 주었다. 만나는 아이들마다 가뜩이나 무거운 톰의 마음에 무거운 짐을 더해 주는 것이 아닌가. 마침내 톰은 절박한 심정으로 허클베리 핀의 품에서 피난처를 찾으려 했다. 그러나 헉도 성경 구절을 인용하며 이야기를 하는 바람에 톰은 가슴이 찢어지는 듯했다. 마을의 모든 사람들 중에서 오직 자기 혼자만 영원히 길 잃고 헤매는 양이라는 사실을 깨닫고는 절망적인 상태로 집에 돌아와 침대 속으로 기어들었다.

그리고 그날 밤 장대비와 고막을 찢을 듯한 천둥소리와 함께 눈앞이 보이지 않을 만큼 번갯불이 번적거리며 무시무시한

---

* 19세기 중엽 미국 중부와 서부를 중심으로 부흥회 또는 야회 집회가 크게 유행했다. 이런 집회에서 신도들은 안수를 받아 병을 치료하고 방언을 하고 회개하는 등 종교적 열기로 뜨거웠다. 마크 트웨인은 『허클베리 핀의 모험』에서도 이 야외 부흥회를 다룬다.

폭풍우가 몰아닥쳤다. 톰은 머리까지 이불을 푹 뒤집어쓰고는 이제나저제나 하고 공포에 떨며 천벌이 떨어지기를 기다렸다. 이 천재지변이 자기 때문에 일어나고 있다는 사실에 대해서는 추호도 의심의 여지가 없었다. 톰은 이제 더 이상 인내할 수가 없을 정도로 하나님을 화나게 했기 때문에 이런 일이 생기고 말았다고 믿고 있었다. 벌레 한 마리를 죽이려고 포병 부대를 동원하는 것은 엄청난 화약을 낭비하는 일이라는 것쯤은 톰도 알고 있었다. 그러나 톰은 자기 자신과 같은 벌레 한 마리가 기어 다니는 땅 아래를 뭉개기 위해 이렇게 엄청난 폭풍우를 일으키는 일이 그렇게 얼토당토않은 것만은 아닌 듯했다.

얼마 뒤에 폭풍우는 점차 세력이 약해지더니 그 목적을 달성하지 못한 채 그냥 물러가 버렸다. 톰의 마음속에 제일 먼저 떠오른 충동은 하나님께 감사하고 새롭게 개과천선하자는 것이었다. 그러나 다음 순간 톰은 조금만 더 기다려 보기로 했다. 당분간 폭풍우는 일어날 것 같지 않았기 때문이다.

이튿날 의사가 다시 찾아왔다. 톰의 병이 재발했기 때문이다. 이번에는 삼 주일 더 꼬박 침대에 누워 있어야 했는데, 톰에게는 그 기간이 한 시대나 되는 것처럼 무척 길고 지루했다. 마침내 자리를 털고 일어났을 때 자신이 친구 하나 없는 쓸쓸한 외톨이 신세라는 생각이 들자 목숨을 건지고 살아남은 것이 별로 고맙지 않았다. 톰은 쇠약한 몸을 이끌고 정처 없이 거리를 배회하다가 짐 홀리스가 소년 법원의 재판관이 되어 죽은 참새 한 마리를 앞에 두고 가해자인 고양이를 살인죄로 재판하고 있는 모습을 발견했다. 또 다른 골목 위쪽에서는 조 하퍼와 헉 핀이 어디에선가 서리해 온 참외를 먹고 있는 모습을 발견했다. 불쌍한 녀석들! 그 녀석들도 톰처럼 다시 불신앙의 상태로 돌아와 있었던 것이다.

제23장

 마침내 졸린 듯 나른한 분위기가 술렁이기 시작하더니 마을에 활기가 가득 찼다. 살인 사건의 재판이 시작되었기 때문이다. 재판은 곧바로 온 마을 사람들의 흥미진진한 화젯거리가 되었다. 톰도 그 이야기에서 좀처럼 벗어날 수가 없었다. 살인 사건이 사람들의 입에 오르내릴 때마다 톰은 가슴이 섬뜩했다. 양심의 가책과 공포감 때문에 사람들이 자신이 듣는 데서 그 이야기를 꺼내는 것은 자신의 '속을 떠보기' 위한 것이라는 생각이 들었다. 톰은 자신이 그 살인 사건에 대해 조금이라도 알고 있을 것이라고 의심할 사람이 아무도 없다고 생각하면서도 마을 사람들의 얘기 틈바구니에 끼게 되면 마음이 편하지 않았다. 언제나 등골이 오싹했던 것이다. 톰은 헉과 함께 얘기를 하려고 그를 외딴곳으로 데리고 갔다. 괴로워하는 사람끼리 잠시 동안이나마 닫혀 있던 입을 열어 그 고통의 짐을 함께 나누면 좀 위안이 될 것 같았다. 더구나 헉이 아직도 그 일을 입 밖에 내지 않고 분별 있게 행동하고 있는지 확인하고도 싶었다.

"헉, 너 다른 사람들한테 얘기했니? 그 얘기 말이야."

"무슨 얘기 말이야?"

"뭔지 알고 있잖아."

"아, 그거. 물론 안 했지."

"한마디도 말이지?"

"입도 벙긋 안 했어. 정말이야. 한데 왜 그걸 묻는 거야?"

"그냥 겁이 나서 그래."

"야, 톰 소여, 만약 그게 밝혀지면 우린 이틀도 살아남지 못할 거야! 너도 그건 잘 알고 있잖아."

톰은 이 말을 듣자 마음이 조금 놓였다. 잠시 뒤에 톰이 다시 입을 열었다.

"헉, 누가 뭐래도 절대로 얘기하지 않을 거지?"

"내 입을 열게 한다고? 글쎄, 그 혼혈 악당 놈한테 붙잡혀 물에 빠져 죽게 된다면 모르지만. 그러지 않는 한 어림 반 푼도 없지."

"응, 그러면 됐어. 입을 꼭 다물고 있는 한 우린 안전할 거야. 하지만 어쨌든 우리 또다시 맹세하자. 그러면 더 확실해질 테니까."

"그래, 좋아."

그래서 톰과 헉은 아주 엄숙하게 다시 비밀을 지킬 것을 맹세했다.

"헉, 요즘 무슨 소문이 돌고 있니? 난 엄청 많이 듣고 있거든."

"소문이라고? 그저 머프 포터 얘기뿐이야. 자나 깨나 머프 포터 얘기뿐이라고. 그 얘기만 들으면 계속 온몸에 식은땀이 흘러 어디로든 숨어 버리고 싶은 심정이야."

"그건 나도 마찬가지야. 그 사람은 이제 끝장난 것 같아. 넌 가끔 그 영감이 불쌍하다는 생각이 들지 않니?"

"거의 언제나 그런 생각이 들어. 거의 언제나 그래. 아무짝에도 쓸모없는 인간이지만, 그렇다고 누굴 해친 적은 없잖아. 가끔 술 마실 돈을 벌려고 낚시질이나 하고……. 그리고 하는 일 없이 빈둥거리지. 하지만 그러지 않는 사람이 이 세상에 어디 있어. 적어도 대부분의 사람이 그러잖아. 목사니 뭐니 하는 사람도 다 그래. 하지만 사람이야 착한 편이지. 한번은 함께 낚시를 갔는데 두 사람 몫으론 부족했는데도 잡은 고기 절반을 나한테 주더라고. 내가 곤경에 빠져 있을 때 내 편을 들어 준 일도 많고."

"그래, 내 연이 망가졌을 때 고쳐 준 적도 있어, 헉. 또 낚싯줄에 낚싯바늘을 끼워 주기도 하고 말이야. 우리가 그 영감을 유치장에서 빼낼 수 있으면 좋으련만."

"야! 우리가 그 영감을 어떻게 빼내니? 또 빼내 봤자 아무 소용도 없잖아. 또 잡힐 텐데 뭘."

"그래, 그건 네 말이 맞아. 또 붙잡힐 거야. 하지만 사람들이 포터 영감에 대해 그렇게 마구 욕해 대는 게 듣기 싫어. 그 사람은…… 그 사람을 죽이지 않았잖아."

"내 생각도 그래, 톰. 맙소사, 사람들이 말하길 머프 영감이 이 세상에서 가장 피에 굶주린 악당인데 왜 진작 목을 매달지 않았냐는 거야."

"그래, 사람들은 늘 그런 식으로 말하지. 만약 그 사람이 풀려나기라도 하면 몰려가 사형(私刑)을 가하겠다는 거야."

"충분히 그러고도 남을 거야."

두 아이는 오랫동안 이야기를 주고받았지만 그렇게 위로가 되지는 않았다. 해가 어둑어둑해지자 두 아이는 외딴곳에 있는 조그마한 유치장 근처를 서성거렸다. 어떤 기적 같은 일이 일어나 자신들의 어려움을 해결해 줄 것을 막연히 기대하면서 말이다. 그러나 아무 일도 일어나지 않았다. 이 재수 없는 죄인을 구해 주려는 천사나 요정은 아무 데도 없는 듯했다.

아이들은 전에도 그랬던 것처럼 창살문에 다가가 포터에게 담배와 성냥을 넣어 주었다. 그가 갇혀 있는 방은 1층으로 그를 지키는 간수도 없었다. 전에도 자기들이 넣어 주는 선물에 대해 포터가 고마워할 때면 아이들은 언제나 양심의 가책을 느꼈다. 그러나 이번에는 전보다도 더 가슴이 찔렸다. 그리고 포터 영감이 이런 말을 했을 때 두 아이는 자기들이 세상에 둘도 없는 겁쟁이에 배신자라는 생각이 들었다.

"얘들아, 너희들은 내게 참 잘해 주는구나. 이 마을의 어느 누구보다도 말이다. 결코 잊지 않으마. 잊지 않고말고. 가끔 난 이렇게 혼자서 중얼거린단다. '난 전에 모든 아이의 연이나 장난감을 고쳐 주기도 하고, 좋은 낚시터를 가르쳐 주기고 하고, 또 되도록 애들과 사이좋게 지내려고 했지. 그런데 지금 이 머프가 어려움에 처해 있는데도 날 생각해 주는 애가 하나도 없구나. 한데 톰은 그렇지가 않아. 또 헉도 마찬가지고. 두 아이는 나를 잊어버리지 않고 있거든.' 나는 또 이렇게 말하지. '나도 그 아이들을 잊지 못할 거야.' 하고 말이야. 한데, 얘들아,

난 그만 엄청난 일을 저지르고 말았어. 그땐 술에 취해 정신을 잃었었나 봐. 그렇게밖에는 달리 설명할 길이 없거든. 난 이제 교수형을 당해야겠지. 그래야 될 거야. 당연히 그래야지. 또 그게 최선의 길이고. 어쨌든 그렇게 되기를 바란다는 말이야. 자, 이제 그 얘긴 집어치우기로 하자. 너희들 기분을 잡치게 하고 싶지 않구나. 너희들은 내 친구가 되어 주었으니까. 하지만 너희들한테 이것만은 당부하고 싶구나. 술 마시고 취하지 말라는 충고 말이다. 술에 취하지 않으면 이런 곳에 들어올 리가 없지. 애들아, 저쪽에 좀 더 서쪽으로 가서 서 보렴. 그렇지. 그렇게 말이야. 이렇게 곤경에 빠져 있을 때는 다정하게 대해 주는 사람들의 얼굴을 바라보는 것이 위안 중에서 가장 으뜸가는 위안이 되거든. 너희들 말고는 이곳에 찾아오는 사람이 하나도 없단다. 다정하고 친절한 얼굴……. 다정하고 친절한 얼굴 말이야. 둘 중 누가 무동을 서서 내 손을 붙잡아 주렴. 그렇지. 악수 좀 하게 이 창살 틈으로 네 손을 넣어 봐. 내 손은 너무 커서 내밀 수가 없으니. 조그맣고 약한 손이로구나. 하지만 이 작은 손이 머프 포터를 크게 도와주었어. 할 수만 있다면 앞으로 더 크게 도와줄 수 있을 거야."

 톰은 비참한 기분이 되어 집으로 돌아왔고, 그날 밤 무서운 꿈에 시달렸다. 이튿날도 또 그 이튿날도 톰은 재판소 앞을 서성거렸다. 재판소 안으로 뛰어 들어가 사실대로 털어놓고 싶은 충동을 강하게 느꼈지만 어쩔 수 없이 밖에서만 맴돌았다. 헉도 역시 똑같은 경험을 했다. 두 아이는 되도록 서로를 피했다. 어떤 때는 재판소 앞을 떠났다가 얼마 뒤 똑같이 울적한 호기심에 끌려 다시 제자리로 돌아왔다. 톰은 한가한 방청객들이 법정에서 나올 때마다 귀를 기울이고 그들의 말을 들어 보았지만 한결같이 비관적인 얘기뿐이었다. 불쌍한 포터 영감을 옭아매려는 올가미가 점점 그의 주변으로 죄어 들어오고 있었다. 이틀째 되는 날 저녁 무렵 마을에 떠도는 소문에 따르면 인전 조의 증거가 확고부동하여 배심원들의 평결은 불을 보듯 뻔했다.

그날 밤 톰은 늦게까지 밖에 있다가 창문을 통해 침실로 들어갔다. 몹시 흥분한 상태였기 때문에 몇 시간 동안이나 잠을 이루지 못했다. 이튿날 아침 온 마을 사람들이 재판소로 모여들었다. 바로 판결 공판이 있는 날이기 때문이다. 남자와 여자가 대충 절반씩 방청석을 가득 메웠다. 한참 동안 기다린 뒤에 배심원들이 줄지어 들어와 자리에 앉았다. 곧 이어서 수척하고 창백한 얼굴의 포터가 겁에 질리고 절망한 모습으로 두 손에 쇠사슬을 차고 법정에 들어와 호기심에 찬 방청객의 눈길이 닿는 곳에 앉았다. 전과 다름없이 무표정한 인전 조도 마찬가지로 눈에 잘 띄는 자리에 앉아 있었다. 법정은 잠시 조용해졌다. 그러더니 마침내 재판장이 입장했고, 보안관이 재판의 개정을 알렸다. 흔히 그러듯 변호사들은 나지막한 소리로 속삭이더니 서류를 뒤적였다. 이런 지엽적인 일로 재판이 늦어지는 탓에 오히려 분위기는 한층 매력적인 동시에 인상적이었다.

증인 한 사람이 불려 나와, 살인이 발견되던 날 이른 아침에 머프 포터 영감이 개울에서 몸을 씻고 있는 것을 보았으며 몸을 씻자마자 어디론가 재빨리 달아나더라고 증언했다. 검사는 몇 가지 질문을 더 하고 나서 변호사에게 말했다.

"증인을 심문하시오."

피고는 잠깐 눈을 들어 자신의 변호인을 쳐다보았다가 그가 이렇게 대답하자 다시 눈길을 떨어뜨렸다.
"증인에게 질문이 없습니다."
두 번째 증인은 피살자 시체 곁에서 주머니칼을 발견했다고 증언했다. 그러자 검사가 또 이렇게 말했다.
"증인을 심문하시오."
"질문 없습니다." 포터의 변호인이 대답했다.
세 번째 증인은 포터가 범행에 사용한 주머니칼을 평소에 갖고 다니는 것을 본 적이 있다고 증언했다.
"증인을 심문하시오."
이번에도 포터의 변호인은 질문할 것이 없다고 답변했다. 그러자 방청객들은 당혹감을 드러내기 시작했다. 이 변호사는 지금 자기가 변호해야 할 사람의 목숨을 건지려고 조금도 노력하지 않고 그냥 포기해 버릴 작정이란 말인가?
그 밖의 다른 증인 몇 사람도 살인 현장에 끌려 나왔을 때 포터가 보였던 수상쩍은 거동에 관해 증언했다. 그 증인들도 변호인의 반대 심문을 받지 않은 채 증언대에서 물러났다.
이어 믿을 만한 증인들이 나와 재판정에 참석한 사람이라면 누구나 또렷이 기억하고 있을 그날 아침 무덤에서 일어난 상황에 대해 자세하게 증언했지만, 포터의 변호사는 여전히 반대 심문을 하지 않았다. 당혹감과 불만을 나타내는 소리로 방청석이 술렁거리자 재판장이 조용하라는 경고를 주었다. 마침내 검사가 입을 열었다.
"시민 여러분의 의심할 여지없는 증언에 따라, 본인은 저 불행한 피고가 그 끔찍한 범죄를 저질렀다고 확신하는 바입니다.

따라서 이 사건과 관련한 심문은 이것으로 마치겠습니다."

그러자 불쌍한 포터의 입에서 절망에 찬 신음 소리가 흘러 나왔다. 그는 두 손에 얼굴을 파묻고는 몸을 앞뒤로 가만히 흔들어 댔다. 그러는 동안 법정 안은 고통스러운 침묵에 휩싸였다. 많은 방청객들이 포터를 동정하게 되었고, 여자들 가운데서는 동정의 눈물을 흘리는 사람도 있었다. 이때 피고 측 변호인이 자리에서 일어나 입을 열었다.

"존경하는 재판장님, 본 변호인은 본 재판이 시작할 때 피고가 음주로 인한 무분별하고 무책임한 광기의 영향을 받아 그런 끔찍한 범죄를 저질렀다는 것을 증명하겠다고 미리 암시

해 드린 바 있습니다. 그러나 본인은 그 의견을 바꿨습니다. 우리는 그 탄원을 모두 철회합니다." (그리고 나서 그는 서기를 향해 말했다.) "토머스 소여를 증인으로 불러 주십시오!"

그러자 법정 안에 있던 모든 사람들의 얼굴에 당황하고 놀라는 빛이 역력했다. 포터도 예외가 아니었다. 톰이 자리에서 일어나 증언대에 서자 사람들의 시선이 일제히 그에게로 쏠렸다. 몹시 겁을 집어먹고 있었기 때문에 톰의 표정도 굉장히 흥분해 있었다. 톰은 선서를 했다.

"토머스 소여, 6월 17일 자정 무렵에 어디에 있었는가?"

무쇠처럼 굳어 있는 인전 조의 얼굴을 힐끗 쳐다보는 순간 톰의 혀가 그만 굳어 버리고 말았다. 방청객들은 숨을 죽이고 귀를 기울였지만 톰의 입에서는 좀처럼 말이 나오지 않았다. 그러나 잠시 후 조금 힘을 되찾고는 근처에 있는 방청객에게만 들릴 듯한 나지막한 목소리로 간신히 이렇게 대답했다.

"공동묘지에 있었습니다."

"좀 더 큰 소리로 말해 봐. 무서워할 것 없다. 넌 그때……"

"공동묘지에 있었습니다!"

그러자 인전 조의 얼굴에 비웃는 듯한 미소가 스쳤다.

"호스 윌리엄스의 무덤 근처에 말인가?"

"네, 그렇습니다."

"좀 더 큰 소리로 말해 보거라. 조금만 더 크게 말이다. 얼마나 가까이 있었느냐?"

"지금 저와 변호사님이 떨어져 있는 거리만큼요."

"숨어 있었느냐, 숨어 있지 않았느냐?"

"숨어 있었습니다."

"어디에 숨어 있었는가?"

"무덤가 옆 느릅나무들 뒤에 숨어 있었습니다."

이 말을 듣자 인전 조는 거의 눈에 띄지 않을 정도였지만 꽤 놀라는 기색이었다.

"누구하고 같이 있었는가?"

"예, 같이 있었습니다. 그때 같이 간 사람은……."

"잠깐……. 잠깐만 기다리거라. 같이 간 사람의 이름은 대지 않아도 괜찮아. 적절한 시기에 증인으로 부를 테니까. 그때 뭘 가지고 갔었는가?"

톰은 어리둥절한 표정을 지은 채 머뭇거렸다.

"솔직히 말해라, 얘야. 주눅이 들 필요가 없다. 진실이란 언제나 존경받는 것이니까. 그곳에 뭘 갖고 갔지?"

"죽은…… 고양이 한 마리밖에는 없었는데요."

방청석에서 잔잔한 웃음소리가 번져 나가자 재판장이 주의를 주었다.

"우리는 그 죽은 고양이의 뼈를 증거물로 제출하겠습니다. 자, 얘야, 이제 그때 일어났던 일을 빠짐없이 우리한테 얘기해 보거라. 네가 늘 하는 식으로 말이다. 하나도 빠뜨리지 말고. 조금도 무서워할 것 없다."

톰이 말을 하기 시작했다. 처음에는 조금 떠듬거렸지만 이야기에 열중하다 보니 말이 술술 쉽게 나왔다. 얼마 동안 톰의 말소리만이 들릴 뿐 법정은 그야말로 쥐 죽은 듯 조용했다. 방청객들의 눈이 온통 톰에게 쏠려 있었다. 입술을 벌리고 숨을 죽인 채 톰이 하는 말 한 마디 한 마디에 귀를 기울였다. 그리고 그 무시무시한 이야기의 매력에 끌려 시간이 흐르는 것조차 까맣게 잊고 있었다. 가슴을 졸이는 긴장감이 절정에 이른 것은 톰이 이런 말을 했을 때였다.
"그리고 의사 선생님이 묘비를 내리치자 머프 포터가 쓰러지고, 그 순간 인전 조가 포터의 주머니칼을 집어 들고는……."
쨍그랑! 유리창이 깨지는 소리와 함께 혼혈 인전 조가 창문을 향해 번개처럼 재빠르게 달려가더니, 제지하려는 사람들을 헤치고는 어디론가 사라지고 말았다!

제24장

　톰 소여는 또다시 빛나는 영웅이 되었다. 어른들로부터는 귀여움을 받는 아이요, 어린아이들로부터는 부러움의 대상이 되었다. 심지어 마을 신문이 그의 영웅적인 행동을 대서특필했기 때문에 그의 이름은 영원히 사라지지 않고 남게 되었다. 마을 사람들 가운데는 목숨만 건진다면 톰이 나중에 대통령이 될 것이라고 말하는 사람마저 있었다.
　언제나처럼 변덕스럽고 비이성적인 세상 사람들은 머프 포터를 얼마 전 맹렬히 비난하던 것과 마찬가지로 아낌없이 가슴에 껴안고 호들갑을 떨었다. 세상이란 본디 그런 법이다. 그러니 굳이 그것을 탓할 필요는 없을 것이다.
　그즈음 톰의 하루하루는 낮 동안에는 신바람 나고 즐거운 일들의 연속이었지만 밤이 되면 공포의 도가니였다. 살기등등한 눈초리를 한 인전 조가 밤마다 꿈속에 나타났다. 그래서 톰은 아무리 재미있는 일이 손짓을 해도 해가 진 뒤에는 좀처럼 밖에 나가지 않으려고 했다. 불쌍한 헉도 톰과 마찬가지로 비참하게 공포에 시달렸다. 재판이 열리기 전날 밤 톰은 머프 포터 영감의 변호사에게 모든 얘기를 털어놓았다. 인전 조가 달아나는 바람에 법정에 나가 증언하는 고통은 모면할 수 있었지만, 자기도 이 사건과 연루되어 있다는 사실이 새어 나가지 않을까 몹시 걱정되었다. 그래서 불쌍한 헉은 변호사에게 찾아가 반드시 비밀을 지켜 달라고 했지만 그것이 무슨 소용이 있겠는가? 양심의 가책으로 괴로워하던 톰은 밤중에 변호사의 집을 찾아가 무시무시한 피의 맹세로 꼭 다물기로 한 입을 열고 그 끔찍한 얘기를 털어놓았고, 이로써 헉이 가지고 있던 인류에 대한 신뢰감은 거의 흔적도 없이 사라져 버리고 말았던 것이다.

톰은 머프가 날마다 고맙다고 할 때마다 고백하기를 잘했다고 생각했다. 그러나 밤이 되면 차라리 입을 꼭 다물고 있을 것을 그랬다고 후회했다.

톰은 어떤 때는 인전 조가 절대로 붙잡히지 않을 것이라고 생각했다. 그러나 또 어떤 때는 범인이 죽고 자기 눈으로 직접 그 시체를 보기 전까지는 절대로 마음 놓고 숨을 쉴 수 없다는 생각이 들기도 했다.

현상금까지 내걸고 마을 주위를 샅샅이 뒤졌지만 인전 조의 행방을 찾을 길이 없었다. 마침내 모르는 것이 없고 언제나 경외감을 불러일으키는 존재 중의 하나, 즉 탐정이 세인트루이스*에서 와서는 고양이가 쥐를 찾듯 근처를 수색하고 머리를

---

* 미주리 주 미시시피 강가에 있는 항구 도시로 해니벌 남동쪽에 위치해 있다.

끄덕이고 무엇이든 다 안다는 얼굴 표정으로 돌아다니며 그런 사람들이 보통 거두는 그런 종류의 대성공을 거두었다. 다시 말해서 '단서를 찾아낸' 것이었다. 그러나 '단서'를 가지고 살인죄로 교수형에 처할 수는 없는 노릇이다. 그래서 탐정이 일을 끝내고 돌아간 뒤에도 톰은 전과 마찬가지로 여전히 불안감을 느꼈다.

하루하루가 느릿느릿 흘러갔다. 이렇게 시간이 지나면서 두려운 마음도 조금씩 사라져 갔다.

제25장

　정상적인 아이라면 누구나 한 번쯤은 어디엔지 모를 곳에 숨어 있는 보물을 파내고 싶은 강렬한 욕망에 사로잡히는 때가 있게 마련이다. 어느 날 톰은 갑자기 이런 욕망에 사로잡혔다. 그래서 조 하퍼를 찾아 나섰지만 찾을 수 없었다. 다음에는 벤 로저스를 찾았지만 벤은 낚시질을 가고 없었다. 마침내 톰은 뜻하지 않게 '피투성이 손' 헉 핀을 만났다. 헉이라면 좋은 상대가 될 것 같았다. 그래서 조용한 곳으로 데리고 가 그 계획을 은밀히 털어놓았다. 그러자 헉은 기꺼이 찬성했다. 헉은 재미있고 돈이 들지 않는 일이라면 언제나 기꺼이 참여했다. '시간은 돈'*이라지만 그는 돈이 되지 않는 시간이 귀찮을 정도로 무척 많았던 것이다.
　"어디를 파야 되는 거지?" 헉이 물었다.

---

* 이 격언은 벤저민 프랭클린이 처음 사용한 것으로 알려져 있다.

"아, 어디든 다 파 보는 거야."

"아니, 그럼 보물이 아무데나 묻혀 있단 말이야?"

"물론 그렇지 않지. 아주 특별한 곳에 묻혀 있어, 헉. 어떤 때는 섬에, 어떤 때는 밤 12시 그림자가 드리우는 죽은 고목 가지 끝 바로 밑 땅속 썩은 상자 안에 들어 있지. 하지만 대개는 귀신이 나오는 집 마루 밑에 있거든."

"누가 감춰 놓는데?"

"그야 물론 강도 놈들이지. 넌 그게 누구라고 생각하니? 주일 학교 교장 선생님들이 그러겠어?"

"글쎄, 잘 모르겠는걸. 나 같으면 숨겨 두지 않을 거야. 신나게 다 써 버리겠다."

"나도 그럴 거야. 하지만 강도 놈들은 안 그래. 그놈들은 항상 훔친 물건을 감춰 두거든."

"나중에 가지러 오지 않니?"

"응, 오지 않아. 언젠가는 다시 찾으러 오겠다고 생각하지만, 대개는 표시를 해 둔 곳을 잊어버리거나, 아니면 그동안에 죽어 버린단 말씀이야. 어쨌든 그 보물은 땅속에 오랫동안 파묻혀 녹이 슬지. 그러고 나서 얼마 있다가 누군가가 표적을 찾는 방법이 적혀 있는 누렇게 바랜 종이쪽지를 발견하게 돼. 그 종이를 해독하는 데도 한 일주일 넘게 걸리지. 대개 암호거나 상형 문자로 씌어 있거든."

"상형 뭐라고?"

"상형 문자 말이야. 아무 뜻도 없는 듯한 그림이나 뭐 그런 것 말이야."

"그럼, 톰, 넌 그런 종이를 갖고 있니?"

"아니."
"그럼 무슨 수로 그런 표적을 찾아낸단 말이야?"
"표적 같은 건 필요 없어. 범인들은 언제나 유령 나오는 집이나 섬 또는 가지 하나가 길게 뻗어 나온 고목 밑에 그걸 숨겨 놓으니까. 전에 잭슨 섬에서 잠깐 찾아본 적이 있잖아. 언젠가 다시 찾아가 보는 거야. 스틸하우스 개천* 위에 유령이 나타나는 낡은 집 한 채가 있고, 그곳에는 죽은 나뭇가지들이 굉장히 많거든. 엄청나게 많다고."
"그런 장소 어디에나 다 묻혀 있다고?"
"멍청하게 말하는 것 좀 봐! 물론 그렇지는 않지!"
"그렇다면 그중에서 어디를 파 봐야 하는지 어떻게 아니?"
"모조리 다 파 보는 거야!"
"야, 톰, 그러다간 여름이 다 지나가겠다."
"뭐, 그러면 어때? 녹이 슬거나 번쩍거리는 금화가 100달러나 들어 있는 놋쇠 항아리, 아니면 다이아몬드가 가득 들어 있는 썩은 상자를 발견한다고 상상해 봐. 기분이 어떻겠냐?"
그 말을 듣자 헉의 눈에서 빛이 났다.
"그야 신나는 일이지. 나한테는 정말로 신바람 나는 일이야. 그러면 말이야 그 금화 100달러는 나한테 줘. 난 다이아몬드 같은 건 필요 없으니까."
"좋아, 그렇게 하지. 하지만 나라면 다이아몬드를 포기하지 않을 거야. 어떤 것들은 한 개에 20달러나 하거든. 아무리 못해

---

* 미주리 주 해니벌에 있는 냇물로 18세기 중엽 이곳에 양조장 세 개가 있어 그런 이름이 붙었다.

도 한 개에 75센트나 1달러 나가지 않는 것은 거의 없다고."

"맙소사! 설마 그럴까?"

"확실해. 누구라도 그렇게 말할 거야. 다이아몬드를 본 적이 있니, 헉?"

"내 기억으론 없는 것 같은데."

"한데, 왕들은 엄청나게 많이 갖고 있어."

"그렇지만 난 왕은 하나도 몰라, 톰."

"물론 그렇겠지. 하지만 유럽에 가면 왕들이 여기저기 많이 뛰어 돌아다니는 걸 볼 수 있어."

"왕들은 뛰어다니니?"

"뛰어다니냐고? 이런 멍텅구리! 그게 아냐!"

"그럼 왜 방금 왕들이 뛰어다닌다고 했지?"

"멍청하긴! 내 말은 유럽에 가면 왕들을 볼 수 있다는 말이었어. 물론 뛰어다니는 건 아니고. 왜 그들이 뛰어다니겠어? 그곳에 가면 그들을 볼 수 있다는 말이었다고. 말하자면 여기저기 흔히 흩어져 있다는 말이지. 늙은 곱사등이 왕 리처드* 처럼."

"리처드라고? 그 사람 성이 뭔데?"

"성은 없어. 왕한테는 이름밖에는 없거든."

"성이 없다고?"

"그렇다니까."

"왕들이 성을 원하지 않는다면 할 수 없지. 하지만 나 같으

---

* 영국 왕 리처드 3세(1452~1485)를 말한다. 그는 요크 왕조의 마지막 왕으로 폭군으로 악명이 높다.

면, 검둥이처럼 성이 없는 그런 왕은 되고 싶지 않아. 자, 그건 그렇고, 우선 어디부터 파려고 하니?"

"글쎄, 잘 모르겠는걸. 스틸하우스 개천 건너편 언덕에 있는 가지가 썩은 나무 밑부터 파 보면 어떨까?"

"좋았어!"

그리하여 두 아이는 망가진 곡괭이와 삽 하나를 둘러메고 5킬로미터 떨어진 목적지를 향해 걸어가기 시작했다. 목적지에 닿자 아이들은 더위를 피하고 숨을 고르기 위해 근처 느릅나무 그늘 아래에 몸을 던지고 잠깐 쉬면서 담배를 피웠다.

"야, 이거 재미나는데." 톰이 말했다.

"나도 그래."

"있잖아, 헉, 만약 보물을 찾게 되면 말인데, 넌 네가 받은 몫으로 뭘 할 거니?"

"글쎄, 난 하루도 빼놓지 않고 날마다 파이를 사 먹고 사이다 한 잔씩 사 마실래. 또 마을에 서커스단이 올 때마다 구경 가고. 정말로 신바람 나게 놀 거야."

"조금이라도 저금할 생각은 없니?"

"저금을 한다고? 저금은 해서 뭐하려고?"

"글쎄, 나중에 먹고살 것을 준비하기 위해서지."

"아, 그런 게 무슨 소용이 있어. 내가 얼른 써 버리지 않으면 어느 때고 아빠가 마을에 다시 돌아와 다 긁어 갈 텐데, 뭐. 보나마나 아빠는 금방 다 써 버리고 빈털터리가 될 거야. 넌 그 돈으로 뭘 할 건데, 톰?"

"난 북 하나랑, 진짜 칼이랑, 빨간색 넥타이랑, 불도그 새끼 한 마리를 살 거야. 그다음엔 결혼할 거야."

"뭐, 결혼한다고?"

"그렇다니까."

"톰, 너 지금 제정신인 거야?"

"어디 두고 보라고. 곧 알게 될 테니."

"저런, 결혼처럼 어리석은 짓은 이 세상에 또 없어. 우리 아빠하고 우리 엄마를 보란 말이야. 늘 싸움질만 했어! 글쎄, 눈만 뜨면 싸웠다고. 아직도 생생하게 기억나."

"그건 문제가 안 돼. 내가 결혼하려는 여자애는 싸우지 않을 거야."

"톰, 여자들이란 모두 똑같아. 덤벼들어서 할퀴고 잡아 뜯고 말이야. 결혼에 대해 잘 생각해 봐. 좀 더 신중히 생각해 보는 게 좋을 거야. 그런데 네가 결혼하겠다는 그 계집애의 이름이 뭐니?"

"계집애가 아니야. ……여자애라고."

"그게 그거지, 뭐. 어떤 사람은 계집애라고 하고, 또 어떤 사람은 여자애라고 하고. 둘 다 똑같은 말이라고. 어쨌든 그 아이 이름이 뭐니, 톰?"

"나중에 얘기해 줄게. 지금은 안 돼."

"싫다면 그만둬. 마음대로 해. 하지만 네가 결혼해 버리면 난 예전보다 훨씬 쓸쓸해질 거야."

"아냐, 그렇지 않을 거야. 네가 우리 집에 와서 같이 살면 될 테니까. 자, 그 얘기는 이제 집어치우고 땅이나 파 보자."

두 아이는 약 삼십 분 동안 땀을 뻘뻘 흘려 가며 땅을 팠다. 그러나 아무것도 나오지 않았다. 그래서 삼십 분 동안 더 파 보았다. 그래도 아무것도 나오지 않기는 마찬가지였다. 그러자

헉이 물었다.

"강도 놈들은 언제나 이렇게 깊이 묻어 놓니?"

"그럴 때도 있지만 늘 그런 건 아냐. 일반적으론 그러지 않아. 아무래도 우리가 장소를 잘못짚은 것 같아."

그래서 아이들은 새 장소를 골라서 다시 파기 시작했다. 힘이 조금 빠졌지만 여전히 진척이 있었다. 그들은 얼마 동안 말없이 흙을 파냈다. 마침내 헉이 삽에 기대서서 이마에서 뚝뚝 떨어지는 땀을 옷소매로 문질러 닦으면서 물었다.

"이곳을 끝내면 그다음엔 또 어딜 팔 생각이니?"

"과부댁 집 뒤쪽 카디프힐 너머에 있는 고목 밑을 한번 파 보자."

"나도 거기가 좋을 것 같아. 하지만 과부댁이 보물을 빼앗지 않을까, 톰? 그곳은 과부댁 땅이잖아."

"과부댁이 보물을 빼앗아 간다고? 한 번쯤은 그러려고 할지도 모르지. 하지만 누구든 묻혀 있는 보물을 파낸 사람이 보물의 임자야. 누구 땅이건 상관없다고."

그렇다면 안심이었다. 그래서 아이들은 계속해서 땅을 팠다. 이윽고 헉이 투덜거렸다.

"에이, 빌어먹을! 또 잘못짚었잖아. 네 생각은 어떠니?"

"이거 정말 이상한 일인데, 헉. 정말 알 수 없는 일이야. 마녀가 방해하는 때도 있거든. 어쩌면 마녀 때문일지도 몰라."

"참 답답하긴, 대낮엔 마녀가 전혀 힘을 쓰지 못하잖아."

"참, 그렇지. 그 생각을 미처 못했구나. 옳지, 이제야 알겠다! 우리가 이렇게 미련하단 말씀이야! 자정에 나뭇가지 그림자가 떨어지는 곳을 찾아내야 해. 바로 그곳을 파야 한다고!"

"쳇, 빌어먹을! 그럼 지금까지 애쓴 건 모두 헛수고잖아. 제기랄, 그럼 밤에 또 와야겠네. 꽤 먼 길인데. 너 빠져나올 수 있겠니?"

"물론 빠져나올 수 있고말고. 무슨 일이 있어도 오늘 밤에 해야 돼. 만약 누가 이 구멍을 발견하게 되면 금방 이곳에 뭐가 있는지 알아차리고는 보물을 찾아낼 테니까."

"그럼, 오늘 밤 네 집 앞에 가서 고양이 소리를 낼게."

"좋았어. 이 연장은 덤불 속에 감춰 두기로 하자."

아이들은 그날 밤 약속한 시간에 다시 나타났다. 나무 그림자 아래에 앉아서 자정이 되기를 기다렸다. 장소가 음산한 데

다가 시간도 옛날부터 전해 오는 이야기 때문에 으스스하기 짝이 없었다. 귀신이 나뭇잎을 흔들며 휙 지나가고 유령들이 적막한 길모퉁이에 숨어 있는 것 같았다. 멀리서 개 짖는 소리가 그윽하게 울려오자 올빼미가 음산한 목소리로 대꾸했다. 두 아이는 이렇게 무시무시한 분위기에 짓눌려 거의 말을 하지 않았다. 이윽고 그들은 자정이 되었다고 판단했다. 나뭇가지의 그림자가 드리워지는 지점을 표시하고 나서 그곳을 파기 시작했다. 점점 희망이 솟아오르고 호기심이 더욱 커지면서 그들의 노력도 이에 보조를 맞추었다. 구덩이는 점점 깊어졌다. 곡괭이에 뭔가가 닿는 소리를 들을 때마다 가슴이 마구 뛰었지만 번번이 실망할 뿐이었다. 곡괭이에 닿는 것은 돌멩이 아니면 나무토막이었기 때문이다. 마침내 톰이 입을 열었다.

"안 되겠는걸, 헉. 또 잘못짚은 거야."

"그럴 리가 없는데. 그림자 드리워지는 곳을 정확하게 찍었잖아."

"그건 나도 알아. 그런데 또 한 가지 중요한 게 있어."

"그게 뭔데?"

"우린 시간을 어림으로 짐작했을 뿐이잖아. 어쩌면 너무 늦었거나 너무 일렀을 수도 있거든."

그러자 헉이 삽을 던져 버렸다.

"바로 그거야." 헉이 말했다. "그게 바로 문제였다고. 이곳을 포기할 수밖에 없겠다. 우린 정확한 시간을 알아맞힐 수가 없으니까. 더구나 난 마녀와 유령이 도처에 우글거리는 한밤중에 이곳에서 이런 일을 하는 게 너무 끔찍하다고. 지금까지 내내 등 뒤에 뭔가가 있는 것 같은 느낌이 들었거든. 뒤돌아봤다가는 또 앞쪽에 뭔가와 마주칠 것 같아서 돌아보지도 못했어. 이곳에 온 뒤로 줄곧 온몸에 소름이 끼쳤다고."

"응, 그건 나도 마찬가지야, 헉. 나무 밑에 보물을 묻을 땐 거의 언제나 죽은 사람을 함께 묻거든. 보물을 지키게 하려고 그러는 거지."

"맙소사!"

"정말로 그런다고. 늘 그런 소리를 들었어."

"톰, 난 죽은 사람들 근처에 얼쩡거리기 싫어. 주변에 시체가 있으면 확실히 무슨 말썽이 생기더라고."

"나도 시체를 건드리는 건 질색이야. 이곳에 있는 시체가 해골바가지를 쳐들고 뭐라고 말을 한다고 생각해 봐!"

"그만해, 톰! 몸이 다 오싹하단 말이야."

"물론 그렇지. 헉, 나도 기분이 좋지 않아."

"있잖아, 톰, 이곳을 포기하고 다른 곳을 파기로 하자."

"좋아, 그게 좋겠어."

"그럼 어디를 파 본다?"

톰은 잠깐 생각하더니 이렇게 대답했다.

"유령의 집이야. 바로 그곳을 파 보는 거야!"

"빌어먹을, 난 유령이 나오는 집은 싫어, 톰. 유령들은 죽은 사람들보다 훨씬 더 끔찍해. 죽은 사람들이 무슨 말을 할지는 모르지만, 적어도 그들은 유령처럼 아무도 모르게 허연 수의(壽衣)를 몸에 걸치고 갑자기 나타나서는 어깨 너머로 넘겨다보면서 이를 부드득 갈지는 않잖아. 난 그런 건 참을 수 없어, 톰. 그런 것을 참을 수 있는 사람은 아무도 없을걸."

"그래, 맞아. 하지만 헉, 유령들은 오직 밤에만 돌아다니거

든. 그러니 대낮에 땅을 파는 것을 방해하지는 않을 거야."
"하긴 그렇긴 해. 하지만 너도 잘 알고 있듯이, 사람들은 낮이건 밤이건 유령의 집엔 가기 싫어하잖아."
"그야 누군가가 살해당한 곳에 가고 싶어 하는 사람은 없으니까. 하지만 한밤중이라면 몰라도 낮에 그 집 주위에서 뭘 봤다는 사람은 없어. 다만 창문으로 파란 불빛이 쓱 미끄러지듯 지나가는 것을 빼놓고는. 그건 사람들이 흔히 말하는 그런 유령은 아니라고."
"하지만 파란 불빛이 번쩍거리면서 돌아다니면 그 근처에 반드시 유령이 숨어 있는 법이야. 그건 이치에 들어맞아. 유령이 아니면 어느 누구도 그런 파란 불빛을 쓰지 않으니까."
"그래, 그렇긴 해. 어쨌든 유령이 대낮에 나타나지는 않으니까 우리가 겁먹을 필요는 없잖니?"

"그럼 좋아. 정 그렇다면 유령의 집을 파기로 하자. 그렇지만 이 일도 꼭 성공한다는 법은 없어."

이때쯤 두 아이는 언덕을 따라 내려오기 시작했다. 저 아래 달빛이 비치는 계곡 한가운데에 유령의 집이 서 있었다. 주위에 집 한 채 없는 외진 곳이었다. 울타리는 없어진 지 이미 오래되었고, 현관 층계까지 잡초가 무성했다. 게다가 허물어진 굴뚝에, 창에는 창틀만 남았고, 지붕 한 귀퉁이도 움푹 꺼져 있었다. 두 아이는 혹시라도 파란 불빛이 창가를 획 지나가는 것을 볼 수 있지 않을까 기대하면서 잠깐 동안 유령의 집을 힐끗 내려다보았다. 그들은 때와 장소에 걸맞게 나지막한 소리로 속삭이며 유령의 집과 멀리 거리를 두기 위해 오른쪽으로 방향을 바꾸었다. 그러고는 카디프힐 뒤쪽을 장식하고 있는 숲을 통과하여 마을로 돌아왔다.

제26장

 이튿날 정오쯤 두 소년은 고목 아래에 도착했다. 감춰 둔 곡괭이와 삽을 찾으러 온 것이다. 톰은 빨리 유령의 집으로 가고 싶어 안달이었다. 헉도 비슷한 마음이었지만 불쑥 이렇게 말했다.
 "이봐, 톰, 너 오늘이 무슨 요일인지 아니?"
 그 말을 듣고 톰은 속으로 요일을 따져 보고 나서 깜짝 놀란 표정을 지으며 두 눈을 재빨리 쳐들었다.
 "아차! 미처 그걸 생각 못했구나, 헉!"
 "그래, 나도 생각 못했어. 그런데 갑자기 오늘이 금요일이란 생각이 떠오르지 뭐야."
 "빌어먹을! 하지만 돌다리도 두드려 보고 건너라 했으니 조심해서 나쁠 건 없지. 금요일에 이런 짓을 하다간 꼼짝없이 큰일을 당할지도 모르니까."
 "그럴지도 모르지! 아니, 그렇다고 봐야 해! 다른 날이라면

재수가 좋을 수도 있지만 금요일엔 어림 반 푼도 없어."
 "그건 바보라도 알 수 있어. 네가 제일 먼저 발견한 건 아냐, 헉."
 "언제 내가 발견했대? 그리고 단지 금요일이기 때문에 이러는 게 아니야. 어젯밤에 되게 재수 없는 꿈을 꿨거든. 쥐 꿈을 꾸었단 말이야.*"
 "설마! 그건 큰일이 일어날 나쁜 징조야. 쥐들이 싸우던?"
 "아니."
 "그럼 다행이야, 헉. 싸움을 하지 않았다면 좋지 못한 일이

---

* 서양에서는 쥐 꿈을 꾸면 원수를 만나는 등 재수가 없다는 속설이 있다.

일어날지도 모른다고 알려 주는 거야. 경계를 늦추지 않고 거기에 걸려들지 않도록 조심하면 돼. 어쨌든 오늘은 그 일을 집어치우고 그냥 쉬면서 놀기로 하자. 너 로빈 후드 아니, 헉?"

"아니, 몰라. 로빈 후드가 누군데?"

"영국에 살았던 가장 위대한 사람 중의 하나야. 또 가장 착한 사람이기도 하지. 의적이었거든."

"와! 나도 그렇게 되면 얼마나 좋을까. 어떤 사람들의 물건을 털었는데?"

"마을의 관리들과 주교, 부자들과 왕 같은 사람들 것만 털었어. 하지만 가난한 사람들은 털끝 하나 건드리지 않았지. 오히려 가난한 사람들을 사랑했다고. 언제나 훔친 물건을 가난한 사람들에게 공평하게 나눠 줬거든."

"야, 정말 멋있는 사나이였구나."

"그렇고말고, 헉. 이 세상에서 가장 훌륭한 사람이었지. 요새는 눈을 씻고 찾아봐도 그런 사람을 찾을 수가 없어. 그는 한 손을 뒤로 묶은 채 나머지 한 손만 갖고도 영국에 있는 어떤 장사라도 때려눕힐 수 있었거든. 또 주목(朱木)으로 만든 활을 들면 2킬로미터가 넘는 곳에 떨어져 있는 10센트짜리 은화를 백발백중으로 맞출 수 있었지."

"주목으로 만든 활이 뭐니?"

"나도 잘 몰라. 활의 한 종류인가 봐. 게다가 은화의 한복판이 아닌 가장자리를 맞추면 자리에 털썩 주저앉아 원통해했대. 그럼 우리 로빈 후드 놀이 하자. 굉장히 재미있거든. 내가 가르쳐 줄게."

"좋았어, 그렇게 하자."

그래서 그날 두 소년은 오후 내내 로빈 후드 놀이를 하고 놀았다. 그러다가 가끔 유령의 집을 아쉬운 눈길로 내려다보면서 그 이튿날 있게 될 모험에 대해 얘기를 나누곤 했다. 해가 서쪽으로 뉘엿뉘엿 기울기 시작하자 그들은 나무들의 긴 그림자를 가로질러 집을 향해 걸음을 옮겼고, 곧 카디프힐의 숲 속으로 모습을 감추었다.

토요일 정오가 조금 지난 뒤 두 아이는 다시 고목 아래로 돌아왔다. 그늘에 앉아 담배를 피우며 잡담을 나눈 뒤 지난번에 팠던 구덩이를 조금 더 파 보았다. 큰 기대를 건 것은 아니었지만, 전에 어떤 사람들이 보물을 파다가 15센티미터 남겨 놓고 포기하고 말았는데 나중에 다른 사람이 나타나서 단 한 번의 삽질로 보물을 찾아냈다는 사례가 많이 있다고 톰이 말했기 때문이다. 그러나 그런 기대는 여지없이 깨지고 말았다. 그래서 두 아이는 행운을 소홀히 다루지 않고 보물찾기에 필요한 일을 모두 해 보았다고 만족스러워하면서 연장을 어깨에 둘러메고는 발길을 돌렸다.

두 아이가 유령의 집에 도착해 보니 따갑게 내리쪼이는 햇볕 아래 쥐 죽은 듯 정적이 감돌고 있어 이상야릇하게 소름이 끼쳤다. 인기척이라곤 없는 황량한 폐가(廢家)의 분위기가 너무 음산하여 그들은 잠깐 동안 감히 안으로 들어갈 엄두를 내지 못했다. 문으로 살금살금 걸어가 떨리는 마음으로 안쪽을 몰래 훔쳐보았다. 마룻바닥이 뜯어져서 흙이 그대로 드러난 방에는 잡초가 무성했고, 회칠이 떨어져 나간 벽에는 옛날 벽난로가 남아 있었다. 창틀밖에 남아 있지 않은 창문이며, 못쓰게 된 층계 하나가 눈에 들어왔다. 곳곳에 거미줄이 지저분하게 걸려 있었다. 두근거리는 가슴으로 두 아이는 발소리를 내지 않고 살금살금 안으로 들어갔다. 잔뜩 낮춘 목소리로 소곤거리며 아무리 조그마한 소리라도 놓칠세라 귀를 쫑긋 세운 채 무슨 일이 있으면 언제라도 도망칠 만반의 준비를 갖추고 말이다.

시간이 흐르자 분위기에 익숙해진 아이들은 두려운 마음이 조금 가라앉는 듯했다. 그러자 자신들이 대담해진 것에 대해 감탄하기도 하고 또한 놀라기도 하면서 호기심을 가지고 구석구석을 살폈다. 아이들은 2층으로도 올라가 보고 싶어졌다. 그렇게 하는 것은 퇴로를 차단하는 것과 다름없는 일이었지만, 두 아이는 서로에게 위험을 무릅쓰고 한번 해 보라고 자극하기 시작했다. 그렇게 되자 결과는 뻔했다. 그들은 연장을 한쪽 구석에 내던지고는 2층으로 올라갔다. 2층도 역시 폐허 그대로의 모습이었다. 방 한구석에는 틀림없이 비밀이 숨어 있을 것 같은 벽장 하나가 있었지만 기대와 달리 그 안은 텅 비어 있었다. 아이들은 이제는 용기가 솟고 마음도 침착해졌다. 일을 시작하기 위해 아래로 막 내려가려는 바로 그때였다.

"쉿!" 톰이 말했다.

"왜 그래?" 공포에 질려 얼굴이 새파랗게 된 헉이 작은 소리로 물었다.

"쉿! 잠깐만! 저 소리 들리지?"

"그래! 아, 맙소사! 어서 튀자!"

"꼼짝 말고 가만히 있어! 움직이지 말라고! 누군가가 지금 문 쪽으로 걸어오고 있잖아."

두 아이는 마룻바닥에 납작 엎드려 널빤지 옹이구멍을 통해 아래쪽을 내려다보며 겁에 질린 채 기다리고 있었다.

"걸어오다가 멈춰 섰어. 아냐, 다시 오고 있어. 문 쪽에 있다. 아무 소리도 내지 마, 헉. 아이고, 이거 어쩌지? 제기랄, 이곳에 오지 말았어야 하는 건데!"

남자 둘이 집 안으로 들어섰다. 아이들은 제각기 혼잣말로 중얼거렸다.

"한 사람은 최근 마을에 한두 번 나타났던 귀머거리에다 벙어리인 스페인 영감이로군. 또 하나는 한 번도 본 적이 없는 사람인데."

그 처음 보는 사람은 헝클어진 머리에 누더기를 아무렇게나 걸친 사내로 얼굴에는 호감이 가는 표정이라고는 눈을 씻고 보아도 없었다. 스페인 영감은 세라페*를 뒤집어쓰고 있었는데, 덥수룩하게 기른 허연 구레나룻에 솜브레로** 아래로 백발을 길게 늘어뜨리고 동그란 안경을 끼고 있었다. 집 안으로 들어오면서 '낯선 사나이'가 나지막한 목소리로 말을 하고 있었다. 두 사람은 벽을 등지고 문 쪽을 바라보며 바닥에 앉았고, '낯선 사나이'는 말을 계속했다. 그가 경계를 늦춘 채 말을 이어 가자 말소리가 좀 더 똑똑히 들려왔다.

"아니, 그건 안 되오." 그가 말했다. "잘 생각해 봤지만 난 싫소. 위험하단 말이오."

"위험하다니!" '귀머거리에다 벙어리인' 스페인 영감이 투덜거리는 소리를 듣고 아이들은 소스라치게 놀랐다. "겁쟁이 같으니라고!"

---

* 라틴 아메리카 사람들이 주로 사용하는 화려한 색깔의 어깨걸이.
** 스페인, 멕시코, 미국 서남부 등에서 쓰는 챙 넓은 펠트 모자.

두 아이는 그만 숨이 꽉 멎는 것만 같았고 온몸을 부들부들 떨렸다. 그 목소리는 다름 아닌 인전 조의 목소리가 아닌가! 얼마 동안 침묵이 흘렀다. 그러고 나서 조가 다시 말문을 열었다.

"저 상류 쪽에서 하는 일보다 더 위험한 일이 어디 있나? 그래도 아무 일 없었잖아."

"그건 다르오. 거긴 훨씬 상류 쪽인 데다가 근처에 집도 한 채 없으니까. 그러니 우리 짓이 들킬 염려가 없을 것이오. 어쨌든 성공하지 못한 이상 말이오."

"글쎄 대낮에 이곳에 나타나는 것보다 더 위험한 일이 또 어디 있겠어! 누구든지 우릴 보면 의심할 텐데."

"그건 나도 알고 있소. 하지만 그 바보 같은 일에 손을 댄 뒤로 이곳 말고 어디 마땅한 장소가 있어야지요. 난 이 오두막을 빨리 뜨고 싶소. 어제도 떠나고 싶었는데, 그 망할 녀석들이 이곳이 환히 내려다보이는 언덕 위에서 놀고 있으니 도대체 꼼짝할 수가 있어야지요."

'그 망할 녀석들'은 또다시 온몸을 부들부들 떨었다. 어제가 금요일이라는 것을 깨닫고 하루를 기다리기로 한 것이 천만다행이라고 생각했다. 하루가 아니라 일 년을 기다리지 않은 것이 못내 아쉬울 뿐이었다.

두 남자는 먹을 것을 꺼내더니 점심을 먹기 시작했다. 한참 동안 생각에 잠겨 있던 인전 조가 말문을 열었다.

"이봐, 젊은 친구. 자넨 강 상류에 있는 자네 거처로 가 있게. 그리고 내가 연락을 취할 때까지 기다리고 있으라고. 내가 기회를 봐서 한 번 더 마을에 내려가 살펴볼 테니. 상황을 좀 살펴보고 괜찮다 싶으면 '위험한' 일을 처리하자고. 그러고 나서 텍사스로 튀는 거야!* 둘이서 함께 줄행랑을 치는 거란 말이지!"

이 제안이 만족스러운 모양이었다. 두 사나이는 곧 길게 하품을 하기 시작했다. 인전 조가 이렇게 말했다.

"졸려 죽겠구먼! 망보는 건 자네 차례야."

조는 잡초 위에 몸을 쪼그리고 눕더니 이내 코를 골기 시작했다. 그의 동료가 한두 번 그를 흔들자 조는 조용해졌다. 얼마 뒤 망을 보던 남자도 고개를 끄덕이며 졸기 시작했다. 그의 고개는 점점 아래쪽으로 떨어졌고, 두 사람 모두 코를 골았다.

톰과 헉은 그제야 안도의 숨을 길게 내쉬었다. 톰이 헉의 귀에 대고 조그마한 소리로 속삭였다.

"지금 기회야. 어서 튀자!"

그러나 헉이 반대했다.

"싫어. 저 사람들이 잠에서 깨기만 하면 우린 꼼짝없이 죽는단 말이야."

톰이 재촉했지만 헉은 여전히 버티고 있었다. 마침내 톰은 천천히 몸을 일으키더니 혼자서 살금살금 걸음을 내딛기 시작했다. 그러나 첫발을 내딛자마자 금방이라도 무너질 것 같은 마룻바닥이 삐걱하고 소리를 내는 바람에 혼비백산하여 털썩 주저앉고 말았다. 톰은 두 번 다시 시도해 볼 엄두가 나지 않았다. 두 아이는 그곳에 엎드린 채 지루하게 시간이 흐르기만

---

* 아직 미개척지였던 텍사스 주는 19세기 중엽 무법자나 범법자들의 도피처였다.

을 기다렸다. 마침내 영겁의 시간마저 그대로 멈춰 서 있는 것 같다는 생각이 들 정도였다. 그때 해가 서산으로 뉘엿뉘엿 넘어가는 것을 보고 아이들은 한결 마음이 놓였다.

이제 한쪽에서 코 고는 소리가 멎었다. 인전 조가 부스스 일어나 주위를 둘러보았다. 그는 무릎 위에 고개를 떨군 채 잠을 자고 있는 동료를 향해 미소를 짓더니 발로 쿡쿡 찔러 깨웠다. 그러고는 이렇게 말했다.

"이봐! 자넨 망을 봐야 할 게 아니야! 아냐, 그만둬. 아무 일도 없었으니."

"이런! 내가 깜빡 잠이 들었나?"

"아, 그냥 조금. 이제 슬슬 이곳을 뜰 때가 됐어, 이 사람아. 그런데 이곳에 감춰 둔 훔친 물건들은 어떻게 하지?"

"글쎄, 난 잘 모르겠소. 늘 그랬던 것처럼 이곳에 두고 가는 게 좋을 것 같은데. 남쪽 지방으로 출발할 때까지는 들고 다녀도 아무 소용이 없을 테니까요. 650달러나 되는 은화라면 큰 짐이 될 거요."

"하긴 그래. 좋아. 한 번 더 이곳에 오는 게 무슨 대수인가."

"그럼요. 하지만 전에 그랬던 것처럼 한밤중에 왔으면 하오. 그렇게 하는 쪽이 더 좋겠소."

"그러지. 하지만 우리가 그 일을 해치울 수 있는 좋은 기회가 올 때까지는 아직도 한참 기다려야 할지도 몰라. 그사이에 예기치 못한 일이 일어날 수도 있고. 여기는 그렇게 안전한 장소가 못돼. 그러니 땅속에다 묻어 두는 게 좋겠어. 그것도 아주 깊게 말이야."

"그거 좋은 생각이오." 조의 동료는 맞장구를 치고 나서 방을 가로질러 벽난로 앞으로 가더니 무릎을 꿇고 엎드려 벽난로 뒤쪽 바닥에 깐 돌을 하나 들어 올리고는 쩔렁쩔렁 동전 소리가 나는 주머니 하나를 꺼냈다. 그는 주머니에서 자기 몫으로 20달러에서 30달러 정도의 은화를 꺼내고 또 같은 분량의 돈을 인젼 조의 몫으로 꺼낸 뒤 조에게 주머니를 건네주었다. 조는 방구석에 무릎을 꿇고 앉아 사냥칼로 땅을 파기 시작했다.

그 모습을 바라보며 두 아이는 여태껏 가지고 있던 두려움과 비참함을 순식간에 잊어버리고 말았다. 좋아서 어쩔 줄 모르는 눈초리로 두 남자의 움직임을 하나도 빼놓지 않고 지켜보았다. 이런 행운이 세상에 또 어디 있단 말인가! 상상도 할 수 없는 가슴 벅찬 일이었다. 600달러라면 동네 아이들 대여섯 명을 부자로 만들어 주고도 남을 거액이 아닌가! 이거야말로 최고로 재수 좋은 보물찾기가 아닐 수 없었다. 어디를 파 볼까 하고 걱정할 필요도 없으니 말이다. 톰과 헉은 쉴 새 없이 서로의 옆구리를 팔꿈치로 쿡쿡 찔렀다. 말하지 않아도 그 뜻을 충분히 짐작하고도 남을 몸짓이었다. "아, 여기 오길 정말로 잘한 것 같아!" 물론 이런 뜻으로 말하고 있었던 셈이다.

조의 칼끝이 뭔가에 부딪쳤다.

"이게 뭐야!" 조가 소리를 질렀다.

"그게 뭔데 그래요?" 그의 동료가 물었다.

"반쯤 썩은 널빤지야. 아니, 상자로군. 여기, 좀 도와줘. 도대체 왜 이게 여기에 있는지 보자고. 됐어, 구멍을 하나 뚫었어."

조는 한 손을 집어넣더니 상자를 꺼냈다.

"와, 이거 돈이잖아!"

두 남자는 동전을 한 움큼 집어 들고 자세히 살펴보았다. 금화였다. 위에서 내려다보고 있던 두 아이도 두 남자 못지않게 덩달아 흥분하고 신바람이 났다.

조의 동료가 입을 열었다.

"어서 빨리 파냅시다. 벽난로 반대쪽 구석 잡초 속에 녹슬고 헌 곡괭이가 하나 있던데. 방금 전에 봤소."

그는 아이들의 곡괭이와 삽을 가지고 왔다. 인전 조는 곡괭이를 집어 들고 찬찬히 훑어보며 고개를 갸우뚱거렸다. 그러더니 뭐라고 혼잣말로 중얼거리며 땅을 파기 시작했다. 곧 상자가 나타났다. 그렇게 큰 상자는 아니었다. 철로 테를 둘러 아주 튼튼하게 만든 상자였지만 오랜 세월을 견디다 보니 썩어 있었다. 두 남자는 너무 황홀하여 말을 잃고서 보물을 바라보았다.

"여보게, 몇 천 달러는 되겠는걸." 인전 조가 말했다.

"어느 해 여름인가 뮤럴* 일당이 이 근처에 나타나곤 했다는 소문이 나돌았었소."

"나도 그 얘기는 들었지." 인전 조가 맞장구를 쳤다. "어쩌면 이게 그 일당들의 돈일지도 모르겠군."

"그럼, 이제 그 일은 할 필요가 없겠군요."

그러자 인전 조는 이맛살을 찌푸리고는 이렇게 말했다.

"자넨 아직도 나에 대해 잘 모르는군. 적어도 그 일에 관해선 전혀 모른다는 말씀이야. 난 돈이 필요해서 이러는 게 아니야……. 난 복수를 할 거라고!" 그의 눈초리에서 사악한 빛이 번뜩였다. "자네 도움이 필요해. 그 일만 끝나고 나면, 그땐 텍

---

* 미시시피 강을 무대로 활약한 해적이자 노예 강탈자인 존 A. 뮤럴 (1804~1844). 마크 트웨인은 『미시시피 강의 생활』에서 뮤럴과 그의 일당의 활동을 적고 있다.

스스로 날아가는 거야. 자네는 마누라와 새끼들이 있는 집으로 돌아가 내가 연락을 취할 때까지 기다리고 있게."

"알겠소. 당신이 그렇게 하라면 그러지요. 한데 이 돈은 어떻게 하지요? 다시 여기에다 묻나요?"

"그렇게 하기로 하지. (위층의 아이들은 뛸 듯이 기뻤다.) 아냐! 맹세코 말하지만 이곳은 절대로 안 돼! (위층에 있는 아이들은 크게 실망했다.) 하마터면 잊을 뻔했네. 저 곡괭이에 새 흙이 묻어 있었다고! (그 말을 듣는 순간 아이들은 공포에 질리고 말았다.) 곡괭이와 삽이 이곳에 있을 이유가 없지 않은가? 게다가 어째서 갓 퍼낸 흙이 묻어 있는 거야? 누가 이곳에 갖다 놓은 게 틀림없어. 한데 그놈들이 어디로 갔을까? 자네 무슨 소리 못 들었나? 본 사람도 없고? 뭐라! 여기다 이걸 다시 묻어 놓고 그놈들이 이곳에 돌아와서 누가 땅을 파헤쳤다는 걸 보게 한다고? 어림 반 푼도 없는 소리지. 어림 반 푼도 없는 소리고말고. 내 거처로 가지고 가세."

"물론, 그래야지요! 진작 그걸 생각했어야 했는데. 그러면 1호로 말인가요?"

"아니, 2호로 가지. 십자가 아래 말이야. 다른 장소는 좋지 않아. 너무 눈에 잘 띄거든."

"좋소, 이제 날이 꽤 어두워졌으니 그럼 슬슬 출발해 보자고요."

인전 조는 벌떡 일어나더니 이 창문에서 저 창문으로 옮겨 다니면서 조심스럽게 바깥을 살폈다. 그러고는 이렇게 입을 열었다.

"도대체 누가 이곳에 연장을 갖다 놓았을까? 혹시 그놈들이

지금 2층에 있는 건 아닐까?"

두 아이는 그 말을 듣자 그만 숨이 콱 하고 멎는 것 같았다. 인전 조는 칼을 손에 쥐더니 마음을 정하지 못한 듯 잠깐 멈추었다가 계단을 향해 돌아섰다. 아이들은 벽장 속에 숨어 볼까 생각했지만 힘이 빠져 한 발도 움직일 수가 없었다. 삐걱거리면서 계단을 따라 올라오는 소리가 들렸다. 절체절명의 위기 상황에 몰리자 아이들은 겁을 집어먹고 있으면서도 결단을 내리지 않을 수 없었다. 아이들이 벽장 속으로 막 뛰어들려고 하는 순간, 썩은 목재가 부서지는 소리가 들리면서 인전 조가 산산조각 난 계단 파편과 함께 땅바닥으로 굴러 떨어졌다. 그가 욕지거리를 퍼부으면서 몸을 추스르고 일어나자 그의 동료가 말했다.

"그래 봤자 무슨 소용이 있겠소? 설령 2층에 누군가가 있다고 해도 그냥 내버려 둡시다. 상관할 거 없잖소? 아래로 뛰어 내리다가 뒈지고 싶으면 그러라지. 그걸 누가 말려? 앞으로 십오 분 있으면 어두워질 거요. 놈들이 우리를 따라오고 싶으면 어디 따라오라지, 뭐. 눈 하나 깜짝할 줄 알고. 내 생각에 연장을 갖고 온 놈들이 우리를 봤다면 유령인 줄 알았을 거요. 그러니 틀림없이 벌써 줄행랑을 치고 있겠지."

조는 잠시 투덜거리다가 결국 날이 완전히 어두워지기 전에 떠날 준비를 하는 것이 좋겠다는 동료의 의견에 맞장구를 쳤다. 잠시 뒤 그들은 귀중한 상자를 들고 집에서 빠져나와 점점 깊어지는 어둠을 뚫고 강 쪽을 향해 발길을 옮겼다.

톰과 헉은 마룻바닥에서 몸을 일으켰다. 기운이 쑥 빠졌지만 이제는 한결 마음이 놓였다. 그들은 통나무 벽 틈 사이로 두 남자의 뒷모습을 지켜보았다. 어디 한번 뒤따라가 볼까? 천만에, 아이들은 그럴 생각이 없었다. 목이 부러지지 않고 아래층으로 무사히 내려온 것을 천만다행으로 생각하며 언덕을 넘어 마을을 향해 발길을 돌렸다. 두 아이는 집으로 돌아가면서 별로 말을 하지 않았다. 스스로한테 화를 내는 데 너무 몰두해 있었기 때문이다. 재수 없게 삽과 곡괭이를 그 자리에 갖다 놓은 것에 자책감이 들었던 것이다. 그러지만 않았어도 인전 조는 전혀 의심하지 않았을 것이고, 그가 말하는 '복수'가 끝날 때까지 은화와 금화를 모두 한자리에 감춰 두었을 것이다. 그러면 그가 돈을 찾으러 다시 그곳에 돌아갔을 때는 불행하게도 이미 돈이 온데간데없이 사라져 버리게 했을 텐데. 그곳에 연장을 가지고 간 것이야말로 가슴에 사무치는 실수 중의 실수가 아니던가!

톰과 헉은 스페인 사람이 복수할 기회를 노리기 위해 마을에 나타나면 그를 감시하고 있다가 뒤를 밟아 '2호'가 어디인지 알아내기로 결심했다. 바로 그때 톰은 갑자기 가슴이 섬뜩해졌다.

"복수라고? 우리를 두고 한 말이라면 어떡하지, 헉?"

"아, 제발 그런 소리 하지 마!" 헉은 거의 기절할 것처럼 말했다.

그들은 유령의 집에서 들었던 얘기를 다시 주고받았다. 마을에 들어서면서 아이들은 조가 말한 복수의 대상이 다른 사람일 것이라고 믿기로 했다. 하지만 법정에서 인전 조에게 불리한 증언을 한 사람은 오직 톰 한 사람뿐이었기 때문에 톰이 아닌 다른 사람일 수는 없을 것이다.

혼자만 위험에 빠졌다고 생각하니 톰은 우울해졌다! 동지라도 있다면 한결 마음이 놓일 것 같았다.

제27장

낮에 겪은 모험으로 톰은 그날 밤 꿈속에서 몹시 고통을 받았다. 네 번이나 보물에 손을 댔지만 그때마다 번번이 잠이 달아나는 바람에 보물은 손가락 사이로 빠져나가고 말았다. 잠에서 깨어나자 불운이 냉혹한 현실로 다가왔다. 이른 아침에 자리에 누워 어제 모험 중에 일어난 사건들을 생각해 보니 이상하게도 모든 일이 까마득히 멀게만 느껴졌다. 마치 다른 세계에서 일어났거나 아니면 오래 전에 일어난 일 같았다. 그러고는 그 기막힌 모험 자체가 한바탕 꿈이었는지도 모른다는 생각이 드는 것이 아닌가! 그렇게 생각하고도 남을 만한 충분한 이유가 있었다. 즉 그가 목격한 은화와 금화의 양이 현실이기에는 너무나 엄청났던 것이다. 톰은 지금껏 한꺼번에 은화 50달러 이상은 구경한 적이 한 번도 없었다. 같은 또래, 같은 신분의 다른 아이들처럼 '수백'이니 '수천'이니 하는 표현은 다만 말을 멋있게 하기 위한 것일 뿐이며 이 세상에는 그런 엄청

난 금액의 돈이 사실상 존재하지 않는다고 생각하고 있었다. 실제로 100달러나 되는 거액을 소유하고 있는 사람이 있으리라고는 한순간도 상상해 본 적이 없었다. 숨겨 놓은 보물을 찾아낸다는 그의 생각도 좀 더 자세히 따져 보면 10센트짜리 동전 한 움큼이거나 그저 막연하고 황홀한, 손에 넣을 수 없는 1달러 지폐 묶음 정도에 지나지 않았던 것이다.

그러나 생각하면 할수록 어제의 사건들이 피부로 느낄 수 있을 만큼 점점 뚜렷하고도 분명하게 되살아났다. 그래서 결국 꿈이 아니라는 쪽으로 생각이 기울기 시작했다. 어쨌든 이 불확실한 일을 확인하지 않으면 안 되었다. 톰은 아침을 먹는 둥

마는 둥 하고 헉을 찾으러 나갔다.

헉은 몹시 우울한 표정으로 평저선(平底船)의 뱃전에 앉아 두 발을 물속에 담그고 힘없이 첨벙거리고 있었다. 톰은 헉이 먼저 말을 꺼낼 때까지 잠자코 있기로 마음먹고 있었다. 만약 헉이 먼저 말을 하지 않는다면 어제의 모험은 한낱 꿈에 지나지 않는 것으로 판명될 것이다.

"안녕, 헉!"

"너도 안녕!"

(그러고 나서 잠시 동안 침묵이 흘렀다.)

"톰, 우리가 그 빌어먹을 연장을 고목나무 밑에 그대로 두었더라면 보물은 우리 차지가 되었을 텐데. 아, 정말로 분해 죽겠어!"

"그럼 그게 꿈이 아니었구나! 꿈이 아니었다고! 난 그게 차라리 한바탕 꿈이었으면 했는데. 그게 꿈이기 바라지 않았다면 성을 갈겠어, 헉."

"도대체 뭐가 꿈이 아니란 말이야?"

"어제 있었던 그 일 말이야. 어쩌면 꿈일지도 모른다고 생각하고 있었거든."

"꿈이라고! 그때 만약 계단만 부서져 내리지 않았다면, 그게 어떤 엄청난 꿈인지 알았을 테지. 나도 간밤에 악몽에 시달렸지 뭐야. 한쪽 눈에 안대를 한 그 스페인 악당 놈한테 밤새도록 쫓겨 다녔단 말이야. 죽일 놈 같으니라고!"

"아냐, 죽으면 곤란하지. 그놈을 찾아내야 해! 그래서 그 돈을 찾는 거야!"

"톰, 우린 그 사람을 결코 찾아내지 못할 거야. 그런 엄청난 돈을 차지할 기회는 일생에 단 한 번밖에는 없어. 그런데 우린 그 기회를 이미 놓쳐 버렸어. 어쨌든 그놈을 보게 되면 온몸이 몹시 떨릴 것만 같아."

"하긴 나도 그래. 그래도 어쨌든 그놈을 찾아내고 싶어. 그놈의 뒤를 밟아서 그 '2호'라는 데를 꼭 찾아내는 거야."

"'2호'라고 그랬지? 그래, 그랬지. 그것에 대해 나도 여러모로 머리를 굴려 봤지만 도무지 알 수가 없단 말이야. 넌 그게 무엇일 것 같니?"

"모르겠어. 너무 까다로워. 있잖아, 헉, 혹시 집 주소는 아닐까?"

"그래 맞다! 아냐, 틀렸어, 톰. 집 주소가 맞다고 해도 이 거지 같은 마을은 아냐. 이렇게 작은 마을에 번지수가 어디 있어."

"하긴 그렇군. 좀 생각해 보자. 옳지. 방 번호야. 여관방 번호 말이야!"

"아, 그래 맞아! 여관이라면 이 마을에 두 개밖에 없어. 그러니 곧바로 알아낼 수 있겠다."

"넌 내가 돌아올 때까지 여기서 좀 기다리고 있어, 헉."

톰은 즉시 자리를 떴다. 사람들이 보는 곳에서는 헉과 함께 있고 싶지 않았던 것이다. 삼십 분이 지난 뒤 톰이 돌아왔다. 좀 더 좋은 여관의 '2호실'에는 오래 전부터 젊은 변호사가 묵고 있었다. 조금 격이 낮은 여관의 '2호실'은 수상쩍은 데가 있었다. 여관집 주인의 어린 아들 말로는 그 방은 언제나 잠겨 있으며 밤을 제외하고는 사람이 출입하는 것을 본 적이 없다는 것이다. 아이는 왜 그런지 특별한 이유는 모르고 있었다.

호기심을 느끼지 않은 것은 아니지만 그렇게 큰 호기심은 아니었다. 그저 막연히 '귀신이 나오는' 방이라고 생각하는 것으로 그 수수께끼를 해결한 모양이었다. 그러나 지난밤엔 그 방에 불이 켜져 있는 것을 보았다고 했다.

"내가 알아본 것은 그거야, 헉. 우리가 찾는 '2호'란 아무래도 바로 그곳 같아."

"그래, 그런 것 같다, 톰. 그럼 이젠 어떻게 할 거야?"

톰은 오랫동안 생각에 잠겼다. 그러고 난 뒤에 이렇게 말문을 열었다.

"이렇게 해 보자. 그 '2호실'의 뒷문은 여관과 오래되어 낡아빠진 벽돌 가게 사이에 난 좁다란 뒷골목으로 통하게 되어 있어. 그러니 너는 되도록 열쇠를 있는 대로 다 모아 갖고 와. 나도 이모가 갖고 있는 열쇠란 열쇠는 몽땅 슬쩍해 올 테니까. 그걸 갖고 달이 뜨지 않는 날 밤에 그곳에 가서 문을 열어 보는 거야. 하지만 넌 인전 조가 나타나는지 줄곧 감시를 해야 한다는 걸 명심하라고. 복수할 기회를 염탐하러 마을에 또 한 번 들른다고 했으니까. 만약 그놈이 눈에 띄면 따라붙으라고. 그놈이 그 '2호실'로 가지 않으면 그 방이 아닌 거지."

"맙소사, 난 혼자서 그 영감을 따라가기 싫은데!"

"뭘, 캄캄한 밤일 텐데. 그러니 너를 보지 못할 거야. 또 본다고 해도 이상하게 생각하지 않을 거야."

"글쎄, 아주 캄캄한 밤이라면 한번 따라가 볼게. 에라, 모르겠다. 모르겠어. 어쨌든 한번 해 볼게."

"아주 캄캄하다면 나라도 그놈을 따라가겠다, 헉. 그놈이 복수할 수 없다는 걸 알게 되면 곧장 돈을 가지러 갈지 몰라."

"그럴지도 모르지, 톰. 그럴지도 몰라. 내가 그놈의 뒤를 밟을게. 맹세코 꼭 그렇게 하겠어!"

"이제야 제대로 말을 하는군! 마음이 약해지면 안 돼, 헉. 나도 용기를 낼게."

제28장

그날 밤 톰과 헉은 모험을 할 준비를 했다. 한 사람은 멀리서 골목을 지키고 다른 한 사람은 여관 출입문을 지켜보면서 9시가 넘도록 여관 주위를 맴돌았다. 뒷골목을 드나드는 사람은 아무도 없었고, 스페인 사람을 닮은 남자가 여관 문에 드나드는 것도 보이지 않았다. 그날 밤은 날씨가 꽤 맑을 것 같았다. 그래서 상당히 캄캄해졌을 때 헉이 톰의 집 앞에 와서 "야옹." 하고 고양이 소리를 내면 톰이 몰래 집을 빠져나와 열쇠로 여관 문을 열어 보기로 약속하고 톰은 집으로 돌아갔다. 하지만 밤이 깊어도 여전히 달이 밝자 헉도 12시쯤 경계를 풀고는 설탕을 담는 텅 빈 나무통 속으로 기어들어 가 잠을 잤다.

화요일에도 두 아이는 운이 없었다. 수요일도 마찬가지였다. 그러나 목요일에는 가능성이 있어 보였다. 톰은 이모가 쓰는 낡은 양철 등과 그것을 가릴 큰 수건을 집어 들고 조금 일찍 감치 몰래 집을 빠져나왔다. 톰은 그 양철 등을 헉이 잠을 자

는 설탕 통 속에 감춰 두고 망을 보기 시작했다. 11시쯤 되자 여관집 문이 닫히고 불도(그 근처에서 유일한 불이었다.) 모두 꺼졌다. 그때까지도 스페인 사람은 보이지 않았다. 뒷골목을 출입하는 사람도 없었다. 모든 일이 뜻대로 잘 되어 가고 있었다. 어둠만 짙게 깔리고 고요하기 이를 데 없었다. 간간이 멀리서 들려오는 천둥소리만이 적막을 깨뜨렸다.

톰은 감추어 놓았던 등을 꺼내 통 속에서 불을 붙인 뒤 큰 수건으로 단단히 감쌌다. 두 모험가는 어둠을 뚫고 발소리를 죽여 가며 여관을 향해 걸음을 옮겼다. 헉이 망을 보는 동안 톰은 뒷골목 안으로 더듬어 들어갔다. 톰을 기다리는 동안 헉은 불안한 마음에 마치 태산에 짓눌린 것처럼 답답했다. 등 뒤로 불빛이라도 볼 수 있었으면 하고 생각하기 시작했다. 물론 그렇게 되면 놀라기는 하겠지만 적어도 톰이 아직 살아 있다는 것은 알 수 있을 것이다. 톰이 사라진 지 몇 시간이 흐른 듯했다. 톰은 아마 기절했는지도 모른다. 아니, 죽었을지도 모른다. 아니면 공포와 흥분 때문에 심장이 갑자기 터져 버렸는지도 모를 일이다. 헉은 불안한 마음에 뒷골목 쪽으로 조금씩 다가갔다. 온갖 종류의 두려운 생각이 다 들었다. 지금 당장 무서운 재앙이 일어나 자신의 숨을 앗아갈지 모른다고 생각하니 가슴을 조여드는 것 같았다. 거의 숨을 쉴 수가 없었기 때문에 어찌 보면 앗아갈 숨도 별로 없는 것이나 마찬가지였다. 심장이 이렇게 쿵쿵 뛰다가는 곧 닳아 없어질 것만 같았다. 바로 그때 갑자기 불빛이 번쩍하더니 톰이 그의 옆으로 쏜살같이 뛰어갔다.

"어서 튀어!" 톰이 말했다. "걸음아 날 살려라 하고 뛰란 말이야!"

톰은 그 말을 두 번 다시 되풀이할 필요가 없었다. 한 번이면 충분했다. 톰의 두 번째 명령이 떨어지기도 전에 헉은 이미 시속 50킬로미터에서 60킬로미터의 속도로 달리고 있었다. 아이들은 마을 외곽에 있는 폐허가 된 도살장 헛간에 닿을 때까지 한 번도 쉬지 않고 달렸다. 헛간 안에 들어서자마자 폭풍우가 쏟아져 내렸다. 톰은 겨우 숨을 가누면서 이렇게 내뱉었다.

"헉, 정말 끔찍했어! 될 수 있으면 소리 나지 않게 열쇠를 두 개째 꽂아 볼 때였어. 그런데 딸깍거리는 소리가 어찌나 크게 나는지 무서워서 숨도 제대로 쉴 수 없었지. 열쇠가 잘 돌

아가지 않는 거야. 그런데 내가 얼떨결에 방문 손잡이를 돌리니까 방문이 그대로 열리는 게 아니겠어! 그러니까 방문이 처음부터 잠겨 있지 않았던 거라고! 그래서 살그머니 들어가서 등불을 싼 수건을 벗겨 냈지. 그런데 맙소사, 이게 웬일이야!"

"뭐가 있었는데? 도대체 방 안에서 무엇을 봤기에, 톰?"

"헉, 하마터면 인전 조의 손을 밟을 뻔했다고!"

"설마 그럴 리가!"

"그랬다니까! 그놈이 방바닥에 자빠져서 세상모르고 잠을 자고 있는 거야. 눈 한쪽에는 여전히 안대를 붙인 채 두 팔을 크게 벌리고 말이야."

"맙소사, 그래서 어떻게 됐어? 그놈이 잠에서 깼어?"

"아냐, 꿈쩍도 하지 않았어. 술에 취해 곯아떨어져 있었나 봐. 그래서 난 수건을 집어 들고 정신없이 도망쳤다고!"

"나 같았으면 그까짓 수건 따위는 생각하지도 않았을 거야!"

"그렇지만 난 달라. 그걸 잃어버리면 이모한테 혼날 테니까 말이야."

"있잖니, 톰. 그런데 그 돈 상자는 봤니?"

"헉, 상자고 뭐고 주위를 둘러볼 겨를이 어디 있어. 상자도 보지 못했고, 십자가도 보지 못했다고. 얼핏 눈에 띄는 것이라곤 인전 조 옆에 뒹굴고 있는 빈 술병하고 양철 컵뿐이었어. 그렇지, 방 안에 나무통 두 개랑 술병이 굉장히 많이 널려 있더라고. 그래도 그 유령이 나오는 방이 어땠는지 모르겠어?"

"어땠는데?"

"글쎄, 위스키 유령이 출몰하는 방이었지 뭐야! 아마 '금주(禁酒) 여관'*이라고 하는 곳에는 다 이런 유령이 출몰하는 방이 하나씩은 있는 모양이야. 안 그러니, 헉?"

"하긴 그럴지도 모르지. 그런 걸 누가 생각이나 했겠어? 한데 있잖아, 톰, 인전 조가 술에 곯아떨어져 있다면 상자를 빼앗아 오기에 지금보다 더 좋은 때는 없을 것 같은데."

"그래 맞아! 어디 네가 한번 해 봐!"

그러자 헉이 몸을 덜덜 떨었다.

"아냐, 난 싫어. 난 안 할래."

"그럼 나도 안 할래, 헉. 인전 조 옆에 술병이 하나밖에 없는 것으로는 마음이 놓이지 않아. 세 개쯤 뒹굴고 있다면 곤드레

---

* 술을 팔지 않는 여관. 그러나 이런 여관에서도 몰래 술을 팔곤 했다. 19세기 중엽 해니벌에는 술을 파는 여관 말고도 선술집이 여섯, 양조장이 세 군데 있었다.

만드레 취해 있을 테니까 어떻게 한번 해 볼 테지만."
 두 아이는 아무 말도 하지 않고 오랫동안 생각에 잠겨 있었다. 이윽고 톰이 먼저 입을 열었다.
 "헉, 내 말 좀 들어 봐. 인전 조가 그 방 안에 없다는 걸 확인하기 전에는 섣불리 나서지 않기로 하자. 너무 무섭거든. 밤마다 망을 보면 언젠가는 그놈이 밖에 나가는 걸 확실히 볼 수 있을 거야. 그때 우리가 번개보다 더 잽싸게 그 상자를 들고 나오는 거야."
 "그래, 그렇게 하기로 하자. 내가 밤새도록 망을 볼게. 만약 네가 상자를 훔치는 일을 맡는다면, 매일 밤마다 망을 볼게."
 "좋아, 그렇게 하자. 넌 후퍼 스트리트* 위쪽으로 한 블록쯤 달려와서 고양이 소리로 신호만 보내면 돼. 만약 내가 잠을 자고 있으면 창문에 조그마한 돌맹이를 던지라고. 그러면 나를 깨울 수 있을 거야."
 "찬성해. 아주 좋았어!"
 "자, 폭풍우가 지나갔으니 난 이제 집으로 갈게. 두세 시간만 있으면 날이 샐 거야. 넌 다시 돌아가서 망을 봐. 알았지?"
 "그런다고 했잖니, 톰. 그럴 거야. 일 년 동안이라도 매일 밤마다 그 여관 앞을 떠나지 않을 거야. 낮 동안에는 잠만 자고 밤에는 밤새도록 망을 보겠어."
 "그러면 됐어. 그런데 넌 어디서 잘 거니?"
 "벤 로저스네 건초 더미 위에서 잘 거야. 벤이 허락했고, 또 그 집 검둥이 엉클 제이크도 허락했어. 난 엉클 제이크가 부

---
* 마크 트웨인이 살았던 해니벌에 있는 힐 스트리트를 말한다.

탁하면 물을 길어다 주거든. 또 그 영감도 내가 부탁하면 먹을 걸 나눠 줘. 물론 나눠 줄 수 있을 때면 말이지. 참 좋은 검둥이야, 톰. 그 영감도 나를 좋아하는데, 그건 내가 백인이라고 잘난 체하지 않기 때문이야. 그 영감하고 같이 앉아서 함께 음식을 먹을 때도 있어. 하지만 이 얘긴 아무한테도 하지 마. 배가 몹시 고플 땐 보통 때라면 하고 싶지 않은 일도 하게 되는 경우가 있거든."

"알았어. 만약 낮에 너한테 볼일이 없으면 그냥 잠을 자게 내버려 둘게. 공연히 찾아가서 방해하지 않겠다고. 하지만 밤중에 무슨 일이 생기면 곧장 나한테 달려와서 고양이 소리를 내야 해."

제29장

　금요일 아침 톰이 제일 먼저 들은 소식은 새처 판사네 가족이 지난밤에 마을로 돌아왔다는 기쁜 소식이었다. 인전 조와 보물 얘기는 잠시 동안 별로 중요하지 않게 되었고, 톰의 머리는 온통 베키 생각으로 가득 찼다. 톰은 베키를 만났고, 둘은 다른 학교 친구들과 함께 '숨바꼭질'과 '골키퍼' 놀이를 하며 지칠 때까지 즐거운 시간을 보냈다. 그날은 특별히 아주 만족스럽게 하루를 마무리했다. 베키가 오래 전에 친구들에게 약속한 소풍을 이튿날 가게 해 달라고 엄마를 졸라 허락을 받아 냈던 것이다. 베키는 이루 말할 수 없이 기뻤고, 톰의 기쁨도 그녀 못지않았다. 베키는 해가 지기 전에 친구들에게 초청장을 보냈고, 곧바로 마을 아이들은 소풍 준비를 하느라고 분주를 떨었다. 모두 기대감으로 잔뜩 들떠 있었다. 톰도 마음이 들떠 밤늦게까지 잠이 오지 않았다. 또 톰은 헉이 고양이 소리를 내는 것을 듣고 보물을 찾아서 이튿날 베키와 소풍 나온 아이들을 깜짝 놀라게 해 줄 수 있을 것이라는 기대를 품고 있었다. 그러나 톰의 희망은 여지없이 깨지고 말았다. 그날 밤에는 아무 신호도 들리지 않았기 때문이다.

마침내 아침이 밝았다. 10시에서 11시 사이에 마음이 들뜬 아이들이 새처 판사의 집 앞에 모여 왁자지껄하게 떠들고 있었다. 이제 소풍을 떠날 만반의 준비가 되었다. 이런 소풍에는 어른들이 따라가서 분위기를 망치지 않는 것이 관례로 되어 있었다. 열여덟 살 정도의 젊은 여자들과 스물서너 살 정도의 젊은 남자 몇 명이 따라가면 아이들은 안전할 것으로 생각되었던 것이다. 소풍을 위해 낡은 증기 여객선 한 척도 전세를 내었다. 신이 난 아이들은 도시락 바구니를 들고 동네 중심 거리를 따라 걸어갔다. 시드는 몸이 아파서 이 재미있는 놀이에 끼지 못했다. 메리도 시드를 간호하느라고 역시 집에 머물러 있었다. 새처 부인은 베키에게 마지막으로 주의를 주었다.

"늦게 집에 돌아올게 될지도 모른다. 혹시 늦거든 선착장 근처에 사는 여자 친구들 집에서 하룻밤 묵도록 해라."

"만약 그렇게 되면 수지 하퍼네 집에서 잘게요, 엄마."

"그래. 마음가짐, 몸가짐 얌전히 하고. 문제를 일으켜서는 안 돼."

잠시 뒤에 아이들과 함께 길을 걸어가며 톰이 베키에게 말했다.

"있잖아. 이렇게 하는 게 어때. 조 하퍼네 집에 가지 말고 언덕 위로 곧바로 올라가 더글러스 과부댁 집에 가는 거야. 그 집에는 아이스크림이 있거든! 아이스크림이 없는 날이 거의 없다고. 그것도 엄청나게 많이 있지. 게다가 과부댁은 우리가 가면 여간 기뻐하지 않을 거야."

"야, 그게 재미있겠네!"

베키는 잠시 생각하더니 이렇게 말을 이었다.

"하지만 엄마가 아시면 뭐라고 하실까?"

"네 엄마가 그걸 어떻게 아시겠어?"

그러자 베키는 그 일을 곰곰이 생각해 보더니 머뭇거리며 말했다.

"옳은 일이란 생각은 들지 않지만……."

"제기랄! 네 엄마는 모르신대도. 그렇다면 그게 무슨 대수야? 네 엄마는 네가 안전하기만을 바라시는 거야. 네 엄마도 더글러스 과부댁을 생각하셨다면 너보고 그곳으로 가라고 그러셨을 거야. 틀림없다니까!"

더글러스 과부댁의 융숭한 손님 접대는 베키를 유혹하기에는 충분한 미끼였다. 거기다가 톰이 설득하자 그녀는 곧 유혹에 넘어가고 말았다. 둘은 오늘 밤의 계획에 대해서는 아무한테도 말하지 않기로 의견을 모았다. 그러자 톰은 오늘 밤에 헉이 자기를 찾아와 신호를 보낼지도 모른다는 생각이 문득 떠올랐다. 그런 생각을 하자 잔뜩 부풀어 올랐던 기대감이 상당히 식어 버렸다. 그러나 톰은 여전히 더글러스 과부댁에서 보낼 즐거운 시간을 차마 포기할 수는 없었다. 왜 그런 즐거움을 포기해야 한단 말인가? 톰은 이런 식으로 논리를 폈다. 어젯밤에도 기별이 오지 않았는데 하필 오늘 밤에 오라는 법이 어디 있단 말인가? 확실하지도 않은 보물보다는 확실한 오늘 밤의 즐거움이 훨씬 더 가치가 있다. 어린아이답게 톰은 마음 가는 쪽으로 갔다. 그날은 더이상 보물 상자에 대해서는 생각하지 않기로 결심했다.

증기선은 마을 아래쪽으로 5킬로미터 떨어진 숲이 우거진 포구에 정박했다. 아이들이 떼를 지어 뭍에 내리자 곧 먼 숲과 바위 절벽에 아이들의 재잘거리는 소리와 깔깔거리는 소리가 메아리쳤다. 아이들은 땀을 흘리며 지칠 때까지 신나게 놀았다. 얼마 뒤 배가 고파지자 여기저기 흩어져 놀던 아이들이 하나둘 집합 장소로 모여들기 시작했다. 그러고는 맛있는 음식을 마파람에 게 눈 감추듯 먹어 치웠다. 한바탕 잔치판을 벌이고 난 뒤 아이들은 넓찍한 떡갈나무 그늘에 앉아 기분 좋게 휴식을 취하며 수다를 떨었다. 그때 누군가가 큰 소리로 이렇게 외쳤다.

"누구 동굴에 들어가고 싶은 사람?"

그러자 모두들 들어가겠다고 나섰다. 동굴 안에서 켤 양초를 준비하자마자 아이들은 일제히 언덕 위로 뛰어 올라갔다. 동굴 입구는 언덕 중턱에 있었는데 'A' 자 모양으로 되어 있었다. 떡갈나무로 만든 큼직한 문에는 빗장이 걸려 있지 않았다. 동굴 안에는 마치 얼음 창고처럼 싸늘한 조그마한 방이 하나 있었다. 천연 석회암으로 되어 있는 벽면에는 찬 물방울이 이슬처럼 맺혀 있었다. 어두컴컴한 그곳에 서서 햇볕에 반짝이는 푸른 계곡을 내다보는 기분은 자못 낭만적이고 신비스러웠다. 그러나 그런 풍경을 바라보며 넋을 잃는 것도 잠시 아이들은 또다시 장난치며 뛰어다니기 시작했다. 누군가가 촛불 하나를 켜자 서로 앞을 다투어 차지하려고 했다. 서로 뺏고 뺏기는 공방전이 벌어지는 바람에 초가 땅에 떨어져 불이 꺼지고 말았다. 그러자 유쾌한 웃음소리가 터져 나오더니 또다시 쟁탈전이 벌어졌다. 그러나 모든 일에는 끝이 있는 법이다. 곧이어 아이들은 가파르게 기울어진 중앙 통로를 따라 줄을 지어 아래로 내려갔다. 흔들거리는 촛불 행렬이 머리 위로 18미터나 되는 지점에 이르는 높다란 바위벽을 희미하게 비추고 있었다. 중앙 통로는 너비가 2미터에서 3미터 정도밖에는 되지 않았다. 몇 걸음 앞으로 나아갈 때마다 천장이 높고 폭이 좁은 샛길들이 양쪽으로 갈라져 있었다. 이처럼 맥두걸* 동굴은 꾸불꾸불한 여러 개의 통로가 서로 만났다가 다시 갈라지고 목적지 없이 뻗어 있는 거대한 미로였다. 사람들 말에 따르면, 얽히고설킨 샛길을 몇 날 동안 헤매도 동굴의 끝을 찾을 수 없다고 했다. 아래로 아래로 계속 내려가도 결과는 마찬가지라는 것이다. 미로 아래에 또 다른 미로가 있어 어디에도 끝이 없다는 것이다. 누구 하나 이 동굴에 대해 잘 '알고' 있는 사람이 없었다. 이 동굴에 대해 잘 아는 것은 불가능한 일이었던 것이다. 동네 젊은이들도 그저 일부만을 알고 있을 뿐이었다. 그러므로 위험을 무릅쓰고 흔히들 알고 있는 지점 이상으로 들어가는 일은 없었다. 물론 톰 소여도 이 동굴에 대해서 남들이 알고 있는 만큼 알고 있었다.

  일행은 중앙 통로를 따라 400미터쯤 걸어가다가 삼삼오오 짝을 지어서 샛길로 들어선 뒤 을씨년스러운 통로를 따라 뛰어가다가 통로가 다시 만나는 지점에서 갑자기 다른 패거리와 맞닥뜨려 깜짝 놀라게 하기도 했다. 아이들은 이때까지 '알려

---

* 해니벌 남쪽 벼랑에 있는 동굴. 1840년대에는 멕시코를 침략하기 위해 이 동굴에 무기를 보관해 둔 의사 조셉 내시 맥도웰의 이름을 따서 '맥도웰 동굴'이라고 불렀다.

진' 지점을 넘어서지 않는 범위에서 삼십 분 동안 서로 마주치지 않고 놀 수 있었다.

한참을 놀던 아이들은 마침내 머리에서부터 발끝까지 온통 촛농과 진흙으로 범벅이 된 채 숨을 헐떡거리고 기분이 들떠 떠들어 대며 동굴 밖으로 나왔다. 모두들 즐거운 하루를 보낸 것에 더할 나위 없이 만족해하고 있었다. 아이들은 시간이 얼마나 흘렀는지도 모르다가 어느새 해가 저물고 있다는 것을 깨닫고는 깜짝 놀랐다. 벌써 삼십 분 전부터 증기선은 종을 땡땡 치며 아이들을 부르고 있었다. 그러나 하루의 모험을 이처럼 마무리 짓는 것도 꽤 낭만적이어서 모두들 흐뭇해했다. 쉴 새 없이 떠들어 대는 아이들을 가득 실은 증기선이 강 한가운데로 나아갔다. 선장 한 사람을 빼고는 어느 누구도 시간을 낭비한 것에 대해 눈곱만큼도 아랑곳하지 않았다.

증기선이 불빛을 반짝이며 부둣가를 통과할 무렵 헉은 이미 망을 보고 있었다. 배의 갑판 위에서는 아무 소리도 들리지 않았다. 녹초가 된 사람들이 흔히 그러듯이 아이들도 힘이 빠지고 기진맥진해 있었기 때문이다. 헉은 지금 지나가는 배가 무슨 배인지, 왜 부두에 멈추지 않는지 의아했지만, 그런 생각을 마음에서 떨쳐 버리고 다시 망을 보는 데만 정신을 쏟았다. 밤하늘은 구름이 잔뜩 끼더니 점점 캄캄해지고 있었다. 10시가 되자 지나가는 마차 소리도 멎고 드문드문 비치던 불빛도 하나둘씩 꺼지기 시작했고 어쩌다 지나가는 행인들도 완전히 자취를 감추었다. 온 마을이 잠들기 시작했고, 이제 세상에 남은 것이라고는 망을 보는 아이와 적막 그리고 유령뿐이었다. 11시가 되어 술집의 불빛마저 꺼지자 사방은 완전히 칠흑처럼 어두워졌다. 헉은 싫증이 날 정도로 오랫동안 지루하게 기다렸지만 아무런 일도 일어나지 않았다. 그의 신념이 조금씩 흔들리기 시작했다. 이렇게 매일 밤 망을 본들 무슨 소용이 있나? 정말로 무슨 소용이 있단 말인가? 다 집어치우고 가서 잠이나 자 버릴까?

바로 그때 무슨 소리가 들려왔다. 순간 헉은 바짝 긴장하고 귀를 기울였다. 뒷길로 통하는 여관 문이 조용히 닫히는 소리가 들렸다. 헉은 벽돌 가게의 한 모퉁이로 얼른 몸을 숨겼다. 다음 순간 두 사내가 헉 옆을 스쳐 지나갔다. 한 사람은 겨드랑이에 무엇인가를 끼고 있었다. 저것이 바로 보물 상자일 거야! 그러고 보니 녀석들이 보물 상자를 다른 곳으로 옮기고 있는 것이로구나. 이런 판에 톰을 부르러 가는 것이 무슨 소용이 있겠어. 오히려 바보 같은 짓이지. 저 녀석들이 보물 상자를 들고 없어지면 다시는 보기 힘들 거야. 그래선 안 되지. 우선 놈들의 뒤부터 밟기로 하자. 이렇게 캄캄하니 들킬 염려도 없어. 이렇게 생각하면서 헉은 숨어 있던 자리에서 나와 그들의 뒷모습을 분간할 수 있을 정도로 거리를 두고 맨발로 고양이처럼 살금살금 뒤쫓기 시작했다.

두 사내는 강가의 큰길을 따라 위쪽으로 세 블록 올라가다가 네거리에서 왼쪽으로 꺾었다. 그러더니 카디프힐로 이어지는 길에 이를 때까지 곧장 앞으로 걸어갔다. 그들은 조금도 머뭇거리지 않고 언덕 중턱에 있는 존스 노인의 집을 지나쳐 계속 언덕 위로 올라갔다. 옳지, 놈들이 채석장에다 상자를 묻을 모양이로구나, 헉은 그렇게 생각했다. 그러나 두 사내는 채석장에서 멈추지 않고 정상까지 계속 올라갔다. 다음 순간 키 큰 옻나무 덤불 사이로 난 좁다란 길로 들어가더니 즉시 자취를 감추고 말았다. 헉은 그들한테 들킬 염려가 없다는 것을 깨닫자 얼른 그들과의 거리를 좁혀 들어갔다. 헉은 잠시 동안 종종걸음을 치다가 너무 빨리 걷는 것 같아 걸음을 늦추었다. 그러다가 걸음을 멈추고 가만히 귀를 기울였다. 들리는 소리라곤 자신의 심장이 뛰는 소리뿐이었다. 언덕 저편에서 부엉이 한 마리가 우는 소리가 들려왔다. 얼마나 불길한 소리인가! 그러나 사람의 걸음 소리는 들리지 않았다. 맙소사! 이젠 다 틀렸구나! 헉이 막 날개 돋친 듯 뛰어가려고 하는 순간 1미터도 떨어지지 않은 바로 코앞에서 남자의 헛기침 소리가 들리는 것이 아닌가! 헉은 어찌나 놀랐는지 심장이 목구멍으로 튀어나올 것만 같았지만 가까스로 진정했다. 그러고 나서 마치 심한 학질에 걸린 사람처럼 온몸을 사시나무 떨듯 와들와들 떨며 서 있었다. 온몸에서 맥이 빠져 금방이라도 땅바닥에 고꾸라질 것 같았다. 헉은 자기가 있는 곳이 어디인지 잘 알고 있었다. 더글러스 과부댁의 마당으로 들어가는 낮은 울타리 계단에서 채 다섯 걸음도 떨어지지 않은 곳이었다. 참 잘 되었군. 헉은 이렇게 혼자서 생각했다. 어디 그곳에 묻어 보라지. 그것을 찾아내는 건 누워 떡 먹기일 테니까.

바로 그때 아주 나지막한 목소리가 들려왔다. 인전 조의 목소리였다.

"빌어먹을! 손님이 와 있는 모양이로군. 이렇게 늦게까지 불이 켜져 있는 걸 보니."

"내겐 아무것도 보이지 않는데."

이 목소리는 지난번 유령의 집에서 본 그 낯선 사내의 것이었다. 헉은 다시 가슴이 섬뜩했다. 그럼 그때 '복수'한다고 하던 것이 바로 이 일이었구나! 헉은 도망치는 것이 좋겠다고 생각했다. 그러나 그 순간 더글러스 과부댁이 여러 번 자기에게 친절하게 대해 주었던 일이 생각났고, 또 어쩌면 두 사내가 부인을 죽이려고 할지도 모른다는 생각이 들었다. 헉은 더글러스 부인에게 이 사실을 알리고 싶었지만 위험을 무릅쓸 용기가 없었다. 그러다가 놈들에게 붙잡힐지도 몰랐다. 헉이 잠시 이런저런 일들을 생각하는 동안 낯선 사내와 인전 조가 주고받는 말이 들렸다.

"자네 앞엔 덤불이 있어 잘 보이지 않아. 자, 이쪽으로 와 보라고. 어때, 이제는 보이지?"

"보이는군요. 그래, 손님이 있는 것 같소. 그러니 그만두는 게 좋겠소."

"이걸 포기하고 이 마을에서 영원히 그냥 떠나가라고? 지금 포기하면 다시는 기회가 없을지 몰라. 전에도 말했고 지금 또다시 되풀이해 말하네만, 난 저 여자의 돈 따위는 관심 없어. 그건 자네가 가지라고. 저 여자의 남편이 나에게 몹시 못되게 굴었어. 그것도 한두 번이 아니고. 치안 판사로 있으면서 걸핏하면 나를 부랑자로 몰아 유치장에 처넣었거든. 어디 그뿐인 줄 알아. 그건 새 발의 피야! 말채찍으로 나를 마구 갈기기도 했어! 감옥 앞마당에 세워 놓고 검둥이처럼 나를 말채찍으로 때렸단 말이야! 온 마을 사람들이 다 쳐다보는 앞에서! 말채찍으로 때렸다고! 이제 알겠어? 그놈은 나한테 실컷 못되게 굴더니만 그만 뒈져 버렸어. 하지만 그놈의 여편네한테라도 분풀이를 해야겠단 말씀이야."

"아, 그렇다고 죽이진 마시오! 그것만은 안 되오!"

"죽인다고? 누가 죽인댔나? 물론 그놈이 지금 살아 있다면 죽이겠지만, 그놈 계집은 죽이지 않아. 여자에게 복수할 땐 죽이는 게 아니거든. 바보 같은 소리! 상판대기를 엉망으로 만들어 놓을 거야. 그년의 콧구멍을 찢어 놓는 거지. 또 귀때기에 암퇘지처럼 새김 눈을 넣는 거야!"

"맙소사, 그건……."

"굿이나 보고 떡이나 얻어먹으라고! 그게 자네 신상에 가장 좋을걸. 그년을 침대에 꽁꽁 묶어 놓아야지. 피를 흘리고 죽어도 그게 어디 내 탓인가? 저년이 죽는다 해도 난 눈물 한 방울 흘리지 않을 테야. 이봐, 친구, 자네가 이 일을 좀 거들어 줘야겠어. 나를 위해서 말이야. 그래서 자네를 여기까지 데리고 온 거라고. 혼자서는 못할 것 같아서 그래. 겁먹고 달아나면 죽여 버릴 거야. 내 말을 알아듣겠어? 자네를 죽여야 한다면 저 계집년까지 죽여 버리겠어. 그래야만 누가 이 짓을 했는지 아무도 모를 테니까 말이야."

"그래, 꼭 그렇게 해야겠다면 어서 해치웁시다. 빠를수록 좋으니까요. 난 벌써부터 온몸이 떨려서 못 견디겠소."

"지금 하자고? 저 안에 손님이 있는데도? 이봐, 자네 생각이 있는지 의심스럽군. 서두를 필요 없어. 불이 꺼질 때까지 기다리는 거야."

그 뒤로 침묵이 계속되었다. 두 사람이 살인 계획을 세우는 말을 듣는 것보다 훨씬 더 소름이 끼치는 침묵이었다. 헉은 숨을 죽인 채 살금살금 뒷걸음을 쳤다. 쓰러질 듯 말 듯 몸의 균형을 잡으며 조심스럽게 한 발을 뒤로 내딛었다. 그러고는 또다시 똑같이 조심스럽게 위험을 무릅쓰고 한 발을 내딛었다. 이렇게 한 걸음 한 걸음 내딛고 있던 바로 그때 가느다란 나뭇가지 하나가 밟혀 딱 소리를 내고 부러지는 것이 아닌가! 헉은 숨을 멈추고 귀를 기울였다. 그러나 아무 소리도 들리지 않았다. 그야말로 쥐 죽은 듯 조용했다. 그렇게 다행스러울 수가 없었다. 이제 헉은 옻나무 덤불 샛길에 들어섰다. 그는 마치 증기선이 움직이듯 조심스럽게 몸을 돌리고 나서 빠르면서도 조심스럽게 걸음을 재촉했다. 채석장에 이르자 안심이 되었다. 그래서 거기서부터는 날개를 단 듯 쏜살같이 달리기 시작했다. 고갯길 아래쪽으로 계속 정신없이 달린 헉은 마침내 웨일스 출신의 존스 노인의 집 앞에 도착했다. 현관문을 마구 두드리자 노인과 건장한 두 아들이 창밖으로 고개를 내밀었다.

"웬 소란이냐? 문을 두드리고 있는 게 누구야? 뭣 때문에 그래?"

"문 좀 열어 주세요! 어서 빨리요! 다 얘기할 테니까요."

"대체 넌 누구냐?"

"허클베리 핀이에요! 어서 빨리 들여보내 주세요!"

"그래, 정말로 허클베리 핀이로구나! 뭐, 그다지 문을 열어 주고 싶은 이름은 아니지만 열어 줘라. 무슨 일인지 들어나 보자꾸나."

"절대로 제가 얘기했다고 말하지 마세요." 헉이 뛰어 들어오면서 내뱉은 첫마디였다. "제발요. 그럼 전 확실히 죽을 거예요. 더글러스 과부댁은 때론 저한테 잘해 주셨어요. 그래서 이렇게 알리러 온 거예요. 절대로 제가 그랬다는 말을 하지 않겠다고 약속해 주세요. 그러면 얘기할게요."

"맙소사, 뭔가 중요한 얘깃거리가 있는 모양이로구나. 그렇지 않고서야 저럴 리가 없잖니!" 노인이 큰 소리로 말했다. "그래, 어서 말해 보거라. 여기 있는 사람들은 절대로 입을 열지 않을 테니, 얘야."

혁의 말이 끝나고 삼 분 뒤 노인과 두 아들은 총으로 단단히 무장하고 언덕길을 달려 올라갔다. 그들은 손에 무기를 들고 발소리를 죽여 가며 옻나무 숲 샛길로 접어들었다. 혁은 그곳에서부터는 더 이상 따라가지 않았다. 큼직한 바위 뒤에 몸을 숨기고 귀를 기울였다. 잠시 숨 막히는 듯한 불안한 침묵이 흘렀다. 그러다가 갑자기 총소리와 함께 고함 소리가 들렸다.

혁은 무슨 일인지 자세히 알 때까지 그 자리에서 잠자코 기다리고 있을 수가 없었다. 걸음아 날 살려라 하고 쏜살같이 달려 언덕 아래쪽으로 뛰어 내려갔다.

제30장

이튿날 일요일 아침 먼동이 트는 기미가 보이기 시작할 무렵 헉은 언덕을 더듬어 올라가 존스 노인의 집 문을 가만히 두드렸다. 집안 식구들은 모두 잠을 자고 있었지만 지난밤의 흥분이 채 가라앉지 않은 터라 토끼잠을 자고 있었다. 누군가가 창가에서 큰 소리로 물었다.
"누구요?"
헉은 겁먹은 목소리로 나지막하게 대답했다.
"들여보내 주세요! 저, 헉 핀이에요!"
"네 이름이라면 밤이건 낮이건 언제나 열어 주고말고, 애야! 어서 들어오너라!"
떠돌이 소년의 귀로는 일찍이 들어 본 적이 없는 더할 나위 없이 다정한 말이었다. 자기를 두고 '어서 들어오라'고 말하는 것을 지금껏 들어 본 기억이 없었다. 곧바로 문이 열리자 헉은 집 안으로 들어갔다. 헉에게 앉으라고 자리를 내주면서 노인과

키 큰 두 아들은 얼른 옷을 주워 입었다.

"자, 애야, 네 배가 몹시 고팠으면 좋겠구나. 해가 뜨자마자 곧 아침 식사가 준비될 테니까. 뜨끈뜨끈한 아침을 먹기로 하자. 사양할 건 없어! 우린 어젯밤에 네가 이곳에 들를 줄 알았단다."

"너무 무서워서 도망쳤어요." 헉이 말했다. "총소리가 나자마자 마구 달아났어요. 5킬로미터를 쉬지 않고 뛰었을 거예요. 어제 일이 궁금해서 이렇게 찾아왔어요. 이렇게 날이 밝기 전에 찾아온 것은 그놈들하고 우연히 마주치고 싶지 않아서예요. 하다못해 그놈들 시체조차 만나고 싶지 않거든요."

"아이고, 불쌍하기도 해라. 밤새도록 몹시 걱정한 표정이로구나. 아침 먹고 나서 여기서 한잠 푹 자거라. 안타깝게도 그놈들은 죽지 않았어, 애야. 우리도 그 때문에 속이 상해 죽겠어. 네가 설명해 준 덕분에 우린 그놈들을 덮칠 장소를 알 수 있었지. 그래서 5미터 앞까지 살금살금 접근해 갔지. 그 옻나무 길이 지하실처럼 캄캄하더구나. 그런데 바로 그때 재채기가 막 나오려고 하는 거야. 참으로 재수 없는 일이었지! 아무리 참으려 해도 소용이 없었단다. 그러더니 실제로 '에취' 하고 나오지 뭐야! 난 권총을 겨누고 앞장을 섰는데, 재채기 소리가 나니까 놈들이 놀라서 부스럭대며 길 밖으로 뛰쳐나가는 거야. 그래서 내가 '애들아, 어서 쏴라!' 하고 소리 지르며 부스럭거리는 곳에다 마구 총을 쏘아 댔지. 또 우리 아이들도 쏘아 댔고. 놈들은 혼비백산해서 달아났고 우리 숲 속으로 놈들 뒤를 쫓아갔어. 아마 우리 총알이 빗나갔나 봐. 놈들도 도망치면서 우리에게 총을 한 방씩 쐈는데 그냥 스쳐 가는 바람에 아무도 다치지 않았어. 놈들의 발소리를 놓치자마자 우리는 추적을 중단하고 언덕 아래로 달려 내려가서 경찰들을 깨웠지. 그들은 수색대를 소집해서 강기슭을 살피러 갔어. 이제 날이 밝으면 보안관과 수색대원들이 숲 속을 샅샅이 뒤질 거야. 우리 아이들도 함께 갈 거고. 그 악당 놈들의 인상착의라도 좀 알면 좋으련만. 그러면 놈들을 찾는 데 퍽 도움이 될 텐데. 너도 캄캄한 밤중이라 놈들이 어떻게 생겼는지 보지 못했을 테지?"

"아뇨, 전 잘 알고 있어요. 마을에서 그놈들을 보고 뒤를 밟았으니까요."

"그거 참 잘되었구나! 어떻게 생겼던? 어디 인상착의를 말해 보거라, 얘야!"

"한 사람은 귀머거리에다 벙어리인 스페인 영감인데요, 마을에 한두 번 나타난 적이 있어요. 또 한 사람은 험상궂게 생긴 얼굴에 누더기 옷을⋯⋯."

"얘야, 그만하면 알겠다. 우리도 그놈들을 잘 알고 있지! 언젠가 과부댁 뒤쪽 숲 속에서 우연히 만났는데 슬금슬금 도망친 적이 있어. 얘들아, 어서 가서 보안관에게 알려라. 아침밥은 내일 아침에도 먹을 수 있으니까!"

그 말이 떨어지기가 무섭게 존스 노인의 두 아들은 즉시 떠날 준비를 했다. 그들이 방을 나가려고 할 때 헉이 벌떡 일어나 큰 소리로 사정했다.

"아, 제발 부탁이에요. 제가 일러바쳤다는 말을 어느 누구한테도 해서는 안 돼요! 제발요!"

"좋아. 네가 말하지 말라면 하지 않으마, 헉. 하지만 네가 한 일을 사람들이 마땅히 알아줘야 할 게 아니냐?"

"아, 안 돼요, 안 돼. 그건 절대로 안 돼요! 그러니 제발 부탁이니 말하지 말아 주세요!"

두 젊은이가 떠나고 난 뒤 존스 노인이 말했다.

"저애들은 절대로 말하지 않을 거야. 물론 나도 아무한테도 얘기하지 않을 거고. 한데 너는 왜 그걸 알리고 싶지 않은 거냐?"

헉은 그 두 녀석 중 한 놈에 대해 너무 잘 알고 있는데, 자신이 그 사람한테 불리한 뭔가를 알고 있다는 사실을 무슨 일이 있어도 절대로 그에게 알리고 싶지 않다고 했다. 그놈이 그 사실을 알게 되면 틀림없이 살해당하게 될 것이기 때문이다. 헉은 그 이상은 설명하려고 하지 않았다.

존스 노인은 비밀을 지켜 주겠다고 또다시 약속하고 나서 이렇게 물었다.

"얘야, 어떻게 해서 그놈들의 뒤를 쫓게 되었느냐? 수상쩍게 보이기라도 하던?"

헉은 의심받지 않도록 적당한 대답을 생각해 내느라고 잠시 침묵을 지켰다. 그러고 나서 이렇게 입을 열었다.

"글쎄, 저는 말이에요, 말하자면 불행한 애잖아요? 남들이 다 그렇게들 말하고, 또 저도 그 말이 틀렸다곤 생각하지 않아요. 그래서 제 처지를 돌아보며 어떻게 하면 새로운 삶을 시작할 수 있을까 생각하다 보면 어떤 때는 잠이 오지 않아요. 어젯밤에도 그랬어요. 잠이 오지 않아서 자정쯤 그 생각을 곰곰이 되씹으면서 길거리를 여기저기 쏘다녔죠. 그러다 보니 '금주여관' 옆에 있는 옛날 벽돌 가게 앞까지 가게 되었고요. 담벼락에 기대고 서서 또 생각에 잠겼어요. 한데 바로 그때 그 두 놈이 겨드랑이에 뭘 끼고 제 앞을 그림자처럼 지나가는 거예요. 그게 훔친 물건이라는 생각이 들더라고요. 한 놈은 담배를 피우고 있었고, 다른 놈은 담뱃불을 빌리려고 했지요. 그런데 두 놈이 바로 제 앞에 멈춰 서는 바람에 담뱃불에 비친 두 놈의 얼굴을 보았어요. 키가 큰 쪽은 흰 턱수염에다 안대를 하고 있는 것으로 봐서 귀머거리에 벙어리인 스페인 영감이라는 것을 알았고, 다른 한 놈은 험상궂은 인상에 누더기 옷을 입고 있는 놈이라는 걸 알게 되었지요."

"담뱃불로 누더기 옷까지 알아봤단 말이냐?"

이 말을 듣고 헉은 잠시 멈칫했다. 그러나 곧 다시 말을 이었다.

"글쎄, 잘 모르겠어요. 어쨌든 그렇게 보였던 것 같아요."

"그러고 나서 두 놈이 계속 걸었고. 그래서 넌 그자들의 뒤를……."

"따라간 거죠. 예, 그래요. 놈들이 무슨 짓거리를 할지 궁금했어요. 너무 수상쩍게 살금살금 걸어갔거든요. 더글러스 과부댁의 울타리까지 쫓아가서 캄캄한 데 숨어서 그놈들의 대화를 엿들었어요. 누더기 옷을 입은 사람이 과부댁을 죽이지 말라고 사정을 하는데, 스페인 사람은 아까 할아버지하고 아저씨들한테 얘기한 대로 부인의 얼굴을 엉망으로 만들어 놓겠다고 하지 뭐예요……."

"뭐라고! 그 귀머거리에다 벙어리인 놈이 그런 말을 했어?"

아차, 헉은 또다시 큰 실수를 저지르고 말았다! 스페인 사람이 누군지 눈치채지 못하게 하느라고 무척 애를 썼는데 그만 혀가 주인을 궁지에 빠뜨리려고 작정한 것만 같았다. 헉은 몇 번인가 궁지를 모면해 보려고 했지만 노인이 헉의 얼굴을 빤히 들여다보는 바람에 실수에 실수를 거듭할 뿐이었다. 마침내 존스 노인이 이렇게 말했다.

"애야, 나를 무서워할 필요 없어. 나는 무슨 일이 있어도 털 끝만치도 너를 해치지 않을 거야. 아니, 너를 보호해 줄 거야. 너를 지켜 줄 거란 말이다. 스페인 사람은 벙어리도 귀머거리도 아니구나. 넌 무심코 그걸 말했어. 그러니 이제 와서 새삼스럽게 그걸 감추려고 할 필요는 없지. 보아하니 넌 스페인 사람에 대해 뭔가 알고 있고, 그걸 감추고 싶어 하는 것 같구나. 자, 나를 믿어라. 나를 믿고 사실대로 얘기해 보렴. 너를 배신하는 일은 절대 없을 테니까."

헉은 노인의 악의 없어 보이는 눈을 잠깐 동안 바라보고 나서 노인에게 몸을 기울이더니 귀에 대고 조그마한 목소리로 말했다.

"그놈은 스페인 사람이 아니에요. 인전 조라고요!"

뜻밖의 사실에 존스 노인은 소스라치게 놀라 그만 의자에서 넘어질 뻔했다. 잠시 뒤 노인이 말문을 열었다.

"이제야 모든 게 분명해지는구나. 양쪽 귀에 새김 눈을 넣는다느니, 코를 벤다느니 할 때 나는 네가 말을 꾸며 대는 줄 알았어. 백인들은 그런 식으로 복수를 하지 않거든. 하지만 인디언들은 그런 짓을 한단 말이야! 그럼 얘기가 달라지지."

아침을 먹을 때도 이야기는 계속되었다. 노인은 그의 아들들과 함께 잠자리에 들기 전에 마지막으로 등불을 들고 혹시 핏자국이 없는지 울타리 계단과 그 주변을 샅샅이 둘러봤다고 말했다. 그러나 핏자국은 찾지 못했고 대신 커다란 보따리 하나를 주웠다는 것이다.

"어떤 보따리인데요?"

겁에 질려 새파랗게 된 헉의 입술에서 느닷없이 튀어나온 그 말은 번갯불보다 더 빠른 것 같았다. 이제 헉은 두 눈을 부릅뜨고 숨을 멈춘 채 초조하게 노인의 대답을 기다렸다. 존스 노인도 역시 놀라서 어리둥절한 모습으로 헉을 바라보았다. 삼 초, 오 초, 십 초가 흐른 뒤에 마침내 노인이 겨우 대답했다.

"놈들의 연장이었어. 아니, 그런데 왜 그렇게 놀라는 거냐?"

헉은 부드럽지만 깊은 숨을 헐떡이며 다시 의자에 주저앉았다. 말로 표현할 수 없을 만큼 다행스럽다는 표정이었다. 존스 노인은 호기심 어린 눈으로 근엄하게 헉을 바라보았다. 그러더니 곧 이렇게 말문을 열었다.

"그래, 강도의 연장 말이다. 그 말을 들으니 무척 안심이 되는 모양이구나. 하지만 왜 그렇게 깜짝 놀란 거냐? 도대체 우리가 뭘 발견하길 바랐기에 말이냐?"

헉은 또다시 궁지에 빠졌다. 노인이 뭔가 알아내야겠다는 눈초리로 그를 내려다보고 있었다. 그럴듯한 대답을 할 수만 있다면 이 세상을 다 주어도 좋을 것 같았다. 그러나 아무런 대답도 떠오르지 않았다. 노인의 눈빛은 송곳처럼 점점 날카로워졌지만 헉의 머릿속에는 말도 안 되는 대답만이 떠올랐다. 그러나 앞뒤를 따져 볼 만한 시간적인 여유가 없었다. 그래서 헉은 그냥 운수에 맡기고 나지막하게 이렇게 내뱉었다.

"주일 학교 책 같은 것 말이에요."

가엾은 헉은 너무 괴로워 미소 지을 여유조차 없었지만 노인은 머리부터 발끝까지 온몸을 흔들면서 재미있다는 듯 큰 소리로 껄껄 웃었다. 한바탕 웃고 나더니 이렇게 웃으면 몸이 건강해져서 병원비가 덜 들게 될 테니 주머니에 돈이 두둑하게 남겠다고 우스갯소리를 했다. 그러고 나서 이렇게 덧붙였다.

"가엾은 녀석, 얼굴이 창백하고 몹시 피곤해 보이는구나. 몸이 편치 않은 거야. 그러니 정신이 헷갈려 엉뚱한 소리를 하는 것도 무리가 아니지. 하지만 곧 괜찮아질 거야. 한숨 푹 자면서 쉬고 나면 다시 기운이 날 거다."

헉은 바보처럼 어리석게 의심을 살 정도로 동요했다는 생각이 들자 화가 치밀어 올랐다. 과부댁의 울타리에서 놈들이 하는 말을 엿듣자마자 놈들이 여관에서 들고 나온 보따리가 보물이라는 생각은 이미 버렸기 때문이다. 그러나 헉은 그 보따리가 보물이 아닐 거라고 생각만 했을 뿐 실제로 정확히 알고 있었던 것은 아니었다. 그래서 보따리를 발견했다는 말에 그만 자제심을 잃었던 것이다. 그러나 결과적으로는 이런 조그마한 해프닝이 일어난 것이 오히려 다행이었다. 그 보따리가 적어도 보물 보따리가 아니라는 사실을 확실히 알게 되었기 때문이다. 헉의 마음은 안심이 되었고 한결 편안해졌다. 만사가 이제 제대로 풀리고 있는 것 같았다. 보물은 아직도 그 '2호실'에 있는 것이 틀림없었다. 두 놈이 그날 안으로 체포되어 유치장에 들어가면, 자신과 톰이 그날 밤 금화를 끌어 내오는 것은 그야말로 누워 떡 먹기였던 것이다.

아침 식사를 막 끝냈을 때 문을 두드리는 소리가 들렸다. 헉은 재빨리 숨을 만한 곳으로 몸을 피했다. 이번 사건에 대해서는 손톱만큼도 더 이상 관련되고 싶지 않았기 때문이다. 존스 노인은 부인들과 신사들 몇 사람을 안으로 맞아들였는데 그가운데는 더글러스 과부댁도 있었다. 밖을 내다보니 울타리를 구경하려고 마을 사람들이 떼를 지어 언덕을 올라오고 있는 모습도 보였다. 소문이 벌써 온 마을에 퍼진 모양이었다.
　존스 노인은 찾아온 손님들에게 어젯밤에 있었던 일을 자세히 설명해야 했다. 과부댁은 자신의 목숨을 구해 준 것에 대해 노인에게 진심으로 감사하다는 말을 했다.
　"천만의 말씀입니다, 부인. 마땅히 찬사를 받아야 할 사람은 저와 우리 자식들보다는 다른 사람이지요. 하지만 이름을 밝히지 말라는 약속을 해서요. 그 사람이 아니었다면 우린 그곳에 가지 못했을 거예요."
　이 말을 듣자 잔뜩 호기심이 생긴 방문객들은 정작 사건 자체에는 관심을 두지 않았다. 존스 노인이 비밀을 털어놓지 않는 바람에 방문객들의 궁금증은 더욱 커졌고 그들의 입을 통해 마을 전체로 소문이 퍼져 나갔다. 과부댁은 자신을 살려 준 장본인만 빼놓고는 모든 사실을 알게 되자 이렇게 말했다.
　"전 침대에 누워 책을 읽다가 그만 잠이 들었어요. 그렇게 소란스러운데도 저는 줄곧 잠만 잤다고요. 그런데 왜 저를 깨우러 오지 않으셨나요?"
　"그렇게까지 할 필요가 없다고 판단했지요. 그놈들이 다시 나타날 것 같지도 않았고요. 놈들은 이젠 범행에 사용할 연장도 갖고 있지 않아요. 그러니 주무시는 분을 공연히 깨워 놀라게 할 필요가 어디 있겠습니까? 우리 집 검둥이 세 놈이 밤새도록 댁을 지켰습니다. 지금 막 돌아왔지요."
　사람들이 더 찾아왔고 노인은 두세 시간가량 똑같은 이야기를 되풀이해야 했다.

방학 동안에는 주일 학교도 없었지만 이른 아침부터 사람들이 모두 교회로 모여들었다. 이 놀라운 사건에 대한 소문이 널리 퍼졌기 때문이다. 두 악당의 소재는 아직도 오리무중이라는 전갈이 왔다. 예배가 끝나자 새처 판사의 부인은 다른 사람들과 함께 교회 복도를 따라 걸어가고 있는 하퍼 부인 곁으로 다가가 말을 건넸다.

"우리 베키가 오늘 하루 종일 잠을 잘 작정인가 보죠? 하기야 몹시 피곤하기는 할 거예요."

"우리 베키라니요?"

"예, 우리 베키 말이에요." 새처 부인이 놀라는 표정을 지었다. "아니 그럼, 우리 애가 어젯밤에 그 댁에서 자지 않았단 말이에요?"

"어머나, 아뇨!"

새처 부인은 얼굴이 백지장처럼 새파래지며 의자에 털썩 주저앉았다. 바로 그때 폴리 이모가 친구 한 사람과 함께 그들 옆을 지나가며 이렇게 말했다.

"안녕하세요, 새처 부인. 안녕하세요, 하퍼 부인. 그런데 우리 집 아이가 아직 집에 돌아오지 않았어요. 지난밤에 두 분 중 어느 한 분 댁에서 잔 것 같은데요. 제가 한 짓이 겁이 나서 교회에도 나오지 못하는 모양이에요. 이 녀석을 만나면 야단 좀 쳐야겠어요."

새처 부인은 힘없이 고개를 내저었고, 얼굴색이 아까보다 더 사색이 되었다.

"그 애는 우리 집에서 자지 않았는데요." 하퍼 부인도 불안해지기 시작했다. 그러자 폴리 이모의 얼굴에도 걱정하는 빛이

뚜렷해졌다.

"조 하퍼, 너 오늘 아침에 톰을 봤니?"

"아뇨, 못 봤는데요, 아줌마."

"그럼 네가 마지막으로 톰을 본 게 언제니?"

조는 기억을 더듬어 보았지만 확실한 대답을 할 수가 없었다. 밖으로 나가던 사람들이 걸음을 멈추었다. 교회 안은 속삭이는 소리로 술렁거렸고, 모든 사람의 얼굴에는 불안한 기색이 감돌았다. 같이 갔던 아이들과 젊은 선생들한테도 걱정스러운 듯 물어보았다. 그러나 한결같이 집으로 돌아오는 증기선에 톰과 베키가 타고 있었는지 보지 못했다고 대답했다. 날은 어두웠고 어느 누구도 배에 타지 않은 아이가 없는지 물어볼 생각을 하지 못했다는 것이다. 그러다 마침내 소풍에 따라갔던 청년 하나가 어쩌면 그 아이들이 아직 동굴 속에 있을지 모른다고 불안감을 털어놓는 것이 아닌가! 그 말에 새처 부인은 그 자리에서 쓰러져 그만 정신을 잃고 말았다. 폴리 이모도 두 손을 비틀며 울기 시작했다.

이 놀라운 소문이 입에서 입으로, 무리에서 무리로, 마을에서 마을로 순식간에 퍼졌다. 오 분도 채 되지 않아 비상사태를 알리는 교회 종이 요란하게 울려 퍼지자 온 마을이 발칵 뒤집혔다! 카디프힐 사건은 뒷전으로 밀려나고, 강도들도 잊혀졌다. 수색대원들은 말안장을 얹으며 출동 준비를 서둘렀고, 작은 배들과 증기선도 사람을 태우고 출항 준비를 하라는 지시를 받았다. 아이들이 실종되었다는 끔찍한 소식이 알려진 지 겨우 삼십 분도 안 되어 200명이나 되는 사람들이 큰길과 강을 따라 동굴로 달려갔다.

기나긴 오후 내내 온 마을이 텅 비어 쥐 죽은 듯 고요했다. 많은 부인들이 폴리 이모와 새처 부인을 찾아가 위로했다. 그들은 가족들과 함께 울었는데, 천 마디 말보다 더 큰 위로가 되었다. 마을에 남은 사람들은 밤새도록 반가운 소식이 오기를 눈이 빠지도록 기다렸다. 그러나 날이 밝은 뒤 전해진 소식은 겨우 양초와 먹을 음식을 더 보내 달라는 전갈뿐이었다. 새처 부인은 거의 제정신이 아니었고, 폴리 이모도 마찬가지였다. 새처 판사는 동굴에서 희망을 가지라고 격려하는 전갈을 보내왔지만 정말로 기운 나게 하는 소식은 아니었다.

존스 노인은 온몸에 온통 촛농과 진흙을 뒤집어쓴 채 몹시 지친 몸으로 새벽녘이 돼서야 집으로 돌아왔다. 헉은 마련해 준 침대에 아직도 누워 있었는데 온몸이 열에 들떠 헛소리를 하고 있었다. 마을의 의사란 의사는 모두 동굴에 가 있었기 때문에 하는 수 없이 더글러스 과부댁이 와서 병간호를 해 주었다. 과부댁은 정성을 다해 헉을 돌보겠다고 말했다. 좋은 애든 나쁜 애든 또는 특별히 좋지도 나쁘지도 않은 애든 헉은 틀림없이 하나님의 자녀이고, 하나님의 자녀인 이상 소홀하게 다루어서는 안 된다는 것이다.* 존스 노인이 헉에게도 좋은 점이 있다고 말하자 과부댁이 이렇게 대답했다.

"그렇고말고요. 그게 하나님의 징표이지요. 하나님께선 그 징표를 빼먹는 법이 없어요. 절대로요. 당신의 손으로 빚으신 모든 피조물에는 반드시 그런 징표를 붙여 놓는다고요."

이른 아침에 지칠 대로 지친 수색대원들이 몇 명씩 무리를 지어 마을로 돌아오기 시작했지만 아직 기력이 있는 사람들은 남아서 수색을 계속하고 있었다. 그들한테서 들을 수 있는 소식이라곤 전에 사람들이 가 보지 않은 곳까지도 샅샅이 뒤지고 있으며 모든 구석과 틈새까지 철저하게 수색하고 있다는 것뿐이었다. 미로 속 어느 곳을 가더라도 여기저기에서 촛불이 흔들리는 모습이 멀리서도 보였고, 소리를 지르거나 총을 쏴서 음침한 동굴 통로 멀리 아래쪽까지 메아리쳐 울리도록 하고 있었다. 관광 온 사람들이 흔히 지나다니는 구역에서 제법 멀리 떨어진 장소의 바위 위에 촛불로 그을려서 '베키와 톰'이라고 쓴 것이 발견되었고, 그 근처에 촛농으로 더럽혀진 리본

---

* "예수께서 이르시되 어린이들을 용납하고 내게 오는 것을 막지 말아라. 천국이 이런 사람들의 것이니라."「마태복음」19장 14절. "내가 진실로 너희에게 이르노니 누구든지 하나님의 나라를 어린이와 같이 받아들이지 않는 자는 거기에 들어가지 못하리라."「누가복음」18장 17절.

이 떨어져 있더라는 말도 했다. 새처 부인은 그 리본을 알아보더니 그만 울음을 터뜨리고 말았다. 부인은 그것이 베키한테서 얻을 수 있는 최후의 유품(遺品)이라고 했다. 그러면서 베키가 끔찍한 죽음을 당하기 전에 그녀의 살아 있는 몸에서 가장 나중에 떨어져 나온 물건이니 딸을 추억하기에 이보다 더 소중한 것이 어디 있겠느냐고 덧붙였다. 동굴에서 돌아온 몇몇 사람들의 말에 따르면, 이따금씩 동굴 속 먼 곳에서 불빛이 깜빡거리기라도 하면 수십 명의 수색대원들이 기뻐 환성을 지르며 메아리치는 통로를 따라 우르르 달려갔지만 그럴 때마다 늘 큰 실망이 뒤따랐다고 했다. 그것은 찾고 있는 아이들이 아니라 다른 수색대원들의 등불이었기 때문이다.

　끔찍한 사흘 낮과 사흘 밤이 지루하게 지나갔다. 온 마을 사람들은 희망을 잃고 망연자실하고 있을 뿐이었다. 아무 일도 손에 잡히지 않았다. 술을 팔지 못하게 되어 있는 '금주 여관' 주인이 여관 안에 술을 감춰 두었다가 우연히 발각되는 사건이 일어났지만 엄청난 사건인데도 불구하고 마을 사람들의 관심을 별로 끌지 못했다. 고열에 시달리다가 잠시 정신이 든 헉은 힘없는 목소리로 여관에 관한 얘기를 끄집어내면서 마침내 자신이 아파 누워 있은 뒤로 '금주 여관'에서 무엇이라도 발견된 것이 없느냐고 물어보았다. 물론 혹시 최악의 사태가 일어나지 않았는지 걱정하면서 말이다.

　"그래, 있었단다." 더글러스 과부댁이 대답했다.

　헉은 눈이 휘둥그레지면서 자리에서 벌떡 일어나 앉았다.

　"뭐예요! 그게 뭔데요?"

　"술이란다! 그래서 그 집은 이제 영업 정지로 문을 닫게 됐

어. 애야, 자리에 누워라. 네가 그러는 바람에 내가 다 깜짝 놀랐구나!"

"하지만 꼭 한 가지만 말씀해 주세요. 딱 한 가지예요. 제발요! 그걸 찾아낸 게 톰 소여였나요?"

그러자 더글러스 과부댁은 그만 왈칵 울음을 터뜨리고 말았다.

"자, 이제 그만, 애야. 이제 그만 조용히 해라! 전에도 말했다만, 넌 말을 해서는 안 돼. 넌 몸이 아주 많이 아프거든!"

그렇다면 술병 말고는 아무것도 나온 것이 없구나. 만약 금화가 나왔다면 온 마을이 야단법석일 텐데. 그럼 금화는 아주 없어진 거로구나. 아주 영원히 사라져 버렸어! 그런데 더글러스 과부댁이 무엇 때문에 울었을까? 눈물을 흘리다니 참으로 이상한 일인데.

헉의 머릿속에서는 이런 생각들이 희미하게 오락가락했다. 피곤해진 헉은 다시 잠이 들고 말았다. 더글러스 과부댁은 이렇게 혼잣말로 중얼거렸다.

'아, 이제 잠이 들었구나. 가엾은 녀석 같으니라고. 톰 소여가 그걸 찾아냈냐고! 참 안되었어. 누군가가 톰 소여를 찾아낸다면 얼마나 좋을까! 아, 이젠 계속 수색하려는 희망을 가진 사람도, 또 그럴 기력을 가진 사람들도 별로 많이 남아 있지 않으니.'

제31장

이제 톰과 베키의 소풍 이야기로 돌아가기로 하자. 톰과 베키는 다른 아이들과 함께 동굴의 어두운 통로를 따라 가벼운 발걸음으로 걸어다니면서 동굴의 이름난 곳들을 구경했다. '응접실'이니 '대성당'이니 '알라딘의 궁전'이니 하는 조금 과장된 이름이 붙은 명소들 말이다. 곧이어 아이들은 술래잡기 놀이를 시작했다. 톰과 베키도 한동안 열심히 끼어 놀았지만 점차 따분해지기 시작했다. 그래서 그들은 촛불을 높이 쳐들고 바위벽에 (촛불 그을음으로) 벽화처럼 얼기설기 써 놓은 이름이며 날짜며 우체국의 사서함 번호를 읽으면서 꼬불꼬불한 길을 따라 계속 걸어 들어갔다. 수다 떠는 데 열중하느라고 이제는 벽에 촛불 그을음 낙서가 더 이상 보이지 않는 곳에 와 있다는 사실조차 눈치채지 못했다. 그들은 선반처럼 머리 위에 매달려 있는 암벽에 자신들의 이름을 쓰고는 계속 안쪽으로 걸어 들어갔다. 마침내 두 아이는 작은 시냇물이 졸졸 흐르는 곳

에 이르렀다. 암벽에서 뚝뚝 떨어지는 물은 석회암 침전물을 함께 날라다 오랜 세월에 걸쳐 반짝거리는 견고한 바위가 되어 레이스 주름이 잡힌 것 같은 작은 나이아가라 폭포를 만들어 냈다. 톰은 베키를 기쁘게 해 주고 싶어서 작은 몸으로 석회암 폭포 뒤로 비집고 들어가 촛불로 폭포를 비추었다. 그때 톰은 그 작은 폭포가 좁은 암벽 사이에 있는 가파른 천연 계단을 커튼처럼 가리고 있는 것을 발견하고는 즉시 탐험가가 되고 싶은 욕망에 사로잡혔다. 톰이 부르는 소리에 베키가 따라왔다. 그들은 다시 나올 때를 생각해서 촛불 그을음으로 표시를 해 가면서 탐험을 나섰다. 그들은 이쪽저쪽 길을 누비며 신비에 싸인 동굴의 깊은 곳까지 더듬어 내려가다가 또 한 번 표시를 했다. 그리고는 동굴 밖에 나가서 아이들에게 말해 줄 진기한 얘깃거리를 찾아 샛길로 들어갔다. 어떤 곳에 이르자 아주 널찍한 방이 나왔는데, 천장에는 길이와 원주가 어른 다리만 한 종유석(鐘乳石)이 무수히 매달려 반짝이고 있었다. 톰과 베키는 그것이 신기해서 감탄하며 한동안 그 주변을 돌아다니다가 주위에 수없이 뚫려 있는 통로 하나를 골라 바깥으로 나왔다. 길에 들어선 지 얼마 되지 않아 곧바로 넋을 잃게 할 만큼 매력적인 샘에 이르렀다. 샘의 바닥에는 찬란한 빛을 내뿜는 수정으로 된 서리꽃들이 달라붙어 있었다. 샘은 수많은 환상적인 석주(石柱)가 떠받치고 있는 어떤 동굴 방의 한가운데에 놓여 있었다. 석주들은 몇 세기에 걸쳐 천장에서 끊임없이 석회수가 떨어지면서 생긴 종유석과 석순(石筍)이 한 덩어리가 되어 만들어진 것이었다. 천장 아래에는 박쥐들이 수천 마리씩 떼를 지어 모여 있었다. 불빛에 놀란 박쥐들은 수백 마리씩 끽끽거리며 촛불을 향해 무섭게 돌진해 왔다. 박쥐의 성질을 잘 알고 있던 톰은 그놈들의 이런 행동이 위험하다는 것을 직감했다. 그래서 얼른 베키의 손목을 붙잡고 가장 먼저 눈에 띄는 가까운 통로 속으로 서둘러 뛰어 들어갔다. 자기들 딴에는 급히 뛰어든다고 했지만 실제로는 그렇지가 못했다. 베키가 동굴 방에서 뛰어나오고 있는 동안 박쥐 한 마리가 베키의 촛불을

날개로 쳐서 꺼뜨리고 말았기 때문이다. 박쥐들은 꽤 멀리까지 그들을 쫓아왔지만 톰과 베키는 닥치는 대로 새로운 샛길로 이리저리 접어들었고 마침내 위험을 피할 수 있었다. 톰과 베키는 얼마 가지 않아 지하 호수를 하나 발견했다. 호수는 길게 뻗어 있었지만 그늘에 가려 그 모습이 보이지 않았다. 톰은 호수의 가장자리를 탐험하고 싶었지만 우선 잠깐 앉아서 쉬는 것이 좋겠다고 결론을 내렸다. 그제야 비로소 아이들은 동굴에 감도는 깊은 적막감에 불안해지기 시작했다. 베키가 먼저 말문을 열었다.

"어머, 우리가 그동안 정신이 없었네. 다른 아이들 목소리를 들어본 지가 벌써 한참 되는 것 같아."

"생각해 보니까 우리가 다른 아이들보다 훨씬 아래쪽에 내려와 있는 것 같아. 동서남북 중 어느 방향으로 멀리 떨어져 있는지 잘 모르겠는걸. 여기선 다른 애들 목소리가 통 들리지가 않아."

베키는 덜컥 걱정이 되었다.

"우리들이 여기 얼마나 오래 있었지, 톰? 이제 그만 돌아가는 게 좋겠어."

"그래, 그게 낫겠다. 돌아가는 게 좋겠어."

"길을 찾을 수 있겠니, 톰? 하나같이 꼬불꼬불하게 얽혀 있어서 분간을 못하겠는데."

"길을 찾을 수 있을 것 같긴 한데 저 박쥐들이 문제란 말이야. 저놈들이 촛불을 몽땅 꺼 버린다면 우린 꼼짝도 못하게 돼. 그러니까 그곳을 통과하지 않도록 다른 쪽 길로 가자."

"그래. 하지만 길을 잃지 않았으면 좋겠어. 그랬다간 정말 큰일이거든!"

그렇게 되는지도 모른다고 생각하자 베키는 몸서리를 쳤다.

톰과 베키는 통로를 따라 출발하여 말없이 한참 동안 걸었다. 새로 길이 나올 때마다 혹시 자기들이 아까 들어올 때 본 낯익은 길이 아닌가 하고 힐끗 쳐다보았지만 하나같이 낯설기만 했다. 톰이 통로를 살펴볼 때마다 베키는 톰의 얼굴을 쳐다보며 희망의 표정을 살폈다. 톰은 짐짓 유쾌한 척하며 이렇게 말했다.

"아, 괜찮아. 이 길은 아니지만 곧 길을 찾게 될 거야!"

그러나 톰은 실패할 때마다 점점 자신감을 잃었다. 얼마 뒤에는 찾고 있는 길을 필사적으로 발견하려는 나머지 마음 내키는 대로 아무 길로나 마구 꺾어 들어가기 시작했다. 입으로는 여전히 "괜찮아."하고 큰소리치고 있었지만, 마음속은 납덩이처럼 무거운 공포감이 짓누르고 있었기 때문에 그의 말은 생기를 잃어 마치 "아, 이젠 모두 끝장이다!" 하고 말하는 것처럼 들렸다. 베키는 잔뜩 겁을 집어먹고 톰의 옆에 바짝 달라붙어 울지 않으려고 애를 썼지만 눈물이 흘러나왔다. 마침내 그녀가 말했다.

"톰, 박쥐 같은 거 겁내지 말고, 아까 그 길로 돌아가자! 길을 점점 더 잘못 들고 있는 것 같단 말이야."

그러자 톰은 걸음을 멈췄다.

"쉿!" 그가 말했다.

사방이 쥐 죽은 듯 조용했다. 너무 조용해서 자신들이 내쉬는 숨소리까지 똑똑히 들리는 듯했다. 톰은 힘껏 큰 소리를 질러 보았다. 고함 소리는 텅 빈 동굴 통로 아래로 메아리치며 비웃기라도 하듯 잔잔한 여운을 남기고는 멀리 사라져 버렸다.

"그러지 마, 톰. 무서워 죽겠단 말이야." 베키가 말했다.

"무섭긴 하지만 그렇게 불러 보는 게 좋아, 베키. 다른 애들이 들을지도 모르잖아." 그러면서 톰은 또다시 소리를 질렀다.

톰의 이 '모르잖아'라는 말은 귀신 웃음소리보다 더 소름이 끼쳤다. 그 말은 희망이 사라지고 있음을 고백하는 것과 다름없었기 때문이다. 아이들은 가만히 서서 귀를 기울였지만 아무 소리도 들리지 않았다. 톰은 다시 발길을 돌려 방금 지나

온 길로 걸음을 재촉했다. 그러나 얼마 되지 않아 머뭇거리는 톰의 태도에서 베키는 또 다른 무서운 사실을 깨달았다. 톰이 조금 전에 지나온 길도 찾지 못하는 것이 아닌가!
 "아, 톰, 너 아무 표시도 해 두지 않았구나!"
 "베키, 난 참 바보였어! 정말 바보였다고! 우리가 되돌아가게 되리라곤 전혀 생각지 못했거든! 그래, 길을 못 찾겠어. 그 길이 그 길 같단 말이야."
 "톰, 톰, 우린 길을 잃은 거야! 길을 잃었다고! 이 끔찍한 곳에서 영영 빠져나가지 못할 거야! 아, 왜 다른 애들한테서 떨어져 나왔지!"
 베키가 땅바닥에 주저앉아 미친 듯이 크게 소리를 내어 울기 시작하자 톰은 그녀가 혹시 죽거나 아니면 미치는 것이 아닌가 하는 생각이 들어 덜컥 겁이 났다. 톰은 베키 옆에 앉아서 두 팔로 그녀를 껴안았다. 그러자 베키는 그의 가슴에 얼굴을 파묻고 두려움을 호소하며 아무 소용없는 넋두리를 늘어놓았다. 그 소리는 짓궂은 비웃음이 되어 멀리서 메아리쳤다. 톰은 베키에게 다시 힘을 내어 희망을 가지자고 사정했지만 그녀는 그럴 수가 없다고 말했다. 그는 베키를 이렇게 절망적인 상태에 빠뜨린 자신을 꾸짖고 저주했다. 그랬더니 이것이 조금 효과가 있었다. 톰이 다시는 그런 식으로 말을 하지 않는다면 그녀는 다시 희망을 품고 자리에서 일어나 톰이 가자는 대로 따라가겠다고 했다. 그러면서 잘못은 톰뿐만 아니라 자기한테도 똑같이 있다고 했다.

그래서 톰과 베키는 또다시 걷기 시작했다. 그저 닥치는 대로 아무렇게나 걸었다. 두 아이가 지금 할 수 있는 일은 오직 걷는 것뿐이었다. 그러자 얼마 동안 희망이 다시 솟아나는 기미가 보였다. 희망을 뒷받침할 만한 무슨 특별한 이유가 있어서가 아니었다. 다만 희망이라는 것이 나이를 먹고 실패에 익숙해져 완전히 사라지기 전까지는 용수철처럼 다시 일어서는 속성이 있기 때문이다.

마침내 톰은 베키의 양초를 빼앗아 불을 껐다. 이렇게 양초를 아끼는 데에는 그럴 만한 까닭이 있었다! 굳이 말로 설명할 필요가 없었다. 베키는 그 의미를 깨닫고는 또다시 희망을 잃었다. 그녀는 톰이 주머니에 새 양초 하나와 쓰다 남은 양초 서너 개를 가지고 있다는 것을 알고 있었다. 그렇지만 절약하지 않으면 안 되었던 것이다.

이윽고 피로가 찾아오기 시작했다. 그러나 두 아이는 피로감에 주의를 기울이려고 하지 않았다. 그토록 소중한 시간에 앉아서 쉰다는 것은 생각만 해도 끔찍한 일이었다. 어느 방향으로건 어디를 향해서건 걷는 것은 적어도 앞으로 나아가는 것이므로 무슨 결과가 있을지도 모른다. 그러나 그냥 주저앉고 마는 것은 죽음을 자초하는 일이고 죽음의 길을 단축하는 일이었다.

마침내 베키의 연약한 다리가 더 이상 말을 듣지 않았다. 그녀는 털썩 주저앉고 말았다. 톰도 그 옆에 앉아 쉬면서 집과 친구들, 푹신하고 편한 침대, 그리고 무엇보다도 밝은 햇빛에 대해 이야기를 나누었다! 베키는 끝내 울음을 터뜨렸고, 톰은 어떻게 해서든지 베키를 달래려고 애썼지만 같은 말을 하도 많이 하다 보니 뻔한 말이 되고 도리어 비꼬는 말처럼 들렸다. 몹시 피로했던지 베키는 꾸벅꾸벅 졸다가 스르르 잠들고 말았다. 톰은 오히려 마음이 좀 놓였다. 그는 잔뜩 일그러진 그녀의 얼굴을 들여다보았다. 베키는 행복한 꿈이라도 꾸고 있는지 표정이 부드럽고 자연스럽게 변했다. 그러더니 마침내 미소가 감돌더니 사라지지 않고 얼굴에 그대로 남아 있었다. 그녀의 평화스러운 모습을 보자 톰도 편안해지고 위안이 되는 것을 느낄 수 있었다. 톰은 지나간 세월과 꿈결 같은 추억을 더듬고 있었다. 한참 생각에 잠겨 있는데 베키가 가볍게 웃으면서 잠에서 깨어났다. 그러나 웃음이 입술 위에서 차갑게 얼어붙더니 신음 소리가 뒤따라 나왔다.

"아, 깜박 잠을 잤나 봐! 영원히 깨지 않으면 좋았을걸! 아냐! 아냐, 아니라고, 톰! 그런 얼굴 하지 마! 다시는 그런 말 하지 않을게."

"네가 잠을 자서 다행이었어, 베키. 이제 힘이 날 거야. 그럼자, 나가는 길을 찾아보기로 하자."

"한번 시도해 볼 순 있겠지, 톰. 하지만 방금 꿈속에서 아주 아름다운 나라를 보았어. 우리도 그곳으로 가고 있는 걸 거야."

"아닐 거야. 그렇지 않을 거라고. 힘을 내, 베키. 계속해서 길을 찾아보자."

톰과 베키는 자리에서 일어나 손을 잡고 막막한 기분으로 발걸음을 옮기기 시작했다. 이 동굴 속에서 얼마 동안 있었는지 짐작하려고 애썼지만, 며칠 아니 몇 주일이 지난 것만 같았다. 그러나 양초가 아직 남아 있는 것으로 보아 그렇게 오래되지 않은 것이 분명했다. 시간이 얼마나 지났는지는 알 수 없었지만 그로부터 한참 뒤에 톰은 발소리를 죽이고 물 흐르는 소리에 귀를 기울여서 샘물을 찾아내야 한다고 말했다. 아이들은 얼마 되지 않아 샘물을 발견했다. 톰은 그곳에서 잠시 쉬자고 했다. 둘 다 지칠 대로 지쳐 있었다. 베키는 좀 더 걸을 수 있을 것 같다고 말했지만 톰은 그녀의 말을 따르지 않았다. 베키는 톰이 그러는 까닭을 알 수 없어 의아해했다. 두 아이는 자리에 앉았다. 톰은 그들 앞쪽에 있는 벽에다 촛불을 진흙으로 고정시켜 놓았다. 생각은 많았지만 얼마 동안 아무런 말이 없었다. 한참 뒤 베키가 침묵을 깨뜨렸다.

"톰, 나 배고파!"

톰은 주머니에서 뭔가를 꺼냈다.

"너 이거 생각나니?" 그가 물었다.

베키가 엷은 미소를 지었다.

"우리 결혼 축하 케이크잖아, 톰."

"그래, 맞아. 나무통만큼이나 크면 좋으련만. 우리가 가진 건 이게 전부야."

"우리가 소풍 왔던 일을 기념하려고 남겨 두었던 거야, 톰. 어른들이 결혼 축하 케이크를 남겨 두는 것처럼. 그렇지만 이건 우리들의……."

베키는 거기까지 말하다가 입을 다물고 말았다. 톰은 케이크를 두 쪽으로 나눴다. 톰이 조금씩 갉아 먹고 있는 동안 베키는 대단한 식욕으로 한입에 맛있게 먹어 치웠다. 이런 성찬을 마지막으로 장식해 줄 찬물이 그들 앞에 그득했다. 마침내 베키가 다시 걷자고 제안했다. 톰은 잠시 침묵을 지키고 나서 이렇게 말했다.

"베키, 내가 무슨 말을 해도 참을 수 있겠어?"

그 말에 베키는 얼굴이 창백해졌지만 그렇게 할 수 있다고 대답했다.

"그래, 그러면 말이야, 베키. 우린 마실 물이 있는 이곳을 떠나면 안 돼. 더구나 저 조그마한 양초가 마지막이라고!"

그러자 베키는 눈물을 터뜨리며 울부짖었다. 톰은 달래려고 온갖 노력을 다해 보았지만 별로 효과가 없었다. 마침내 베키가 말했다.

"톰!"

"왜, 베키?"

"아이들이 우리가 없어진 걸 알고 찾을지도 몰라!"

"그래, 그럴 거야! 틀림없이 그럴 거야!"

"어쩌면 지금 우리를 찾고 있는지도 몰라, 톰."
"그래, 나도 그렇게 생각해. 그랬으면 좋겠어."
"우리가 없어진 걸 언제쯤 알았을까, 톰?"
"배로 돌아갔을 때일 거야."
"톰, 그럼, 해가 진 뒤겠네. 우리가 배로 돌아오지 않은 걸 알았을까?"
"글쎄, 그건 모르겠는데. 하지만 어쨌든 아이들이 모두 집에 돌아간 뒤에는 네가 돌아오지 않은 걸 네 엄마는 아시겠지."

이 말을 들은 베키의 얼굴에 놀라는 빛이 역력한 것을 보자 톰은 자기가 또 실수했다는 것을 깨달았다. 그날 밤 베키는 집에 돌아가지 않기로 되어 있지 않았던가! 두 아이는 말없이 생각에 잠겼다. 잠시 뒤 베키가 갑자기 탄식을 터뜨렸다. 베키도 톰과 같은 생각을 하고 있었던 것이다. 즉 새처 부인이 베키가 하퍼 부인 집에서 묵지 않았다는 사실을 알게 되는 건 일요일 아침이 이미 절반이나 지나고 나서일 것이다.

두 아이는 얼마 남지 않는 양초에 시선을 고정시키고는 그것이 천천히 그러나 가차 없이 녹아 내리는 모습을 지켜보았다. 마침내 초는 다 타고 겨우 1센티미터밖에 안 되는 심지만 남았다. 연약한 불꽃이 하늘거리며 타오르더니 한 줄기 얇은 연기가 피어오르며 심지 꼭대기를 맴돌았다. 그러더니 섬뜩한 암흑이 동굴 안을 가득 메우며 내려앉았다.

베키가 자신이 톰의 팔에 안겨 울고 있다는 사실을 깨닫게 되기까지 얼마나 시간이 흘렀을까. 톰도 베키도 알 수 없었다. 한참 만에 깊은 혼수상태 같은 잠에서 깨어나 다시금 자신들의 불행을 깨닫기 시작했다는 사실만을 알 수 있을 뿐이었다.

톰은 지금이 벌써 일요일, 아니 어쩌면 월요일일지도 모른다고 말했다. 베키에게 말을 시켜 보려고 했지만 베키는 모든 희망을 잃은 채 깊은 슬픔에 잠겨 있었다. 톰은 벌써 오래 전에 자기들이 없어진 것을 사람들이 알았을 테니 지금은 틀림없이 그들을 찾고 있을 것이라고 말했다. 그리고 힘껏 소리를 지르면 어쩌면 누군가가 찾아올지도 모른다고 덧붙였다. 톰은 소리를 질러 보았지만 어둠 속에서 멀리 메아리치는 소리가 너무나 소름끼쳐 두 번 다시 해 보지 않았다.

몇 시간이 흘렀다. 아이들은 또다시 배가 고파서 견딜 수가 없었다. 톰이 먹다 남겨 둔 케이크를 다시 둘로 나눠 먹었다. 그러나 먹기 전보다 더 배가 고파지는 것 같았다. 겨우 입맛이나 다실 한 입 거리 음식은 도리어 식욕을 자극할 뿐이었다.

잠시 뒤 톰이 말했다.

"쉿! 저 소리 들었어?"

두 아이는 숨을 죽이고 귀를 기울였다. 멀리서 희미하게 고함 소리 같은 것이 들렸다. 톰은 즉시 이에 답하고는 베키의 손목을 잡고 소리가 난 쪽을 향해 더듬더듬 걷기 시작했다. 톰은 다시 귀를 기울였다. 그때 또다시 그 소리가 들려왔다. 아까보다는 좀 더 가까워진 것 같았다.

"구조대다!" 톰이 말했다. "구조대가 오고 있어! 어서 가자, 베키야. 이제 우린 살았어!"

포로처럼 동굴 속에 갇혀 있는 두 아이의 기쁨은 이루 말할 수가 없었다. 그러나 여기저기 구덩이가 많아서 발밑을 조심해야 했기 때문에 그들의 걸음은 느릴 수밖에 없었다. 그러다 큰 구덩이 하나를 만나 아이들은 걸음을 멈추어야 했다. 그

깊이가 1미터일 수도 있었고, 30미터일 수도 있었다. 어쨌든 그
곳을 넘어갈 도리가 없었다. 톰은 엎드려 팔을 한껏 뻗어 보았
지만 바닥에 닿지 않았다. 그렇다면 별도리 없이 구조대가 올
때까지 그 자리에서 기다리지 않으면 안 되었다. 그들은 다시
귀를 기울였다. 멀리서 들려오던 소리는 분명히 차츰 멀어지더
니 잠시 뒤에는 아예 사라지고 말았다. 이 얼마나 가슴이 무너
지는 일인가! 톰은 목이 쉬도록 소리를 질러 보았지만 아무 소
용이 없었다. 그래도 톰은 베키에게 희망적으로 말했다. 그러
나 한참을 초조하게 기다렸지만 두 번 다시 아무런 소리도 들
리지 않았다.

 아이들은 다시 길을 더듬어 먼저 있던 샘물가로 되돌아갔
다. 시간이 느릿느릿 지루하게 흘렀다. 다시 잠이 들었다가 눈
을 떴을 때는 무척 허기가 졌고 슬퍼서 견딜 수가 없었다. 톰
은 지금쯤이면 화요일은 족히 되었을 것이라고 믿고 있었다.

 그때 문득 톰에게 생각 하나가 떠올랐다. 그들 바로 앞에 몇
갈래 샛길이 있었는데, 이렇게 가만히 앉아서 무거운 시간의
무게를 견디는 것보다는 차라리 샛길 중 몇 개를 탐험하는 쪽
이 더 나을 듯했다. 톰은 주머니에서 연줄을 꺼내 바위가 뾰족
하게 튀어나온 곳에 묶어 놓고 베키와 함께 한 걸음 한 걸음
앞으로 나아가기 시작했다. 톰이 앞장서서 연줄을 조금씩 풀
어 가며 더듬더듬 앞으로 나아갔다. 스무 발짝쯤 나아가니 길
이 끊어지고 '절벽'이 나타났다. 톰은 무릎을 꿇고 엎드린 채
로 처음에는 밑을, 그 다음에는 손이 닿는 데까지 멀리 귀퉁
이를 두 손으로 더듬어 보았다. 그리고 오른쪽으로 좀 더 멀리
팔을 뻗어 보려고 했다. 바로 그 순간 20미터도 채 떨어지지

않은 곳에서 촛불을 들고 있는 사람의 손이 바위 뒤쪽에서 불쑥 나타나는 것이 아닌가! 톰은 너무 기쁜 나머지 막 소리를 질렀다. 곧바로 그 손의 주인이 뒤따라 나타났다. 그런데 그 사람은 다름 아닌 인전 조였다! 톰은 온몸이 마비가 된 듯 손가락 하나 움직일 수가 없었다. 톰은 그 가짜 '스페인 사람'이 도망쳐 사라지는 것을 보고 나서야 크게 안심했다. 톰은 조가 자기의 음성을 알아듣고 다시 와서 법정에서 증언을 한 것에 대한 보복으로 자기를 죽이지나 않을까 걱정이 되었다. 그러나 메아리 때문에 자기 목소리가 다르게 들렸을지도 모를 일이었다. 틀림없이 그랬을 것이라고 톰은 결론지었다. 톰은 너무 놀란 나머지 팔다리에 힘이 다 빠지는 것을 느꼈다. 만약 샘물이 있는 곳까지 되돌아갈 수만 있다면 그곳에 그대로 꼼짝 않고 있을 것이다. 이 세상을 다 준다 해도 두 번 다시 인전 조를 만날 위험을 무릅쓰고 싶지 않았다. 톰은 자기가 본 것을 베키가 알지 못하도록 숨기려고 조심했다. 방금 고함을 지른 것은 '운이 좋으라고' 그런 거라고 둘러댔다.

그러나 결국 공포감보다는 배고픔과 비참한 기분이 훨씬 더 견디기 어려운 법이다. 샘가에서 지루하게 기다리다가 또 한 차례 긴 잠을 자고 나자 상황이 달라졌다. 두 아이는 고통스러울 만큼 심하게 배가 고픈 채 잠에서 깨어났다. 톰은 벌써 수요일이나 목요일, 어쩌면 금요일이나 토요일이 되었을 것이라고 생각했다. 그렇다면 자기들을 찾는 수색 작업이 중단되었을지도 모를 일이었다. 톰은 다른 길을 가 보자고 했다. 이제 인전 조나 다른 어떤 두려움도 기꺼이 맞서 보겠다고 마음먹었다. 그러나 베키는 완전히 기력을 잃고 말았다. 안쓰러울 만큼 무감각한 상태에 빠져서 도무지 자리에서 일어서려고 하지 않았다. 지금 있는 그 자리에 앉아서 그냥 기다리다가 죽겠다고 했다. 그러면서 오래 기다릴 필요도 없을 것이라고 했다. 가고 싶으면 혼자 연실을 끌고 가서 길을 찾아보라고 했다. 그러나 가끔 돌아와서 얘기를 해 달라고 부탁했다. 베키는 또한 끔찍하게 죽는 순간이 오면 숨이 넘어갈 때까지 곁에 앉아서 자기 손을 꼭 쥐고 있어 달라고 부탁했다.

  톰은 목구멍이 막히는 것을 느끼며 베키의 이마에 입을 맞추었다. 그러면서 수색대를 발견하거나 동굴에서 빠져나갈 출구를 찾을 자신이 있는 척했다. 그리고 나서 연줄을 손에 잡고 통로 아래쪽으로 엉금엉금 기면서 더듬어 나갔다. 견딜 수 없이 배가 고픈 데다가 곧 닥쳐올 운명에 대한 불길한 예감으로 마음은 비통하기 그지없었다.

제32장

 화요일 오후도 지나가고 마침내 황혼 속으로 날이 저물어 갔다. 세인트피터스버그 마을은 여전히 깊은 슬픔에 잠겨 있었다. 행방불명된 아이들을 아직도 찾지 못했던 것이다. 아이들의 생환을 위한 기도회가 교회에서 열렸고, 각 가정에서도 정성 어린 기도를 수없이 드렸다. 그러나 동굴에 나가 있는 수색대로부터는 여전히 반가운 소식이 들려오지 않았다. 수색 작업에 나섰던 대부분의 사람들은 이제 그 아이들을 도저히 찾을 수 없을 것이라며 수색을 포기하고 각자의 일터로 돌아갔다. 새처 부인은 몸져눕더니 거의 하루 종일 헛소리를 했다. 마을 사람들은 부인이 딸의 이름을 부르고 나서 고개를 쳐들고 약 일 분 동안 대답을 기다리고 있다가 다시 신음 소리를 내면서 고개를 떨어뜨리는 모습은 차마 눈을 뜨고는 볼 수 없다고 했다. 폴리 이모는 완전히 우울증에 빠져 희끗희끗한 머리가 이제는 거의 백발이 되다시피 했다. 화요일 밤 마을 사람들은 비탄에 잠긴 채 잠자리에 들었다.

자정이 조금 지났을 무렵 갑자기 마을의 종이 요란스럽게 울렸다. 정신없이 옷을 대충 걸친 사람들이 순식간에 길거리로 몰려나왔다. 사람들은 "어서들 나와요! 모두들 나와 봐요! 아이들을 찾았어요! 아이들을 찾았다고요!" 하고 큰 소리로 외쳐 댔다. 이렇게 시끄러운 소리에 덧붙여 사람들은 양철 냄비를 두드리고 뿔피리까지 불어 댔다. 마을 사람들은 떼를 지어 강 쪽으로 달려가서는 지붕 없는 마차에 실려 오는 톰과 베키를 맞이하여 마차를 빙 둘러싼 채 마을로 들어왔다. 그들은 잇따라 만세를 외치며 마치 개선장군처럼 의기양양하게 큰길을 휩쓸며 행진했다!

온 마을이 환하게 불을 밝혔고, 다시 잠자리에 드는 사람은 아무도 없었다. 이 조그마한 마을이 생긴 이래 처음 겪어 보는 가장 성대한 밤이었다. 처음 삼십 분 동안 마을 사람들은 새처 판사 집으로 몰려가 구출된 아이들을 한 번씩 껴안고 입을 맞추고 새처 부인의 손을 움켜잡았다. 뭐라고 말을 하려고 애썼지만 차마 아무 말도 못하고 눈물만 흘릴 뿐이었다.

폴리 이모의 기쁨은 이루 말할 수가 없었고, 새처 부인의 기쁨 또한 거의 폴리 이모의 기쁨에 가까웠다. 그러나 전령이 아직 동굴에 남아 있는 남편에게 이 희소식을 전하기만 하면 새처 부인의 기쁨도 더할 나위가 없을 것이다. 자기 말에 열심히 귀를 기울이는 청중에게 둘러싸인 채 소파에 누워 있는 톰은 이야기를 장식하기 위해 적잖이 과장하면서 그동안 겪은 놀라운 모험담을 들려주었다. 그러고는 베키를 혼자 남겨 두고 계속 길을 찾기 위해 돌아다닌 일, 연줄이 닿는 데까지 두 개의

샛길을 따라간 일, 세 번째 샛길을 더듬어 가다가 연줄이 모자라 막 뒤돌아서려는 순간 저 멀리 햇빛처럼 보이는 작은 점 하나가 힐끗 보인 일, 연줄을 놓고 그쪽을 향해 더듬어 나가 작은 구멍 사이로 머리와 어깨를 내밀고 보니 눈앞에 드넓은 미시시피 강이 유유히 흐르고 있던 일을 묘사하는 것으로 이야기를 끝맺었다! 만약 그때가 밤이었더라면 그 점 같은 햇빛을 볼 수 없었을 것이고, 그랬더라면 두 번 다시 그 샛길에 들어가지 않았을 것이 아닌가! 톰은 즉시 베키에게 돌아가 이 기쁜 소식을 알렸지만 베키는 톰에게 자기는 이제 완전히 지쳤고, 오래지 않아 죽을 것이라고, 아니 차라리 죽고 싶으니 그런 쓸데없는 소리로 자기를 애타게 하지 말라고 했다고 덧붙였다. 그래서 톰은 그녀를 확신시키기 위해 어떻게 애를 썼는지,

마침내 베키가 점 같은 푸른 빛줄기를 직접 볼 수 있는 곳까지 함께 더듬더듬 갔을 때 얼마나 미칠 듯 기뻐했는지, 어떻게 톰이 먼저 구멍 밖으로 기어 나오고 나서 베키가 나오는 것을 도와주었는지, 그리고 너무 기쁜 나머지 둘이서 땅바닥에 털썩 주저앉아 얼마나 큰 소리로 엉엉 울었는지를 말했다. 때마침 조그마한 배를 타고 지나가는 사람들이 있었고, 톰이 그들을 향해 살려 달라고 소리쳐 구출되었다고 했다. 톰이 그들에게 그동안 겪은 사정을 이야기하면서 배고프다고 하자 그들은 "여긴 동굴이 있는 계곡으로부터 강 하류 쪽으로 8킬로미터나 떨어진 곳이야." 하고 말하면서 아이들의 터무니없는 말을 좀처럼 믿으려고 하지 않았다고 했다. 그들은 아이들을 배에 태우고 집으로 데려가서 저녁을 먹였고, 해가 지고 두세 시간 정도 쉬게 한 뒤 집까지 데려다 주었다는 것이다.

먼동이 트기 전에 전령은 새처 판사와 그와 함께 행동하던 수색대원 몇 명을 그들이 허리에 매고 있는 신호용 밧줄로 찾아내어 아이들이 돌아왔다는 기쁜 소식을 들려주었다.

톰과 베키는 동굴 속에서 보낸 사흘 낮과 사흘 밤 동안의 허기와 피로를 금방 떨쳐 버릴 수 없다는 것을 곧 알게 되었다. 그들은 수요일과 목요일 이틀을 꼬박 자리에 누워 보냈는데도 어찌 된 셈인지 점점 더 피곤하고 맥이 빠지는 것 같았다. 목요일이 되자 톰은 조금 움직일 수 있게 되었고, 금요일에는 마을의 큰 거리에도 나가 보았다. 그리고 토요일에 이르러서는 이전과 거의 다름없는 건강을 되찾았다. 그러나 베키는 일요일까지도 문밖출입을 하지 못했다. 그 뒤에도 마치 몸을 허약하게 만드는 병을 앓고 난 사람처럼 보였다.

톰은 헉이 병이 났다는 얘기를 듣고 금요일에 그를 문병하러 갔지만 사람들은 톰을 방 안에 들여보내 주지 않았다. 토요일과 일요일에도 역시 헉의 방에 들어갈 수 없었다. 그 이튿날부터는 날마다 면회 허락을 받았지만 그동안 톰이 겪은 모험이나 그 밖에 그를 흥분시키는 얘기는 하지 말라는 주의를 받았다. 톰이 시키는 대로 잘 하는지 보려고 더글러스 과부댁은 자리를 뜨지 않고 옆에서 지켜보았다. 톰은 식구들한테서 카디프힐 사건에 대해 들었다. 또한 '누더기 옷을 걸친 사람'이 마침내 선착장 근처에서 시체로 발견되었다는 사실도 알게 되었다. 모르긴 몰라도 아마 도망치다가 물에 빠져 죽었을 것이라고 했다.

동굴에서 구조된 지 보름가량 지나서 톰은 헉의 병문안을 갔다. 헉은 이제 건강이 상당히 회복되어 웬만큼 흥분할 이야기를 해도 들을 수 있었다. 톰은 헉이 관심 있어 할 이야기가 많다고 생각했다. 톰은 헉을 만나러 가는 길에 베키를 만나려고 새처 판사의 집에 잠시 들렀다. 새처 판사와 그의 친구 몇 사람이 톰에게 이것저것 말을 시켰다. 손님 중에 누군가가 톰에게 또다시 동굴에 가 볼 생각이 없느냐고 빈정대듯 물었다. 그러자 톰은 별로 거리낄 것도 없다고 대꾸했다. 그 말을 듣고 판사가 이렇게 말했다.

"그래, 너 말고도 너 같은 녀석들이 또 있을 테지, 톰. 그건 불을 보듯 뻔해. 하지만 우리가 조치를 취해 놓았거든. 이젠 그 동굴 속에서 길을 잃는 아이는 두 번 다시 없을 거야."

"어째서요?"

"이 주일 전에 내가 그 동굴 출입문을 두꺼운 철판으로 덮어 버렸거든. 거기다 삼중으로 자물쇠를 채웠고. 그 열쇠는 내가 갖고 있단다."

톰의 얼굴이 금방 백지장처럼 새파랗게 질렸다.

"왜 그러는 거냐, 얘야? 이봐, 누가 어서 빨리 가서 물 좀 가져와! 어서 빨리!"

누군가가 물을 가져와 톰의 얼굴에 끼얹었다.

"아, 이제 정신을 차리는 것 같구나. 도대체 어찌 된 일이냐, 톰?"

"아, 판사님, 그 동굴 안에 인전 조가 있다고요!"

제33장

 이 소식은 몇 분도 되지 않아 순식간에 온 마을로 퍼져 나갔다. 남자들을 태운 십여 척의 작은 배가 맥두걸 동굴로 향했고, 사람들을 가득 태운 나룻배도 그 뒤를 따랐다. 톰 소여는 새처 판사와 함께 같은 배를 탔다.
 문을 열어젖히자 어슴푸레하고 어두컴컴한 동굴 안의 처참한 광경이 드러났다. 인전 조는 마지막 순간까지 자유로운 바깥세상의 빛과 자유를 그리워하는 눈빛으로 문틈에 바짝 얼굴을 갖다 대고 엎드린 채 죽어 있었다. 자신의 경험을 통해서 이 가련한 인간이 얼마나 고통스러워했을지 짐작할 수가 있었기 때문에 톰은 가슴이 뭉클했다. 그 사람에 대해 동정심을 느끼면서도 이제는 살았구나 하는 생각에 안심이 되었다. 이렇게 안도감을 느끼자 톰은 법정에서 이 흉악무도한 부랑자에게 불리한 증언을 한 뒤로 자신을 짓누르던 공포심이 얼마나 엄청났는지 비로소 절실히 깨달을 수 있었다.

인전 조의 사냥칼은 두 동강이가 난 채 옆에 떨어져 있었다. 오랫동안 애를 쓰며 고생한 듯 큼직한 문짝의 맨 아랫부분이 난도질 되어 있었고 여기저기 조각이 떨어져 있었다. 그러나 그것은 아무 쓸모없는 헛수고였다. 문 바깥쪽에는 자연석 하나가 문지방 구실을 하고 있었고, 그 단단한 바위는 칼로 아무리 파내도 끄떡없기 때문이었다. 그러니 칼만 부러질 뿐이었다. 바위가 걸림돌이 되지 않았더라도 그의 노력은 여전히 헛수고였을 것이다. 문짝 아랫부분을 모두 잘라 낸다고 해도 인전 조는 문 밑으로 빠져 나올 수 없었고, 그도 그 사실을 잘 알고 있었던 것이다. 그는 고통스러운 자신의 처지를 잊고 지루한 시간을 견디기 위해서 문을 난도질할 수밖에 없었던 것이다. 보통 때 같으면 동굴 입구의 갈라진 바위틈에 관광객들이 내버린 양초 토막이 대여섯 개쯤은 굴러다닐 법한데 지금은 하나도 없었다. 이곳에 갇힌 사나이가 샅샅이 찾아 모두 먹어 치웠기 때문이다. 또 그는 간신히 박쥐 몇 마리를 잡아서 발톱만 남기고 모조리 먹어 치우기도 했다. 이 불행한 사나이는 가엾게도 굶어서 죽고 만 것이다. 바로 근처에서 석순 하나가 머리 위 종유석에서 떨어지는 물방울로 몇 세기를 두고 천천히 자라고 있었다. 시계가 똑딱거리듯 정확하게 삼 분마다 똑똑 한 방울씩 떨어져 내리는 귀중한 물방울을 얻기 위해, 포로가 된 사나이는 석순 끝을 잘라 버리고는 그 그루터기에 돌멩이 하나를 갖다 놓은 뒤 얕지만 움푹하게 안쪽을 파냈다. 스물네 시간이 지나야 겨우 디저트용 스푼 하나를 가득 채울 만한 물이 고였다. 그 물방울은 피라미드가 막 세워졌을 때도, 트로이*가 함락되

---

* 소아시아 서북부의 고대 도시로 호메로스의 서사시 『일리아스』에서 트로이

었을 때도, 로마를 세울 기초가 다져졌을 때도, 예수 그리스도가 십자가에 못 박힐 때도, '정복왕'*이 대영 제국을 창건했을 때도, 콜럼버스가 항해를 떠났을 때도, 그리고 렉싱턴의 대학살**이 '뉴스거리'가 되었을 때도 똑같이 한 방울씩 똑똑 떨어졌고 지금도 여전히 한 방울씩 똑똑 떨어지고 있다. 이런 모든 일이 역사의 뒤안길로, 전통의 뒷골목으로, 망각의 강물 속으로 사라져 버린 뒤에도 여전히 한 방울씩 똑똑 떨어지고 있으리라. 세상의 모든 일에는 목적이 있고 사명이 있지 않은가? 그렇다면 이 물방울은 겨우 한순간 이 속절없는 벌레 같은 인간의 갈증을 달래 주기 위해 지난 5000년 동안 쉴 새 없이 이처럼 떨어지고 있었단 말인가? 그리고 앞으로 다가올 10000년의 세월을 위해 또 다른 목적을 키우고 있는 것일까? 아무러면 어떤가. 이 불운한 혼혈아가 그 소중한 물을 받기 위해 돌을 파낸 뒤 아주 오랜 세월이 지났지만 오늘날까지도 맥두걸 동굴의 장관을 구경하러 오는 사람들은 그 애처로운 돌과 함께 천천히 한 방울씩 떨어지는 물을 바라본다. 인전 조가 사용한 돌 컵은 동굴의 진기한 구경거리 목록에서도 첫손가락에 꼽힌다. 심지어 '알라딘의 궁전'의 인기도 그 컵에는 미치지 못할 것이다.

 사람들은 인전 조를 동굴 입구 근처에 묻었다. 장례식에는 마을 사람들은 물론이고 인근 10킬로미터 거리에 있는 모든 농가와 촌락의 많은 사람이 모여들었다. 그들은 아이들을 동반

전쟁이 일어난 곳이다.
* 1066년에 영국을 정복한 노르망디 공(公) 윌리엄 1세의 별칭.
** 매사추세츠 주 렉싱턴에서 미국 식민지 주민과 영국군 사이에 일어난 전투로 미국 독립 전쟁의 출발점이 되었다.

한 채 온갖 음식을 가지고 왔고, 목을 매달아 형을 집행하는 모습을 구경하는 것 못지않게 장례식에서 재미있는 시간을 보냈다고 고백했다.

이 장례식 때문에 지금까지 진행돼 오던 한 가지 일이 중단되고 말았다. 그것은 인전 조를 사면해 달라고 주지사에게 탄원서를 보내는 일이었다. 많은 사람이 탄원서에 서명을 했다. 눈물을 펑펑 쏟고 열변을 토하는 회합이 여러 번 열렸다. 위원으로 뽑힌 정력적인 부인 몇 명이 주지사를 찾아가 울며불며 탄원하여 주지사로 하여금 짐짓 바보인 척 자비를 베풀고 주지사로서의 의무를 저버리도록 만들 작정이었다. 사람들은 인전 조가 마을 사람 다섯 명을 살해했다고 믿고 있었다. 그런들 그것이 어떻단 말인가? 비록 그 사람이 악마였다고 해도 석방 탄원서에 서명하고 영구히 고장 난 수도꼭지처럼 눈물을 줄줄 흘리는 마음 약한 사람이 어디 한두 사람이던가.

장례를 치르고 난 이튿날 아침 톰은 중요한 이야기를 하려고 헉을 은밀한 장소로 데리고 갔다. 헉도 이제는 존스 노인과 더글러스 과부댁한테서 톰이 겪은 모험 얘기를 들어서 다 알고 있었다. 그러나 톰은 그들이 헉에게 한 가지만은 말해 주지 못했을 것이라고 했다. 톰이 지금 말하고 싶은 것은 바로 그 이야기라고 했다. 그러자 헉이 슬픈 표정을 지으며 말했다.

"무슨 말인지 알고 있어. 네가 '2호실'에 들어갔었는데 술병 말고는 아무것도 발견하지 못했다는 말이겠지. 그게 너라고 말해 준 사람은 아무도 없어. 하지만 그 술 사건 얘기를 듣자마자 난 그게 너일 거라고 생각했지. 그리고 네가 돈을 찾아내지 못했다는 것도 알고 있다고. 네가 돈을 찾아냈다면 어떻게든지 내게 와서 얘기했을 거잖아. 다른 사람한테는 입을 다물고 있다고 해도 말이야. 톰, 어쩐지 그 돈을 영원히 손에 넣지 못하게 될 것 같은 예감이 들더라고."

"아니, 그게 무슨 소리야, 헉. 난 그 술집 주인을 고자질한 적이 없어. 내가 소풍 간 토요일엔 그 술집에 아무 일도 없었다는 건 너도 잘 알고 있잖아. 그날 밤에 네가 망을 보기로 했던 것 기억나지 않니?"

"참, 그렇지! 이거야 원, 마치 일 년 전에 일어난 일 같네. 내가 더글러스 과부댁 집까지 인전 조를 뒤쫓아 간 게 바로 그날 밤이었거든."

"네가 조를 뒤쫓아 갔었다고?"

"그래. 하지만 너 누구한테도 이 말 하면 절대로 안 돼. 인전 조의 패거리가 아직 남아 있을 것 같은 생각이 들거든. 그놈들이 나한테 앙심을 품고 못된 짓을 할까 봐 겁이 난단 말이야. 만약 나만 없었다면 그놈은 지금쯤 무사히 텍사스에 가 있겠지."

그러더니 헉은 톰에게 자기가 겪은 모험담을 숨김없이 전해 주었다. 톰은 그때까지 존스 노인한테서 그 이야기를 부분적으로밖에는 듣지 못했던 것이다.

"그런데 말이야." 헉이 다시 본론으로 돌아오며 말했다. "그 '2호실'에서 술을 슬쩍한 놈이 누구든 그놈이 돈도 슬쩍한 거야. 어쨌든 그 돈은 우리 것이 되기 영 글렀어, 톰."

"헉, '2호실'에는 애초부터 그 돈이 없었다고!"

"뭐라고!" 헉은 친구의 얼굴을 뚫어지게 쳐다보면서 그의 표정을 자세히 살폈다. "톰, 그럼 네가 그 돈이 있는 곳을 다시 알아냈단 말이야?"

"헉, 그 돈은 지금 동굴 속에 있어!"

그러자 헉의 두 눈에서 번쩍 빛이 났다.

"다시 말해 봐, 톰!"

"그 돈은 지금 동굴 속에 있다고!"

"톰, 진짜로 말해 봐. 지금 농담하고 있는 거야, 아니면 진담하고 있는 거야?"

"진담이야, 헉. 정말로 진짜래도. 나하고 같이 가서 그 돈을 꺼내 오지 않을래?"

"두말하면 잔소리지! 들어가는 길마다 표시를 해서 길만 잃지 않는다면 말이야."

"헉, 그런 걱정은 눈곱만큼도 할 필요가 없어."

"그렇다면 좋았어! 한데, 그곳에 돈이 있다는 걸 어떻게……."

"헉, 그건 그곳에 가 보면 알게 될 거야. 만에 하나 그곳에서 돈을 발견하지 못한다면, 내 북이랑 내가 갖고 있는 모든 걸 너한테 줄게. 틀림없이 그렇게 할 거라고."

"좋아. 그렇게 하기로 하자. 그럼 언제 가지?"

"지금 당장 가지, 뭐. 네가 원한다면 말이야. 몸은 괜찮겠어?"

"그 돈이 동굴 속 깊은 데 있니? 사나흘 동안 좀 걸어 다녀 봤지만 그래도 아직은 1킬로미터 이상은 걸을 수 없어, 톰. 아무래도 무리일 것 같아."

"내가 아닌 다른 사람이라면 아마 8킬로미터쯤은 걸어야 할 거야. 하지만 나는 남들이 모르는 지름길을 알고 있어. 헉, 너를 작은 배에 태워 바로 그곳까지 데리고 갈게. 강 하류 쪽으로 배가 그냥 떠내려가게 하면 돼. 돌아올 땐 나 혼자서 노를 저으면 되고. 넌 손가락 하나 까딱할 필요 없다고."

"그럼, 지금 당장에 출발하자, 톰."

"좋아. 그런데 빵과 고기, 담배 파이프, 조그마한 자루 한두 개, 연줄 두세 개, 새로 나온 황린(黃燐) 성냥*을 갖고 가야 해. 내가 동굴 속에 갇혔을 때 그런 물건들 생각이 얼마나 간절했는지 몰라."

정오가 조금 지나자 두 아이는 마침 주인이 자리를 비운 사이에 작은 배 한 척을 슬쩍 '빌려' 타고 즉시 목적지로 향했다. '케이브할로' 아래쪽으로 몇 킬로미터쯤 떨어진 지점에 이르렀을 때 톰이 입을 열었다.

"너도 보듯이 케이브할로에서 여기까지 쭉 이어진 절벽이 모두 똑같아 보이거든. 집도 없고, 장작 헛간도 없이 덤불이 모두 비슷비슷하게 보이잖아. 하지만 저기 저 위쪽에 산사태가 난 하

---

* 19세기 초엽 영국에서 처음 발명된 황린 성냥은 1836년에 미국에서 특허를 받았다.

얀 곳이 보이지? 저게 내 표적 중 하나야. 자, 이제 배를 대자."

두 아이는 함께 배에서 뭍으로 올라갔다.

"자, 헉, 내가 빠져나온 구멍은 지금 우리가 서 있는 곳에서 낚싯대 하나 거리에 있어. 네가 한번 찾아봐."

헉이 사방을 둘러보았지만 아무것도 찾아내지 못했다. 그러자 톰은 빽빽하게 우거진 옻나무 덤불 속으로 우쭐거리며 걸어 들어갔다.

"바로 이곳이야! 이것 봐, 헉. 이렇게 아늑한 구멍은 이 지방에선 두 번 다시 찾을 수 없을 거야. 다른 사람들한테 입을 놀려선 안 돼. 난 전부터 산적이 되고 싶었지. 이런 마땅한 장소가 필요했는데, 어디서 찾아야할지가 큰 골칫거리였거든. 그런데 이제야 여기서 찾게 된 거야. 다른 아이들한테는 비밀로 해야 해. 그렇지만 조 하퍼랑 벤 로저스한테만은 알려 주자. 산적놀이를 하려면 갱단이 있어야 하거든. 그렇지 않으면 '폼'이 나지 않아. '톰 소여와 그 일당'. 어때, 그럴듯하게 들리지, 헉?"

"응, 그럴듯한데, 톰. 하지만 누구를 털지?"

"닥치는 대로 누구든 털면 돼. 매복하고 있다가 말이야. 대개 그렇게 하거든."

"그다음엔 죽이는 거니?"

"아니. 꼭 그런 건 아냐. 몸값을 낼 때까지 동굴 속에다 가둬 두지."

"몸값이 뭔데?"

"돈이지 뭐야. 그 사람들의 친구들에게 구할 수 있는 한 돈을 많이 모아서 가져오게 하는 거야. 그리고 일 년을 가둬 두고 있다가, 그때까지도 돈을 가져오지 않으면 그땐 죽여 버려. 그게 보통 하는 방법이거든. 하지만 여자들만은 죽이지 않아. 여자들은 그냥 가둬 두기만 하고 죽이진 않는다고. 여자들은 얼굴도 예쁘고 돈도 많고 게다가 지독하게 겁도 많거든. 여자들이 갖고 있는 시계 같은 걸 몽땅 빼앗지만, 그들한테 말을 건넬 때는 모자를 벗고 정중하게 해야 해. 이 세상에 산적만큼 예의 바른 사람은 없으니까. 어느 책을 읽어 봐도 모두 그렇게 적혀 있거든. 그렇게 하면 여자들은 산적을 사랑하게 된단 말씀이지. 그래서 동굴에 갇힌 지 한두 주일이 지나면 더 이상 눈물도 질질 흘리지 않고 제발 가라고 해도 가려고 안 해. 내쫓아도 곧바로 뒤돌아서는 다시 돌아온단 말이지. 어느 책을 봐도 다 그렇게 적혀 있어."

"그거 정말로 신나겠는데, 톰. 해적보다는 산적이 더 나은 것 같구나."

"응, 그래. 어찌 보면 해적보다 산적이 훨씬 낫지. 집에서도 가깝고 서커스 구경도 할 수 있고. 또 그 밖에도 좋은 점이 아주 많거든."

이때쯤 해서 모든 준비를 끝내고 톰이 앞장선 채 두 아이는 구멍 안으로 들어갔다. 그들은 꼬아서 이은 연줄을 단단히 붙잡아 매 놓고 터널의 반대쪽 끝을 향해 힘겹게 걸어갔다. 잠시 뒤 샘물이 나오자 톰은 온몸이 떨리는 것을 느꼈다. 톰은 바위 위에 진흙으로 고정시켜 놓았던 타다 남은 양초 심지를 헉에게 보여 주면서 자기가 베키와 함께 촛불이 가물거리며 꺼져 가는 모습을 어떤 심정으로 지켜보았는지 설명해 주었다.

아이들은 동굴의 적막하고 어두운 분위기에 압도당하여 말도 크게 하지 못하고 조그맣게 소곤거렸다. 그들은 계속 앞으로 나아갔고, 곧 톰이 새로 발견했던 샛길로 들어서서 그 '절벽'에 이르렀다. 촛불로 주위를 밝혀 보니 그곳은 사실 절벽이 아니라 높이가 6미터에서 9미터에 이르는 가파른 진흙 언덕에 지나지 않았다. 톰이 작은 목소리로 속삭였다.

"자, 이제 내가 좋은 것을 보여 줄게, 헉."

그러면서 톰은 촛불을 높이 치켜들었다.

"저기 저 모퉁이를 봐. 자, 보이지? 저기 말이야. 저 커다란 바위 위에 촛불 그을음으로 써 놓은 것 말이야."

"톰, 저건 십자가잖아!"

"너 그 '2호실'을 까먹은 거야? 어이, '십자가 아래에'라고 했잖아. 바로 저기서 인전 조가 촛불을 쳐들고 있는 걸 보았다고, 헉!"

헉은 신비스러운 십자가를 한참 동안 바라보고 나서 떨리는 목소리로 말했다.

"톰, 여기서 나가자!"

"뭐라고? 보물을 그냥 놔두고?"

"그래. 그냥 놔두고 말이야. 인전 조의 유령이 이 근처를 헤매고 다닐 거야. 틀림없어."

"아냐, 그럴 리 없어, 헉. 그렇지 않아. 유령은 조가 죽은 자리에서 서성거리고 있을 거야. 저 멀리 동굴 입구 쪽에서. 입구는 이곳에서 8킬로미터나 떨어져 있어."

"아냐, 톰. 그렇지 않을 거라고. 유령은 돈 주변을 떠돌고 있을 거야. 난 유령이 어떤지 잘 알고 있거든. 그건 너도 마찬가지잖아."

헉의 말이 맞다고 생각하자 톰은 불안해졌다. 그런데 바로 그때 좋은 생각 하나가 떠올랐다.

"이봐, 헉. 우린 정말 바보 같구나! 인전 조의 유령은 십자가가 있는 곳에는 얼씬도 하지 못할 거라고!"

그 말은 참으로 합당한 것이었고 또 효과도 있었다.

"톰, 미처 그 생각을 하지 못했는걸. 하지만 그럴 거야. 십자가가 있어서 우리한테는 천만다행이지 뭐야. 그럼 내려가서 보물 상자를 찾아보기로 하자."

톰이 앞장서서 내려가면서 진흙 언덕을 발로 찍어 딛기 쉽게 만들었다. 그 뒤를 헉이 따라 내려갔다. 큼직한 바위가 서 있는 작은 동굴 방으로부터 네 갈래 길이 나 있었다. 아이들은 그중 세 군데를 살펴보았지만 아무것도 찾지 못했다. 그런데 바위 밑바닥에서 가장 가까운 네 번째 갈림길에 움푹 들어간 후미진 곳이 있고 그곳에 담요를 아무렇게나 깔아 놓은 잠자리가 마련되어 있었다. 또한 낡은 멜빵 하나, 베이컨 껍질 조금, 골고루 잘 발라먹은 두세 마리 새의 뼈도 흩어져 있었다. 그러나 돈이 든 상자는 정작 보이지 않았다. 아이들이 그곳을 뒤지고 또 뒤졌지만 모두 헛수고였다. 마침내 톰이 입을 열었다.

"그 사람이 십자가 아래라고 그랬어. 그러니까 여기가 바로 십자가에서 가장 가까운 곳이잖아. 바위 밑은 아니겠지. 이 바위는 땅에 단단히 박혀 있으니까."

아이들은 또다시 사방을 살펴보다가 아무것도 나타나지 않자 그만 낙심하여 땅바닥에 주저앉았다. 톰은 좋은 생각이 떠오르지 않았다. 마침내 그가 입을 열었다.

"여길 좀 봐, 헉. 바위 이쪽 편에는 발자국이 있고 촛농도 떨어져 있는데 다른 쪽에는 없잖아. 왜 그럴까? 돈은 틀림없이

바위 아래에 있을 거야. 진흙 밑을 파 보자."

"나쁘지 않은 생각인걸, 톰." 헉이 신바람이 나서 말했다.

톰은 곧바로 '진짜 발로' 주머니칼을 꺼냈다. 10센티미터도 채 파지 않아 칼끝이 나무판자 같은 것에 부딪쳤다.

"헉! 무슨 소리가 났지?"

이번에는 헉이 달려들어 땅을 파고 흙을 긁어 내기 시작했다. 곧 판자가 몇 장 나왔다. 판자들을 걷어 내자 바위 아래쪽으로 뚫려 있는 자연적으로 만들어진 틈이 하나 보였다. 톰이 그곳에 들어가 가능한 한 멀리 아래쪽까지 촛불을 비쳤다. 그러나 끝까지는 보이지 않았다. 톰은 좀 더 탐험해 보자고 제의했다. 그래서 허리를 꾸부정하게 구부리고 그 밑으로 기어 들어갔다. 좁은 길이 완만하게 아래쪽으로 비스듬히 나 있었다. 톰은 처음에는 오른쪽으로 그 다음에는 왼쪽으로 구불구불한 길을 따라갔다. 그리고 헉이 그의 뒤를 따랐다. 마침내 톰이 작은 모퉁이를 돌더니 크게 소리쳤다.

"맙소사, 헉, 저것 좀 봐!"

조그마하고 아늑한 동굴 방에 보물 상자가 놓여 있었다. 그 옆에는 빈 화약 상자 하나, 가죽 케이스에 넣은 총 두서너 자루, 낡은 가죽신 두세 켤레, 가죽 벨트 하나, 그리고 떨어지는 물방울에 젖은 자질구레한 허섭스레기가 널려 있었다.

"드디어 찾았구나!" 한 손으로 빛바랜 금화를 휘저으면서 헉이 외쳤다. "야, 이제 우린 부자가 된 거야, 톰!"

"헉, 난 이게 우리 손에 들어올 거라고 늘 믿고 있었지. 믿기 어렵지만 정말로 이제 우리 손에 들어온 거야! 여기서 이러고 있을 때가 아니지. 어서 빨리 이곳을 빠져나가자. 상자를 들어 올릴 수 있나 보자."

그 상자는 무게가 거의 20킬로그램쯤 나갔다. 톰은 상자를 엉거주춤 들어 올릴 수는 있었지만 쉽게 운반할 수는 없었다.

"그럴 줄 알았지." 그가 말했다. "그 녀석들이 그날 유령의 집에서 들고 나갈 때도 무거워 보였으니까. 그때 이미 알아봤거든. 조그마한 자루들을 가져오길 잘했지 뭐야."

아이들은 곧 금화를 자루 몇 개에 옮겨 담은 뒤 십자가 표시가 있는 바위까지 날랐다.

"총하고 다른 물건들도 갖고 가자." 헉이 말했다.

"아냐, 헉. 그 물건들은 그냥 두고 가자. 우리가 산적 놀이 할 때 꼭 필요한 물건들이니까. 그것들은 언제나 그 자리에 두기로 하자. 또 그 자리에서 요란한 술잔치도 벌이자. 술잔치를 벌이기에 아주 안성맞춤이잖아."

"무슨 술잔치 말인데?"

"나도 몰라. 하지만 산적들은 늘 요란한 술잔치를 벌이거든. 그러니까 우리도 그런 잔치를 벌여야지. 자, 어서 가자. 이곳에 온 지 꽤 오래되었어. 날이 저물고 있을 거야. 또 배도 고프고. 배 위에서 뭘 좀 먹고 담배도 피우자."

그들은 마침내 옻나무 덤불 사이로 빠져나와 조심스럽게 주위를 둘러보았다. 물가에는 아무도 보이지 않았다. 그들은 곧 작은 배에 올라 허기진 배를 채우며 담배를 피웠다. 해가 서쪽 수평선으로 넘어갈 무렵 그들은 마을을 향해 출발했다. 톰은 헉과 신나게 지껄이면서 땅거미 지는 어둑어둑한 강을 따라 한참 동안 노를 저어 갔다. 아이들은 날이 어두워진 뒤 곧바로 육지에 닿았다.

"이봐, 헉." 톰이 말했다. "이 돈은 더글러스 과부댁 장작 헛간 다락에다 숨겨 두자. 내일 아침에 다시 와서 계산한 뒤 나눠 갖도록 하자. 그러고 나서 숲 속에 안전하게 숨겨 둘 곳을 찾아보는 거야. 너 여기서 잠깐 조용히 기다리면서 이것 좀 지키고 있어. 내가 어서 달려가서 베니 테일러네 작은 손수레 좀 슬쩍해 올게. 금방이면 돼."

톰은 얼마 지나지 않아 곧 손수레 하나를 밀고 돌아왔다. 손수레에 작은 돈 자루 두 개를 싣고 그 위에 누더기 몇 장을 덮어씌운 뒤 수레를 끌기 시작했다. 아이들은 존스 노인 집 앞에 이르러 수레를 멈추고 숨을 돌리며 잠시 쉬었다. 다시 막 떠나려는데 존스 노인이 밖으로 나오더니 말을 건넸다.

"어이, 거기 있는 게 누구냐?"

"헉이랑 톰 소여예요."

"마침 잘됐구나! 나랑 같이 가자, 애들아. 모두 너희들을 기다리고 있으니. 자, 어서 서둘러라. 빨리 앞장서거라. 이 손수레는 내가 끌어 주마. 어이구, 이거 보기보다 무겁구나. 벽돌이라도 든 거야? 아니면 고철(古鐵) 조각이냐?"

"고철 조각이에요." 톰이 대답했다.

"내 그럴 줄 알았다. 이 동네 아이들은 75센트밖에 안 되는 녹슨 쇠붙이를 주워다 주물 공장에 파느라고 왜들 그렇게 고생하는지 알 수가 없어. 남들이 하는 보통 일을 해도 그 두 배는 더 벌 수 있을 텐데 말이다. 하지만 사람 본성이라는 게 다 그런 법이지. 어서 빨리 가자, 어서!"

아이들은 존스 노인이 왜 그토록 서두르는지 궁금했다.

"궁금해할 것 없다. 더글러스 과부댁에 가 보면 다 알게 될 테니까."

오랜 전부터 엉뚱하게 누명을 쓰는 데 익숙해 있던 헉은 겁이 나서 말했다.

"존스 할아버지, 우린 아무 짓도 안 했어요."

그러자 존스 노인은 껄껄 웃었다.

"글쎄, 난 잘 모르겠는걸, 헉. 난 그건 잘 모르겠어. 넌 더글러스 과부댁과 친한 사이가 아니더냐?"

"예, 그래요. 물론 그 아주머니는 저한테 친절하게 대해 주셨죠."

"그럼 됐어. 뭐가 걱정이냐?"

잘 돌아가지 않는 머리를 굴려 이 질문에 대한 대답을 찾기도 전에 헉은 톰과 함께 더글러스 과부댁 거실로 떠밀리다시피 들어갔다. 존스 노인은 손수레를 문 옆에 세워 두고 따라 들어왔다.

온 집 안에 환하게 불이 켜져 있었고, 이름깨나 알려진 마을 사람들이 모두 그 자리에 와 있었다. 새처 판사 내외를 비롯해 하퍼 씨 부부, 로저 씨 부부, 폴리 이모와 시드와 메리, 목사, 신문사 편집자, 그 밖에도 많은 사람들이 모두 정장 차림을 하고 모여 있었다. 더글러스 과부댁은 그렇게 볼썽사나운 꼴을 하고 들어온 두 아이를 어느 누구보다도 반갑게 맞아들였다. 아이들의 몸은 온통 진흙과 촛농으로 범벅이 되어 있었다. 폴리 이모는 톰의 모습이 몹시 창피해서 얼굴을 붉히고 이맛살을 찌푸리며 고개를 설레설레 내저었다. 그렇지만 막상 고통스러운 사람으로 말하자면 이 두 아이만 한 사람이 없었다. 마침내 존스 노인이 말문을 열었다.

"톰이 집에도 없기에 포기하고 돌아오려는데 우리 집 앞에서 우연히 톰과 헉을 만났지 뭡니까. 그래서 이렇게 서둘러 데리고 왔습니다."

"정말 잘 하셨어요." 더글러스 과부댁이 말했다. "애들아, 나를 따라오렴."

더글러스 과부댁은 두 아이를 방으로 데리고 가서 이렇게 말했다.

"자, 세수 좀 하고 새 옷으로 갈아입도록 해라. 여기 새 옷이 두 벌이 있단다. 셔츠랑 양말이랑 모두 새로 사다 놓았어. 저건 헉의 옷이야. 아니, 사양할 것 없어, 헉. 존스 할아버지와 내가 각각 한 벌씩 샀단다. 하지만 너희 두 아이한테 잘 맞을 거야. 어서 입어 보렴. 우린 아래층서 기다리고 있을 테니까. 말끔하게 차려입거든 아래로 내려오도록 해라."

그러고 나서 더글러스 과부댁은 방을 나갔다.

제34장

헉이 말했다. "톰, 밧줄만 있으면 우린 도망칠 수 있어. 창문에서 땅까지 그렇게 높지 않거든."

"바보 같은 소리! 뭣 때문에 도망치겠다는 거니?"

"글쎄, 난 저렇게 많은 사람들이랑 같이 있는 게 익숙지 않아. 딱 질색이란 말이야. 난 내려가지 않을래, 톰."

"야, 쓸데없는 소리 마! 아무렇지도 않아. 난 눈곱만큼도 상관 안 해. 내가 옆에서 도와줄게."

바로 그때 시드가 나타났다.

"형." 그가 말했다. "이모가 오후 내내 기다리셨어. 메리 누나가 형의 나들이옷을 준비해 두었어. 모두들 얼마나 형 걱정을 했는지 몰라. 어, 근데 형 옷에 묻어 있는 거 촛농이랑 진흙 아냐?"

"이봐, 시드 아저씨, 댁의 일이나 신경 쓰시지요. 근데 뭣 때문에 이렇게 큰 잔치를 벌이는 거냐?"

"이런 잔치야 과부댁이 늘 벌이는 거잖아. 이번에는 존스 할아버지랑 그의 두 아들을 위한 잔치야. 저번 날 밤에 아주머니를 위험에서 구해 주셨거든. 그런데 있잖아, 내가 한 가지 가르쳐 줄 수도 있어. 물론 형이 듣고 싶다면 말이지."

"그게 뭔데?"

"있잖아, 존스 할아버지가 오늘 저녁에 여러 사람들을 깜짝 놀라게 해 줄 모양이야. 난 오늘 그분이 이모한테 비밀로 이야기하는 걸 엿들었거든. 하지만 그건 이젠 더 이상 비밀도 아니지. 세상 사람이 모두 알고 있으니까. 과부댁도 모르는 척하고 있지만 사실은 이미 다 알고 있다고. 존스 할아버지는 헉이 이 자리에 꼭 있어야 한다고 생각해서. 헉이 없으면 그 굉장한 비밀도 김이 빠질 테니까 말이야!"

"무슨 비밀인데, 시드?"

"헉이 과부댁 아주머니 집까지 강도들의 뒤를 밟아서 따라온 거 말이야. 존스 할아버지는 사람들을 깜짝 놀라게 해 줄 작정인 것 같지만 틀림없이 김빠진 맥주처럼 썰렁할걸."

시드는 자못 만족스러운 듯 혼자서 낄낄거렸다.

"시드, 그 비밀 네가 퍼뜨린 거지?"

"아, 누가 퍼뜨렸건 무슨 상관이야. 어쨌든 누군가가 말했겠지. 그거로 충분하잖아."

"시드, 이 마을에서 그런 치사한 짓을 할 놈은 한 사람밖에 없어. 그건 바로 네놈이라고. 만약 네가 헉이었다면, 아마 언덕을 살금살금 내려와 아무한테도 강도들 얘기를 하지 않았을 거야. 넌 치사한 짓 빼놓고는 할 줄 아는 게 하나도 없잖아. 또 누가 칭찬받는 걸 보면 배가 아파서 견디지도 못하고. 그것 봐.

과부댁 말마따나 '사양하겠어'다." 이렇게 말하면서 톰은 시드의 뺨을 한 대 때리고 발길로 차서 문밖으로 내쫓았다. "자, 이모한테 일러바치고 싶으면 실컷 그래 보시지! 내일은 국물도 없을 테니까."

몇 분 뒤에 과부댁의 손님들이 저녁 식탁에 둘러앉았다. 열두어 명 되는 아이들도 당시 그 지방의 관습에 따라 같은 방에 차려 놓은 작은 식탁에 나뉘어 앉았다. 적당한 때가 되자 존스 노인이 짤막하게 연설을 했다. 더글러스 부인이 자기와 자기 아들들을 위해 이런 자리를 베풀어 주어 감사하다는 말을 했다. 그러면서 이런 호의를 받을 만한 사람이 하나 더 있는데 너무 겸손한 나머지……

존스 노인은 이런저런 이야기를 주절주절 늘어놓았다. 마침내 그는 헉이 이 모험에서 한 역할을 그가 할 수 있는 한 가장 극적인 방법으로 굉장한 비밀이라도 되는 것처럼 털어놓았다. 사람들은 놀라는 기색을 보이기는 했지만, 이보다 더 좋은 분위기에서라면 보였을지도 모르는 열광적인 반응은 아니었고 진심으로 그러는 것 같지도 않았다. 그러나 더글러스 과부댁은 소스라치게 놀라는 척하며 헉에게 온갖 칭찬과 감사의 말을 퍼부었다. 헉은 좌중에 있는 모든 사람의 시선과 칭찬을 한 몸에 받는 것이 참을 수 없을 만큼 불편한 나머지 새 옷을 입어서 거북한 것 따위는 거의 잊어버릴 지경이었다.

더글러스 과부댁은 헉을 자기 집에서 먹이고 키우며 공부도 시키겠다고 했다. 게다가 나중에 경제적 여유가 생기면 헉이 작은 규모로 장사를 할 수 있도록 장사 밑천도 대 주겠다고 했다. 이때 톰은 기회가 왔다고 생각하고 이렇게 말했다.

"헉에게는 돈이 필요 없어요. 헉은 이제 부자가 되었으니까요!"

이 유쾌한 농담을 듣고 좌중에 있던 사람들은 그에 걸맞게 웃음을 터뜨리려고 했지만 워낙 예의 바른 사람들이라 체면을 생각해서 억지로 참았다. 잠시 어색한 침묵이 흘렀다. 톰이 침묵을 깨뜨리며 말했다.

"헉에게는 돈이 많아요. 믿지 못하실 테지만, 굉장히 많은 돈을 갖고 있다고요. 아, 그렇게 웃지 않으셔도 됩니다. 제가 그 증거를 보여 드릴 테니까요. 잠시만 기다리세요."

그러더니 톰은 밖으로 뛰어나갔다. 자리에 있던 사람들은 영문을 몰라 당황스러워하면서도 재미있다는 듯 서로 얼굴을 마주 보다가 입을 꼭 다물고 있는 헉에게 호기심에 찬 눈길을 보냈다.

"시드야, 톰이 왜 저러는 거냐?" 폴리 이모가 물었다. "저 애가……. 어쨌든 저 애가 하는 짓은 통 종잡을 수가 없단 말이야. 난 전에는 한 번도……."

그때 톰이 자루 두 개를 들고 낑낑대면서 방 안으로 들어왔다. 그 바람에 폴리 이모는 하던 말을 도중에서 끊고 말았다. 톰은 식탁 위에 누런 금화를 와르르 쏟아 놓으며 말했다.

"자, 보세요. 제가 뭐랬어요? 이 중 절반은 헉의 몫이고, 나머지 절반은 제 몫이에요."

그 자리에 있던 사람들은 숨도 제대로 쉬지 못했다. 잠시 동안 모두들 눈앞에 쏟아 놓은 금화를 쳐다보고 있을 뿐 입을 여는 사람이 아무도 없었다. 그러더니 일제히 그것이 어떻게 된 영문이냐고 물었다. 톰은 자기가 설명할 수 있다고 말하고

　는 자초지종을 이야기했다. 이야기는 길었지만 흥미진진했다. 톰이 유창하게 이야기를 엮어 가는 동안 누구도 그의 말을 가로막지 않았다. 톰의 얘기가 모두 끝나자 존스 노인이 말했다.
　"나는 오늘 저녁 여러분을 자못 놀라게 했다고 자부하고 있었는데 별로 대단한 것이 못되었군요. 지금 이 얘기를 듣고 보니 내 얘기는 정말로 싱겁기 그지없는 것이 되고 말았소이다. 그 점을 깨끗이 인정합니다."
　사람들은 돈을 세어 보았다. 12000달러가 조금 넘는 액수였다. 그곳에 참석한 사람들 가운데에서 어느 누구도 한꺼번에 그만큼 많은 현금을 본 사람이 없었다. 물론 그보다 가치가 많이 나가는 재산을 가지고 있는 사람은 몇 명 있었지만 말이다.

제35장

톰과 헉이 뜻하지 않게 횡재를 만남으로써 초라하고 조그마한 세인트피터스버그 마을이 발칵 뒤집혔다는 사실에 독자 여러분은 만족해할지도 모른다. 액수도 엄청났지만, 그것이 전부 현금이라는 사실은 거의 믿기 어려울 정도였다. 마을 사람들은 그 얘기를 그칠 줄 몰랐고 흡족한 기분으로 아이들을 바라보며 마냥 부러워했다. 마침내 많은 주민들의 정신이 건강하지 못한 흥분에 짓눌려 비틀거렸다. 혹시 숨겨져 있을지도 모를 보물을 찾기 위해 사람들은 세인트피터스버그와 인근 마을에 있는 모든 '유령의 집'을 찾아다니며 마루의 판자를 모두 뜯어내고 주춧돌마저 파헤치며 샅샅이 뒤졌다. 그것도 나이 어린 아이들도 아닌 어른들이 그랬던 것이다. 그중에는 꽤 점잖고 현실적인 사람들도 끼어 있었다. 톰과 헉이 어디를 가든 사람들은 가까이 다가와서 그들을 칭찬하고 또 부러운 눈길로 바라보았다. 아이들 기억으로는 지금까지 한 번도 자신들의 말이 그렇게 존중을 받아 본 적이 없었다. 그러나 이제는 무슨 말을 하든지 간에 사람들은 그 말을 하나같이 존중하고 되풀이했다. 두 아이가 무슨 행동을 하든지 간에 모두 특별한 것으로 간주되었다. 그러므로 두 아이는 평범한 말이나 일상적인 행동조차 제대로 할 수 없을 지경이었다. 더구나 그들의 과거 역사까지 들추어내서는 그것을 특별한 독창성의 표시로 추켜세우기도 했다. 마을 신문은 그 아이들의 삶에 대한 기사를 싣기도 했다.

더글러스 과부댁은 헉의 돈을 육 퍼센트 이자로 투자했으며, 새처 판사도 폴리 이모의 부탁을 받고 톰의 돈에도 역시 같은 이자가 붙게 했다. 이제 두 아이는 정말로 막대한 수입을 갖게 되었다. 그들은 각자 일 년 중 주중에는 하루에 1달러, 일요일에는 그 절반의 이자를 받게 된 것이다. 그만한 돈이라면 마을 목사가 받는 금액과 같은 것이었다. 아니, 목사가 받기로 약속한 만큼의 금액이었다. 실제로 목사는 그만한 액수의 돈을 받지 못하고 있었다. 물가가 싼 그 당시에는 일주일에 1달러 25센트면 어린아이 하나를 먹이고 재우고 공부시킬 수 있었다. 또한 그 아이를 입히고 깨끗하게 씻길 수도 있는 액수였다.

새처 판사는 톰에 대해 아주 호의적으로 평가하고 있었다. 보통 아이 같으면 자기 딸을 동굴에서 구해 내지 못했을 것이라고 말했다. 더구나 베키가 절대 비밀이라고 하면서 톰이 학교에서 자기 대신 매를 맞았다는 이야기를 들려주자 판사는 크게 감동했다. 또 딸아이가 마땅히 자기가 맞아야 할 매를 대신 맞으려고 톰이 거짓말한 것을 관대하게 용서해 달라고 말하자, 판사는 그 거짓말이야말로 고귀하고 관대하고 아량이 넓은 거짓말이라고 열변을 토했다. 그러면서 그 거짓말은 손도끼에 관한 조지 워싱턴의 칭찬받을 만한 언행과* 함께 나란히 역사에 길이 남을 만하다고 말하는 것이 아닌가! 판사가 큰 걸음으로 성큼성큼 방 안을 거닐면서 이런 말을 할 때처럼 베키에게는 아버지의 모습이 그렇게 크고 멋있게 보인 적이 없었다. 베키는 곧바로 톰에게 달려가 그 이야기를 들려주었다.

새처 판사는 톰이 앞으로 커서 훌륭한 법률가나 위대한 군인이 되기를 바랐다. 그는 둘 중 하나를 하거나 또는 두 가지 모두를 할 수 있도록 톰이 처음에는 육군 사관 학교에 입학하고 그 다음에는 미국에서 제일가는 훌륭한 법과 대학교에 입학할 수 있도록 할 작정이라고 했다.

헉 핀은 갑자기 부자가 되고 이제 더글러스 과부댁의 보호를 받으며 살게 되자 처음으로 사회생활이라는 것을 하게 되었다. 아니, 오히려 그 세계에 억지로 끌려 들어가고, 그 세계 안에 내동댕이쳐졌다고나 할까. 헉이 느끼는 고통이란 참으로 견디기 힘든 것이었다. 과부댁의 하인들은 헉을 끊임없이 깨끗하게 씻기고 옷을 말끔하게 입히며 머리에도 빗질과 솔질을 해 댔다. 침대 시트도 밤마다 새로 갈아 주었는데, 그 시트에는 매정하게도 헉의 마음을 끄는 다정한 친구 같은 작은 얼룩이나 때 같은 것이라곤 하나도 없었다. 식사 때도 나이프와 포크를 사용해야 했으며, 냅킨과 컵과 접시도 사용해야 했다. 또한 공부도 해야 했고, 일요일이면 교회에도 나가야 했다. 말도 점잖

---

* 조지 워싱턴은 어린 시절 도끼로 사과나무를 잘랐고, 잘린 사과나무를 보고 아버지가 그에게 누가 그랬느냐고 묻자 자신이 그랬다고 정직하게 말했다고 전해진다.

게 해야 했기 때문에 김빠져 재미없는 말들이 입속을 맴돌았다. 어느 쪽을 돌아봐도 문명이라는 빗장과 족쇄 때문에 손발을 꼼짝할 수가 없었던 것이다.

헉은 삼 주 동안 고통스러운 생활을 용케 참고 버텨 내더니 어느 날 갑자기 종적을 감추어 버리고 말았다. 더글러스 과부 댁은 몹시 상심하여 꼬박 이틀 동안 온 동네를 샅샅이 뒤졌다. 마을 사람들도 크게 걱정이 되어 있을 만한 곳은 구석구석 찾아보았다. 물에 빠져 죽은 것이 아닌가 하고 강을 훑어보기도 했다. 헉이 없어진 지 사흘째 되던 날 아침 일찍 톰 소여는 현명하게도 사용하지 않고 방치해 둔 도살장 뒤꼍에 뒹굴고 있는 빈 나무통들을 기웃거렸다. 그리고 그중 한 통 속에서 '도 피자'를 찾아냈다. 헉은 그동안 그 통 속에서 잠을 자며 지냈 던 것이다. 그는 마침 훔쳐 온 음식 찌꺼기로 막 아침을 때우 고 나서 길게 누워 편안히 담배를 피우고 있었다. 머리는 빗질 도 하지 않아 마구 헝클어졌고, 예전의 자유롭고 행복하던 시 절 뭇 사람의 눈길을 끌던 낡아 빠진 넝마 조각을 그대로 걸 치고 있었다. 톰은 헉을 끌어낸 뒤 그가 집을 나오는 바람에 모두들 걱정을 하고 있으니 집으로 돌아가라고 타일렀다. 그러 자 헉의 표정에서는 평온한 만족감이 사라지고 그 대신 우울 한 빛이 감돌았다. 헉이 입을 열었다.
"이제 그 얘긴 그만둬, 톰. 나도 노력을 해 봤지만 잘 되지가 않아. 잘 안 된다고. 그런 생활은 나한텐 맞지 않아. 익숙지가 않다고. 과부댁이 내게 정말 친절하게 잘해 주지만 난 그런 생 활 방식은 견딜 수가 없거든. 날마다 아침이면 같은 시간에 일 어나야 하고, 또 세수를 한 뒤에는 숨이 막힐 듯 북북 빗질을 해 대고, 과부댁은 장작 헛간에서 잠도 못 자게 해. 게다가 금 방이라도 숨이 막힐 것 같은 그 빌어먹을 놈의 옷을 입어야 한 단 말이야, 톰. 공기도 통하지 않는 것 같은 옷 말이야. 얼마나 거지 같은지 땅바닥에 주저앉지도 못하고 눕지도 못하고 뒹굴 지도 못한단 말이야. 지하실 문짝 위에서 미끄럼을 탄 지가 글 쎄, 몇 년이나 지난 것 같아. 교회에 가서 땀을 뻘뻘 흘려야 하 고. 그 진부하기 이를 데 없는 설교는 끔찍해! 파리를 잡아도 안 되고, 뭘 우적우적 씹어도 안 되고, 또 일요일에는 하루 종 일 구두를 신고 있어야 하잖아. 과부댁은 종이 땡땡 울리면 식 사를 하고, 종이 땡땡 울리면 잠을 자고, 또 종이 땡땡 울리면

일어난다니까. 모든 일이 하나같이 지독하게 규칙적이라서 정말로 견딜 수가 없어."

"다른 아이들도 다 그렇게 하고 있어, 헉."

"톰, 어쨌든 마찬가지야. 난 다른 아이들이 아니잖아. 그러니 더 이상 참을 수가 없다고. 그렇게 얽매여 사는 건 정말 끔찍한 일이야. 먹을거리가 너무 쉽게 얻어지니까 도무지 밥맛이 없어. 그런 식으로 먹는 건 재미가 없거든. 낚시질 갈 때도 허락을 받아야 하고, 헤엄치러 갈 때도 허락을 받아야 해. 허락을 받지 않고 할 수 있는 일이 한 가지라도 있다면 성을 갈겠다. 그리고 점잖은 말밖에는 하지 못하니까 재미가 없지 뭐야. 그래서 날마다 다락방에 올라가 한참 동안 실컷 욕설을 퍼부어 대야만 입이 편하다고. 그러지 않으면 꼭 죽을 것만 같아, 톰. 과부댁은 담배도 피우지 못하게 하고, 큰 소리도 지르지 못하게 해. 사람들 앞에선 하품도 못하고, 기지개도 못 켜고, 가려운 데가 있어도 긁지도 못한다니까……." (그러고 나서 헉은 특히 화가 난 듯 부당한 취급을 받고 있다는 투로 말하기 시작했다.) "게다가 빌어먹을, 과부댁은 밤낮 기도만 하고 있어! 그런 여잔 정말 처음이야! 그러니 내가 도망칠 수밖에, 톰. 그럴 수밖에 없었다고. 게다가 조금 있으면 개학을 할 것이고, 그러면 학교도 가야 할 거 아냐. 난 공부는 정말 질색이야, 톰. 내 말 좀 들어 봐, 톰. 부자가 된다는 게 남들이 떠들어 대는 것처럼 그렇게 대단한 것이 아니더라고. 걱정에 또 걱정, 진땀에 또 진땀, 차라리 죽는 편이 낫다고 늘 생각하게 만드는 거야. 나는 이 누더기 옷이 편하고, 이 나무통 속에 누워 있는 게 편해. 난 이런 생활을 다시는 버리고 싶지 않아. 그 돈만 없었더라면 내가 이렇게 골치 아픈 일을 당하지 않았을 텐데. 그러니까 내 몫도 네가 다 가져. 나한텐 어쩌다 가끔 10센트짜리 동전 한 닢씩만 주면 돼. 그것도 자주 줄 필요도 없어. 나는 말이야, 쉽게 손에 넣을 수 있는 것 따위는 눈곱만큼도 관심 없어. 그러니 네가 과부댁한테 가서 나 대신 잘 좀 말해 줘."

"이봐, 헉. 내가 그렇게 할 수 없다는 건 너도 잘 알잖아. 그건 공평하지 못해. 그리고 조금만 더 참고 견디면 너도 그런 생활을 좋아하게 될 거야."

"좋아하게 된다고! 그건 뜨거운 난로 위에 오래 앉아 있으면 그 난로가 좋아진다는 말이나 마찬가지야. 아냐, 톰. 난 부자도 싫고, 그런 숨 막히는 집에서 살고 싶지도 않아. 난 숲 속이 좋고, 강이 좋고, 또 나무통이 좋단 말이야. 그러니 평생 이렇게 살 거야. 에이, 빌어먹을! 우리에겐 총도 있고 동굴도 있고, 산적 노릇 할 만반의 준비를 갖추었는데 이런 귀찮은 일이 생겨 가지고 모든 걸 망쳐 버리다니!"

톰은 기회는 이때다 싶었다.

"이봐, 헉, 내가 부자가 됐다고 해서 산적이 되는 걸 포기한 건 아냐."

"뭐, 아니라고? 맙소사, 진심으로 하는 말이니, 톰?"

"그럼, 진심이고말고. 하지만 헉, 네가 점잖게 굴지 않으면 너를 산적단에 끼워 줄 수 없어."

이 말이 헉의 기쁜 마음에 찬물을 끼얹었다.

"나를 끼워 줄 수 없다고, 톰? 전에는 나를 해적단에 끼워 줬잖아."

"그랬지. 하지만 이번엔 달라. 산적은 해적보다 좀 더 고상한 사람들이거든. 일반적으로 말해서 말이지. 대부분의 나라에서 산적들은 신분이 아주 높은 귀족들이야. 공작(公爵)이나 뭐 그런 것 말이지."

"톰, 넌 그동안 나랑 늘 사이좋게 지내 왔잖아? 설마 이번에 나를 빼놓지는 않겠지? 설마 그러진 않겠지, 톰?"

"헉, 그럴 리야 없지. 난 그러지 않을 거야. 하지만 사람들이 뭐라고 하겠어? 아마 이렇게 말할 거야. '흥! 톰 소여의 산적단이라고! 꽤 형편없는 녀석들이 끼어 있군!' 그건 바로 너를 두고 하는 말일 거야, 헉. 너도 그런 말을 듣고 싶진 않을 테지. 그건 나도 마찬가지야."

그러자 헉은 얼마 동안 아무 말이 없었다. 마음속에서 갈등을 겪고 있었다. 그러더니 마침내 헉이 이렇게 말했다.

"그렇다면 좋아. 만약 네가 나를 산적단에 끼워 준다면, 과부댁에게 돌아가 한 달쯤 견뎌 보기로 하지. 참아 낼 수 있는지 한번 해 볼게, 톰."

"그럼 됐어, 헉. 이제 약속한 거야. 자, 그럼 가자. 내가 과부댁한테 좀 느슨하게 풀어 달라고 부탁해 볼게, 헉."

"그렇게 해 줄래, 톰? 그렇게 해 줄 거지? 잘 됐다. 가장 참기 힘든 일 몇 가지만 풀어 준다면, 몰래 담배도 피우고 욕도 할 거야. 죽기 아니면 까무러치기지, 뭐. 그런데 언제 패거리를 모아 산적이 될 거니?"

"아, 지금 당장에라도 해야지. 오늘 밤에 아이들을 모아 입단식을 할 수 있을 거야."

"뭐를 할 수 있다고?"

"입단식 말이야."

"그게 뭔데?"

"서로에게 의리를 지키겠다고 맹세하는 거야. 비록 죽음을 당하는 위험에 빠지더라도 산적단의 비밀을 절대로 누설하지 않겠다고 맹세하는 거지. 또 누구든지 우리 단원을 해치는 놈이 있으면 그놈은 물론이고 그의 가족까지 처치하겠다고 맹세하는 거야."

"그거 참 재미있구나. 정말로 재미있겠는걸, 톰."

"그럼 재미있고말고. 그런데 그런 맹세는 인적이 드물고 으스스한 장소를 골라서 한밤중에 해야 해. 유령의 집이 제일 좋은 곳이지만 사람들이 몽땅 파헤쳐 놓고 말았으니.

"어쨌든 한밤중에 하는 거라니 참 좋구나, 톰."

"그럼, 두말하면 잔소리지. 관 위에서 맹세를 하고 나서 피로 서명을 해야 해."

"그거 정말 신나는 일인데! 야아, 그건 해적 놀이보다 몇 백만 배는 더 재미있겠어. 그럼 난 죽을 때까지 과부댁에 붙어 있을 테야, 톰. 내가 진짜 멋있는 산적이 되어 온 세상 사람들의 입에 오르내린다면, 과부댁도 진창에서 나를 건져 내어 기른 걸 자랑스럽게 생각할 거야."

맺는말

이 연대기는 이렇게 끝이 난다. 이것은 전적으로 한 '사내아이'의 이야기이기 때문에 여기서 마쳐야 한다. 이야기가 계속 진행되면 '어른'의 이야기가 되고 만다. 성인에 관한 소설을 쓰는 사람은 정확히 어디에서 이야기를 끝내야 하는지 알고 있다. 즉 결혼을 하는 장면으로 끝을 맺는 것이다. 그러나 청소년에 관한 소설을 쓰는 사람은 가장 적당하다고 생각하는 곳에서 끝을 내야 한다.

이 책에 등장한 인물들은 대부분 아직도 부유하고 행복하게 잘 살고 있다. 언젠가 또다시 그들의 이야기를 가지고 그들이 어떤 부류의 어른으로 성장했는지 보여 주는 것도 가치 있는 일일지 모른다. 그러므로 지금으로서는 그들의 현재 삶에 관해 아무것도 밝히지 않는 것이 가장 현명할 것이다.

작품 해설
'잃어버린 시간'을 찾아서

마크 트웨인의 『톰 소여의 모험』(1876)을 말할 때면 으레 그의 또 다른 작품 『허클베리 핀의 모험』(1884)을 입에 올리게 된다. 트웨인의 가장 대표적인 작품이라고 할 이 두 소설은 마치 샴쌍둥이처럼 거의 언제나 붙어 다닌다. 제목이 서로 비슷하다는 점에서도 그러하고, 한 소년의 모험담을 다룬다는 점에서도 그러하다. 또한 단순히 문학 작품의 테두리를 벗어나 이제 미국의 민담이나 전설, 문화적 가공품, 심지어 야구나 코카콜라처럼 미국을 대표하는 상징이 되다시피 하였다는 점에서도 그러하다. 어떤 의미에서 이 두 소설은 시간과 공간을 뛰어넘는 보편적인 작품이다. 주인공 톰 소여와 허클베리 핀은 미국 문학뿐만 아니라 세계 문학의 '명예 전당'에 우뚝 서 있는 기념비적 인물이라고 할 수 있다.

그런데 일란성 쌍둥이 자식이라도 우열을 가리는 부모가 있듯이 비평가들도 이 두 작품을 두고 우열을 가린다. 지금까지 거의 대부분의 학자들과 비평가들은 『톰 소여의 모험』보다는 『허클베리 핀의 모험』의 손을 들어 주었다. 문학성이나 예술적 성과의 잣대로 재자면 아무래도 앞 작품보다는 뒤 작품이 더 뛰어나다고 평가받는다. 가령 루이스 루빈은 만약 트웨인이 『허클베리 핀의 모험』을 쓰지 않았더라면 『톰 소여의 모험』은 지금보다 훨씬 더 큰 명성을 얻고 있을 것이라고 말한 적이 있다. 이 말을 뒤집어 보면 트웨인이 뒤 작품을 썼기 때문에 앞 작품은 빛을 잃었다는 말이 된다.

심지어 헨리 내시 스미스 같은 비평가는 『허클베리 핀의 모험』이 한 편의 완성된 연극이라면, 『톰 소여의 모험』은 어디까지나 완성된 연극을 위한 '최종 무대 연습'에 지나지 않는다고 지적한다. 그렇다면 앞의 작품은 예수 그리스도를 위하여 미리 길을 닦아 놓은 세례 요한처럼 뒤의 작품이 탄생하는 데 길을 열어 놓은 셈이다. 스미스에 따르면 『톰 소여의 모험』도 그 나름대로 훌륭한 작품이지만 『허클베리 핀의 모험』과 비교해 보면 본질적으로 결함을 지니고 있다는 것이다.

그러나 이 두 작품을 서로 비교하는 것은 어찌 보면 불가능한 일인지도 모른다. 쌍둥이에 대한 평가가 절대적일 수 없듯이 이 두 소설의 평가도 그렇게 절대적이 될 수 없다. 트웨인의 전기 작가 앨버트 페인은 일찍이 "이 두 작품은 너무 다르기 때문에 서로 비교해서는 안 된다." 하고 밝힌 적이 있다. 심리적 드라마의 관점에서 보면 『허클베리 핀의 모험』이 『톰 소여의 모험』보다 더 뛰어난 작품일지는 모르지만 『톰 소여의 모험』은 그 나름대로 뒤 작품에서는 찾아볼 수 없는 좋은 점을 지니고 있다. 그것은 톰 소여는 톰 소여대로, 허클베리 핀은 허클베리 핀대로 한 인간으로서 저마다의 독특한 개성을 지니고 있는 것과 같다. 한마디로 이 두 작품은 객관적 기준으로 섣불리 잴 수 없는 독특한 특성을 지닌다. 트웨인의 모든 작품을 통틀어 『톰 소여의 모험』만큼 많은 사랑을 받아 온 작품이 없다는 사실에서도 그 위대성을 가늠해 볼 수 있다. 트웨인 학자 존 C. 거버가 『톰 소여의 모험』을 두고 왜 "결코 잊지 못할 책"이라고 부르는지 그 까닭을 알 만하다.

1

『톰 소여의 모험』에 대하여 마크 트웨인은 언젠가 "한마디로 세속적인 분위기를 불어넣기 위해 산문으로 쓴 한 편의 찬가(讚歌)"라고 말한 적이 있다. 트웨인은 이 작품이 무엇을 찬양하거나 찬미하는지 그 대상을 구체적으로 밝히고 있지 않지만 '유년 시절에 대한 찬가'로 보면 크게 틀리지 않는다. 티 없이 순수한 상태로서의 소년기에 대한 찬가요, 아직 성인 세계의 불안과 책임의 무거운 짐을 걸머지지 않은 시절, 곧 낙원 추방 이전의 시절에 대한 찬가이다. 이 소설을 읽다 보면 다시 돌아갈 수 없는 유년 시절에 대한 깊은 그리움과 함께 애틋한 향수를 느끼게 된다. 한마디로 이 소설은 노스탤지어 없이는 돌아볼 수 없는 저 마음의 고향과 같은 작품이다. 일흔한 살이 되었을 때, 그러니까 사망하기 서너 해 전 트웨인은 "젊은 시절의 삶을 피할 수 없다는 것은 우리의 비극이다." 하고 밝힌 적이 있다. 『톰 소여의 모험』도 이제 우리의 뇌리에서 피할 수 없는 작품이 되고 말았다.

이 작품의 「머리말」에서 트웨인은 "그런 이유 때문에 어른들한테서 외면당하지 않았으면 한다."라는 단서를 붙이면서 "나는 주로 소년 소녀들을 즐겁게 해 주려고 이 책을 썼다." 하고 못 박아 말한다. 또한 트웨인은 「맺는말」에서도 "이것은 전적으로 한 '사내아이'의 이야기이기 때문에 여기서 마쳐야 한다. 이야기가 계속 진행되면 '어른'의 이야기가 되고 만다." 하고 밝히기도 한다. 트웨인은 자신의 절친한 친구로 소설가와 잡지 편집자로서 19세기 중엽 미국 문단에서 큰 힘을 떨치던 윌리엄 딘 하우얼스에게도 이 작품이 "공공연하게 고백하듯이 소년 소녀의 책"이라고 분명히 밝혔다. 또 트웨인은 하우얼스가 청소년 독자에게 맞지 않는다고 생각하는 몇몇 부분을 삭제하기도 하였다. 그러므로 트웨인이 출판업자에게 보낸 한 편지에서 "이 책은 소년의 책이 전혀 아니다. 어른들이 읽어야 할 책이다. 나는 오직 성인 독자를 위하여 이 책을 썼다." 하고 한 말에 속아 넘어가서는 안 된다.

1876년에 처음 출간된 이후 지금까지 『톰 소여의 모험』은 주로 이러한 관점에서 읽혀 왔다. 꿈과 낭만이 가득한 유년 시절에 대한 찬가요, 다시는 되찾을 수 없는 '잃어버린 낙원'에 대한 찬가라고 할 수 있다. 하우얼스는 트웨인을 두고 "현자의 머리에 소년의 마음을 지니고 죽을 때까지 젊은이로 산 사람"이라고 말한 적이 있다. 하우얼스의 말대로 트웨인은 평생 동안 '소년의 마음'으로 살았을 뿐만 아니라 '소년의 마음'으로 작품을 썼다. 그런데 『톰 소여의 모험』만큼 그러한 특징이 뚜렷이 드러나는 작품도 찾아보기 쉽지 않다. 가령 『허클베리 핀의 모험』만 하여도 청소년 독자 못지않게 성인 독자를 위하여 쓴 작품이다. 그러나 『톰 소여의 모험』은 특별히 청소년 독자를 염두에 두고 쓴 작품이다.

『톰 소여의 모험』은 그 지리적 배경만 보아도 청소년을 위한 소설임을 쉽게 알 수 있다. 미시시피 강변에 위치한 세인트피터스버그 마을은 지도로써는 찾아갈 수 없는 상상의 공간이다. 그런데 이 마을은 어린이들에게는 그야말로 낙원과 다를 바 없는 곳이다. 날씨는 거의 언제나 늦봄이나 여름처럼 온화하다. 나무와 숲이 우거진 언덕이며, 졸린 듯 나른하게 흐르는 미시시피 강이며, 사람이 살지 않는 강 위의 섬이며, 벼랑 중턱에 자리 잡고 있는 동굴 등 하나같이 톰을 비롯한 어린이들이 놀이와 모험을 즐기기에 더없이 좋은 곳이다. 트웨인이 이 마을 이름을 왜 하필이면 '세인트피터스버그'라고 지었는지 그 까닭을 이제 알 만하다. 세인트피터스버그란 바로 '세인트피터의 장소', 즉 예수 그리스도의 열두 제자 중 한 사람인 성(聖)베드로가 살고 있는 천국이나 낙원을 암시한다.

게다가 트웨인은 『톰 소여의 모험』에서 미시시피 강과 그 강변 마을을 배경으로 소년들의 삶을 목가적이고 낭만적으로 그리는 데 초점을 맞춘다. 성인 세계의 위선에 비판의 칼날을 들이대면서도 흑인 노예 제도를 비롯한 좀 더 중요한 문제에 대해서는 좀처럼 언급하지 않는다. 프랑스 통치 시대부터 노예 제도가 있었던 미주리 준주(準州)는 정식 주로 승격하기 일 년 전인 1820년 미주리 협정에 따라 노예주로서 연방에 가입하였다. 그러므로 미주리 주에서도 노예를 둘러싼 문제는 다른 남부 지방과 크게 다르지 않았다. 그런데도 트웨인이 흑인 노예 문제를 애써 외면하려는 것은 사회 비판보다는 소년기의 꿈과 낭만에 무게를 싣고 있기 때문이다.

『톰 소여의 모험』에서 소년기는 성년기와 이항 대립적인 관계를 맺고 있다. 어린이의 세계는 유연하고 개방적이고 자유 분방한 반면, 어른의 세계는 경직되고 폐쇄적이고 온갖 인습과 규율에 얽매여 있다. 다시 말해서 소년기는 자유를 상징하고, 성년기는 구속을 상징한다. 본능과 충동에 따라 자발적으로 행동하는 어린아이들과는 달리, 어른들은 인습과 전통의 굴레에 속박되어 있다. 어른들은 좋게 말하면 경건하고 감상적이고, 나쁘게 말하면 위선적이고 무자비하고 잔인하다. 물론 예외 없는 규칙이 없듯이 여기에도 예외는 있다. 세인트피터스버그에서 '모범 청소년'으로 일컫는 시드와 윌리 머퍼슨 그리고 앨프리드 템플은 어린아이들의 가치관보다는 오히려 어른들의 가치관을 받아들인다. 나이만 어릴 뿐 정신적으로는 어른들과 거의 다를 바 없는 '애늙은이'라고 할 수 있다. 그러므로 시드와 윌리는 어른들한테는 사랑을 받지만 아이들한테는 인기가 없다.

『톰 소여의 모험』에서 소년기와 성년기가 각각 자유와 구속을 상징한다면, 그것들은 또한 각각 원시와 문명, 자연과 문화를 상징하기도 한다. 어린이들이 거의 언제나 숲이나 강 같은 대자연과 더불어 생활하는 반면, 어른들은 주로 건물 안에서 삶을 영위한다. 건물 안이 문명과 문화의 세계라면, 건물 밖은 문명과 문화에 물들지 않은 원시와 자연의 세계이다. 이 작품에서 톰 소여가 창문을 통하여 드나들거나 담장을 뛰어넘는 장면이 유난히 많이 나온다는 사실을 눈여겨보아야 한다. 창문과 담장은 이항 대립적인 두 세계를 가르는 분수령 같은 구실을 한다. 창문이나 담장 안쪽에 있을 때 톰 소여는 제대로 기를 펴지 못하고 주눅이 들어 있지만, 일단 창문 밖이나 담장 밖으로 나오면 전혀 새로운 삶을 호흡하며 자유를 만끽한다.

톰 소여가 문명의 옷을 훌훌 벗어던지고 대자연 속에서 얼마나 자유를 구가하며 마음의 평화를 느끼는가 하는 것은 잭슨 섬으로 가출하는 장면에서 가장 잘 드러난다. 아침 일찍 눈을 뜨자 톰은 처음에는 자기가 어디 있는지 어리둥절해한다. 그러나 곧 눈을 비비고 주위를 둘러보고 나서야 아무도 살지 않는 섬에서 하룻밤을 지새웠다는 사실을 깨닫는다.

서늘한 회색빛 새벽이었다. 숲 속에 깊이 내려앉아 있는 정적과 침묵 속에는 달콤한 평화와 안식의 기운이 감돌고 있었다. 나뭇잎 하나 흔들리지 않았고, 위대한 대자연의 명상을 방해하는 소리 하나 들리지 않았다. 나뭇잎과 풀잎에는 방울방울 이슬이 구슬처럼 맺혀 있었다. (중략) 숲 속 저 멀리 어디선가 새 한 마리가 지저귀자 곧 다른 새가 화답했다. 곧이어 딱따구리가 나무를 쪼는 소리가 들렸다. 서늘한 회색 아침이 점점 환해지자 차츰 소리가 잦아지면서 생명이 되살아났다. 잠을 떨치고 일어나 일을 시작하는 대자연의 경이로움이 생각에 잠긴 아이 앞에 펼쳐지고 있었다.

이 장면을 읽고 있노라면 한 폭의 수채화를 바라보고 있는 듯하다. 또한 시각적 이미지와 청각적 이미지 그리고 동적 이미지가 한데 어우러져 독특한 시적 분위기를 만들어 내기도 한다. 톰 소여는 대자연과 하나가 되면서 문명 세계에서는 일찍이 느껴 보지 못한 자유로움과 함께 '달콤한 평화와 안식'을 느낀다. 생각이나 사색과는 거리가 먼 톰이지만 "잠을 떨치고 일어나 일을 시작하는 대자연의 경이로움" 앞에서는 그도 어쩔 수 없이 '생각에 잠기지' 않을 수 없다.

그러나 역사적 시간과 사회적 공간 속에 살고 있는 한, 톰 소여는 언제까지나 자연의 품 안에 안겨 있을 수만은 없다. 아무리 나이 어린 소년이라고는 하여도 사회적 동물로서의 임무와 책임이 있기 때문이다. 자신의 장례식에 참가하여 마을 사람들을 놀라게 하려고 하지만 톰은 친구들과 함께 잭슨 섬을 떠나 인간 사회의 구성원으로 다시 마을로 돌아올 수밖에 없다. 톰은 점차 한편으로는 개인의 자유를 희생하고 다른 한편으로는 사회적 책무를 받아들이기 시작한다. 다시 말해서 순수의 세계에서 벗어나 점차 경험의 세계로 옮아 오면서 도덕적으로 성숙한다. 『허클베리 핀의 모험』과 비교해 볼 때 주인공이 정신적으로나 심리적으로 성장하는 속도나 규모는 다를지 모르지만 톰 또한 허클베리와 마찬가지로 그 나름대로 성인의 세계에 입문한다. 그러므로 "『허클베리 핀의 모험』을 다시 읽는 즐거움 중의 하나는 새롭고도 때로는 놀라운 차원을 (중략) 발견하는 것이라면, 『톰 소여의 모험』을 읽는 기쁨 중의 하나는 사물을 과거 그대로 다시 재발견하는 것이다." 하는 존 실리의 주장은 받아들이기 어렵다.

『톰 소여의 모험』을 좀 더 꼼꼼히 읽어 보면 작품이 처음 시작하는 장면에서 만나는 톰과 작품의 끝 장면에서 만나는 톰은 서로 적잖이 다르다는 사실이 밝혀진다. 성인 세계의 규율과 인습 그리고 전통을 끔찍이도 싫어하던 톰 소여이지만 온갖 경험을 겪으면서 조금씩 그 중요성을 깨달아 간다. 다시 말해서 그는 정신적으로나 심리적으로 성장해 나가는 것이다. 더글러스 과부댁의 양자가 된 허클베리 핀이 새로운 삶의 방식에 적응하지 못하고 마침내 가출하여 다시 옛날의 삶으로 돌아가자 톰은 나무통에서 그를 찾아낸다. 그러면서 허클베리 핀에게 과부댁의 집으로 다시 들어갈 것을 설득한다.

"모든 일이 하나같이 지독하게 규칙적이라서 정말로 견딜 수가 없어."
"다른 아이들도 다 그렇게 하고 있어, 헉."
"톰, 어쨌든 마찬가지야. 난 다른 아이들이 아니잖아. 그러니 더 이상 참을 수가 없다고. 그렇게 얽매여 사는 건 정말 끔찍한 일이야." (중략)
"이봐, 헉, 내가 부자가 됐다고 해서 산적이 되는 걸 포기한 건 아냐."
"뭐, 아니라고? 맙소사, 진심으로 하는 말이니, 톰?"
"그럼, 진심이고말고. 하지만 헉, 네가 점잖게 굴지 않으면 너를 산적단에 끼워 줄 수 없어."

만약 대사 가운데 '헉'이나 '톰'이라는 말만 없고 또 경어체로 옮겨 놓았다면 톰과 헉의 대화가 아니라 폴리 이모와 톰이 나누는 대화로 착각할지도 모른다. 소설이 처음 시작할 때 톰은 오히려 허클베리의 자유분방한 삶의 방식을 몹시 부러워한다. 그리하여 폴리 이모의 경고도 아랑곳하지 않고 기회만 있으면 허클베리와 함께 어울려 놀려고 한다. 겨우 몇 달 전만 하여도 톰은 허클베리와 마찬가지로 "모든 일이 하나같이 지독하게 규칙적이라서 정말로 견딜 수가 없어." 하고 말할 것이다.

이렇게 톰의 태도는 이 소설의 마지막 장면에 이르러 몰라보게 달라진다. "다른 아이들도 다 그렇게 하고 있어, 헉." 하는 말에서는 규칙과 질서를 눈곱만큼도 중요하게 생각하지 않던 톰의 모습은 아무리 눈을 씻고 찾아보아도 찾을 수 없다. 톰의 입에서 이런 말이 튀어나온다는 것이 여간 예사롭지 않다. 톰이 이제 짓궂고 무책임한 개구쟁이 소년이 아니라 좀 더 의젓하고 책임감 있는 소년으로 탈바꿈한 모습을 보여 주는 대목이다.

특히 위 인용문에서 무엇보다도 '점잖게'라는 말을 눈여겨 보아야 한다. 톰은 그동안 '점잖음'과는 꽤 거리가 멀었다. 이 말은 시드나 윌리 머퍼슨 또는 앨프리드 템플한테는 어울릴지 몰라도 톰에게는 조금도 어울리지 않는다. 그런데도 이 장면에서 톰은 허클베리에게 '점잖게' 처신하지 않으면 산적 놀이에 끼워 주지 않겠다고 협박 아닌 협박을 하는 것이다. 이렇게 허클베리에게 부랑아로서의 삶의 방식을 버리고 문명 사회에서 '점잖은' 삶을 살 것을 권유하는 톰은 이제 어린이의 입장이 아니라 어른의 입장에 서서 공동 사회의 관습과 질서를 대변하고 있다.

바로 이 점에서 『톰 소여의 모험』은 넓은 의미에서 성장 소설로 보아 크게 틀리지 않는다. 성장 소설의 주인공처럼 톰도 온갖 고통과 역경 그리고 좌절을 겪으면서 정신적으로, 심리적으로 또는 지적으로 조금씩 성장해 가기 때문이다. 이 작품의 주인공도 순수의 세계에서 벗어나 점차 경험의 세계로 이행해 간다. 트웨인이 톰 소여의 모험과 희극적 행동에 초점을 맞추기 때문에 자칫 이 작품이 성장 소설과는 거리가 멀다고 판단하기 쉽다. 그러나 겉으로는 장난기 가득하고 익살스러운 모험처럼 보일지 몰라도 적어도 심리적·정신적으로 톰은 고통과 좌절을 겪으면서 그 나름대로 새로운 삶의 방식을 받아들이기 시작한다.

톰은 동료 인간에 대하여 좀 더 깊은 관심과 배려를 기울이기 시작한다. 예를 들어 그는 명예심을 발휘하여 베키 새처를 대신하여 매를 맞는다. 베키한테서 이 말을 전해 들은 새처 판사는 톰의 거짓말이야말로 "고귀하고 관대하고 아량이 넓은 거짓말"이라고 치켜세운다. 또 톰은 인전 조의 꾐에 빠져 누명을 쓰고 교수형을 당하게 된 머프 포터를 살리기 위하여 증언을 하기도 한다. 자신보다도 남을 먼저 배려하는 톰의 태도는 맥두걸 동굴에 갇혀 있을 때 베키에게 보여 주는 일련의 행동에서도 잘 드러난다.

톰이 도덕적으로 성장한 모습은 특히 인전 조에 대한 태도에서 엿볼 수 있다. 작품이 시작할 때 조에 대한 톰의 태도는 세인트피터스버그 마을 사람들의 태도와 크게 다르지 않다. 공동묘지에서 처음 그를 만날 때 허클베리는 톰에게 "그래, 맞다. 그 혼혈 살인마야! 저런 인간들보다는 차라리 귀신들이 훨씬 낫겠는걸. 그런데 저 사람들이 여기서 무슨 짓을 하고 있는 거지?" 하고 말한다. 인전 조를 이렇게 '살인마'라고 생각하는 것은 톰도 허클베리와 크게 다르지 않다.

또한 톰 소여는 인전 조가 공동묘지에 다시 나타나 태연스럽게 머프 포터에게 살인죄를 뒤집어씌우자 이번에는 그를 '악마에게 영혼을 팔아넘긴 악당'이라고 생각한다. 인전 조가 거짓 증언하는 것을 보고 톰은 "당장에라도 맑은 하늘에서 그놈의 머리 위로 벼락이 내리치기를 바라면서 하나님이 왜 그렇게 꾸물대고 계시는 걸까" 하고 생각한다. 인전 조가 거짓 증언을 마치고도 여전히 멀쩡하게 살아 있는 모습을 보자 톰은 "이 악당은 분명히 자신을 악마에게 팔아넘겼"다고 생각한다.

그러나 마지막 장면에서 톰은 새처 판사로부터 맥두걸 동굴을 철문으로 굳게 잠가 놓았다는 말을 듣자 얼굴이 백지장처럼 새파랗게 질리면서 까무러친다. 인전 조가 영원히 동굴 속에 갇혀 있을지 모른다는 생각이 들었기 때문이다. 동굴에 갇힌 채 굶어 죽은 인전 조의 모습을 바라보며 톰은 동정을 느낀다. 이제 인전 조는 '살인마'나 '악마에게 영혼을 팔아넘긴 악한'이라기보다는 먹을 것이 없어 고통받으며 죽어 간 '가련한 동료 인간'일 뿐이다. 인전 조의 죽음을 안타깝게 여기는 톰에 대하여 이 소설의 화자는 "자신의 경험을 통해서 이 가련한 인간이 얼마나 고통스러워했을지 짐작할 수가 있었기 때문에 톰은 가슴이 뭉클했다." 하고 밝힌다.

성장 소설의 주인공이라면 으레 겪게 마련인 시련과 고통을 트웨인은 두 상징을 통하여 효과적으로 보여 준다. 잭슨 섬과 맥두걸 동굴이 바로 그것이다. 미시시피 강에 위치해 있는 잭슨 섬은 사람이 살지 않는 무인도로 세인트피터스버그 마을과는 고립되어 있는 곳이다. 이곳에서 톰 소여는 조 하퍼와 허클베리 핀과 함께 가출한 뒤 며칠 동안 사회의 굴레에서 벗어나 목가적인 삶을 누리면서도 벼락과 천둥을 동반한 폭풍우를 만나는 등 온갖 시련을 겪는다. 톰은 이제껏 이렇게 천지를 뒤흔드는 듯한 폭풍우를 본 적이 없다. 뒷날 아파 누워 있을 때 톰은 폭풍우가 몰아치는 것은 하나님이 분노하기 때문이라고 생각한다. 그러므로 폭풍우는 톰에게 양심의 가책을 느끼게 해 주는 촉매 역할을 한다.

또한 미시시피 강변 절벽 중턱에 놓여 있는 맥두걸 동굴도 사회와 완전히 단절된 곳이다. 특히 톰이 베키 새처와 함께 사흘 동안 갇혀 있는 동굴은 일종의 통과 의례를 보여 주는 더할 나위 없이 좋은 상징이다. 이 동굴은 "꾸불꾸불한 여러 개의 통로가 서로 만났다가 다시 갈라지고 목적지 없이 뻗어 있는 거대한 미로"와 다름없다. 화자는 "얽히고설킨 샛길을 몇 날 동안 헤매도 동굴의 끝을 찾을 수 없다." 하고 밝힌다. 길을 잃으면 쉽게 빠져나올 수 없는 이 동굴은 어린이나 청소년이 성인이 되기 위하여 반드시 거쳐야 할 시련의 과정이다. 성장 소설에서 주인공은 흔히 얼마 동안 사회로부터 단절되어 위험을 겪거나 도전에 직면하게 마련이다. 톰 소여는 온갖 역경 끝에 자신의 힘으로 동굴에서 빠져나온 뒤에야 비로소 사회로 다시 돌아올 준비가 된다. 이미 앞에서 밝혔듯이 마지막 장면에서 허클베리 핀에게 다시 문명 사회로 돌아가도록 설득하는 톰 소여는 정신적으로 부쩍 키가 큰 듯하다.

마을의 규범과 질서의 힘이 미치지 않는다는 점에서 잭슨 섬과 맥두걸 동굴은 가히 치외 법권적인 장소라고 할 만하다. 그런데 이러한 치외 법권적인 장소에서 톰은 공동 사회를 좀 더 새로운 눈으로 바라볼 수 있다. 겉으로 뚜렷이 드러나 있지 않아서 자칫 놓쳐 버리기 쉽지만, 섬과 동굴에서 다시 마을로 돌아온 톰은 그 이전과는 사뭇 다르다. 성장 소설의 주인공으로서 톰이 새롭게 태어나기 위하여 상징적 죽음을 맞이하는 곳도 바로 이 두 장소이다. 이 두 곳에 있는 동안 마을 사람들은 톰이 그만 죽은 것으로 간주한다.

2

『톰 소여의 모험』은 어린이들을 위한 작품이면서도 이 무렵 미국이나 영국에서 널리 읽힌 아동 문학과는 여러모로 다르다. 실제로 마크 트웨인은 아동 문학에 새로운 이정표를 세우기 위하여 이 작품을 썼다고 할 수 있다. 이 무렵 아동 문학은 빅토리아조(朝)의 시대정신과 문학에 걸맞게 주일 학교의 설교나 도덕 교과서의 수준에서 크게 벗어나지 못하였다. 다시 말해서 진부한 도덕적 지침이나 윤리적 교훈을 전달해 주기 일쑤였다. 나이 어린 어린이들에게 기성세대의 가치관을 받아들이고 사회 규범과 질서에 순응하도록 만드는 것이 아동 문학이 지향하는 가장 중요한 목표였다. 토머스 데이의 『샌드포드와 머튼』(1783~1789)을 비롯하여 해리엇 비처 스토의 『톰 아저씨의 오두막』(1852), 루이자 메이 올컷의 『작은 아씨들』(1868), 허레이쇼 앨저의 『누더기 옷을 걸친 딕』(1867) 같은 작품이 이 무렵 아동 문학을 대표하는 작품이라고 할 수 있다.

트웨인은 『톰 소여의 모험』에서 사회 규범에 순응하는 '모범 청소년'보다는 오히려 사회 규범을 깨뜨리는 악동(惡童)에 더 깊은 관심을 기울인다. 톰 소여는 가정이건 학교건 교회건 공동 사회가 부여하는 규범을 하나같이 깨뜨리려고 한다. 예를 들어 톰은 『로빈 후드』를 비롯한 모험 소설에서 읽은 구절은 줄줄이 외면서도 성경 한두 구절을 외우는 데는 땀을 뻘뻘 흘린다. 온갖 미신을 믿고 걸핏하면 주문을 외는 톰은 청교도의 후예보다는 차라리 이교도에 가깝다.

더구나 톰 소여는 남의 물건을 훔치는가 하면, 비록 악의가 없다고는 하지만 거짓말을 밥 먹듯 한다. 때로는 술을 마시고 담배를 피우기도 하며, 욕설을 하고 가출을 하기도 한다. 한마디로 톰을 비롯한 조 하퍼와 허클베리는 다른 아이들이 본받지 말아야 할 '문제아'이거나 더 나쁘게 말하면 '불량 청소년'이라고 할 만한다.

물론 이렇게 '문제아'나 '불량 청소년'을 주인공으로 다룬 것은 트웨인이 처음은 아니다. 미국 문학 전통에서 보면 해학 작가 벤저민 P. 실러버가 트웨인에 앞서 이러한 인물을 창안해 내었다. 실러버는 일찍이 『파팅턴 부인의 삶과 어록』(1854) 같은 작품에서 톰 소여 같은 인물을 다룬다. 또한 토머스 베일리 올드리치도 트웨인에 앞서 『악동의 이야기』(1870)라는 작품을 써서 빅토리아 전통에 어긋나는 아동 문학 전통을 세우는 데 한몫을 하였다. 그러나 '악동'이나 '문제아'를 다루면서도 도덕적으로 좀 더 흥미롭고 복잡한 인물로 발전시켰다는 점에서 트웨인은 실러버나 올드리치와는 다르다.

이 무렵 전통적인 아동 문학 작가들과는 달리 트웨인은 톰 소여를 지나칠 만큼 현실주의적이고 물질주의적인 인물로 묘사한다. 톰은 어린아이답지 않게 지나치게 돈과 명성에 가치를 둔다. 손으로 만져 볼 수 없고 눈에 보이지 않는 가치란 그에게는 이렇다 할 만한 의미가 없다. 이 점에서 톰은 철두철미한 경험주의자요 현실주의자이다. 톰에게 모든 물건은 본질적 가치나 내재적 가치보다는 교환 가치나 사용 가치로서의 의미를 지닐 뿐이다. 친구들에게 담장 회칠을 하게 해 주는 대가로 물건을 받는다든지, 친구한테서 받은 물건으로 주일 학교에서 성경을 외워 받은 표(딱지)와 맞바꾼다든지 하는 행동에서는 톰이 얼마나 물질주의적이요 현실주의적인지 쉽게 엿볼 수 있다. 그에게는 심지어 아파서 뽑은 이, 숲에 가면 쉽게 구할 수 있는 진드기까지도 상품으로서 교환 가치를 지닌다.

해적에 관한 책을 많이 읽어서 그렇다고는 하지만 톰이 숨겨진 보물에 대하여 그토록 깊은 관심을 기울이는 것도 그의 물질주의적인 세계관에서 보면 조금도 이상할 것이 없다. 이 작품의 화자는 "정상적인 아이라면 누구나 한 번쯤은 어디엔지 모를 곳에 숨어 있는 보물을 파내고 싶은 강렬한 욕망에 사로잡히는 때가 있게 마련이다. 어느 날 톰은 갑자기 이런 욕망에 사로잡혔다." 하고 말한다. 그러나 숨겨진 보물에 대한 톰의 관심은 '정상적인 아이'의 수준을 훨씬 넘어선다. 어떤 의미에서는 숨겨진 보물에 대하여 거의 강박관념을 지니고 있다고 하여도 크게 틀리지 않는다. 이러한 톰과 비교해 보면 허클베리 핀은 차라리 순진하다 못해 바보스럽기까지 하다. 마지막 장면에서 허클베리는 톰에게 "부자가 된다는 게 남들이 떠들어 대는 것처럼 그렇게 대단한 것이 아니더라고. 걱정에 또 걱정, 진땀에 또 진땀, 차라리 죽는 편이 낫다고 늘 생각하게 만드는 거야." 하고 털어놓는다. 그러면서 "그 돈만 없었더라면 내가 이렇게 골치 아픈 일을 당하지 않았을 텐데. 그러니까 내

몫도 네가 다 가져." 하고 밝힌다.

그런데 문제는 톰이 숨겨진 보물에 관심을 보일 뿐만 아니라 마침내 그 보물을 찾아낸다는 데 있다. 톰은 사회 규범에 순종하거나 좀처럼 남을 위하여 착한 일을 하려고 노력하지 않는데도 엄청난 보상을 받는다. 허클베리와 절반씩 나누어 가진 6000달러는 그 이자만 하여도 마을 목사가 받는 월급보다 더 많다. 톰의 이러한 행운은 선행에 대한 대가가 아니라 어디까지나 우연이나 요행에 따른 것이다. 톰이 어떤 노력을 하였다면 기껏해야 기지나 상상력을 발휘하였을 따름이다. 이 무렵 캘리포니아에서 금광이 발견되면서 많은 사람들이 일확천금을 꿈꾸며 새 금광지로 몰려들었다. 톰은 바로 '골드러시' 식으로 돈을 번 셈이다. 트웨인은 이렇게 톰과 허클베리 핀을 부자가 되도록 만듦으로써 악이 벌 받고 선이 보상 받는다는 전통적인 선악관에 정면으로 반기를 든다. "일하지 않고서는 먹지도 말라." 하고 가르치는 개신교 윤리에 비추어 보아도 톰의 횡재는 이 무렵 가치관과 크게 어긋난다.

바로 이 점에서 『톰 소여의 모험』은 『누더기 옷을 걸친 딕』을 비롯한 허레이쇼 앨저의 작품과는 크게 다르다. 앨저는 무려 130여 편에 이르는 일련의 작품에서 젊은이가 '무일푼 거지에서 벼락부자'가 되는 과정을 실감나게 보여 준다. 다시 말해서 아무리 출신 성분이 보잘것없는 소년이라고 할지라도 근면하고 정직하고 용기 있고 결단력이 있고 남에 대한 배려를 아끼지 않는다면 누구든지 미국에서 성공할 수 있다는 물질주의적 신화를 심어 준다. 앨저는 벤저민 프랭클린이 그의 『자서전』(1868)에서 말하는 '미국의 꿈'을 소설 형식으로 표현한 것과 다름없었다.

톰 소여는 돈과 재산 못지않게 명성과 영웅주의에 대해서도 깊은 관심을 기울인다. 그에게 어떤 모험의 성패는 명성과 영웅주의를 얻느냐 얻지 못하느냐에 달려 있다고 하여도 크게 틀리지 않다. 톰은 모험을 한껏 즐기면서도 늘 다른 아이들이 자기를 어떻게 생각하는지에 관심을 기울인다. 폴리 이모가 사물을 좀 더 잘 보기 위해서가 아니라 '폼'으로 안경을 끼고 있는 것처럼, 톰도 내용보다는 형식, 즉 그가 말하는 '폼'이나 '스타일'을 중요하게 생각한다. 그의 관점에서 보면 인전 조의 악행도 낭만적이고 비극적인 죽음 때문에 결국에는 보상을 받는다. 톰의 이러한 태도에서도 본질보다는 현상, 실재보다는 외견, 속모습보다는 겉모습을 중시하는 태도를 읽을 수 있다.

그동안 이 작품이 청소년 독자가 읽기에 부적절한 작품으로 따가운 시선을 받아 온 것은 바로 그 때문이다. 도덕적 엄숙주의자들의 눈에 근면과 성실을 북돋지 않고 요행을 바라며 절도나 가출 같은 행동을 부추기는 이 소설이 곱게 보일 리가 없었다. 그들은 톰을 비롯한 작중 인물들이 사용하는 말투도 청소년들에게 좋지 않은 영향을 끼친다고 경고한다. 그리하여 1905년 뉴욕의 브루클린 공공 도서관이 "천진난만한 어린이들에게 나쁜 본보기"가 된다는 이유를 들어 이 책을 금서로 처음 지정하였다. 그 뒤를 이어 이 소설은 『허클베리 핀의 모험』처럼 그렇게 심하지는 않았어도 중고등학교나 공공 도서관에서 금서 목록에 자주 오르내리는 불명예를 안아 왔다. 이 소설을 금서 목록에 넣는 데 앞장선 사람 가운데 루이자 메이 올컷이 들어 있었다는 사실이 흥미롭다면 흥미롭다.

3

  자칫 작중 인물들의 희극적 행동과 해학적 분위기에 가려 놓치기 쉽지만 『톰 소여의 모험』을 좀 더 찬찬히 살펴보면 작품 곳곳에 어두운 그림자가 드리워져 있음을 알 수 있다. 이 소설은 흔히 트웨인의 작품 가운데에서 가장 온화하고 낙관적이라는 평가를 받는다. 그러나 비교적 초기 작품에 속하는 이 소설에서도 마크 트웨인의 후기 작품에서 볼 수 있는 비극적 세계관을 어렴풋하게나마 엿볼 수 있다. 이 작품을 읽으면서도 희극적 장면과 해학에 살며시 미소를 띠는 독자가 적지 않을 것이다. 그러나 이 작품에서 느끼는 미소나 웃음은 왠지 인공 감미료 사카린처럼 입맛이 개운치 않은 묘한 여운을 남긴다.

  이러한 비극적 세계관은 먼저 이 작품의 작중 인물에서 드러난다. 이 소설을 읽다 보면 부모가 없거나 결손 가정에 속하는 인물이 생각 밖으로 많다는 데 놀라게 된다. 가령 톰 소여만 하여도 부모가 없는 고아로서 폴리 이모 집에 얹혀살고 있다. 그의 어머니는 사망하였고 그의 아버지에 대해서는 한마디 언급도 없다. 톰의 이복동생인 시드도 부모가 없기는 마찬가지로 역시 톰처럼 폴리 이모 집에서 살고 있다. 시드가 어떻게 해서 톰의 이복동생이 되는지 독자로서는 알 길이 없다. 톰과 시드의 사촌누이인 메리의 부모에 대해서도 언급이 없기는 마찬가지이다. 다만 메리는 폴리 이모의 딸로서 톰과 시드와는 이종사촌 사이가 아닐까 하고 미루어 볼 수 있을 따름이다. 허클베리 핀은 어머니가 이미 사망한 데다가 아버지는 술주정뱅이로 혼자서 떠돌이로 살아가고 있는 탓에 고아와 다름없다. 이러한 사정은 어른들도 크게 다르지 않아서 폴리 이모를 비롯하여 더글러스 과부댁과 존스 노인은 남편이 없거나 아내 없이 홀로 살아간다. 밑바닥 삶을 살아가는 인전 조와 머프 포터는 허클베리 핀의 아버지처럼 아예 가정이 없이 떠돌이로 살아가고 있다.

더구나 『톰 소여의 모험』에는 평화스럽고 목가적인 분위기와는 달리 작게는 음주와 위선, 크게는 시체 도굴과 폭력과 잔학성, 더 크게는 음모와 살인 등이 난무한다. 문명 사회의 집을 받들고 있는 주춧돌이라고 할 가정과 학교 그리고 교회도 제구실을 하지 못한다. 주일 학교 교장 선생이나 새처 판사를 비롯한 마을의 유지들도 좋게 말하면 체면을 지키려고 애쓰는 사람들이지만 나쁘게 말하면 한낱 위선자에 지나지 않는다. 톰 소여가 이렇게 질식할 것 같은 제도에서 벗어나려고 몸부림치는 것도 어찌 보면 그렇게 무리가 아니다.

트웨인은 한편으로는 어린이들이 즐기는 낭만적인 모험을 다루고, 다른 한편으로는 성인 세계의 타락과 부패를 날카롭게 꼬집는다. 예를 들어 보물을 찾기 위하여 '금주 여관'의 '2호실' 방에 몰래 들어간 톰 소여는 보물 대신에 술병이 가득한 것을 발견하고 자못 놀란다. 톰과 허클베리는 그동안 '2호실' 방을 유령이 출몰하는 방으로 생각하고 있었던 것이다. 톰은 허클베리에게 "그래도 그 유령이 나오는 방이 어땠는지 모르겠어? (중략) 글쎄, 위스키 유령이 출몰하는 방이었지 뭐야!" 하고 말한다. 그러면서 "아마 '금주 여관'이라고 하는 곳에는 다 이런 유령이 출몰하는 방이 하나씩은 있는 모양이야." 하고 밝힌다. 톰의 말을 듣고 있으면 입가에 쓰디쓴 미소가 떠오른다.

따지고 보면 트웨인에게 해학이란 단순히 웃음을 유발하기 위한 장치라기보다는 사회의 온갖 위선을 공격하고 인간의 약점을 조롱하고 매도하기 위한 무기에 지나지 않는다.

『톰 소여의 모험』에서는 죽음의 그림자가 자주 어른거릴 뿐만 아니라 때로는 시체 썩는 냄새가 나기도 한다. 작품의 첫 부분에서 로빈슨 의사를 살해한 사건이 이 작품의 중심 플롯을 이루고 있고, '누더기 옷을 걸친 사람'은 미시시피 강변에서 변사체로 발견된다. 또한 이 작품은 로빈슨 의사의 살해범인 인전 조가 맥두걸 동굴에 갇혀 비극적 죽음을 맞이하는 것으로 끝이 난다. 이밖에도 트웨인은 더글러스 부인의 남편의 죽음과 로빈슨 의사의 아버지의 죽음 등을 언급하기도 한다. 그런가 하면 아이들에게 동물의 시체는 한낱 장난감에 지나지 않을 뿐이다. 죽은 쥐를 끈에 매달아 공중에 빙빙 돌리면서 놀기도 하고, 고양이 시체를 검시하며 놀기도 한다. 그런가 하면 아이들은 고양이 시체로 주술적인 의식을 치르기도 한다.

더욱이 짓궂고 장난기 가득한 톰 소여도 좀처럼 죽음의 그림자에서 벗어나지 못한다. 한 장면에서 톰은 "아, 일시적으로 죽을 수 있다면 얼마나 좋을까!" 하고 생각한다. 실제로 그는 한 번도 아니고 두 번에 걸쳐 '일시적인' 죽음을 맞이한다. 마을 사람들은 그를 '죽은' 것으로 믿는다. 톰이 잭슨 섬으로 가출할 때에는 교회에서 그의 장례식을 거행할 정도이다. 자신의 장례식에 직접 참석하는 톰의 기발한 행동이야말로 이 작품에서 가장 희극적인 장면 가운데 하나이다. 또한 베키 새처와 함께 맥두걸 동굴에 갇혀 있을 때에도 마을 사람들은 그가 더 이상 생존하지 않는 것으로 간주하기에 이른다.

한편 죽음은 톰에게 어린애다운 공상의 대상이 되기도 한다. 톰은 폴리 이모한테 혼이 나거나 베키에게 마음의 상처를 받으면 으레 자신이 죽는 장면을 상상하며 자기연민에 빠지곤 한다. 이 점과 관련하여 톰은 "삶이란 기껏해야 고행(苦行)일 뿐이라는 생각이 들었다. (중략) 만약 주일 학교 기록이 좋기만 하다면 이제라도 아무 미련 없이 이 세상을 떠나 모든 것을 잊고 싶었다." 하고 생각한다. 그동안 기독교가 톰을 비롯한 어린이들을 얼마나 세뇌시켰는지 엿볼 수 있지만, 죽음에 대한 그의 강한 '의지'를 읽을 수 있는 대목이기도 하다.

이 소설이 영국에서 처음 출간되었을 때 먼큐어 컨웨이는 한 서평에서 "이 책은 아이들에게 사랑받는 작품이 될 것이다. 상당 부분 아이들을 염두에 두고 썼기 때문이다. 그러나 아이들 다음으로는 철학자들과 시인들이 가장 사랑할 것이다." 하고 지적한다. 모르긴 몰라도 아마 트웨인이 죽음을 다루고 있기 때문일 것이다. 지금까지 적지 않은 철학자들과 시인들이 죽음의 문제에 깊은 관심을 가져 왔다. 프리드리히 니체는 일찍이 "철학을 한다는 것은 곧 죽음을 연구하는 것이다." 하고 말하지 않았던가. 그러고 보니 죽음을 연구하고 성찰하는 철학자들이나 죽음에 깊은 관심을 기울이는 시인들에게도 이 작품은 그 나름대로의 큰 의미를 지닐 것이다.

4

모든 문학 작품은 시대에 따라 '다시 쓰인다'는 말이 있듯이 출간된 지 무려 150여 년 가까운 시간이 지난 『톰 소여의 모험』도 21세기의 관점에서 읽으면 그 의미가 사뭇 다르다. 특히 요즈음에는 문학도 성과 인종 그리고 계급에 따른 차별의 벽을 허무는 데 이바지하여야 한다는 목소리가 여간 높지 않다. 다문화주의(多文化主義)의 깃발 아래 비교적 진보주의적 성향이 강한 학자들이나 비평가들은 이러한 차별의 벽을 허무는 데 무관심하거나 오히려 그 벽을 공고히 하는 데 기여하는 문학 작품에 '정치적 부적절'이라는 낙인을 찍는다. 이러한 관점에서 『톰 소여의 모험』을 읽으면 '정치적으로 부적절한' 대목이 곳곳에서 눈에 띈다.

페미니즘의 관점에서 보면 『톰 소여의 모험』은 직간접적으로 남성 중심주의적인 가부장 질서를 옹호하는 반(反)페미니즘적인 작품으로 밝혀진다. 어떤 의미에서 이 작품에서는 가정다운 가정, 좀 더 구체적으로 말해서 가정생활다운 가정생활을 찾아보기 어렵다. 세인트피터스버그 마을에는 자식들에게 정신적 기둥이 될 아버지들이 이상할 만큼 많지 않으며, 존경 받을 만한 성인 남성들도 별로 없다. 어린이를 양육하고 돌보는 것은 대부분이 여성들이고, 그들마저 미망인이거나 편모인 경우가 적지 않다. 폴리 이모는 말할 것도 없고 조 하퍼의 어머니도 남편이 없거나 비록 있다고 하여도 남편이나 아버지로서 구실을 제대로 하지 못하는 것 같다. 이 점에서 세인트피터스버그 마을은 철저히 여성이 지배하는 모권제(母權制) 또는 가모장(家母長) 사회라고 할 수 있다.

이러한 특성은 가정 안에서뿐만 아니라 가정 밖에서도 쉽게 찾아볼 수 있다. 가령 주일 학교에서 아이들에게 성경 구절을 암송하게 하고 그 대가로 성경을 나눠 주고 또 설교를 하는 것은 남성들이지만, 그 뒤에서 그렇게 하도록 만드는 것은 여성들이다. 재판소에서 법에 따라 인전 조를 처벌하는 것은 남성들이지만 범인을 사면해 달라고 주지사에게 탄원서를 보내는 것은 여성들이다. 신시어 그리핀 울프는 톰 소여가 가정과 사회에 도전하거나 반항하는 것은 여성 세계에 대한 거부나 도전과 다름없다고 지적한다. 실제로 허클베리 핀은 기회 있을 때마다 여성의 싸늘한 손길에서 벗어나 남성 세계에 남아 있으려고 무척 애를 쓴다.

또한 여러모로 남성 우월주의자라고 할 허클베리는 여성을 업신여기거나 깔보는 말을 서슴지 않는다. 요즈음 시대라면 아마 성차별이나 성희롱의 혐의를 받기에 충분할 것이다. 예를 들어 로빈슨 의사가 살해당하는 장면을 목격한 톰과 허클베리는 이 사건에 대하여 비밀을 지키기로 굳게 약속한다. 그리하여 톰이 허클베리에게 "우리 새끼손가락 걸고 맹세를 하자." 하고 제안하자 허클베리는 다른 방식으로 맹세하자고 말한다.

"아냐, 안 돼. 이번 일은 이런 식으로는 해선 안 돼. 그건 별로 대수롭지 않은 시시한 일에나 하는 방식이야. 특히 계집애들하고나 하는 방식이라고. 계집애들은 어차피 약속을 지키지 않거든. 화가 나면 나불나불 다 말해 버리니까. 그러니까 이렇게 엄청난 사건은 글로 써 둬야 하는 거야. 그리고 피로써 맹세를 해야 돼."

허클베리의 이 말에는 여성을 하찮게 여기는 서슬 퍼런 남성 우월주의가 도사리고 있다. 새끼손가락을 걸고 맹세를 하는 것은 여자아이들과 맹세할 때나 하는 방식이라는 발언은 문제가 되고도 남을 만하다. 맹세하는 방식에서 남성과 여성이 서로 다르다고 말하는 것은 성차별이기 때문이다. "계집애들은 어차피 약속을 지키지 않거든."이라는 구절에 이르면 문제는 더욱 심각해진다. 허클베리가 어떠한 근거에서 이렇게 말하는지는 알 수 없지만 사회화 과정을 통하여 여성에 대한 뿌리 깊은 불신을 자연스럽게 습득하였음에 틀림없다.『톰 소여의 모험』에서 약속을 지키지 않는 쪽은 여성들보다는 남성들이다. 예를 들어 인전 조가 그러하고 톰 소여가 그러하다. 특히 톰은 허클베리와 피로써 맺은 맹세를 깨뜨리고 머프 포터의 변호사를 몰래 찾아가 인전 조가 범인이라는 사실을 증언한다. 이렇게 약속을 배반하는 톰의 행동은 허클베리에게는 그야말로 엄청난 충격을 안겨 준다. 이 점과 관련하여 이 소설의 화자는 "헉이 가지고 있던 인류에 대한 신뢰감은 거의 흔적도 없이 사라져 버리고 말"았다고 밝힌다.

무심코 그냥 지나쳐 버리기 쉽지만 허클베리의 마지막 말 "이렇게 엄청난 사건은 글로 써 둬야 하는 거야. 그리고 피로써 맹세를 해야 돼."라는 구절도 좀 더 찬찬히 따져 보면 적잖이 문제가 있음이 드러난다. 예로부터 남성은 흔히 글과 관련이 있는 반면 여성은 말과 관련이 있다는 생각이 널리 퍼져 있었다. 그리하여 서양에서나 동양에서나 여성한테는 좀처럼 글을 가르치려고 하지 않았다. 서양에서조차 여성들이 제도 교육을 받기 시작한 것은 그렇게 오래되지 않는다. 그런데 엄밀히 따지고 보면 허클베리의 이 진술은 "계집애들은 어차피 약속을 지키지 않거든."이라는 언급과 맞닿아 있음이 밝혀진다. 즉 허클베리는 글(남성)은 믿을 수 있지만 말(여성)은 믿을 수 없다고 생각하고 있다.

이 장면에서 허클베리는 톰 소여에게 글을 써서 맹세하는 것으로도 모자라 더 나아가 피로써 서명해야 한다고 밝힌다. 하필이면 왜 피로써 서명을 하자고 주장할까? 그들한테 글씨를 쓸 만한 마땅한 필기도구가 없기 때문이라고 보는 것은 좁은 생각이다. 잭슨 섬에서 나무껍질에 편지를 쓸 때처럼 톰은 늘 글씨를 쓸 수 있는 석필(石筆) 같은 철광석 조각을 가지고 다니기 때문이다. 그렇다면 그들이 굳이 피로써 서명을 하려는 데는 다른 까닭이 있다. 조 하퍼와 로빈 후드 놀이를 할 때도 잘 드러나듯이 톰에게 피는 곧 남성다움과 남성의 권위를 상징하는 것이다.

피가 남성과 깊이 관련이 있다면 눈물은 주로 여성과 관련이 있다. 남성 우월주의자들이 흔히 하는 말이지만, 여성한테 가장 큰 무기는 곧 눈물이라는 말은 바로 이를 두고 이르는 것이다. 『톰 소여의 모험』에서도 여성들은 흔히 눈물을 무기로 사용한다. 앞에서 이미 언급하였듯이 세인트피터스버그 주민들은 살인범 인전 조를 사면하고 석방해 줄 것을 주지사에게 탄원한다. 그런데 이 탄원서에 서명한 사람들은 거의 대부분이 여성들이다.

    눈물을 펑펑 쏟고 열변을 토하는 회합이 여러 번 열렸다. 위원으로 뽑힌 정력적인 부인 몇 명이 주지사를 찾아가 울며불며 탄원하여 주지사로 하여금 짐짓 바보인 척 자비를 베풀고 주지사로서의 의무를 저버리도록 만들 작정이었다. 사람들은 인전 조가 마을 사람 다섯 명을 살해했다고 믿고 있었다. 그런들 그것이 어떻단 말인가? 비록 그 사람이 악마였다고 해도 석방 탄원서에 서명하고 영구히 고장 난 수도꼭지처럼 눈물을 줄줄 흘리는 마음 약한 사람이 어디 한두 사람이던가.

이 인용문에서 '눈물을 펑펑 쏟고'니 '열변을 토하는'이니 '울며불며'니 '짐짓 바보인 척'이니 하는 구절을 찬찬히 눈여겨보아야 한다. 하나같이 여성이 감정에 쉽게 영향을 받는다고 지적하는 말이다. 이 표현에는 남성은 논리적이고 이성적이고 합리적인 존재인 반면 여성은 비논리적이고 무분별하고 감정적인 존재라는 전제가 깔려 있다. 또한 여성의 눈물샘을 '고장 난 수도꼭지'에 빗대는 것도 여성 폄하의 혐의를 벗기 어렵다. 이렇게 여성을 감정에 치우치는 비논리적이고 비합리적인 존재로 보려는 태도는 "사람들은 인전 조가 마을 사람 다섯 명을 살해했다고 믿고 있었다. 그런들 그것이 어떻단 말인가?"라는 구절에 이르러 단적으로 드러난다. 여성들은 인전 조가 로빈슨 의사 한 사람에 그치지 않고 마을 사람 다섯 명을 살해한 극악무도한 범죄자라고 믿고 있으면서도 그의 목숨을 살려 달라고 주지사에게 탄원서를 제출할 만큼 모순적이고 비이성적이라는 것이다.

한편 『톰 소여의 모험』에 드러나는 반페미니즘적인 남성 중심주의나 남성 우월주의는 톰과 허클베리 핀의 또 다른 대화에서도 엿볼 수 있다. 톰이 허클베리에게 숨겨진 보물을 찾으면 결혼할 것이라고 밝히자 허클베리는 곧바로 "저런, 결혼처럼 어리석은 짓은 이 세상에 또 없어." 하고 대꾸한다. 그러면서 그는 계속하여 톰에게 "우리 아빠하고 우리 엄마를 보란 말이야. 늘 싸움질만 했어! 글쎄, 눈만 뜨면 싸웠다고." 하고 밝힌다. 이 말을 듣고 톰이 그에게 "그건 문제가 안 돼. 내가 결혼하려는 여자애는 싸우지 않을 거야." 하고 대답한다. 그러자 허클베리는 그에게 "여자들이란 모두 똑같아. 덤벼들어서 할퀴고 잡아 뜯고 말이야." 하고 말한다. 톰이 여성을 약속을 제대로 지키지 않는 거짓말쟁이고 지나치게 감정에 치우친 비이성적인 존재로 여긴다면, 허클베리는 여성을 폭력적이고 투쟁적인 존재로 간주한다.

『톰 소여의 모험』에서는 성차별의 장벽 못지않게 인종 차별의 장벽도 여간 높지 않다. 청소년을 위한 작품인 만큼 트웨인은 될 수 있는 대로 흑인 노예 같은 사회 문제를 다루지 않으려고 하였다는 점은 이미 앞에서 밝혔다. 작품의 앞부분에서 폴리 이모의 흑인 노예 짐이 잠깐 등장할 뿐 그 뒤로는 다시 나오지 않는다. 작가는 짐이 게으르다고 밝힐 뿐 흑인을 업신여기거나 얕잡아 보는 태도는 취하지 않는다. 물론 인전 조를 흑인 혼혈인으로 보려는 학자들이 없는 것은 아니지만 아무래도 그는 인디언과 백인 사이에서 태어난 혼혈인으로 보는 쪽이 옳을 듯하다.

어찌 되었든 이 작품에서 가장 인종 차별을 받는 대상은 다름 아닌 인전 조이다. '조'라는 이름 앞에 그림자처럼 따라다니는 '인전'이란 바로 북아메리카 인디언을 가리키는 구어 또는 방언이다. 요즈음 같은 다문화주의 시대에는 '인디언'이라는 말을 사용하는 것조차 눈총을 받는다. 흑인을 '아프리칸 미국인'이라고 부르듯 인디언도 깍듯이 '원주민 미국인'이라고 불러야 비로소 '정치적으로 적합하다'는 판정을 받는다. 최근 워싱턴의 미식축구팀 '레드스킨'이 그 이름 때문에 도마에 오르기도 하였다. 레드스킨이란 바로 홍인종, 즉 인디언을 뜻하기 때문이다.

트웨인은 여러모로 인전 조를 살아 있는 인디언의 화신으로 간주한다. 이 작품을 읽다 보면 인전 조는 술주정뱅이에다 가학증적인 살인범이요 복수심에 불타는 야만인 중의 야만인이라는 인상을 떨쳐 버리기 어렵다. 로빈슨 의사를 협박하면서 그는 "내 몸속에 인디언 피가 공연히 흐르고 있는 게 아니라고." 하고 말한다. 톰 소여와 허클베리가 그를 처음 보는 순간 거의 조건반사적으로 '혼혈 살인마'라고 부르는 것을 보아도 알 수 있다. 이렇게 인전 조를 끔찍이 싫어하는 것은 아이들에 그치지 않고 어른들도 마찬가지이다. 가령 존스 노인은 허클베리한테서 귀머거리에 벙어리로 행세하는 스페인 사람이 다름 아닌 인전 조라는 말을 듣자 몹시 놀란다. 이 소설의 화자는 "뜻밖의 사실에 존스 노인은 소스라치게 놀라 그만 의자에서 넘어질 뻔했다." 하고 밝힌다. 잠시 뒤에 존스 노인은 허클베리에게 "이제야 모든 게 분명해지는구나. 양쪽 귀에 새김 눈을 넣는다느니, 코를 벤다느니 할 때 나는 네가 말을 꾸며 대는 줄 알았어. 백인들은 그런 식으로 복수를 하지 않거든. 하지만 인디언들은 그런 짓을 한단 말이야! 그럼 얘기가 달라지지." 하고 말한다. 존스 노인의 이 말에는 인디언이 잔인한 복수심에 눈이 먼 인종이라는 뜻이 함축되어 있다.

그런데 인전 조에 대한 부정적 묘사는 이 무렵의 미국 역사와 깊이 관련되어 있다. 1830년에 앤드루 잭슨 대통령이 '인디언 추방법'에 서명하면서 인디언 원주민을 합법적으로 박해할 수 있는 길을 활짝 열어 놓았다. 1838년에서 1839년에 이루어진 '눈물의 여로'라고 흔히 일컫는 추방 과정에서 체로키, 촉토, 크릭, 치카소 인디언들이 노스캐롤라이나 주와 조지아 주에서 쫓겨나 오늘날의 오클라호마 주에 강제로 수용되었다. 이 과정에서 무려 4000명 이상의 인디언들이 사망하였다고 집계되었다. 그러나 실제로는 그보다 두 배에 이르는 인디언들이 희생되었을 것이라고 한다.

19세기 중엽에는 '명백한 운명'이라는 깃발을 내걸고 서부로 영토를 계속 확장해 나갔다. 이 과정에서 백인들은 서부 개척의 걸림돌이 되는 원주민 인디언을 무자비하게 학살하였다. 그리하여 "죽은 인디언이 가장 착한 인디언"이라는 말이 나돌 정도였다. 이 말을 뒤집어 보면 살아 있는 인디언은 하나같이 '나쁜 인디언'이라는 말이 된다. 실제로 인전 조는 살아 있을 때는 세인트피터스버그 주민한테 국외자 취급을 받지만 동굴 속에서 굶어 죽고 난 뒤에는 공동 사회의 한 구성원으로서 인간다운 대접을 받는다.

적어도 인전 조를 위협적인 야만인으로 묘사한다는 점에서 트웨인은 이 무렵 토머스 하트 벤튼을 비롯한 영토 확장주의자들과 크게 다르지 않다. 트웨인도 인종 차별주의적인 입장을 취하는 영토 확장주의자들처럼 한편으로는 인디언들에 대한 공포감을 느끼고, 다른 한편으로는 원주민 학살에 대하여 백인들이 느끼는 불안감을 나타낸다. 어떤 의미에서 트웨인은 이 무렵 인디언 원주민에 대하여 백인들이 가지고 있던 집단 무의식을 여실히 보여 준다고 할 수 있다.

그런가 하면 『톰 소여의 모험』은 성과 인종뿐만 아니라 계급 문제에서도 '정치적으로 부적절하다'는 평을 받을 만하다. 세인트피터스버그 마을에도 재산이나 사회적 명성에 따른 계급적 조직이 엄연히 존재한다. 어린아이이건 어른이건 이곳 주민들은 이 계급의 사다리에 따라 평가를 받는다. 가령 어머니가 없는 데다가 아버지가 술주정뱅이인 떠돌이 소년 허클베리 핀은 계급의 사다리에서 가장 아래쪽에 놓여 있다. 아버지가 변호사요 큰아버지가 군(郡) 판사인 제프 새처는 사다리에서 가장 위쪽을 차지하고 있다. 톰 소여와 조 하퍼 또는 벤 로저스는 아마 사다리의 한중간쯤에 속할 것이다.

계급의 사다리에서 가장 아래쪽에 속해 있는 허클베리는 아이들한테서는 인기가 있을지 몰라도 어른들한테 경계와 공포의 대상이다. 이 소설의 화자는 그를 두고 "동네 어머니들이 하나같이 몹시 미워하고 두려워하는 아이였다. 하는 일 없이 빈둥거리고 제멋대로인 데다가 상스럽고 질이 좋지 않은 아이였기 때문이다." 하고 밝힌다. 다른 '점잖은' 집 아이들과 마찬가지로 톰도 폴리 이모로부터 허클베리와 절대로 같이 놀아서는 안 된다고 엄중한 경고를 받는다.

이렇게 사회적 계급의 사다리에 따라 대접받기는 어른들도 마찬가지이다. 사다리에서 가장 맨 윗자리를 차지하고 있는 새처 판사나 그의 동생 새처 변호사는 마을 사람들한테서 존중을 받는다. 어느 날 그들이 주일 학교에 나타나자 월터스 교장 선생을 비롯하여 주일 학교 교사들과 도서실 사서 등이 그들에게 잘 보이려고 온갖 방법으로 뽐내기 시작한다. 또한 더글러스 과부댁도 새처 집안 사람들 못지않게 융숭한 대접을 받는다. 물론 그녀가 마을 사람들한테서 존중을 받는 것은 인정 많고 마음씨 착하기 때문이기도 하지만 재산이 많고 죽은 남편이 치안 판사로서 사회적 신분이 높다는 사실이 훨씬 더 크게 작용한다. 카디프힐 위에 자리 잡고 있는 그녀의 저택은 마을에서 하나밖에 없는 '궁전처럼 으리으리한' 집이다. 그녀에 대하여 화자는 "손님을 아주 극진히 대접할뿐더러 세인트피터스버그 마을이 자랑하는 여러 행사에 아낌없이 돈을 내놓는 사람이었다."하고 밝힌다.

한편 세인트피터스버그 사회 계층에서 밑바닥에 속하는 머프 포터는 한낱 사회 변방에 살고 있는 주변인에 지나지 않는다. 허클베리처럼 그가 내세울 것이라고는 흰 피부색밖에는 없다. 재산도 없을뿐더러 사회적 신분도 낮기 때문에 마을 사람들한테 이렇다 할 대접을 받지 못한다. 그러나 마을 사람들은 술주정뱅이기는 하지만 본질적으로는 선량한 머프를 비교적 관대하게 보아 준다. 그러나 사회 계급의 사다리에서 보면 인전 조는 머프보다 한 단계 더 아래쪽에 속한다. 인종적으로 인디언인 데다가 사회 계급에서도 가장 낮기 때문이다. 그러므로 이렇게 이중으로 불리한 입장에 놓여 있는 그는 요즈음 지식인 사회에서 자주 쓰는 용어로 '타자(他者)'라고 할 수 있다. 인전 조는 마을에서 인간쓰레기 취급을 받을 수밖에 없다.

2009년 3월
김욱동

작가 연보

1835년	11월 30일, 미국 미주리 주 먼로 군 플로리다에서 치안 판사인 존 마셜 클레멘스와 제인 램프턴의 4남 2녀 중 여섯째로 출생. 이때 핼리 혜성이 지구에 나타났다고 함. 본명은 새뮤얼 랭혼 클레멘스.
1839년	11월, 가족이 미시시피 강 서쪽 해니벌로 이주하여 새뮤얼은 이곳에서 어린 시절을 보냄.
1847년	3월, 아버지 사망.
1848년	학교를 그만두고, 지방의 신문사에서 견습 식자공(植字工) 노릇을 함.
1851년	형 어라이언이 경영하는 신문사 《웨스턴 유니언》에서 일함.
1852년	5월, 보스턴의 주간 유머 신문 《여행 가방》에 「무단 거주자를 위협한 댄디」라는 콩트를 발표.
1853년	6월, 세인트루이스, 뉴욕, 필라델피아 등지에서 식

	자공으로 일함.
1854년	워싱턴 DC를 방문.
1857년	오하이오 주 신시내티에 머무는 동안 '맥팔레인'이라는 스코틀랜드 사람에게 찰스 다윈의 진화론을 듣고 감명을 받음. 4월, 루이지애나 주 뉴올리언스로 가는 증기선을 타고 미시시피를 따라 내려가던 중 허레이스 빅스비에게서 수로 안내인 수련을 받음.
1858년	9월, 정식으로 수로 안내인 면허증을 받음. 형 헨리가 증기선 폭발 사고로 사망.
1861년	남북 전쟁이 일어남. 전쟁 때문에 미시시피 항로가 두절되자 수로 안내인을 그만둠. 6월, 해니벌로 돌아와 이 주일 동안 남부군 민병대에 참가. 7월, 네바다 주의 서기관으로 있던 형 어라이언의 개인 비서 자격으로 네바다로 감. 이 무렵 여러 지방 신문에 글을 기고.
1862년	형과 함께 네바다 주와 캘리포니아 주를 여행. 버지니아 시티의 신문 《테리토리얼 엔터프라이즈》의 기자가 됨.
1863년	2월, 처음으로 '마크 트웨인'이라는 필명을 사용.
1864년	결투를 금지하는 법을 어겼다는 이유로 네바다 주에서 추방 명령을 받음. 샌프란시스코 캘러베러스 군에서 광산 투기를 함. 이 무렵 신문과 잡지에 글을 기고하면서 서부에서 활약하던 브렛 하트, 아티머스 워드, 오퓨스 카, 호어퀸 미러 등의 문인들과 교제.

1865년	단편 「짐 스마일리와 그의 뜀뛰기 개구리」로 동부 잡지사에 이름이 알려지기 시작.
1866년	3월, 새크라멘토에서 발행하는 신문 《올터 캘리포니안》의 특파원 자격으로 샌드위치 군도(하와이 제도)를 여행. 이 무렵 처음으로 공개 강연을 시작.
1867년	1월, 서부 생활을 모두 끝내고 뉴욕에 도착. 5월, 단편집 『캘러베러스 군의 유명한 뜀뛰는 개구리 및 그 밖의 스케치』를 출간. 6월, 특파원 자격으로 유럽 성지 여행단에 끼여 유럽 여행을 떠남.
1868년	미국 전역을 순회하며 강연함. 8월, 뉴욕 엘마이러의 랭던 집안을 방문하여 장차 아내가 될 올리비어를 처음 만남.
1869년	2월, 랭던 집안의 반대를 무릅쓰고 올리비어와 약혼. 7월, 여행기 『순진한 사람의 해외 여행기』를 출간. 8월, 뉴욕 주 버펄로의 신문 《익스프레스》를 인수. 10월, 보스턴에서 강연하던 중 《어틀랜틱 먼슬리》의 부주필이던 소설가 윌리엄 딘 하우월스를 처음 만남.
1870년	2월, 올리비어와 결혼한 뒤 장인의 도움으로 버펄로에 정착. 11월, 장남 랭던 클레멘스 출생.
1871년	4월, 《익스프레스》를 팔고, 뉴욕의 쿼리팜에 잠시 기거. 10월, 코네티컷 주의 하트퍼드로 이사.
1872년	2월, 서부 여행기 『고난을 이겨 내고』를 출간. 3월, 첫째 딸 올리비어 수전 출생. 장남 랭던 사망. 8월, 영국에 건너감.

1873년	자동 스크랩북 기계를 발명하여 특허를 냄. 가족을 데리고 다시 영국에 건너감. 12월, 찰스 더들리 워너와 함께 쓴 『도금 시대』를 출간.
1874년	6월, 둘째 딸 클라라 출생. 하트퍼드의 눅팜으로 이주. 9월, 『도금 시대』를 연극으로 만들어 뉴욕에서 상연하였지만 실패.
1875년	1월, 《어틀랜틱 먼슬리》에 『미시시피 강의 생활』을 연재하기 시작.
1876년	12월, 『톰 소여의 모험』을 출간.
1878년	4월, 가족과 함께 독일을 여행.
1880년	J. W. 페이지 자동 식자기에 관심을 가지고 그 제작에 투자. 3월, 독일, 이탈리아, 스위스 여행을 기록한 『방랑자의 해외 여행기』를 출간. 7월, 셋째 딸 진 출생.
1882년	1월, 『왕자와 거지』를 출간.
1883년	5월, 『미시시피 강의 생활』을 출간.
1884년	12월, 『허클베리 핀의 모험』을 영국에서 출간. 미국판은 그 이듬해에 출간. 친척 찰스 웹스터와 함께 '찰스 L. 웹스터'라는 출판사를 설립.
1885년	미국 18대 대통령 율리시스 S. 그랜트가 쓴 회고록을 출간.
1889년	12월, 『아서 왕 궁정의 코네티컷 양키』를 출간.
1890년	페이지 자동 식자기에 관한 권리를 사들임. 어머니 제인 램프턴 클레멘스 사망.
1891년	6월, 재정적인 어려움으로 하트퍼드의 저택을 처분하고 가족을 데리고 유럽 여행을 떠남. 자동 식자기

	의 실패로 경제적 타격을 받음.
1894년	4월, 친척과 함께 경영하던 출판사가 도산.『바보 윌슨』을 출간.
1895년	5월, 가족과 함께 귀국한 뒤 빚을 갚기 위하여 세계 일주 강연 여행을 떠남.
1896년	강연 여행을 계속함. 첫딸 수전 사망.
1897년	12월, 강연 여행기『적도를 따라』를 출간.
1898년	빚을 모두 청산.
1900년	6월, 단편집『해들리버그를 타락시킨 사나이 및 기타 작품』을 출간.
1901년	미국 예일 대학에서 명예 문학박사 학위를 받음.
1902년	아내 올리비어가 중병에 걸림.
1904년	6월, 아내 올리비어 사망. 자서전을 구술하기 시작. 뉴욕 시로 거처를 옮김. 이 무렵 저작권 문제에 관하여 의회 위원회에서 연설함.
1905년	시어도어 루스벨트 대통령의 초청으로 백악관을 방문.
1906년	공식적인 전기 작가인 앨버트 B. 페인이 한 집에 살기 시작하며 전기를 집필. 6월,『이브의 일기』, 8월,『인간이란 무엇인가』를 출간. 막내딸 진이 정신 병원에 입원.
1907년	6월, 영국의 옥스퍼드 대학에서 명예 문학박사 학위를 받음.
1909년	12월, 딸 진 사망.
1910년	코네티컷 주 레딩에 있는 스톰필드로 이주. 마지막으

로 버뮤다를 방문. 4월 21일, 레딩에서 사망하여 엘마이러에 매장됨. 이때 핼리 혜성이 지구에 나타남.

세계문학전집 203

톰 소여의 모험

1판 1쇄 펴냄 2009년 3월 13일
1판 14쇄 펴냄 2014년 11월 3일

지은이 마크 트웨인
옮긴이 김욱동
발행인 박근섭, 박상준
펴낸곳 (주)민음사

출판등록 1966. 5. 19. (제 16-490호)
서울특별시 강남구 도산대로1길 62(신사동) 강남출판문화센터 5층 (135-887)
대표전화 515-2000 팩시밀리 515-2007
www.minumsa.com

© 김욱동, 2009. Printed in Seoul, Korea

ISBN 978-89-374-6203-0 04800
ISBN 978-89-374-6000-5 (세트)

민음사 세계문학전집

세계문학전집 목록

1·2 　변신 이야기　오비디우스·이윤기 옮김　서울대 권장도서 100선

3 　햄릿　셰익스피어·최종철 옮김　서울대 권장도서 100선 | 미국대학위원회 선정 SAT 추천도서 | 국립중앙도서관 선정 청소년 권장도서 | 《뉴스위크》 선정 100대 명저

4 　변신·시골의사　카프카·전영애 옮김　서울대 권장도서 100선 | 미국대학위원회 선정 SAT 추천도서 | 논술 및 수능에 출제된 책(1998~2005)

5 　동물농장　오웰·도정일 옮김　미국대학위원회 선정 SAT 추천도서 | 《타임》 선정 현대 100대 영문소설 | 논술 및 수능에 출제된 책(1998~2005) | 《뉴스위크》 선정 100대 명저 | BBC 선정 꼭 읽어야 할 책

6 　허클베리 핀의 모험　트웨인·김욱동 옮김　《뉴스위크》 선정 100대 명저 | 미국대학위원회 선정 SAT 추천도서

7 　암흑의 핵심　콘래드·이상옥 옮김　미국대학위원회 선정 SAT 추천도서 | 《뉴스위크》 선정 10대 명저

8 　토니오 크뢰거·트리스탄·베니스에서의 죽음　토마스 만·안삼환 외 옮김　노벨 문학상 수상 작가

9 　문학이란 무엇인가　사르트르·정명환 옮김

10 　한국단편문학선 1　김동인 외·이남호 엮음　국립중앙도서관 선정 청소년 권장도서

11·12 　인간의 굴레에서　서머싯 몸·송무 옮김

13 　이반 데니소비치, 수용소의 하루　솔제니친·이영의 옮김　노벨 문학상 수상 작가 | 미국대학위원회 선정 SAT 추천도서

14 　너새니얼 호손 단편선　호손·천승걸 옮김

15 　나의 미카엘　오즈·최창모 옮김

16·17 　중국신화전설　위앤커·전인초, 김선자 옮김

18 　고리오 영감　발자크·박영근 옮김

19 　파리대왕　골딩·유종호 옮김　노벨 문학상 수상 작가 | 《타임》 선정 현대 100대 영문소설 | 미국대학위원회 선정 SAT 추천도서 | 《뉴스위크》 선정 100대 명저 | BBC 선정 꼭 읽어야 할 책

20 　한국단편문학선 2　김동리 외·이남호 엮음

21·22 　파우스트　괴테·정서웅 옮김　서울대 권장도서 100선 | 미국대학위원회 선정 SAT 추천도서 | 국립중앙도서관 선정 청소년 권장도서 | 논술 및 수능에 출제된 책(1998~2005)

23·24 　빌헬름 마이스터의 수업시대　괴테·안삼환 옮김

25 　젊은 베르테르의 슬픔　괴테·박찬기 옮김　논술 및 수능에 출제된 책(1998~2005)

26 　이피게니에·스텔라　괴테·박찬기 외 옮김

27 　다섯째 아이　레싱·정덕애 옮김　노벨 문학상 수상 작가

28 　삶의 한가운데　린저·박찬일 옮김

29 　농담　쿤데라·방미경 옮김

30 　야성의 부름　런던·권택영 옮김

31 　아메리칸　제임스·최경도 옮김

32·33 　양철북　그라스·장희창 옮김　노벨 문학상 수상 작가 | 서울대 권장도서 100선

34·35 백년의 고독 마르케스·조구호 옮김 노벨 문학상 수상 작가 | 서울대 권장도서 100선 | 미국 대학위원회 선정 SAT 추천도서 | 《뉴스위크》 선정 100대 명저 | BBC 선정 꼭 읽어야 할 책

36 마담 보바리 플로베르·김화영 옮김 서울대 권장도서 100선 | 미국대학위원회 선정 SAT 추천도서 | 《뉴스위크》 선정 100대 명저

37 거미여인의 키스 푸익·송병선 옮김

38 달과 6펜스 서머싯 몸·송무 옮김

39 폴란드의 풍차 지오노·박인철 옮김

40·41 독일어 시간 렌츠·정서웅 옮김

42 말테의 수기 릴케·문현미 옮김

43 고도를 기다리며 베케트·오증자 옮김 노벨 문학상 수상 작가 | 서울대 권장도서 100선 | 미국대학위원회 선정 SAT 추천도서

44 데미안 헤세·전영애 옮김 노벨 문학상 수상 작가

45 젊은 예술가의 초상 조이스·이상옥 옮김 서울대 권장도서 100선 | 미국대학위원회 선정 SAT 추천도서 | 국립중앙도서관 선정 청소년 권장도서

46 카탈로니아 찬가 오웰·정영목 옮김

47 호밀밭의 파수꾼 샐린저·공경희 옮김 《타임》 선정 현대 100대 영문소설 | 미국대학위원회 선정 SAT 추천도서 | 《뉴스위크》 선정 100대 명저 | BBC 선정 꼭 읽어야 할 책

48·49 파르마의 수도원 스탕달·원윤수, 임미경 옮김

50 수레바퀴 아래서 헤세·김이섭 옮김 노벨 문학상 수상 작가 | 국립중앙도서관 선정 청소년 권장도서

51·52 황제를 위하여 이문열

53 오셀로 셰익스피어·최종철 옮김 서울대 권장도서 100선 | 국립중앙도서관 선정 청소년 권장도서 | 《뉴스위크》 선정 100대 명저

54 조서 르 클레지오·김윤진 옮김 노벨 문학상 수상 작가

55 모래의 여자 아베 코보·김난주 옮김

56·57 부덴브로크 가의 사람들 토마스 만·홍성광 옮김 노벨 문학상 수상 작가

58 싯다르타 헤세·박병덕 옮김 노벨 문학상 수상 작가

59·60 아들과 연인 로렌스·정상준 옮김 《뉴스위크》 선정 100대 명저

61 설국 가와바타 야스나리·유숙자 옮김 노벨 문학상 수상 작가 | 서울대 권장도서 100선

62 벨킨 이야기·스페이드 여왕 푸슈킨·최선 옮김

63·64 넙치 그라스·김재혁 옮김 노벨 문학상 수상 작가

65 소망 없는 불행 한트케·윤용호 옮김

66 나르치스와 골드문트 헤세·임홍배 옮김 노벨 문학상 수상 작가

67 황야의 이리 헤세·김누리 옮김 노벨 문학상 수상 작가

68 뻬쩨르부르그 이야기 고골·조주관 옮김

69 밤으로의 긴 여로 오닐·민승남 옮김 노벨 문학상 수상 작가 | 미국대학위원회 선정 SAT 추천도서

70 체호프 단편선 체호프·박현섭 옮김

71 버스 정류장 가오싱젠·오수경 옮김 노벨 문학상 수상 작가

72 구운몽 김만중·송성욱 옮김 서울대 권장도서 100선 | 국립중앙도서관 선정 청소년 권장도서

73 대머리 여가수 이오네스코·오세곤 옮김

74 이솝 우화집 이솝·유종호 옮김 논술 및 수능에 출제된 책(1998~2005)

75 위대한 개츠비 피츠제럴드·김욱동 옮김 《타임》 선정 현대 100대 영문소설 | 미국대학위원회 선정 SAT 추천도서 | 《뉴스위크》 선정 100대 명저 | BBC 선정 꼭 읽어야 할 책

76 푸른 꽃 노발리스·김재혁 옮김

77 1984 오웰·정회성 옮김 《타임》 선정 현대 100대 영문소설 | 《뉴스위크》 선정 100대 명저 | BBC 선정 꼭 읽어야 할 책

78·79 영혼의 집 아옌데·권미선 옮김

80 첫사랑 투르게네프·이항재 옮김

81 내가 죽어 누워 있을 때 포크너·김명주 옮김 노벨 문학상 수상 작가 | 미국대학위원회 선정 SAT 추천도서 | 《뉴스위크》 선정 100대 명저 | 퓰리처상 수상 작가

82 런던 스케치 레싱·서숙 옮김 노벨 문학상 수상 작가

83 팡세 파스칼·이환 옮김

84 질투 로브그리예·박이문, 박희원 옮김

85·86 채털리 부인의 연인 로렌스·이인규 옮김

87 그 후 나쓰메 소세키·윤상인 옮김

88 오만과 편견 오스틴·윤지관, 전승희 옮김 미국대학위원회 선정 SAT 추천도서 | 국립중앙도서관 선정 청소년 권장도서 | 《뉴스위크》 선정 100대 명저 | BBC 선정 꼭 읽어야 할 책

89·90 부활 톨스토이·박형규 옮김 논술 및 수능에 출제된 책(1998~2005)

91 방드르디, 태평양의 끝 투르니에·김화영 옮김

92 미겔 스트리트 나이폴·이상옥 옮김 노벨 문학상 수상 작가

93 페드로 파라모 룰포·정창 옮김

94 차라투스트라는 이렇게 말했다 니체·장희창 옮김 국립중앙도서관 선정 청소년 권장도서

95·96 적과 흑 스탕달·이동렬 옮김 국립중앙도서관 선정 청소년 권장도서

97·98 콜레라 시대의 사랑 마르케스·송병선 옮김 노벨 문학상 수상 작가 | BBC 선정 꼭 읽어야 할 책

99 맥베스 셰익스피어·최종철 옮김 서울대 권장도서 100선 | 미국대학위원회 선정 SAT 추천도서 | 국립중앙도서관 선정 청소년 권장도서

100 춘향전 작자 미상·송성욱 풀어 옮김 서울대 권장도서 100선 | 국립중앙도서관 선정 청소년 권장도서 | 논술 및 수능에 출제된 책(1998~2005)

101 페르디두르케 곰브로비치·윤진 옮김

102 포르노그라피아 곰브로비치·임미경 옮김

103 인간 실격 다자이 오사무·김춘미 옮김

104 네루다의 우편배달부 스카르메타·우석균 옮김

105·106 이탈리아 기행 괴테·박찬기 외 옮김

107 나무 위의 남작 칼비노·이현경 옮김

108 달콤 쌉싸름한 초콜릿 에스키벨·권미선 옮김

109·110 제인 에어 C. 브론테·유종호 옮김 미국대학위원회 선정 SAT 추천도서 | BBC 선정 꼭 읽어야 할 책

111 크눌프 헤세·이노은 옮김 노벨 문학상 수상 작가

112 시계태엽 오렌지 버지스·박시영 옮김 《타임》 선정 현대 100대 영문소설 | 《뉴스위크》 선정 100대 명저

113·114 파리의 노트르담 위고·정기수 옮김 미국대학위원회 선정 SAT 추천도서

115 새로운 인생 단테·박우수 옮김

116·117 로드 짐 콘래드·이상옥 옮김 《뉴스위크》 선정 100대 명저

118 폭풍의 언덕 E. 브론테·김종길 옮김 미국대학위원회 선정 SAT 추천도서 | 국립중앙도서관 선정 청소년 권장도서 | BBC 선정 꼭 읽어야 할 책

119 텔크테에서의 만남 그라스·안삼환 옮김 노벨 문학상 수상 작가

120 검찰관 고골·조주관 옮김

121 안개 우나무노·조민현 옮김

122 나사의 회전 제임스·최경도 옮김 미국대학위원회 선정 SAT 추천도서

123 피츠제럴드 단편선 1 피츠제럴드·김욱동 옮김

124 목화밭의 고독 속에서 콜테스·임수현 옮김

125 돼지꿈 황석영

126 라셀라스 존슨·이인규 옮김

127 리어 왕 셰익스피어·최종철 옮김 서울대 권장도서 100선 | 논술 및 수능에 출제된 책(1998~2005) | 《뉴스위크》 선정 100대 명저

128·129 쿠오 바디스 시엔키에비츠·최성은 옮김 노벨 문학상 수상 작가

130 자기만의 방 울프·이미애 옮김

131 시르트의 바닷가 그라크·송진석 옮김

132 이성과 감성 오스틴·윤지관 옮김

133 바덴바덴에서의 여름 치프킨·이장욱 옮김

134 새로운 인생 파묵·이난아 옮김 노벨 문학상 수상 작가

135·136 무지개 로렌스·김정매 옮김

137 인생의 베일 서머싯 몸·황소연 옮김

138 보이지 않는 도시들 칼비노·이현경 옮김

139·140·141 연초 도매상 바스·이운경 옮김 《타임》 선정 현대 100대 영문소설

142·143 플로스 강의 물방앗간 엘리엇·한애경, 이봉지 옮김 미국대학위원회 선정 SAT 추천도서

144 연인 뒤라스·김인환 옮김

145·146 이름 없는 주드 하디·정종화 옮김

147 제49호 품목의 경매 핀천·김성곤 옮김 《타임》 선정 현대 100대 영문소설 | 미국대학위원회 선정 SAT 추천도서

148 성역 포크너·이진준 옮김 노벨 문학상 수상 작가 | 퓰리처상 수상 작가

149 무진기행 김승옥

150·151·152 신곡(지옥편·연옥편·천국편) 단테·박상진 옮김 서울대 권장도서 100선 | 미국대학위원회 선정 SAT 추천도서 | 국립중앙도서관 선정 청소년 권장도서 | 《뉴스위크》 선정 100대 명저

153 구덩이 플라토노프·정보라 옮김

154·155·156 카라마조프 가의 형제들 도스토예프스키·김연경 옮김 서울대 권장도서 100선 | 국립중앙도서관 선정 청소년 권장도서

157 지상의 양식 지드·김화영 옮김 노벨 문학상 수상 작가

158 밤의 군대들 메일러·권택영 옮김 퓰리처상 수상 작가

159 주홍 글자 호손·김욱동 옮김 서울대 권장도서 100선 | 미국대학위원회 선정 SAT 추천도서

160 깊은 강 엔도 슈사쿠·유숙자 옮김

161 욕망이라는 이름의 전차 윌리엄스·김소임 옮김

162 마사 퀘스트 레싱·나영균 옮김 노벨 문학상 수상 작가

163·164 운명의 딸 아옌데·권미선 옮김

165 모렐의 발명 비오이 카사레스·송병선 옮김

166 삼국유사 일연·김원중 옮김 서울대 권장도서 100선

167 풀잎은 노래한다 레싱·이태동 옮김 노벨 문학상 수상 작가

168 파리의 우울 보들레르·윤영애 옮김

169 포스트맨은 벨을 두 번 울린다 케인·이만식 옮김

170 오늘을 잡아라 벨로·양현미 옮김 노벨 문학상 수상 작가 | 미국대학위원회 선정 SAT 추천도서

171 모든 것이 산산이 부서지다 아체베·조규형 옮김 《타임》 선정 현대 100대 영문소설 | 《뉴스위크》 선정 100대 명저

172 한여름 밤의 꿈 셰익스피어·최종철 옮김 미국대학위원회 선정 SAT 추천도서

173 로미오와 줄리엣 셰익스피어·최종철 옮김 미국대학위원회 선정 SAT 추천도서

174·175 분노의 포도 스타인벡·김승욱 옮김 노벨 문학상 수상 작가 | 《타임》 선정 현대 100대 영문소설 | 미국대학위원회 선정 SAT 추천도서 | 《뉴스위크》 선정 100대 명저 | BBC 선정 꼭 읽어야 할 책 | 퓰리처상 수상작

176·177 괴테와의 대화 에커만·장희창 옮김

178 그물을 헤치고 머독·유종호 옮김 《타임》 선정 현대 100대 영문소설

179 브람스를 좋아하세요... 사강·김남주 옮김

180 카타리나 블룸의 잃어버린 명예 하인리히 뵐·김연수 옮김 노벨 문학상 수상 작가

181·182 에덴의 동쪽 스타인벡·정회성 옮김 노벨 문학상 수상 작가

183 순수의 시대 워튼·송은주 옮김 《뉴스위크》 선정 100대 명저 | 퓰리처상 수상작

184 도둑 일기 주네·박형섭 옮김

185 나자 브르통·오생근 옮김

186·187 캐치-22 헬러·안정효 옮김 《타임》 선정 현대 100대 영문소설 | 《뉴스위크》 선정 100대 명저 | BBC 선정 꼭 읽어야 할 책

188 솔로호프 단편선 솔로호프·이항재 옮김 노벨 문학상 수상 작가

189 말 사르트르·정명환 옮김

190·191 보이지 않는 인간 엘리슨·조영환 옮김 《타임》 선정 현대 100대 영문소설 | 미국대학위원회 선정 SAT 추천도서 | 《뉴스위크》 선정 100대 명저

192 왑샷 가문 연대기 치버·김승욱 옮김 퓰리처상 수상 작가

193 왑샷 가문 몰락기 치버·김승욱 옮김 퓰리처상 수상 작가

194 필립과 다른 사람들 노터봄·지명숙 옮김

195·196 하드리아누스 황제의 회상록 유르스나르·곽광수 옮김
197·198 소피의 선택 스타이런·한정아 옮김 퓰리처상 수상 작가
199 피츠제럴드 단편선 2 피츠제럴드·한은경 옮김
200 홍길동전 허균·김탁환 옮김
201 요술 부지깽이 쿠버·양윤희 옮김
202 북호텔 다비·원윤수 옮김
203 톰 소여의 모험 트웨인·김욱동 옮김
204 금오신화 김시습·이지하 옮김
205·206 테스 하디·정종화 옮김 미국대학위원회 선정 SAT 추천도서 | BBC 선정 꼭 읽어야 할 책
207 브루스터플레이스의 여자들 네일러·이소영 옮김
208 더 이상 평안은 없다 아체베·이소영 옮김
209 그레인지 코플랜드의 세 번째 인생 워커·김시현 옮김 퓰리처상 수상 작가
210 어느 시골 신부의 일기 베르나노스·정영란 옮김
211 타라스 불바 고골·조주관 옮김
212·213 위대한 유산 디킨스·이인규 옮김 서울대 권장도서 100선 | BBC 선정 꼭 읽어야 할 책
214 면도날 서머싯 몸·안진환 옮김
215·216 성채 크로닌·이은정 옮김
217 오이디푸스 왕 소포클레스·강대진 옮김 서울대 권장도서 100선 | 미국대학위원회 선정 SAT 추천도서
218 세일즈맨의 죽음 밀러·강유나 옮김
219·220·221 안나 카레니나 톨스토이·연진희 옮김 서울대 권장도서 100선 | 국립중앙도서관 선정 청소년 권장도서 | 《뉴스위크》 선정 100대 명저 | BBC 선정 꼭 읽어야 할 책
222 오스카 와일드 작품선 와일드·정영목 옮김
223 벨아미 모파상·송덕호 옮김
224 파스쿠알 두아르테 가족 호세 셀라·정동섭 옮김 노벨 문학상 수상 작가
225 시칠리아에서의 대화 비토리니·김운찬 옮김
226·227 길 위에서 케루악·이만식 옮김 《타임》 선정 현대 100대 영문소설 | 《뉴스위크》 선정 100대 명저
228 우리 시대의 영웅 레르몬토프·오정미 옮김
229 아우라 푸엔테스·송상기 옮김
230 클링조어의 마지막 여름 헤세·황승환 옮김 노벨 문학상 수상 작가
231 리스본의 겨울 무뇨스 몰리나·나송주 옮김
232 뻐꾸기 둥지 위로 날아간 새 키지·정회성 옮김 《타임》 선정 현대 100대 영문소설 | 《뉴스위크》 선정 100대 명저
233 페널티킥 앞에 선 골키퍼의 불안 한트케·윤용호 옮김
234 참을 수 없는 존재의 가벼움 쿤데라·이재룡 옮김
235·236 바다여, 바다여 머독·최옥영 옮김
237 한 줌의 먼지 에벌린 워·안진환 옮김 《타임》 선정 현대 100대 영문소설
238 뜨거운 양철 지붕 위의 고양이·유리 동물원 윌리엄스·김소임 옮김 퓰리처상 수상작

239 지하로부터의 수기 도스토예프스키·김연경 옮김
240 키메라 바스·이운경 옮김
241 반쪼가리 자작 칼비노·이현경 옮김
242 벌집 호세 셀라·남진희 옮김 노벨 문학상 수상 작가
243 불멸 쿤데라·김병욱 옮김
244·245 파우스트 박사 토마스 만·임홍배, 박병덕 옮김 노벨 문학상 수상 작가
246 사랑할 때와 죽을 때 레마르크·장희창 옮김
247 누가 버지니아 울프를 두려워하랴? 올비·강유나 옮김
248 인형의 집 입센·안미란 옮김
249 위폐범들 지드·원윤수 옮김 노벨 문학상 수상 작가
250 무정 이광수·정영훈 책임 편집 서울대 권장도서 100선
251·252 의지와 운명 푸엔테스·김현철 옮김
253 폭력적인 삶 파솔리니·이승수 옮김
254 거장과 마르가리타 불가코프·정보라 옮김
255·256 경이로운 도시 멘도사·김현철 옮김
257 야콥을 둘러싼 추측들 욘존·손대영 옮김
258 왕자와 거지 트웨인·김욱동 옮김
259 존재하지 않는 기사 칼비노·이현경 옮김
260·261 눈먼 암살자 애트우드·차은정 옮김 《타임》 선정 현대 100대 영문소설
262 베니스의 상인 셰익스피어·최종철 옮김
263 말리나 바흐만·남정애 옮김
264 사볼타 사건의 진실 멘도사·권미선 옮김
265 뒤렌마트 희곡선 뒤렌마트·김혜숙 옮김
266 이방인 카뮈·김화영 옮김 노벨 문학상 수상 작가 | 미국대학위원회 선정 SAT 추천도서
267 페스트 카뮈·김화영 옮김 노벨 문학상 수상 작가 | 국립중앙도서관 선정 청소년 권장도서
268 검은 튤립 뒤마·송진석 옮김
269·270 베를린 알렉산더 광장 되블린·김재혁 옮김
271 하얀 성 파묵·이난아 옮김 노벨 문학상 수상 작가
272 푸슈킨 선집 푸슈킨·최선 옮김
273·274 유리알 유희 헤세·이영임 옮김 노벨 문학상 수상 작가
275 픽션들 보르헤스·송병선 옮김 서울대 권장도서 100선
276 신의 화살 아체베·이소영 옮김
277 빌헬름 텔·간계와 사랑 실러·홍성광 옮김
278 노인과 바다 헤밍웨이·김욱동 옮김 노벨 문학상 수상 작가 | 퓰리처상 수상작
279 무기여 잘 있어라 헤밍웨이·김욱동 옮김 노벨 문학상 수상 작가 | 미국대학위원회 선정 SAT 추천도서
280 태양은 다시 떠오른다 헤밍웨이·김욱동 옮김 노벨 문학상 수상 작가 | 《타임》 선정 현대 100대 영문 소설 | 《뉴스위크》 선정 100대 명저
281 알레프 보르헤스·송병선 옮김

282 일곱 박공의 집 호손·정소영 옮김

283 에마 오스틴·윤지관, 김영희 옮김

284·285 죄와 벌 도스토예프스키·김연경 옮김　미국대학위원회 선정 SAT 추천도서 | BBC 선정 꼭 읽어야 할 책

286 시련 밀러·최영 옮김

287 모두가 나의 아들 밀러·최영 옮김

288·289 누구를 위하여 종은 울리나 헤밍웨이·김욱동 옮김　노벨 문학상 수상 작가 | 〈뉴스위크〉 선정 100대 명저

290 구르브 연락 없다 멘도사·정창 옮김

291·292·293 데카메론 보카치오·박상진 옮김

294 나누어진 하늘 볼프·전영애 옮김

295·296 제브데트 씨와 아들들 파묵·이난아 옮김　노벨 문학상 수상 작가

297·298 여인의 초상 제임스·최경도 옮김　미국대학위원회 선정 SAT 추천도서

299 압살롬, 압살롬! 포크너·이태동 옮김　노벨 문학상 수상 작가

300 이상 소설 전집 이상·권영민 책임 편집

301·302·303·304·305 레 미제라블 위고·정기수 옮김

306 관객모독 한트케·윤용호 옮김

307 더블린 사람들 조이스·이종일 옮김

308 에드거 앨런 포 단편선 앨런 포·전승희 옮김　미국대학위원회 선정 SAT 추천도서

309 보이체크·당통의 죽음 뷔히너·홍성광 옮김

310 노르웨이의 숲 무라카미 하루키·양억관 옮김

311 운명론자 자크와 그의 주인 디드로·김희영 옮김

312·313 헤밍웨이 단편선 헤밍웨이·김욱동 옮김　노벨 문학상 수상 작가

314 피라미드 골딩·안지현 옮김　노벨 문학상 수상 작가

315 닫힌 방·악마와 선한 신 사르트르·지영래 옮김

316 등대로 울프·이미애 옮김　〈타임〉 선정 현대 100대 영문소설 | 〈뉴스위크〉 선정 100대 명저 | BBC 선정 꼭 읽어야 할 책 | 미국대학위원회 선정 SAT 추천도서

317·318 한국 희곡선 송영 외·양승국 엮음

319 여자의 일생 모파상·이동렬 옮김

320 의식 노터봄·김영중 옮김

321 육체의 악마 라디게·원윤수 옮김

322·323 감정 교육 플로베르·지영화 옮김

324 불타는 평원 룰포·정창 옮김

세계문학전집은 계속 간행됩니다.